WIE EIN
KARTENHAUS
IM STURM

Printausgabe, erschienen Mai 2017
1. Auflage
ISBN: 978-3-95949-139-6

Copyright © 2017 MAIN Verlag, Chattenweg 1b,
65929 Frankfurt

www.main-verlag.de
www.facebook.com/MAIN.Verlag
order@main-verlag.de

Texte © Elena Losian

Umschlaggestaltung: Cassandra Krammer
Umschlagmotiv: © Shutterstock.com / 490071106
　　　　　　　© Shutterstock.com / 185466977

Druck: Print Group Sp. z o.o., Szczecin

Das Werk, einschließlich seiner Teile, ist urheberrechtlich geschützt. Jede Verwertung ist ohne Zustimmung des Verlages und des Autors unzulässig. Dies gilt insbesondere für die elektronische oder sonstige Vervielfältigung, Übersetzung, Verbreitung und öffentliche Zugänglichmachung.

Bibliografische Information der Deutschen Nationalbibliothek:
Die Deutsche Nationalbibliothek verzeichnet diese Publikation in der Deutschen Nationalbibliografie; detaillierte bibliografische Daten sind im Internet über http://dnb.d-nb.de abrufbar.

Die Handlung, die handelnden Personen, Orte und Begebenheiten dieses Buchs sind frei erfunden. Jede Ähnlichkeit mit toten oder lebenden Personen oder Persönlichkeiten des öffentlichen Lebens, ebenso wie ihre Handlungen sind rein fiktiv, nicht beabsichtigt und wären rein zufällig.

ELENA LOSIAN

WIE EIN KARTENHAUS IM STURM

BAND EINS

HEY, SPACEBOY.
FÜR DICH.

INHALT

DIFFERENZEN HABEN	7
AUFRUHR VERURSACHEN	21
DURCHEINANDER VERURSACHEN	40
ZUSAMMENBRECHEN	62
SICH ZUHAUSE FÜHLEN	102
GEFÜHLE VERBERGEN	134
GEFANGEN SEIN	152
UNRUHE STIFTEN	166
ZWIST SÄEN	190
WEITERATMEN	215
STURM ERNTEN	248
ALLES GEBEN	276
ZERSPLITTERN	316
DAVONLAUFEN	367

1

DIFFERENZEN HABEN

Herbst, 1994

Ich kann es nicht abstreiten. Anfangs habe ich ihn wirklich überhaupt nicht leiden können.

Es muss ein Montag Mitte September gewesen sein, als er in unsere Klasse kam. Wie er dastand und mit der Andeutung eines Lächelns in die Runde schaute, mit einem leichten Hochziehen der Augenbraue Mädchenherzen eroberte und im nächsten Moment mit desinteressiertem Nichtbeachten wieder brach ... Er sah gut aus. Und er wusste das ganz offensichtlich, denn die Arroganz, die er ausstrahlte, war beinahe greifbar.

Kein Wunder also, dass ich ihn vom ersten Augenblick an nicht leiden konnte. Jay stichelte, meine Abneigung begründe sich nur darin, dass er mich keines Blickes würdigte und vielleicht hatte er Recht. Ich war es nicht gewohnt, dass man mich nicht *neugierig ansah – geschweige denn, mich nicht einmal zur Kenntnis nahm. Aber damals hätte ich mir lieber jedes Piercing einzeln herausreißen lassen, als das zuzugeben.*

Ich sagte mir, ich wolle eben nichts mit ihm, diesem arroganten, ach so coolen Typen, zu tun haben, dessen Kleidungsstil sich ebenso von meinem unterschied, wie sein ätzendes Verhalten. Ich, Phil, der von allen respektierte schwule Punk und er, dieser schmale, schwarzhaarige Kerl mit dem Engelsgesicht und den großen, dunklen Augen, der etwas zwischen Emo und Metaller zu sein schien.

Nicht mein Fall, ganz klar. Aber da hatte ich die Rechnung natürlich ohne Jay gemacht, der sich mein bester Freund schimpfte. Er konnte es sich nicht verkneifen, unserer Truppe noch Jemanden hinzuzufügen, vor allem nicht, wenn der doch angeblich so toll war. Als ob wir mit fünf

Leuten nicht schon genug gewesen wären, dachte und wetterte ich, aber es half nichts. Er war da und ich wurde ihn nicht mehr los.

Noch schlimmer fand ich, dass er am gleichen Tag zu uns stieß, an dem Falco endlich wieder zur Schule kam.

Er war das Küken unserer Gruppe, ein kleiner, quirliger Italiener und hatte den Sommer über mit einer sehr schweren Halsentzündung gekämpft. Sie kam wie aus dem Nichts und hat die Nerven seiner Stimmbänder so sehr geschädigt, dass es ihn schließlich die Stimme gekostet hat. Wir hatten ihn lange nicht gesehen und das erste Treffen sollte von Wiedersehensfreude geprägt sein. Nun, tja. War es nicht, denn Julian schien ihn völlig zu beschlagnahmen. Sie verstanden sich auf Anhieb so gut, dass es kaum zu ertragen war.

Im Nachhinein muss ich gestehen, ich mochte ihn schon alleine deswegen nicht. War es Eifersucht? Ich weiß es nicht, doch ich wünschte ihn meilenweit weg.

Ich merkte erst nach ein paar nachmittäglichen Treffen der Clique inklusive ihm, dass er die Aufmerksamkeit der Leute gar nicht wollte und dass er eigentlich nicht mal annähernd so arrogant war, wie er tat, im Gegenteil ... Doch das realisierte ich erst viel später.

Ich sah nur das, was alle sahen: Einen selbstbewussten, attraktiven Kerl. Einer, der dieses schelmische Grinsen im Mundwinkel und einen melancholischen Ausdruck in den Augen hatte. Irgendwie passte das nicht und genau das schien die meisten zu faszinieren. Ich konnte mich dem ebenso wenig entziehen, vor allem, als ich ihn richtig kennenlernte und hinter die Fassade blickte. Und ich verlor mich schneller in diesen Augen, als ich mir das jemals hätte träumen lassen.

JULIAN

Als ich die Tür zum Schulgebäude aufstoße, klopft mein Herz wie verrückt vor Nervosität. Weit und breit ist niemand zu sehen. Keiner ist da, der mir helfen könnte, mich hier zurechtzufinden. Ich trete ein und schüttle die nasse Kapuze meiner Sweatjacke ab, die meine Haare nur dürftig trocken gehalten hat. Bei dem Regen draußen ist das kein

Wunder. Nicht einmal die Zigarette, die ich mir zur Entspannung hatte anstecken wollen, ist trocken geblieben.

Es ist sicher schon eine gute halbe Stunde nach Unterrichtsbeginn. Im Prinzip ist es meine eigene Schuld, dass ich zu spät bin und nicht weiter weiß. Ich bin nervös, *richtig* nervös, obwohl ich diese Prozedur schon zur Genüge kenne. Diese Schule hier ist meine dritte innerhalb der letzten zwei Jahre, aber irgendwas ist diesmal anders. Ich kann mir nicht erklären, was genau das sein soll, doch ich habe das Gefühl, dass dieser Neuanfang anders wird, als die bisherigen.

Vielleicht liegt es am Duft des Regens auf dem Asphalt, vielleicht am Haus, das heimeliger ist als alle, die wir bisher bewohnt haben. Oder es liegt an meinem Vater, der wehmütig schien wie nie zuvor, als er das Auto zum ersten Mal in die Einfahrt lenkte.

Augen zu, tief durchatmen. Aus meinen Haaren tropft es auf meine Nase, ich lasse es geschehen. Zur Abwechslung sollte ich versuchen, nicht gleich den oberflächlichen Arsch zu spielen, nicht den obercoolen Macker, und auch nicht den bösen Metaller.

Ich bin durchnässt, hilflos und nervös. Dies ist meine neue Schule und mehr als eine Raum-Nummer und eine Klassenbezeichnung habe ich nicht. Warum noch so tun, als wäre ich nicht furchtbar aufgeregt? Vielleicht bin ich ja in einem halben Jahr ohnehin wieder woanders und ich bilde mir nur ein, dass es in meinem Leben so was wie Kontinuität gäbe.

Seufzend schiebe ich meine kalten Hände in die Taschen meiner schlabberigen, zu großen Jeans – etwas, das ich unter normalen Umständen nicht getragen hätte, zumindest nicht am ersten Tag – und bewege mich einfach in Richtung eines verwaisten Ganges zu meiner Linken. Den kleinen, halb zerrissenen Zettel mit der Raum-Nummer darauf umschließe ich mit meiner Faust.

Es dauert gefühlt ewig, bis ich vor der Tür zur 10a stehe – meine neue Klasse. Plötzlich kann ich mir nicht länger verkneifen, meine Haare richten zu wollen. Ein Zupfen an meiner Hose, ein kurzes Auftreten in meinen vollkommen durchnässten Chucks. Warum habe ich mich nicht fahren lassen? Dad hat es mir angeboten. Allerdings wollte ich nach dem Stress daheim, der in den letzten Tagen geherrscht hatte, einfach nur meine Ruhe und eine Zigarette, die mir wohl nicht vergönnt war.

Selbst von hier draußen hört man, dass die Schüler im Klassenzimmer nicht viel darauf geben, dass Unterricht ist. Lachen und Geschwätz dringt durch die Tür zu mir hindurch. Mit eiskaltem Griff schließt sich wieder diese Angst um meine Brust. Was, wenn die Leute mich nicht mögen? Wenn irgendwer etwas gegen mich hat? Wenn ich nicht klarkomme? Was, wenn ich dieses eine Mal kein Glück haben sollte?

Ich bin beinahe soweit, umzudrehen und zurück nach Hause zu gehen, als im Gang Schritte ertönen und jemand hinter mir steht.

»Huch?«, höre ich den Kerl sagen, als ich mich erschrocken umdrehe.

Er ist bestimmt schon um die vierzig, in der einen Hand hält er einen Stapel Blätter und durch die große Brille hindurch blinzelt er mich nachdenklich an. Sicherlich ist er der Lehrer des wildgewordenen Haufens dort drinnen, das würde zumindest erklären, wieso die sich aufführen wie im Affenstall.

»Bist du der Neue?«, fragt der Mann mich nun, ein freundliches Lächeln schleicht sich auf sein Gesicht. »Julian Schneider? Hab mich schon gewundert, wo du bleibst, immerhin hat man mir dich für die erste Stunde angekündigt. Hast du dich verlaufen?«

Mehr als ein zaghaftes Nicken bringe ich nicht zustande, denn er packt mich herzlich am Oberarm, reißt die Tür auf und schleift mich hinter sich her zum Pult.

Augenblicklich ist es mucksmäuschenstill im Raum, wo eben noch ein mittelschwerer Weltuntergang getobt hat. Mit Mühe und Not kann ich es mir verkneifen, erneut mit der Hand meine nassen Haare richten zu wollen. Es ist jetzt egal, verflucht. Selbst wenn ich bleiben *sollte* – es ist das letzte Jahr und wir haben bald unseren Abschluss, danach sehe ich die Leute hier ohnehin nie wieder.

Ich schaue kurz und möglichst unbeteiligt in Richtung meiner neuen Klassenkameraden, als mir ein Schimmer dunklen Blaus ins Auge sticht.

Habe ich Halluzinationen oder hat hier echt jemand *blaue* Haare? Ehe ich mir darüber Gedanken machen kann, schlägt mir der Lehrer aufmunternd auf die Schulter und lässt sich in seinen Stuhl fallen. »Du bist also der Neue. Deine Unterlagen sind schon bei der Verwaltung?«

»Ja, alles fertig«, erkläre ich und versuche, die Schüler zu ignorieren, die mich alle mustern, als sei ich ein bunter Hund.

»Na dann.« Er lächelt und hält mir die Hand hin. »Ich bin Markus Hilbrich, dein Tutor und Lehrer für Deutsch, Englisch und Geschichte. Am besten stellst du dich der Klasse selbst vor und erzählst uns ein bisschen was über dich.«

Da ist sie wieder, diese altbekannte Situation. Umdrehen, ein Lächeln in die Menge, geheucheltes Interesse. Sich bloß nicht anmerken lassen, dass man am liebsten unter lautem Gewürge den eigenen Magen auskotzen würde, weil man furchtbar nervös ist.

»Hey, ich bin Julian. Ich bin vor einer Woche hergezogen … Und hoffe ebenso wie ihr, den Scheiß hier zu überleben und meinen Abschluss ohne große Anstrengung halbwegs passabel zu ergaunern.«

Nicht viel erzählen, Ruhe bewahren. Derselbe blöde Satz erntet in jeder Schule Lacher. Vorne in der ersten Reihe sitzt ein süßes Mädchen, das besonders laut lacht und mich anlächelt, obwohl ich zum Fürchten aussehen muss. Ich ziehe die Augenbraue in die Höhe, schaue weg. Von Mädels hab ich erst mal genug, der Stress mit der Letzten hat mir gereicht.

Tatsächlich, ich habe mich nicht geirrt. Links außen sitzt ein Kerl mit blauem Sidecut, offensichtlich ein Punk. Er scheint noch weniger an mir interessiert zu sein, als ich an der Tussi da vorne, wenn das überhaupt geht. Sein Blick trifft meinen und hält mich für einen Moment fest.

Er hebt die Augenbraue, spöttisch und herausfordernd, ein leichtes Zucken im Mundwinkel der gepiercten Lippen. Als wäre ich Luft, dreht er das Gesicht seinem blonden Sitznachbarn zu, flüstert ihm irgendwas ins Ohr und lacht ein leises, raues Lachen.

Macht der Kerl sich über mich lustig? Für einen Moment rutscht mir das Herz in die Hose, ich schüttle zu mir selbst den Kopf und versuche, die aufkommende Hitze in meinen Wangen zu vertreiben. Hat er gerade *gelacht?* Mich *aus*gelacht? Was für ein Arschloch!

»Schau mal«, höre ich meinen Lehrer freundlich sagen, er tippt mich an. »Neben Falco ist noch ein Platz frei.«

Ohne ihm oder dem anderen blauhaarigen Kerl noch Beachtung zu schenken, stapfe ich auf den leeren Platz zu. Natürlich ist der in der Nähe von diesem Scheißkerl.

Bei jedem Schritt machen meine nassen Schuhe ein schmatzendes, unschönes Geräusch, das mich noch ein wenig wütender macht, weil ich diesen ach so coolen Punk irgendwas mit *feucht* lästern höre. Dem gebe ich gleich *feucht*.

Ich lasse mich auf den Stuhl fallen und werfe den Rucksack achtlos neben den Tisch. Dieser Falco stupst mich gleich in die Seite, was ich verdattert zur Kenntnis nehme. Im ersten Moment will ich ihn anraunzen, dass er mich in Ruhe lassen soll, doch als ich ihn ansehe, bemerke ich sein freundliches Gesicht und das offenherzige Lächeln. Also schlucke ich die bösen Worte herunter und tue, als wären die Tafel und unser Lehrer furchtbar interessant.

Einige Klassenkameraden mustern mich interessiert, andere lächeln mich sogar an, doch ich kann es nicht erwidern. Dieser blauhaarige Typ hat mir völlig die Stimmung versaut. Schaut mich an, tuschelt und *lacht*! Arschloch!

Während der Hilbrich damit beginnt, seine Arbeitsblätter auszuteilen und mir dabei erklärt, was sie in den letzten Wochen durchgearbeitet haben, höre ich ihm kaum zu. Einen so schlechten Start hatte ich bisher in keiner Klasse und ich kann mir nicht vorstellen, wie das besser werden soll. Ich wusste doch, irgendwas ist diesmal komisch.

Der kleine Kerl neben mir wagt es scheinbar nicht, nur ein Wort an mich zu richten, sondern hibbelt nur herum und tauscht aufgeregt Zettelchen mit einem rothaarigen, dauerkichernden Mädchen, das rechts von ihm sitzt. Soll er doch. Ich bin gerne allein, ich brauche niemanden, an den ich mich dranhängen kann, wenn Pause ist. Oder der mir alles zeigt … Ach, *Scheiße*.

In Weltuntergangs-Gedanken versunken bemerke ich erst, dass er auch mir einen zusammengefalteten Zettel zugeschoben hat, als sich seine warme Hand zaghaft auf meinen Arm legt. Mit diesen großen Augen strahlt er mich herzlich an.

Sind wir hier im Kindergarten, dass wir uns Briefchen schreiben müssen? Ich nehme mir das Papier, falte es auf und lese erstaunt die banale Nachricht des kleinen Kerls.

Hey, ich bin Falco! Alles klar bei dir? Willst du nicht die nasse Jacke ausziehen und sie über die Heizung hängen? Sonst erkältest du dich noch.

Seufzend falte ich ihn wieder zusammen, wende mich Falco zu und flüstere: »Nein, die trocknet schon. Warum zum Henker schreibst du Zettelchen? Ist das nicht ein bisschen kindisch?«

Neben ihm kichert die Rothaarige und sagt: »Autsch, Fettnäpfchen!«

Herrgott im Himmel, wo bin ich hier reingeraten?

»Wieso Fettnäpfchen?«, zische ich zurück.

Sie beugt sich hinter seinem Rücken zu mir herüber, strahlt mich an und sagt: »Hi, ich bin Svenja! Aber meine Freunde nennen mich Sven.«

»Das interessiert mich nicht, meine Güte! Also, was meinst du mit dem Fettnäpfchen?«, grolle ich.

Sie kichert erneut – wenn die so weitermacht, hat die bald ein ernstes Problem mit mir – und erklärt: »Falco kann nicht sprechen. Er hatte eine Halsentzündung, weißt du, und die hat sich in den Stimmbändern festgesetzt und die Nerven geschädigt. Er ist heute zum ersten Mal seitdem wieder in der Schule.«

Mit einem Mal spüre ich, wie mir beschämend das Blut in die Wangen steigt, während Falco Sven einen kleinen Hieb versetzt. Er wirft mir ein entschuldigendes Lächeln zu und kritzelt auf seinen Collegeblock: *Ist schon okay, konntest du ja nicht wissen!*

PHILIP

»Ich kann mir nicht helfen, irgendwie finde ich den Neuen bescheuert«, ätze ich, während ich das schwarzgekleidete, halbnasse Etwas beobachte. Neben mir auf der Tischtennisplatte, an der ich lehne, sitzt Olga – mit Spitznamen Olli – und schnaubt abfällig. »Was hat der mit Falco zu schaffen?«

Es ist die zweite große Pause und schon wieder klebt Falco dem Neuen an der Backe. Oder andersherum? Merkwürdigerweise scheinen die sich prächtig zu verstehen, was ich nicht ganz nachvollziehen kann, denn der Kerl hat nicht gerade einen sympathischen Eindruck gemacht.

»Meinst du, der ist so was wie ein Emo?«, frage ich und ziehe abfällig eine Augenbraue hoch.

Der Typ – Julian – hat immerhin längere, schwarze Haare und annähernd passende Klamotten. Es gibt ja mittlerweile den ein oder anderen, der diese Mode aus den USA kopiert und sich furchtbar cool dabei fühlt, einen auf Trendsetter zu machen.

Olli zieht ein abfälliges Gesicht, während sie mit schnellen Fingern ihre langen schwarzen Haare zu einem glatten Zopf flicht.

»Keine Ahnung, ist mir auch egal. Ich will nichts mit ihm zu tun haben.«

Gute Einstellung.

Jay, mein bester Freund, scheint dem jedoch nicht zuzustimmen. Er schüttelt den Kopf, fährt sich mit einer Hand durch die kurzen blonden Haare und meint bestimmt: »Sven hat gesagt, er ist nett, also werde ich den Teufel tun und den Typen links liegen lassen, nur weil ihr beide an allem herum mosern müsst. Ich finde, er sieht cool aus und ist sicher nett, sonst würde Falco seinen ersten Schultag seit Wochen nicht mit ihm verbringen, sondern mit uns.«

»Sven findet jeden nett«, wirft Olli unbarmherzig dazwischen, während ich mit säuerlicher Miene den Neuen und Falco dabei beobachte, wie sie lachend irgendwas in diesen mitgenommen aussehenden Collegeblock kritzeln, den der Italiener seit seiner Krankheit immer mit sich herumschleppt.

»Vaterlandsverräter«, murmle ich angefressen und schaue mich nach einem Lehrer um. Als ich keinen entdecke, ziehe ich ein Päckchen Zigaretten aus meiner Hosentasche und zünde mir eine Kippe an.

Kaum zu glauben, da kommt irgendein neuer Kerl daher und alle hängen ihm an den Lippen, obwohl er aussieht wie ein nasser Hund und nicht gerade der Netteste ist. Wie arrogant er schon in die Klasse geschaut hat, dabei hatte er keinen Grund dafür, echt nicht. Ich denke doch, dass ich sehr gut beurteilen kann, ob ein Kerl gut aussieht, denn ich habe schon mehr Erfahrung mit Kerlen als manch ein Mädel. Der ist wirklich nicht der Rede wert.

»Meinst du, wir verlieren Falco an diesen Julian?«, höre ich Olli recht teilnahmslos fragen.

Ich werfe einen zweifelnden Blick in ihr kühles Porzellangesicht, nehme einen Zug von meiner Zigarette und knurre, den Rauch ausstoßend: »Tse, niemals.«

*　*　*

Keine drei Wochen später finde ich mich an einem sonnigen Nachmittag im Park wieder, auf unserer ausgewaschenen Flickendecke, mit Olli, Sven, Jay und Falco und *dem da*.

Am liebsten hätte ich Jay ins Gesicht gekotzt, als er den kleinen Möchtegern-Metaller oder was-auch-immer angeschleppt hat, doch nachdem sogar Olli, diese Verräterin, ihn sympathisch fand, war ich absolut überstimmt. Diese Spinner machen den Typen schon zu einem festen Bestandteil unserer Clique und ich kann mich beim besten Willen nicht damit abfinden.

Grummelig liege ich auf der Flickendecke, ein Bier in der linken, eine Kippe in der rechten Hand und starre in die dichte Blätterkrone eines scheiß-Baums. Ich frage mich ehrlich, was ich verbrochen habe, als ich ihn mit leiser Stimme lachen höre.

»Ihr seid echt klasse, wisst ihr das?«

Haha, du Arschloch, ja, das wissen wir.

»Wenn unser lieber Phil mal aufhören würde zu schmollen, dann würdest du nie wieder mit jemand anderem als mit uns rumhängen wollen, glaub mir«, versichert mein angeblich bester Freund Jay lachend und tippt mir mit seiner Bierflasche gegen das Bein. Ich schaue ihn genervt an, doch er lacht nur. »Na komm schon, Süßer, du kannst nicht die ganze Zeit so 'ne Fresse ziehen, das gibt Falten.«

»Weißt du, wie scheißegal mir das ist?«, knurre ich und nehme einen großen Schluck aus meiner Flasche.

Ich ernte dafür allgemeines Gelächter. Der Vollidiot klingt belustigt, als er sagt: »Das ist echt goldig, wie du ihn anschwulst. Macht ihr das immer?«

Oh, Herr im Himmel, lass Hirn regnen!

Jay prustet, schlägt mir belustigt auf das Bein und erklärt dem Arschloch gnädig: »Süßer, das ist wahre Liebe. Das kennst du noch nicht.«

Verwirrung schleicht sich in Julians Stimme, als er fragt: »Meinst du das ernst? Ihr seid schwul?«

Er schaut Jay mit einem unsicheren Lächeln auf den Lippen an und scheint offensichtlich darauf zu hoffen, dass der ihm gleich die Zunge herausstreckt und *Verarscht!* ruft. Tut Jay allerdings nicht, er grinst nur, während der Gesichtsausdruck des Blödmanns immer fassungsloser wird.

Jetzt, wo er nicht mehr nass ist und nicht mehr aussieht wie ein begossener Pudel, muss man ihm schon lassen, dass er recht gut anzusehen ist. Das Problem ist nur, dass er mir nicht passt, da könnte er noch so heiß sein.

Ich will nicht, dass er sich in meinen Freundeskreis drängelt. Ich kann es nicht leiden, wie ihn diese beknackten Weiber aus der Klasse anhimmeln, weil er unnahbar cool tut. Vor allem geht mir auf den Geist, dass er und Falco plötzlich ein Kopf und ein Arsch sind – ich muss nicht erläutern, wer was ist. Und dass es für Falco, der mal einer meiner engsten Freunde war, niemand anderen mehr zu geben scheint, als den Kotzbrocken.

»Ach doch, warum nicht? Wusstest du nicht, dass Phil schwul ist?«

Julian fällt alles aus dem Gesicht. Er mustert erst Jay, dann mich verblüfft. »Ihr seid zusammen?!«

»Nein, Vollidiot«, grunze ich nun unfreundlich, nehme noch einen Schluck Bier und rapple mich auf. »Er ist mein bester Kumpel und wir sind offen für alles. Dafür müssen wir nicht zusammen sein.«

Jay lacht, zwinkert mir schelmisch zu, nur um daraufhin noch lauter loszulachen.

Die anderen stimmen mit ein, nur Julian kann daran wohl nichts Erheiterndes finden.

»Also seid ihr beide schwul?«

»Nein, nur Phil!« Sven kichert und stupst Julian in die Seite. »Aber die beiden küssen sich ab und zu, das ist ziemlich süß.«

»Süß? Na ja«, murmelt der Trottel. »Solange mich kein Kerl küssen will, ist es mir egal …«

Pff, als ob den jemand küssen wollen würde!

»Nicht einmal Falco?«, fragt sie, macht große Hundeaugen und blinzelt ihn an. »Das wäre super niedlich!«

Julian starrt sie an wie einen rosa Pudel, ehe Jay sich dazu herablässt zu erklären: »Mach dir nichts draus, sie liest dieses Comic Zeugs mit Schwulen, die findet das ganz toll.« Falco klopft ihm kumpelhaft auf den Rücken und Jay schüttelt grinsend den Kopf. »Ach, irgendwann wirst du lockerer. Je mehr man mit Phil zu tun hat, desto offenherziger wird man.«

»Zu schade, dass ich mit *dem* aber nichts zu tun haben will…«, grummle ich kotzbrockig, trinke das Bier leer und lasse die Flasche achtlos ins Gras fallen.

Ich erwidere den Blick, den Julian mir jetzt zuwirft und glaube für einen kurzen Moment, so was wie Schmerz in seinen Augen aufblitzen zu sehen. Er verzieht die Lippen missfällig und erwidert: »Ach, und du bist angeblich so offen, mh? Irgendwie kann ich deine Freunde darin nicht bestätigen.«

»Boah, geh mir nicht auf den Geist …«

»Phil, bitte, kein Streit!«, fährt Jay beschwichtigend dazwischen. Er sieht mich vorwurfsvoll an. »Wenn es Probleme gibt, sprecht euch aus. Ich habe keinen Bock darauf, dass unsere gemütlichen Nachmittage in Stress ausarten.«

Jo, ist klar.

Die Augen verdrehend rupfe ich noch ein Bier aus dem Sixpack, lege mich wieder hin und zünde die nächste Kippe an. Wenn ich wütend bin, rauche ich eindeutig zu viel. Prima, jetzt sterbe ich wegen dem Scheißkerl auch noch früher.

Während die anderen sich ihren Gesprächen widmen, hänge ich meinen Gedanken nach, bemerke allerdings erst, dass Julian sich nicht mehr daran beteiligt, als er dicht neben mich rückt, sich ein wenig über mich beugt und mich mit hochgezogener Augenbraue mustert.

Ich puste ihm einen Schwall Rauch ins Gesicht und frage: »Was?«

Den Rauch und meine Unfreundlichkeit ignoriert er geflissentlich und schaut mich weiterhin nur an. Ich bin schon kurz davor, ihn mit all meiner schlechten Laune anzublöken, da fragt er: »Was ist dein Problem?«

Was soll das werden? Die Mitleidstour? Nach dem Motto *Ich armes Kerlchen habe dir doch nichts getan, warum bist du böser Punk gemein zu mir?*

»Geh' mir nicht auf den Sack.«

»Phil, das ist lächerlich. Können wir nicht wie Erwachsene miteinander reden?«

Tja, das Problem ist nur, dass ich siebzehn bin und der kleine Scheißer fünfzehn ist. Ich sehe hier nur einen halbwegs Erwachsenen.

»Und was bringt es dir?«, murre ich unwillig, nippe an meinem Bierchen und verdränge den Gedanken daran, dass morgen Schule ist, gekonnt. Vielleicht rauche ich nicht nur in ungesunden Mengen, sondern trinke auch noch zu viel.

»Dann weiß ich wenigstens, was ich ändern muss«, meint Juli-Mäuschen mit seinen unschuldigen, ernst dreinblickenden Rehäuglein und reizt damit meinen Magen, sich spontan zu entleeren.

»Wie wär's denn damit, dass du dahin verschwindest, wo du hergekommen bist? Ich will dich hier nicht haben«, erkläre ich kühl und mustere dabei mit zusammengekniffenen Augen die Sonnenstrahlen, die durch die Blätterkrone über uns fallen. Mh, herrliches Wetter für Anfang Oktober.

»Ach, und warum?«

Besser, ich schaue ihn jetzt nicht an. Bestimmt hat er einen verletzten Hundewelpenblick drauf, und ich will nicht weich werden. Also tue ich, als ob Blätter unermesslich interessant wären und erläutere wie nebenbei: »Ich kann es nicht ausstehen, wenn sich irgendwelche Vollidioten in meinen Freundeskreis drängen. Also verpiss dich.«

Juli-Hase schweigt für einen kurzen Augenblick – irgendwie finde ich Gefallen an diesen lächerlichen Spitznamen – und atmet tief durch.

»Ich dränge mich nicht in deinen Freundeskreis! Jetzt hör mal, ich würde gern mit dir befreundet sein, aber ...«

»Ich will nicht mit dir *befreundet* sein. War es das mit Erwachsenengesprächen?«

Darauf antwortet er mir nicht mehr, sondern dreht mir wortlos den Rücken zu und widmet sich wieder den anderen. Eine Weile liege ich nur da, genieße die letzte sommerliche Wärme dieses Jahres und ignoriere meine Freunde, bis sie auf eine Party nächste Woche bei einer Klassenkameradin zu sprechen kommen.

»Sven und Olli kommen nicht mit, also können wir uns ein Taxi teilen, Falco, du, Phil und ich«, beschließt Jay.

»Gute Idee«, stimmt Juli-Pups ihm mit wenig Elan zu. »Wo treffen wir uns?«

»Na ja, ich glaube, am besten wäre es, wir treffen uns bei dir, da braucht niemand durch die halbe Stadt latschen«, murmelt Jay nachdenklich. »Hast du gehört, Phil? Weißt du, wo du dann hinmusst?«

Was zum … Meine Fresse, ist das ein scheiß-Witz? Ich soll zu dem Kotzbrocken gehen? Na, das kann ja heiter werden.

»Phil?«

»Ja, ja, ist gut. Ich weiß, wo es hingeht. Nerv' mich nicht!«

2

AUFRUHR VERURSACHEN

JULIAN

Ich werde wahnsinnig. Noch ein falsches Wort aus seinem Mund heute und ich springe mit Freude durch ein geschlossenes Fenster! Der Kerl macht mich seit dem Tag im Park systematisch fertig und es macht ihm auch noch Spaß. Nicht einmal Jays Ermahnungen können ihn davon abhalten, mir seine Abneigung regelmäßig vor den Latz zu knallen.

Langsam weiß ich nicht mehr, was ich mit Phil machen soll. Egal, wie ich es angehe, es ist einfach nicht richtig. Wahrscheinlich fehlt mir die Ausdauer für einen anstrengenden Menschen wie ihn. Auf jedes freundliche Wort einen blöden Spruch zu bekommen, erträgt niemand wirklich lang. Ehrlich gesagt habe keine Lust mehr, nett zu diesem asozialen Arschloch zu sein.

Wenn das so weitergeht, werde ich ihm ins Gesicht springen und jedes seiner Piercings einzeln herausreißen! Todsicher!

Egal wie sehr ich versuche, cool zu bleiben – diese Behandlung geht im wahrsten Sinne des Wortes nicht spurlos an mir vorbei. Ich kann so was nicht ertragen, ohne mich dabei beschissen zu fühlen. Deshalb versuche ich, nach einem weiteren miesen Vor- und Nachmittag Ruhe zu wahren. Ich ziehe meine Stulpen über die pochenden, brennenden Unterarme. Atme tief durch, rauche eine Zigarette und hoffe, die anderen kommen nicht zu früh. Bis Vanessas Party beginnt, ist nicht mehr viel Zeit, dabei bin ich noch lange nicht in der optischen Verfassung, um vor die Tür zu gehen.

Immer mit der Ruhe.

Ich stehe in der Mitte meines Zimmers, zittrig und schwindelig und schaue mich um. Die Unordnung ist zumindest oberflächlich beseitigt, also kann meine Mutter nicht meckern, dass ich heute Abend weggehe. Meine Röhrenjeans scheint allerdings im Nirwana verschwunden zu sein.

Mir wird abwechselnd schlecht, heiß und kalt, *schlecht, heiß, kalt,* immer wieder. Ich lerne wirklich nie dazu. Wenn ich nicht aufpasse, bin ich vielleicht gar nicht mehr in der Lage, mit meinen neuen Freunden wegzugehen. Ich hätte nicht … Na ja.

Der Haufen schmutziger Wäsche, den ich gekonnt hinter meiner Zimmertüre versteckt habe, besteht zum Großteil aus meinen besten Klamotten, also was bleibt mir? Ich habe noch ein hässliches weißes Hemd, eine zu klein gewordene Jeans … Ach Mist. Ich bin dämlich, einfach nur bescheuert. Es grenzt an Blödheit, dass ich mich von Phil fertigmachen lasse. Wenn er noch ein falsches Wort zu mir sagt, werde ich ihm eine reinhauen und dann kann er mit mir machen, was er will. Immerhin habe ich mich dann ordentlich gewehrt!

Auf wackeligen Beinen gehe ich zu meinem Kleiderschrank und wühle darin herum. Das kann doch nicht sein, irgendwo muss sich doch etwas zum Anziehen finden lassen! Ich kann unmöglich nur mit Boxershorts und Armstulpen bekleidet zur Party gehen.

Ich habe keine Ahnung, wie lange ich schon herumsuche, als plötzlich die Türklingel durch das Haus schrillt. Vor Schreck fällt mir ein Haufen Wäsche aus der Hand und verunstaltet die oberflächliche Ordnung meines Zimmers wieder. Das kann doch nicht wahr sein. Wer auch immer das ist, er ist zu früh.

Mit einem schwarzen T-Shirt in der Hand haste ich die Treppen nach unten, mein Pech verfluchend. Im Laufen ziehe ich mir das schlichte Oberteil über, rücke die Armstulpen zurecht und stolpere dabei fast über meine eigenen Füße. Mist, verfluchter, blöder, blöder Mist … Zögerlich öffne ich unten die Haustür. Lass das bitte nicht Phil sein …

Oh nein!

»Juli-Pups!«, dröhnt mir eben dieser entgegen und strahlt mich durch den Türspalt breit grinsend an. »Na, fertig?«

Das gibt es doch gar nicht.

»Was machst *du* denn schon hier?!«, stöhne ich entnervt durch den Spalt, nicht gewillt, ihm zu öffnen. Ich hatte gehofft, dass der erst auftaucht, wenn Jay schon da ist!

»Mir war langweilig«, entgegnet er schulterzuckend, schaut sich kurz in der Einfahrt um und kommt dann auf die Tür zu.

»Ist sonst noch keiner hier?«

Obwohl es offensichtlich ist, dass ich ihn hier nicht haben will, drückt er einfach die Tür auf. Ich stolpere ein paar Schritte zurück und bin seinem erstaunten Blick gnadenlos ausgeliefert. Mit hochgezogener Augenbraue mustert er meine nackten Beine und meine Boxershorts, ehe er mir anzüglich ins Gesicht grinst.

»Das wäre doch nicht nötig gewesen.«

»Ach, halt die Klappe«, knurre ich barsch. »Ich finde nur keine Hose. Glaub' mir, ich würde mich lieber noch Falco zu Füßen werfen als dir …«

Phil kommentiert das nur mit einem Lachen und folgt mir ungefragt die Treppen hinauf.

»Dann helfe ich dir.«

Wow, Phil und Helfen. Das ist wie … Feuer und Wasser. Himmel und Hölle. Oder nicht ganz. Diese Dinge haben wenigstens durch ihre Gegensätzlichkeit noch einen Bezug zueinander, doch Phil und Helfen, das hat ja rein gar nichts miteinander zu tun. Asozialer Mistkerl.

»Ganz schön große Bude habt ihr hier«, kommentiert er, nachdem wir die erste Etage passieren und noch eins weiter hinaufgehen.

»Ach.« Ich mache eine wegwerfende Geste mit der Hand. »Ursprünglich waren das mal drei Wohnungen, aber irgendwer hat umgebaut. Jetzt ist es einfach nur ein zu großes Haus.«

Phil murmelt etwas vor sich hin, das verdächtig nach *Snob* klingt.

Ich erwidere nichts, versuche nur, ihn zu ignorieren und betrete dann im obersten Stockwerk mein Zimmer. Er spaziert an mir vorbei und setzt sich ungebeten auf mein frisch gemachtes Bett. Ich könnte ihm schon wieder den Hals umdrehen, ehrlich.

Bei genauerer Betrachtung sieht er heute weniger verlottert aus als üblich. Die rot-schwarze Tartanhose mit den Patches drauf hat ausnahmsweise kein Loch. Das schwarze T-Shirt mit der Aufschrift irgendeiner Band ist nicht zu groß und nicht durchlöchert. Seine Springerstiefel sind sogar sauber.

Ich bin echt nicht der penibelste Saubermensch, doch ich finde, ein gepflegtes Äußeres ist schon wichtig. Wahrscheinlich hat mich mein Vater zu sehr geprägt, der als Anwalt meistens aussieht, wie aus dem Ei gepellt.

»Wow«, sage ich spöttisch und hebe eine Augenbraue. »Du siehst ja heute gar nicht so abgefuckt aus wie sonst.«

In dem Moment, in dem ich das sage, bereue ich es schon. Was ist nur los mit mir? Normalerweise kann ich das doch für mich behalten!

Hoffentlich geht er nicht gleich auf mich los. Obwohl es mir in meiner derzeitigen Todesstimmung wahrscheinlich auch egal wäre. Heute hätte ich nichts gegen eine Prügelei einzuwenden.

Er lacht allerdings nur, scheint gute Laune zu haben.

»Ja, ja, ich weiß, danke. Dachte, ich mach mich mal 'n bisschen hübsch für dich, Juli-Mäuschen.«

Unwillig wende ich mich von ihm ab und zupfe am schwarzen Stoff der Stulpen, der an einigen Stellen unangenehm an meinem Arm festklebt. Ich suche weiter nach der lang vermissten Hose. Phil beobachtet mich währenddessen wortlos, bis ich sie schließlich mit erleichtertem Aufstöhnen doch aus meinem Schrank herausziehe.

»Na geht doch ...«, murmle ich und ziehe sie mir an, hole noch eine Kapuzenjacke aus dem Schrank und ziehe sie über, nur zur Sicherheit.

Die Wanduhr sagt, dass wir noch locker eine Viertelstunde haben, bis der Rest kommt und deshalb stehe ich unschlüssig da, während Phil ruhig auf meinem Bett sitzt und mich beobachtet. Von wegen er will *helfen* ...

Allerdings ist er ziemlich komisch. Normalerweise hätte er schon längst mit seinem Psychoterror angefangen. Vielleicht hat er sich ja einen durchgezogen und ist deshalb friedlich ...?

Weit gefehlt.

»Weißt du«, setzt er an und grinst anzüglich »wenn du nicht so ein kleiner Pisser wärst, dann würde ich mir vielleicht die Mühe machen, dich mit netten Lügen über Liebe und solchen Quatsch in mein Bett zu locken. Leider bist du aber einer und na ja – dann lieber doch nicht.«

Ich kann nichts dagegen tun, dass mir bei seiner Beleidigung die Hitze in die Wangen steigt.

»Hör mal«, erwidere ich übellaunig. »Selbst wenn du der einzige Mensch auf dieser scheiß-Welt wärst, ich würde *niemals* mit dir ins Bett gehen. Wenn ich auf Kerle stünde, was ich definitiv *nicht* tue, dann sicher nicht auf einen asozialen Scheißkerl wie dich, der immer aussieht, als hätte er die letzte Nacht auf der Straße verbracht.«

»Seit wann so snobistisch, Hase?«

»Bin ich nicht!«

»Ach nein«, erwidert Phil trocken. »Sicher nicht.«

Wir mustern uns gegenseitig mit einer Abneigung in den Augen, dass es fast schon lustig sein könnte, doch das ist es nicht. Es ist anstrengend und Scheiße und tut weh. Was soll ich machen? Mich zu ihm setzen? Einfach weggehen, woanders warten? Ich will nicht mit ihm alleine sein. Ich sehe schon, wo das hinführt und ich habe keine Lust darauf.

Mir flattert das Herz, ich fühle mich müde und zittrig. Ich bin ihm heute keineswegs gewachsen. Gut, das bin ich sonst auch nicht, heute allerdings besonders wenig.

Unsicher gehe ich auf meinen Schreibtisch zu, nehme mir erneut eine Kippe, zünde sie an und setze mich auf die Holzplatte. Tief durchatmen. Was nun? Ein Buch lesen? So tun, als gäbe es ihn nicht? Kann man einen Typen wie ihn überhaupt ignorieren?

»Hey, willst du mir keine anbieten? Ich dachte, du legst Wert auf Manieren und den Kram.«

Wenn ich es mir recht überlege … Nein, ich will ihm keine geben. Trotzdem werfe ich ihm unfreundlich das Päckchen zu.

»Meinen aufrichtigsten Dank«, säuselt Phil spöttisch. »Wusste gar nicht, dass du nett sein kannst, wo ich dir doch völlig zuwider bin.«

»Ach, woran liegt das wohl?«, knurre ich zurück. »Ich bin nicht der Penner, der sich immer Scheiße benimmt.«

»Ich habe dich immerhin noch nie Penner genannt.«

»Aber Pisser!«

»Das ist nicht dasselbe.«

Nachdem er sich ebenfalls eine Zigarette anzündet, erhebt er sich und bleibt für einen Moment stehen. Er mustert mich lang und abschätzend.

Ich kann nicht verhindern, dass mir kurz meine Mutter durch den Kopf geistert. Sie wird mich umbringen, wenn sie den Rauch bemerkt … und die Asche, die Phil freundlicherweise auf meinem Fußboden hinterlässt.

Ungerührt kommt er auf mich zu und hat erneut diesen herablassenden Ausdruck in den Augen, den er seit meinem ersten Schultag unablässig zur Schau trägt, wann immer er mich ansieht. Direkt vor mir bleibt er stehen und mustert mich erneut ausgiebig. Keine Ahnung, wie lange wir uns anstarren, eine unangenehme Stille zwischen uns, doch schließlich verändert sich seine Mimik.

Zum ersten Mal erscheinen seine braunen Augen warm, mit der freien Hand streicht er sich eine der blauen Haarsträhnen aus dem Gesicht und meint dann, die gepiercten Lippen fast sorgenvoll verzogen: »Hey, ist dir nicht gut? Können ja mal 'ne Waffenruhe einlegen, wie wäre das? Wenigstens heute?«

Für einen Augenblick bin ich überrumpelt. Hat er gemerkt, dass etwas nicht stimmt? Das ist sonst gar nicht seine Art. Mir geht es allerdings gut genug, um ihn weiterhin leidenschaftlich unausstehlich zu finden, also schnaube ich abfällig.

»Brauche ich nicht. Du scheinst ja nicht glücklich zu sein, wenn du niemanden hast, den du fertigmachen kannst.«

Fast augenblicklich ist der warme Ausdruck in seinen Augen wieder weg und er sieht mich kühl an.

»Wie du meinst.«

»Wie *ich* meine?! *Du* legst es doch drauf an!«, fahre ich auf und weiß nicht, warum ich nicht leise sein kann.

Waffenruhe wäre herrlich. Trotz allem ist Phil zwar ein Arschloch, allerdings ein ziemlich cooles Arschloch und ich ertrage es nicht, wenn man mich ablehnt, obwohl ich ursprünglich mal auf Freundschaft gehofft habe.

»Zick nicht 'rum, man könnte meinen, du hast deine Tage«, erwidert Phil gereizt und will sich abwenden.

Ich spucke ich ihm förmlich entgegen: »*Ich* bin nicht die Schwuchtel von uns. Komm, setz' dich hin, erfreu' dich deines Arschloch-Daseins, ich gehe freiwillig. Du bist ja nicht zu ertragen!«

»Schwuchtel«, wiederholt er nur, gefährlich ruhig und sieht mich merkwürdig an. »Das sagst du ...«

Doch er spricht diesen Satz nicht zu Ende, denn er wird von der Türklingel unterbrochen. Na endlich!

Wortlos greife ich mir meine Kippen, ein Feuer und mein Portemonnaie und gehe einfach. Er wird mir schon folgen.

PHILIP

Ich tobe innerlich. Nicht nur das, ich bin regelrecht hin- und hergerissen. Soll ich ihm das Engelsgesicht einschlagen oder nicht?

Er ist anders als sonst. Ich bin vielleicht ein *asozialer Penner*, wenn er meint, aber blind ganz gewiss nicht. Er ist auffällig blass, sogar die Lippen blutleer. Zittrig, kränklich. Mehr als einmal presst er die Augen zusammen und wankt leicht, wenn er meint, niemand sieht es.

Juli sagt nichts weiter. Die anderen grüßt er nur einsilbig, als er zur Haustür heraustritt und ich ihm folge. Er sagt nichts, als sie das Taxi bestellen. Sagt nichts, als wir drinsitzen. Falco und Jay bemerken die tödliche Stille, letzterer flüstert mir sorgenvoll zu: »Ist was passiert? Habt ihr euch gestritten?«

Doch ich erwidere nichts und beobachte Julian einfach nur.

Als wir bei Vanessa ankommen und aus dem Taxi aussteigen, wankt er. Die anderen gehen bereits aufs Haus zu. Ich greife hart seinen Oberarm und halte ihn fest, während er sich langsam wieder fängt.

»Phil ...«

»Iss mal was. Du siehst Scheiße aus«, meine ich kühl und lasse ihn los, folge den anderen wortlos. Schon von draußen hören wir die laute Musik.

Die Tür wird geöffnet und ich gehe lustlos hinter Jay und Falco ins Haus. Vanessa grüßt mich schon gutgelaunt, doch bei Juli bekommt ihre Stimme einen honigsüßen Unterton.

»Julian, ich bin froh, dass du da bist! Die anderen wollten mir nicht glauben, dass du kommst.«

Mir hängt ein Kloß im Hals, als ich stehen bleibe und mich umdrehe. Vanessa mit ihren langen, hellbraunen Haaren, in einem engen schwarzen Kleidchen, steht vor Juli und legt ihm eine Hand auf den Arm. Er zuckt nur leicht mit dem Mundwinkel und entzieht ihr den Arm, legt ihn stattdessen um ihre Taille und schiebt sie mit sich nach vorne. Plötzlich lächelt er, doch es sieht gespenstisch aus.

»Das würde ich mir niemals entgehen lassen«, höre ich ihn sagen.

Idiot. Kopfschüttelnd betrete ich das Wohnzimmer. Soll er doch. Mir ist egal, wenn er tot umfällt. Solange er noch in der Lage ist zu flirten, kann es ja nicht schlimm sein.

Mir schlägt eine Wand aus Zigarettenrauch, lauten Stimmen und Musik entgegen. Ich bleibe erst mal sprachlos stehen. Hier befindet sich locker unsere komplette Schulklasse und daneben sogar noch ein paar aus der Parallelklasse. Na herrlich, die kann ich ja gar nicht leiden.

Ich schaue mich nach Jay um und muss nicht lange suchen. Als ich versuche, den Raum zu durchqueren, kommt er selbst auf mich zu gestapft, die Wut steht ihm ins Gesicht geschrieben.

»Phil!«

»Was? Ich habe nichts getan, ich schwör's!«, erwidere ich perplex und überlege hastig, ob ich in letzter Zeit irgendwas angestellt habe. Fehlanzeige. Ich war vorbildlich.

»Was ... Quatsch, du Trottel.« Für einen Moment grinst er verunglückt und schüttelt den Kopf. »Es ist Jen. Sie hängt gerade einem anderen Kerl in den Armen!«

Oh, autsch.

Mitleidig schaue ich ihn an und sage: »Hey, wir sind hier auf einer Party. Hier gibt es genug Weiber. Und gratis Drinks, also komm, besaufen wir uns.«

Er seufzt laut gegen die Musik an und folgt mir in die Küche. Jen ist eine langbeinige Blondine, die er auf der letzten Feier flachgelegt hat. Sie geht in unsere Parallelklasse und um ehrlich zu sein, ich habe keine Ahnung, was er an dieser hohlköpfigen Schlampe findet. Trotzdem werde ich ihn aufheitern, das kann ich auch gut gebrauchen.

»Ein Paradies«, meint Jay und verzieht den Mund immerhin ein bisschen in Richtung eines Lächelns, als wir vor dem über und über mit Flaschen beladenen Tisch stehen.

»Was willst du?«, frage ich und mustere die verschiedenen Spirituosen forschend.

Unter dem Tisch stehen noch drei Kästen Bier in allen möglichen Variationen. Ich nehme zwei Weizen heraus, er greift ungeniert nach einer ungeöffneten Flasche Rum und einer Flasche Cola.

Wir suchen uns im Wohnzimmer eine gemütliche, freie Couch und blockieren diese dreist. Wer hätte das gedacht? Es ist Freitagabend um halb zehn, es gibt Alkohol und obwohl das die besten Voraussetzungen für viel Spaß sind, haben wir beide miese Laune.

»Sag mal, was ist schon wieder zwischen dir und Juli vorgefallen?«, bohrt Jay nach, als wir uns Cola mit Rum in Plastikbechern zusammenmischen.

Für einen Moment presse ich unwillig die Lippen zusammen, dann leere ich meinen Becher mit einem Zug und fülle nach.

»Ach«, entgegne ich schließlich, als ich bemerke, wie er mich im Dämmerlicht des großen Wohnzimmers immer noch forschend ansieht. »Das Übliche. Wollte ihm 'ne Art Waffenstillstand anbieten. Irgendwas stimmt heute nicht mit ihm. Da ist er total ausgetickt und hat mich angezickt.«

Mein bester Kumpel hebt eine Augenbraue und blickt sich suchend im Raum um, bis er Julian entdeckt. Der sitzt mit Falco, Vanessa und einer kleinen Gruppe anderer Klassenkameraden unweit von uns auf einer größeren Eckcouch und fängt mit ihnen ein Trinkspiel an.

»Was stimmt denn nicht mit ihm?«, erwidert Jay nach einer Weile stummen Musterns. »Er wirkt doch normal.«

Ernsthaft? Merkt er nicht, wie ungesund bleich der Kerl aussieht? ... Ach, egal. Was geht es mich an? Er wollte meine Hilfe nicht, also wird es schon nicht schlimm sein.

»Dann hab mir das wohl nur eingebildet«, erwidere ich ungerührt. »Trink, du Arsch. Im nüchternen Zustand ertrag' ich die Musik nicht.«

* * *

Ich beobachte ihn die ganze Zeit über. Während Jay mir zunehmend alkoholisiert die Ohren vollheult über seine Tusse, kann ich einfach nicht wegsehen. Er lacht nur mit dem Mund, es erreicht die braunen Augen kaum. Vanessa rutscht immer näher an ihn heran und flüstert ihm dauernd irgendwas ins Ohr, wobei sie wie zufällig ihre Brüste gegen seinen Arm drückt.

Es scheint ihm nichts auszumachen, aber sie trinken ja auch übermäßig. Weiß der Teufel, wo sie dieses Spielbrett herhaben. Bei fast jedem Zug muss irgendwer oder gleich alle einen Kurzen trinken, es werden Küsse ausgetauscht, wobei die Betroffenen mit einer Flasche ausgemacht werden. Außerdem verliert einer nach dem anderen ein Kleidungsstück.

Als der Rum ihm zu langweilig wird, steht Jay auf und sagt mehr schlecht als recht: »Lass uns mitspielen.«

Unwillig schaue ich ihn an, tue Jay allerdings den Gefallen und folge ihm. Wenigstens kann er dann nicht mehr wegen dieser Schlampe rumheulen und vielleicht mal mit einem der anderen Mädels rummachen, das tröstet ihn sicher.

Niemand widerspricht, als wir uns dazu setzen und uns zwei Spielfiguren nehmen. Nicht einmal Julian, der mich ungerührt ansieht und dann irgendwas zu Falco sagt, der ihm daraufhin seinen bekritzelten Notizblock unter die Nase hält.

Das Spiel ist erstaunlich gut aufgebaut. Alle zehn Felder gibt es mindestens ein »Trink zwei und gehe zurück auf Start«-Feld, somit ist es schier unmöglich, vorzeitig – oder überhaupt – gewinnen. Ich habe natürlich außerordentliches Glück. Gleich beim ersten Zug darf ich mir ein Kleidungsstück ausziehen, was Jay zum ersten Mal heute Abend ein Lachen entlockt, sei es noch so anzüglich und betrunken.

»Ich glaube, das Spiel gefällt mir!«, meint er, als ich mir das T-Shirt über den Kopf ziehe und achtlos neben mir zu Boden fallen lasse.

Ich schaue nach vorn. Juli sitzt mir direkt gegenüber. Er mustert mich kurz, dann richtet er seine Aufmerksamkeit wieder auf Vanessa. Was ist nur mit dem Kerl los? Anscheinend hat er nicht einmal mehr Lust, sich mit mir zu streiten. Irgendwie fuchst mich das.

Falco ist nach mir dran. Er schaut mich an und grinst breit. Wahrscheinlich ist er genauso angetrunken, wie der Rest. Ich kann mir eine liebevolle Erwiderung nicht verkneifen.

Belustigt stelle ich fest, dass er sich tatsächlich ein wenig aufgebrezelt hat, insofern das bei ihm möglich ist. Mit seiner eher unscheinbaren Körpergröße von einem Meter siebzig erreicht er kaum den Durchschnitt. Dazu ist er noch schmal gebaut, was ihn nicht gerade zu einem Mädchenschwarm macht. Trotzdem trägt er ein enges, weißes Hemd und hat versucht, die welligen Haare mit ein bisschen Gel zu stylen. Er sieht goldig aus, mehr allerdings nicht. Wenn das jemals was werden soll, muss er noch ein bisschen markanter werden.

Er würfelt jedenfalls ziemlich ungeschickt, macht seinen Zug und landet auf einem dieser lächerlichen »Trink soundsoviel und küsse irgendjemanden«-Feldern. Die anderen am Tisch pfeifen vergnügt und lachen, während Falco, der mit seinen Fünfzehn noch einer der Jüngsten von uns ist, errötet und nach der Flasche direkt neben dem Spielfeld greift. Er dreht und beinahe fällt die Flasche dabei vom Tisch. Tut sie jedoch nicht und hält ... direkt vor Julian.

Für einen Moment herrscht betretenes Schweigen am Tisch, ehe ein oder zwei Mädels kichern und dann johlt der halbe Tisch.

Ich weiß nicht, was ich dabei denke. Vielleicht bin ich betrunken und deshalb durcheinander, denn irgendwie finde ich das nicht gut. Zögernd mustere ich Julian, der mich nur kurz unter zusammengezogenen Augenbrauen ansieht und einen unwilligen Blick mit seinem noch mehr errötenden besten Freund tauscht.

»Na, hopp, ihr Süßen!«, drängt ein Kerl aus der Parallelklasse. »Und vergesst die Zunge nicht!«

Juli seufzt ergeben, ehe er die Hand in Falcos Nacken gleiten lässt. Er sieht keineswegs mehr aus, als würde es ihn großartige Überwindung kosten.

Als sich ihre Lippen aufeinanderlegen, kann ich nicht wegschauen. Sie küssen sich wirklich und ich sehe sogar, wie sich ihre Zungen berühren. Die Leute johlen und lachen, während in mir ein unruhiges Kribbeln aufsteigt.

Ja, küss ihn nur! Nicht schwul, nicht bi, hm? Und mich eine Schwuchtel nennen? Na warte, du Ätzbalg, ich krieg' dich noch ins Bett! Du wirst mich anbetteln, dich zu nehmen, das schwöre ich dir und mir.

Als sie sich voneinander lösen und Juli mich erneut kurz ansieht, komme ich mir ertappt vor. Verdammt, was habe ich heute die ganze Zeit mit diesem Idioten? Kopfschüttelnd genehmige ich mir einen Kurzen, obwohl ich gar nicht dran bin. Gratis Gesöff ist was Feines.

JULIAN

Warum schaut er mich dauernd an?

Ich bin betrunken genug, um sonst nicht mehr viel mitzukriegen. Vanessas Kichern ist leicht auszublenden und auch der Kuss mit Falco macht mir nichts aus. Wir spielen noch weiter und jedes Mal, wenn ich Phil dabei erwische, wie er mich beobachtet, möchte ich aufspringen, mit dem Finger auf ihn zeigen und ihn dazu auffordern mir zu sagen, was diese Scheiße eigentlich soll.

Doch ich tue es nicht. Stattdessen spiele ich weiter, trinke und tue, als wäre nichts. Das hat sich aber spätestens dann erledigt, als ich mir etwas ausziehen soll.

Unwillig starre ich das Spielfeld an, während Vanessa dichter an mich rückt und meint, ich solle mich nicht zieren.

Ich zucke mit den Schultern und winde mich mit: »Ja, gleich. Ich gehe nur eben und hole Nachschub aus der Küche« heraus.

»Oh, dann komme ich mit!«

Na, wenn sie meint. Ich erhebe mich wacklig und helfe ihr auf. Sie wankt mehr als ich und klammert sich haltsuchend an mir fest. Ich schaue Phil nicht noch mal an, als ich mit Vanessa am Arm vom Tisch verschwinde und mich durch die herumstehenden Grüppchen kämpfe, aber ich bin mir sicher, dass er mir auch jetzt hinterherschaut. Himmel, nervt dieser Kerl!

In der Küche ist es erstaunlicherweise sehr ruhig. Niemand befindet sich mit uns im Raum und das gibt Vanessa den Mut das auszusprechen, was sie wohl die ganze Zeit schon will. Als wäre das nicht total offensichtlich.

Ich stehe gerade vor dem Tisch mit den Spirituosen, da drückt sie sich auf einmal enger an mich und hebt den Kopf, küsst meinen Hals.

»Julian ...«
»Mh?«
»Wollen wir auf mein Zimmer gehen?«
Ich drehe den Kopf, schaue sie an. Betrunken, eindeutig. Allerdings wollte sie das schon, als wir hier angekommen sind und sie noch nüchtern war. Soll ich? Soll ich nicht?

Sie nimmt mir die Entscheidung ab, indem sie einfach ihre Lippen auf meine drückt und mich wild küsst. Erstaunt mache ich einen Schritt zurück und stoße beinahe den Tisch um.

Für einen Moment regt sich ein merkwürdig irrationaler Widerstand in mir, doch ich verdränge ihn. Nehme es hin. Dann eben Vanessa. Warum nicht?

Als sie meine Hand nimmt und mich hinter sich her zieht, lasse ich es geschehen.

* * *

Ich bin echt dämlich. Habe ich nicht am ersten Schultag beschlossen, dass ich fürs Erste genug von Mädchen habe? Als Vanessa mich an dem Tag angelächelt hat, habe ich mir vorgenommen, auf keinen Fall darauf einzugehen. Natürlich musste ich das gerade für ein bisschen Spaß über den Haufen werfen.

Dabei war der Spaßfaktor sowieso eher gering, weil mir Phil nicht aus dem Kopf ging. Die ganze Zeit musste ich daran denken, wie er mich beobachtet hat.

Vanessa setzt sich verwirrt auf, als ich mich wortlos anziehe und zur Tür gehe. »Hey, warte mal! Ich dachte, du magst mich auch...«

Als ob es nicht offensichtlich gewesen wäre, dass das nicht der Fall ist. Ist ja nicht meine Schuld, wenn sie so blind ist und es eigentlich gar nicht bemerken will.

»Tut mir leid, wenn es so aussah ... Nein.«

»Wie, *nein*? Aber du hast doch ... Warum hast du dann mit mir ... War das nur eine schnelle Nummer für dich?!« Ihre Stimme wird schrill.

Ich gehe und schließe ihre Zimmertür. Dumpf prallt

etwas dagegen und ich nehme die Beine in die Hand und beeile mich, hinunterzukommen.

Warum fragt sie mich auch, ob ich noch mit ihr kuscheln will? Dabei hätte ihr doch klar sein müssen, dass das eine einmalige Sache für mich ist. Anscheinend ist sie davon ausgegangen, dass ich ihre Gefühle für mich erwidere und jetzt brennt die Hütte.

Wahrscheinlich sollte ich lieber sofort heimfahren.

Hastig betrete ich das Wohnzimmer und suche Falco.

Die Trinkspielrunde hat sich zwar aufgelöst, dennoch sitzen sie fast alle noch da. Als sie mich sehen, bricht der Großteil der männlichen Gäste in johlendes Gelächter und bewunderndes Klatschen aus.

»Mann!«, ruft Jay mir zu, steht wankend von der Couch auf und klopft mir hart auf die Schulter. »Du siehst durch'n Wind aus. Was habter getrieb'n?«

Verwirrt und zugleich unwillig schaue ich ihn an.

»Du bist total besoffen«, stelle ich unnötigerweise fest. Jay lacht nur und legt mir kumpelhaft einen Arm um die Schulter.

»Ach, komm schon, als ob wir nich wüsst'n, was ihr gemacht habt ...« Wieder ertönt zustimmendes Gejohle, während mich einige Mädchen vorwurfsvoll mustern und leise miteinander tuscheln.

»Äh, Jay, ich würde es vorziehen, wenn du ...«

»Sei doch nich bescheiden!«

»Komm schon, ich habe echt genug, können wir nicht nach Hause ...«

In dem Moment gibt es hinter mir einen Schlag. Erschrocken zucke ich zusammen, drehe mich um und sehe Vanessa. Verdammt!

Sie stürmt wie eine Furie, mit vor Tränen verlaufener Schminke, auf mich zu. Das Kleid hängt schief an ihr, die hellbraunen Haare sind zerzaust.

»Du Arsch!«, ruft Vanessa mir schrill entgegen und ehe ich mich davonmachen kann – dummerweise werde ich ja festgehalten – steht sie vor mir und gibt mir eine schallende Ohrfeige.

»Wooow, Vanessa, locker!«, versucht Jay, sie lallend zu beschwichtigen. Sie nutzt die Gunst der Stunde und scheuert mir gleich noch eine. Meine Wange samt Kiefer schmerzt und ich bin nicht gewillt, sie noch mal zuschlagen zu lassen.

»Mieses Schwein!«, faucht sie und holt noch einmal aus. Bevor sie mir erneut eine Ohrfeige verpassen kann, gebe ich Jay unsanft einen Stoß in die Rippen, um mich aus seinem Griff zu befreien. So kann ich dem nächsten Schlag ausweichen.

Vorsichtshalber greife ich nach Vanessas Handgelenken, halte sie fest und muss mit ansehen, wie sie in Tränen ausbricht.

Die Party ist im Eimer.

»Hey«, ertönt irgendwo hinter mir eine ruhige Stimme. Phil. Mit dem hätte ich nun wirklich nicht gerechnet. »Ich rufe ein Taxi. Wir verschwinden, okay?«

»Ja, bitte«, erwidere ich, ohne Vanessa aus den Augen zu lassen. Sie weint nur und wehrt sich kaum gegen meine Hände, die sie festhalten.

»Du mieses Schwein …«, schluchzt sie erneut und schließlich lasse ich sie los. Gerade, als sich einige der anderen Mädchen erheben, um sie zu trösten, dreht sie sich um und verschwindet aus dem Wohnzimmer.

Ich sehe mich den vorwurfsvollen Blicken der anderen ausgesetzt. Unwohl streiche ich mir mit einer Hand über die lädierte Wange und sehe, wie Falco sich ebenfalls von der Couch erhebt und mich mitleidig mustert.

»Sorry«, sage ich zu keinem Bestimmten. Jay, der wohl durch meinen Schlag ein bisschen an Nüchternheit zurückgewonnen hat, legt mir wieder einen Arm um die Schulter und meint gelassen: »Schon okay, wurd' eh langweilig.«

»War sowieso nicht allzu cool«, stimmt Phil uns zu und zückt sein Handy. Er wählt die Nummer des örtlichen Taxiunternehmens und bestellt eines her.

Zusammen verziehen wir uns relativ schnell. Erstaunlich, dass die anderen drei überhaupt kein Problem damit haben, mit mir zu gehen. Als wir draußen sind, hat Jay sogar noch die Laune, über den Vorfall zu lachen, während mir Falco in sein Notizbuch schreibt: *Oh, Juli, du bist ein Trottel,* doch dabei lächelt er mich lieb an, sodass sich mein schlechtes Gewissen langsam in Luft auflöst.

Sogar Phil ist nett.

»Weiber«, meint der nur und zuckt mit den Schultern. »Stellen sich immer furchtbar übertrieben an. War doch klar wie das Amen in der Kirche, dass du keine Gefühle für sie hast.«

Zum ersten Mal heute spüre ich, wie es in mir drin, wo es sonst unwiderruflich kalt und taub ist, ein wenig warm wird.

»Danke, Leute«, sage ich gerührt.

»Ach, wir sind Freunde«, erwidert Jay und zieht sich dabei grinsend das Päckchen Kippen aus meiner Hosentasche, nimmt sich eine und bietet erst Phil und dann mir eine an. Falco lehnt kopfschüttelnd ab und mustert uns vorwurfsvoll.

»Komm, wenn ich schon saufe, kann ich auch rauchen!«, behauptet Jay und reicht ein Feuerzeug herum.

So stehen wir einträchtig rauchend auf dem Bürgersteig vor Vanessas Haus und warten auf unser Taxi. Falco drückt sich an mich und ich grinse ihn schwach an.

»Kommt nicht noch mal vor«, verspreche ich.

Er winkt nur ab und lehnt den Kopf, ebenfalls vollkommen erschöpft, gegen mich.

»Eigentlich war es doch recht witzig«, bekundet Phil und fängt sich dafür einen bösen Blick von Falco ein.

Jay lacht nur und nickt. »Die Ohrfeigen haben geklatscht, das muss gezwiebelt haben!«

»Ich kann Vanessa sowieso nicht leiden«, meint Phil grinsend. »Hat sie mal verdient, diese arrogante Zicke.«

»So lange sie nicht gleich noch einmal herausstürmt, um mich zu verprügeln …«, erwidere ich schaudernd, was alle zum Lachen bringt.

»Schiss, Schätzchen?«, fragt Phil belustigt und grinst, doch zum ersten Mal seitdem wir uns kennen, weder abwertend noch boshaft. Ich antworte mit einem unsicheren Schulterzucken und einem schiefen Grinsen.

»Ich darf ja nicht zurückschlagen … Das ist was anderes.«

PHILIP

Der Taxifahrer hält zuerst bei Falco, dann bei Jay. Auf der Fahrt zu Julians Haus sitzen wir alleine und schweigend auf der Rückbank. Ich weiß nicht, was ich sagen soll. Zwar bin ich mir nicht sicher, was heute mit ihm los ist, doch ich habe es nicht über mich gebracht, weiterhin unfreundlich zu ihm zu sein. Seit wir fahren, starrt er unablässig aus dem Fenster hinaus, in Gedanken vertieft.

Warum ist er mit Vanessa aufs Zimmer gegangen? Ich war mir sicher, dass sie ihn kalt lässt.

Ich verstehe es nicht, aber zum ersten Mal, seit er in unsere Klasse gekommen ist, fühle ich mich mit ihm verbunden, auch, wenn es nur ein verdammt dünner Faden ist.

Als das Taxi vor Julis Haus hält und dieser aussteigen will, werfe ich dem Fahrer noch ein: »Moment, bitte!«, zu und steige ebenfalls aus. Ich will Antworten und wenn möglich sofort.

»Juli, hey«, rufe ich ihm nach. Allerdings geht er weiter auf die Tür zu, also beeile ich mich und greife reichlich unsanft nach seinem Handgelenk.

Plötzlich geht alles sehr schnell.

Ihm entweicht ein merkwürdiger Laut, irgendwas zwischen Zischen und einem schrillen Quietschen. Er entzieht mir mit einem Ruck sein Handgelenk, scheuert mir mit der anderen Hand mächtig eine und starrt mich aus großen Augen heraus panisch an.

Ich realisiere nicht, was hier gerade passiert, sondern spüre nur den warmen Schmerz in meinem Gesicht. Es dauert eine gefühlte Ewigkeit, bis ich auch nur ein Wort hervorbringe.

»Spinnst du?!«

Ich hebe eine Hand an meine Wange und mustere sein starres Gesicht mehr verwirrt als wütend. Der Ausdruck in seinen Augen gleicht dem eines in die Enge getriebenen Tieres. Er hält sich unbewusst das Handgelenk und stolpert ein, zwei Schritte zurück.

»Ich ... ich ... sorry ... Tschüss!«, stottert er, springt die Stufen hinauf und schließt hastig die Tür auf. Ohne ein weiteres Wort verschwindet er im Haus. Mit brennender Wange und tausend ungeklärten Fragen lässt er mich einfach stehen.

Was zum Teufel war denn das gerade?!

3

DURCHEINANDER VERURSACHEN

FALCO

Ich liebe es, ihn anzusehen. Jedes Mal wenn sich unsere Blicke kreuzen, trifft es mich wie ein Stich mitten ins Herz. Auch wenn er mich nicht ansieht und, wie jetzt, einfach dasitzt. Er hat die langen, schlanken Beine ausgestreckt und versinkt halb in dem alten Sessel mit seinen weichen Sofakissen. Den Kopf in den Nacken gelegt starrt er an die staubigen Deckenbalken.

Mich durchrieselt ein wohliger Schauer, wenn ich seinen sehnigen Hals mustere. Die schönen Hände, seine glatte Haut, die leicht chaotischen, schwarzen Haarsträhnen, die ihm unordentlich über die Stirn fallen. Er ist schön und er weiß es gar nicht.

Juli sagt nichts, als ich mich, auf das Sofa setze. Am Rand und nah bei ihm und mich selbst etwas unwohl fühlend. Ich ziehe den kleinen Notizblock aus meiner Hosentasche und lege ihn samt Stift auf den Fernsehtisch vor uns. Im Sitzen bohren sich seine Kanten in mein Bein und erinnern mich schmerzlich an meine Stummheit. Ich möchte nicht daran denken. Wenn ich mit Juli zusammen bin, ist das alles leicht zu vergessen.

Er seufzt leise, wirkt in Gedanken versunken. Ich liebe auch diesen verträumten, verlorenen Blick, den er oft hat. Dann leuchtet in seinen Augen das Feuer tausender Leben, die in seinen Träumen stehen und fallen. Ich wünsche mir, einmal derjenige zu sein, der dieses Glänzen, dieses Feuer zu deuten weiß. Als einziger, was ganz Besonderes. So, wie er es für mich ist, weil er mich versteht, ohne dass ich etwas sage, zeige oder schreibe. Mit Juli muss ich das nicht bei jeder Kleinigkeit. Juli versteht mich ohne diese Hilfsmittel. Deshalb ist er mein bester Freund und auch deshalb liebe ich ihn.

Seit er bei uns ist, hat sich eine Menge verändert. Ich kann an nichts Anderes mehr denken, als an ihn. Zum ersten Mal in meinem Leben nehme ich jemanden, nein, *ihn* nicht als den wahr, der er ist, sondern als das, *was* er ist: nämlich ein Mann. Mit guter Figur, mit wundervollen Muskeln an den Armen und diesem herrlichen, schlanken Hals, dem kantigen Gesicht und den wundervollen, wuscheligen schwarzen Haaren. Seine braunen Augen und diese unglaublichen vollen Lippen, die ich immerzu anstarren könnte. Zum ersten Mal in meinem Leben kribbeln mir die Finger, wenn ich jemanden berühre, schlägt mein Herz schnell und überschäumend vor lauter Gefühlen.

Juli lächelt und wieder pocht mir mein kleines, dummes Herz bis zum Hals. Sein Lächeln, dieses melancholische, bittersüße Lächeln, bei welchem sich ein hinreißendes Grübchen in seiner linken Wange bildet, auch das liebe ich.

»Und?«, fragt er schließlich in die alles verschluckende, staubige Stille hinein. »Wie findest du es?«

Er hebt den Arm, macht allumfassende Bewegung mit der Hand, dreht den Kopf und sieht mich an. Ich spüre, wie ich erröte, weil ich mir einbilde, er könne genau in diesem Moment meine Gedanken lesen. Ich lächle und nicke. Sein Dachboden, dessen Zugang versteckt in einer Besenkammer in Julis Zimmer liegt, sein ganzer Stolz, sein stilles Refugium. Hier ist er der Herr, hier stört ihn niemand, wenn er das nicht will. Ich bin der Erste, dem er diesen Raum gezeigt hat. Ich hoffe, dass ich der Einzige bleibe.

Gefällt mir, bedeute ich ihm.

»Dachte ich mir. Es ist herrlich ruhig. Manchmal vergesse ich, wie still die Welt sein kann«, seufzt er. Juli setzt sich auf, stützt das Kinn auf eine Hand und mustert mich zerknirscht. »Das mit gestern tut mir wirklich, wirklich leid. Ich wollte nicht, dass es Stress gibt.«

Ein Schulterzucken meinerseits. *Nicht schlimm.* Ich hebe skeptisch eine Augenbraue. *Aber warum hast du das getan?*

Für einen Moment presst er die Lippen zusammen und verzieht das Gesicht, als wüsste er selbst nicht genau, was er sagen soll. Diese Szene gestern, mit Vanessa auf der Party. Für den Moment, in dem wir dieses Trinkspiel gespielt und uns geküsst haben, war ich glücklich. Ich war froh, dass er sich nicht mit Phil versteht, sonst hätte mir ihr andauernder Blickkontakt zu schaffen gemacht und ich war froh, dass er nichts dabei fand, mich zu küssen.

Er muss mich nicht unbedingt ebenfalls lieben, aber er darf nicht vor mir zurückschrecken, das würde ich nicht verkraften. Er darf auch sonst keinen Mann lieben.

Als er allerdings mit Vanessa verschwunden ist …

»Ach, Falco, ich weiß nicht.« Juli überlegt eine kleine Ewigkeit, ehe er ein leises Seufzen ausstößt. »Manchmal fühle ich mich richtig taub, als … als wäre das gar nicht ich, der da lebt, sondern irgendjemand anderes und ich beobachte ihn.« Er verzieht unwillig das Gesicht. »Himmel, was rede ich nur!«

Anscheinend ist Juli unzufrieden mit dem, was er gesagt hat. Er schnaubt, steht auf und läuft schweigend durch den Dachboden. In den letzten Tagen ist er anders als zuvor. Unruhig und verschlossen. Ich wünschte, ich wüsste, was los ist.

Still bewegt er sich durch ein paar Kisten hindurch, ehe er am anderen Ende stehen bleibt. Er bückt sich, hebt etwas auf und kommt damit wieder zu mir. Eine Gitarre?

»Tut mir leid, Falco«, sagt er leise. »Ich weiß nicht. Bin nicht unbedingt auf der Höhe im Moment.«

Jetzt kann ich mich doch nicht zurückhalten, ziehe meinen Block heran und schreibe: *Wenn du reden magst … Du weißt ja, wo ich bin. Immer direkt neben dir. Du spielst Gitarre?*

»Ich weiß, danke«, entgegnet er und lächelt mich zum ersten Mal seit Tagen wieder an – so herrlich, dass es meine Welt aus den Angeln hebt. »Und ja. Tue ich. Habe ich zumindest, bevor wir hergezogen sind, seitdem gammelt die Gitarre hier herum.«

Er deutet hinter sich, wo zwischen Kisten und Möbeln anscheinend noch etwas herumstehen muss. »Hab' auch ein Schlagzeug. Im alten Haus hatten wir einen schalldichten Keller, aber bei der hohen Umzugsrate, die wir haben, glaube ich nicht, dass mein Vater erlaubt, hier einen einzubauen.«

Nur ein Teil dieses Satzes krabbelt in meine Ohren und setzt sich in meinem Kopf fest, wie eine riesige Spinne, die ihr dunkles Netz webt. Umzug, Umzug, *Umzug*. Warum sind sie so oft hin- und hergezogen? Werden sie bald wieder weggehen? Kann es sogar sein, dass ich vielleicht nur noch zwei Wochen mit ihm habe und dann muss er fort? Alleine der Gedanke schnürt mir die Kehle zu.

Was meinst du, werdet ihr hier wieder wegziehen?, schreibe ich und hoffe, er sagt so was wie: ‚Wenn ja, dann nicht sehr weit' oder ‚Ich bleibe sicher bei dir'. Irgendwas in diese Richtung. Ich wüsste nicht, was ich machen würde, wenn er plötzlich nicht mehr hier wäre.

»Weiß nicht.« Er schürzt die Lippen, zupft an den Saiten der Gitarre und stimmt sie nachdenklich. »Glaub nicht. Mein Vater hat hier schon einmal gewohnt, früher. Zum ersten Mal hat er eine Kanzlei in der Nähe. Ich glaube, diesmal bleiben wir. Das Haus ist okay.«

Ich nicke zufrieden und lehne mich in dem Sofa zurück, während Juli weiter seine Gitarre stimmt. Vielleicht hätte ich nicht ohne Absprache herkommen sollen, denn heute scheint er in sehr merkwürdiger Stimmung zu sein. Andererseits braucht er vielleicht gerade deshalb Gesellschaft, wer weiß.

»Ich habe früher viel gespielt«, erklärt er und endlich schleicht sich ein Grinsen auf sein Gesicht. »Mädchen stehen darauf ... Obwohl ich beim besten Willen nicht weiß, warum sie nicht alle vor meinem Gejaule geflohen sind.«

Du hast gesungen?

Der ungläubige Blick, den ich ihm zuwerfe, spricht Bände. Er lacht.

»Vor allem dieses traurige, gefühlsduselige Zeugs. Oh Mann, ist das peinlich ... ich will gar nicht dran denken.«

Sing mir was vor!, bitte ich mit Nachdruck. Er schüttelt den Kopf, lacht und will den Notizblock fortschieben, doch ich insistiere. *Sing! Los, ich lache auch nicht!*

Schließlich seufzt er.

»Okay. Wehe, du lachst. Wenn ich deinen Mundwinkel zucken sehe, hast du verloren!«, droht er, aber aus seinen Augen blitzt der Schelm. »Das Lied ist von *Ocean's Rising*, meiner Lieblingsband.«

Er zupft noch ein wenig an der Gitarre herum und denkt nach. Es ist eine halbe Ewigkeit still auf diesem verstaubten, alle Geräusche verschlingenden Dachboden, ehe er anfängt, leise zu spielen und singt dazu: »*I walk through darkest forests, everything seems lost …*«

Im ersten Moment jagt er mir damit eine Gänsehaut über die Arme und den Nacken. Wenn ich etwas besonders gerne mag, dann ist es seine Stimme. Besonders, wenn er sich zu mir hinunterbeugt und Worte in mein Ohr flüstert. Diese Stimme, ein wenig rau und doch klar, nicht zu tief und nicht zu hell, der man den Weltschmerz, welcher Juli oft prägt, anhört – sie zog mich von Anfang an in ihren Bann.

»*Just one thing left inside of me, the rotten soul I own.*«

Mit großen Augen beobachte ich ihn, wie er da sitzt, die Gitarre unter halb geschlossenen Lidern hervor ansieht, während seine Hände schnell und sanft über die Saiten gleiten. Ich sehe ihm an, dass er gerne singt, doch die Röte auf seinen Wangen verrät, dass es ihm unangenehm ist, vor mir zu singen. Trotzdem tut er es.

»*Oh, I ain't find it, no I ain't find the cure, the cure for my condemned soul.*«

Als er das Lied beendet, bleibt kein Nachhall – weder vom Lied, noch von dem traurigen Gefühl, das er damit vermittelt hat, wahrscheinlich ohne es zu wollen. Auf diesem Dachboden, mit Juli, an diesem Samstag, fühlt sich nichts wirklich an und vielleicht ist das gerade der Grund, warum er komisch ist.

Er sagt nichts und ich weiß nicht, was ich entgegnen soll. Es wäre ihm sicher unangenehm, wenn ich seinen Gesang und dieses traurige Lied kommentiere, also ziehe ich nur den Notizblock heran und schreibe: *Ist alles in Ordnung mit dir?*

Er zögert, bevor er die Gitarre neben sich gegen den Sessel lehnt und sich vorbeugt und er scheint erleichtert, dass ich nichts zu seiner Stimme schreibe. Trotzdem schweigt er eine halbe Ewigkeit, ehe er plötzlich und wie aus dem Zusammenhang gerissen fragt: »Falco? Kannst du mir ein bisschen was über Phil erzählen?«

Erstaunt hebe ich die Augenbrauen. Warum Phil? Mag er ihn doch? Haben die beiden gestern Abend noch über irgendwas geredet?

Warum fragst du das?

Juli seufzt, lehnt sich in dem Sessel zurück und fährt sich mit einer Hand durch die ohnehin schon zerzausten Haare.

»Er ist komisch. Warum mögt ihr ihn? Weshalb kann er mich nicht leiden? Wir streiten uns dauernd und ich weiß eigentlich gar nichts über ihn.« Er macht eine kurze Pause und sieht mich an, Unverständnis und Unbehagen in den Augen, ebenso wie etwas, das Ähnlichkeit mit *Angst* hat. »Wie ist er, wenn er nett ist? Warum ist er mit siebzehn noch nicht fertig mit der Schule? Und wie hast du ihn kennengelernt?«

Ich weiß nicht, wie lange wir uns einfach nur ansehen und ich weiß nicht, was ich davon halten soll, dass er mich diese Dinge fragt. Phil ist für mich in Bezug auf ihn ein heikles Thema, weil ich sehen kann, wie sie sich ansehen, wenn es scheinbar niemand merkt. Außerdem sehe ich, dass Juli gerne mit ihm befreundet wäre. Was Phil angeht … er ist zwar schrecklich zu ihm, rein optisch sagt Juli ihm allerdings sicher zu. Da mag er ihn noch so wenig leiden können, er ist auch nur ein Mann – mit besonderen Vorlieben.

Seit ich ihn kenne, war er immer offen mit seiner Homosexualität. Niemand hat das je hinterfragt. Am Allerwenigsten er selbst. Wenn man jemanden kennt, der so ist, dann macht man sich selbst um einiges weniger Gedanken um diese nicht ganz regelkonformen Dinge. Vielleicht ist er der einzige Grund, warum ich mich nicht von einer Brücke gestürzt habe, als ich mich in Juli verliebt habe. Als ich zum ersten Mal anders von ihm gedacht habe und seine Berührungen auf diese bestimmte Weise genossen habe.

Zögernd nehme ich den Stift und beuge mich über meinen Notizblock. Was soll ich sagen? Am besten fange ich mit dem Leichtesten an und frage erst gar nicht, warum er das alles wissen möchte. Wahrscheinlich will er nur herausfinden, was Phil gegen ihn hat.

Er ist sitzengeblieben, schreibe ich. *In der siebten oder achten Klasse. Da ist er zu uns gekommen.*

Juli neben mir gibt einen Laut zwischen Prusten und Schnauben von sich.

»Was? Wie kann man bitte in der achten Klasse sitzenbleiben? Ganz zu schwiegen von der siebten!«

Wir tauschen einen amüsierten Blick, ehe ich ihn aufkläre.

Er ist nie in der Schule gewesen, glaube ich. Hat einfach geschwänzt. Denk nicht, er wäre dumm ... Du glaubst gar nicht, wie unangenehm es ihm ist, wenn er mal wieder eine Eins schreibt.

»Das ist allerdings blöd. Glaubt er, wenn er gute Noten schreibt, kann er kein verlotterter, asozialer Punk sein?«

Ich schüttle den Kopf und schaue ihn tadelnd an.

Er ist nicht asozial, ganz im Gegenteil. Es ist schade, dass ihr euch nicht versteht, sonst wüsstest du das. Phil ist treu und loyal gegenüber seinen Freunden und er würde nie einen von uns hängen lassen. Ich weiß nicht, was er gegen dich hat.

Juli zuckt nur stumm mit den Schultern und ich überlege, was ich ihm noch erzählen könnte. Soll ich ihn irgendwie beruhigen? Trösten? Tut es ihm weh, dass Phil ihn ablehnt?

Mach dir keine Gedanken, schreibe ich also. *Am Anfang haben Jay und er sich auf den Tod nicht ausstehen können. Phil hat Jay immer Rosalie genannt, weil er mal ein rosa T-Shirt getragen hat und Jay hat ihn als Rosetten-König betitelt. Bis sie sich mal beinahe geprügelt haben und als ich dazwischen gehen wollte, haben sie mich beide mit genau denselben Worten angeschnauzt: »Halt dich da raus, Spaghetti-Fresser!« ... Und dann haben sie sich angeguckt, losgeprustet und seitdem lieben sie sich wie Brüder.*

Ich füge nicht hinzu, dass ich glaube, dass die Leute, denen Phil zu Beginn besondere Antipathie entgegenbringt, meist die sind, mit denen er sich später am besten versteht. Auch mich mochte er zunächst nicht sonderlich. Olli und Sven hingegen, die ihm nicht ansatzweise so nahe stehen wie Jay und ich mittlerweile, mochte er von Anfang an. Ich bin nicht sicher, warum ich nicht möchte, dass er das weiß.

Juli neben mir lacht leise.

»Spaghetti-Fresser? Ist ja reizend. Die beiden sind blöd.« Er schürzt für einen Moment die Lippen, ehe er breit grinst und mich ansieht. »Wie gut, dass wir nicht wie die beiden sind. Du bist mir von allen der Liebste, dafür müssen wir uns nicht erst prügeln!«

Seine unbedachten Worte zaubern mir ein kribbeliges Gefühl in die Magengegend. Ich erwidere sein Grinsen und freue mich darüber, dass zum ersten Mal seit Tagen der jungenhafte Charme, der Juli sonst innewohnt, zum Vorschein kommt. Hingerissen schaue ich auf das kleine Grübchen in seiner Wange und wende mich dem Blatt zu.

Du würdest ja sowieso den Kürzeren ziehen, wenn wir uns prügeln, schreibe ich und grinse schalkhaft, als ich mich in dem Sofa zurücklehne.

Er beugt sich nur für den Bruchteil einer Sekunde über den Block. Gleich darauf lacht er ungläubig auf, zieht eines der Sofakissen hinter dem Rücken hervor und wirft es nach mir.

»Sei nicht so frech, Pasta-Kopf!«

Werden wir rassistisch? Deutscher Quadratschädel!

Der Satz reicht ihm, um sich grollend auf mich zu stürzen. Mit seinem Gewicht drückt er mich auf das Sofa nieder, zieht mich unsanft an den Haaren und meint: »Wir kämpfen wie echte Männer! Haare ziehen, kratzen und beißen!«

Stumm lachend zwicke ich ihm in den Bauch. Als er plötzlich aufquietscht und beinahe vom Sofa hinunterfällt, hat er seine Schwachstelle schon verraten.

»Nicht kitzeln!«, ruft er und versucht, meinen Händen

auszuweichen, indem er sich aufsetzt und nach einem der Sofakissen greift.

Als ich erneut meine Hände auf seinen Bauch lege und er erneut mädchenhaft hoch kreischt, verliert er das Gleichgewicht. Polternd landet er auf den staubigen Boden, wo er ächzend liegen bleibt. Schade, ich mochte es, wie er auf mir saß.

Belustigt richte ich mich auf und strecke ihm die Zunge raus, doch er lacht nur atemlos.

»Ich habe gesagt: an den Haaren ziehen, kratzen und beißen! Von Kitzeln war hier nie die Rede, du unfairer Mafioso! Zählen die Regeln der Ehre heutzutage nichts mehr?«

Er lacht, als er meine empörte Miene sieht und ich kann einfach nicht widerstehen. Mit einem hoffentlich bedrohlichen Gesichtsausdruck lasse ich mich von dem Sofa gleiten und setze mich rittlings auf seinen Bauch, was er nur grinsend beobachtet.

»Wenn du mich jetzt noch platt sitzen willst, zweifle ich an deiner Ehre!«, verkündet er und verschränkt die Arme hinter dem Kopf.

Es ist erstaunlich. War er bis vor fünf Minuten noch zu Tode betrübt, so scheint er nun mehr denn je ein unbeschwerter Fünfzehnjähriger zu sein.

Nachdenklich lege ich den Kopf schief, sodass er nun selbst fragend hinzufügt: »Was ist los? Denk' nicht zu angestrengt nach, sonst platzt dein Kopf.«

Dem kann ich bis auf einen missbilligenden Blick nichts entgegenbringen. Platzen, pah. Wenn Juli wüsste, über was ich immer nachdenke ... Ich zwicke ihn dorthin, wo ich seinen rechten Nippel vermute, bevor ich den Notizblock vom Tisch direkt neben uns nehme und aufschreibe: *Ich denke über dich nach, darf ich nicht?*

Um ehrlich zu sein, am Anfang war mir diese Methode der Verständigung sehr lästig. Ich fühle mich nicht sehr oft gehandicapt, aber manchmal, wenn die Konversation zu schnell ist, sodass ich nicht folgen kann, dann könnte ich heulen vor Wut. Langsam jedoch dämmert mir, dass es im

Zusammenhang mit Juli nur von Vorteil ist. Je länger alles dauert, desto mehr Zeit verbringen wir miteinander. Er ist sehr geduldig, was das angeht und lässt mir alle Zeit der Welt, um meine Gedanken aufzuschreiben.

Auf meine letzte Bemerkung hin hebt er nur die Augenbraue. »Warum das?«

Die Party, schreibe ich. *Gestern. Flaschendrehen. War dir das nicht peinlich?*

Ich weiß nicht, wie ich darauf komme, aber es ist besser, als ihm zu sagen, was ich tatsächlich denke.

Juli runzelt die Stirn, lächelt spitzbübisch und sagt: »Nein, warum sollte es? Ich fand es nett. Du hast weiche Lippen.«

Nicht rot werden. Alles, nur nicht rot werden. Cool bleiben. Ich forme die Lippen zu einem »Oh«, hebe die Augenbrauen und grinse hoffentlich gelassen.

Aha. Du magst also meine Lippen? Färbt Phil auf dich ab?

Er erwidert darauf zunächst nur ein leises Zischen. Langsam rappelt er sich mit dem Oberkörper auf. Auf die Unterarme gestützt sieht er mich an.

»Was hat das mit Phil zu tun? Ich küsse gerne. Ist doch schön.«

Mh, gut zu wissen, schreibe ich nur.

Juli mustert meinen Block für einen Moment, dann nimmt er ihn mir aus der Hand und legt ihn zur Seite.

»Sag mal ... machen Jay und Phil wirklich miteinander rum?«

Ich verdrehe die Augen. Mit einer Hand stütze ich mich gegen seinen Brustkorb ab, beuge ich mich vor und greife nach meinem Notizblock.

Ja, manchmal. Leg' meinen Block nicht weg, du Trottel.

»Die beiden sind trotzdem befreundet? Ist das nicht komisch?«

Nachdenklich will er wieder nach meinem Block greifen, doch ich ziehe ihn zurück und schlage ihm sanft auf die Finger.

Warum denn? Wir haben uns doch gestern auch geküsst und sind noch befreundet. Finger weg vom Block!

Daraufhin grinst er nur schwach.

»Stimmt. Ich sollte dich verstoßen ... nein, warte, ich habe ja gesagt, ich mochte es. Mist, du musst mich verstoßen!«

Das sind die Hormone, schreibe ich. *Und außerdem: Wer kann es dir verübeln? Ich bin viel hübscher als Vanessa.*

Lachend liest Juli die Zeilen, reißt mir blitzschnell den Block aus der Hand und schaut mich herausfordernd an.

»Ich mag das nicht, wenn du schreibst. Versuch es doch mal ohne, Falco. Kann ich nicht mit dir Gebärdensprache lernen?«

Ich verdrehe die Augen, doch als er hinzufügt: »Aber ja, stimmt schon, ich hätte mit dir auf eines der Zimmer gehen sollen«, kann ich mir ein überraschtes Blinzeln nicht verkneifen und erröte heftig.

Angesichts dessen lacht Juli eines seiner herrlichen, gänsehautverursachenden Lachen und pikst mir mit einem Finger in den Bauch. »Du errötest sogar niedlicher. Oder warte mal, Vanessa ist schamlos, die errötet nicht. Willst du nächstes Mal mit mir aufs Zimmer gehen?«

Um Himmels willen, was ist nur in Juli gefahren?! Schockiert schaue ich ihn an und beobachte, wie er lacht.

»Nein? Bin ich dir nicht hübsch genug? Küsse ich nicht gut?«

Er ist verrückt, eindeutig. Erst saß er dort, als würde er seines Lebens nicht mehr froh, und jetzt ist er so schamlos und macht solche Dinge! Meint er das etwa ernst?

Meine Fingerspitzen kribbeln, als ich die Hände leicht gegen seine Brust drücke und mich hinunterbeuge, ihm die Zunge herausstrecke. Ich sitze immer noch auf seinem Bauch, es ist herrlich angenehm und verursacht mir ein kribbeliges Gefühl in der Brust.

Juli reckt mir das Kinn entgegen, ein leichtes Grinsen auf den Lippen und meint: »Wir können es natürlich auch hier tun, wenn du willst.« Auffordernd spitzt er die Lippen.

Um Himmels willen! Ich verziehe abfällig den Mund und winke ab.

Er lacht nur leise: »Komm schon. Lass mich nicht zappeln, du italienische Schönheit. Ich vergehe vor Sehnsucht!«

Unfassbar, wie er ohne rot zu werden solche Dinge sagen kann. Es ist nicht zu leugnen, dass ich ihn gerne küssen würde. Aber wenn er solchen Unfug treibt, den man unmöglich ernst nehmen kann, dann gefällt mir das gar nicht. Er würde es sicher nicht gut finden, wenn ich ihn doch plötzlich küsse.

Eigentlich habe ich ihn nie gefragt, ob er vielleicht doch ein wenig auf Jungs steht.

Ich schüttle allerdings vehement den Kopf, was ihm ein Seufzen abringt. Plötzlich hebt er den rechten Arm, legt mir warm eine Hand in den Nacken und zieht mich zu sich hinab.

Vielleicht sieht er meiner entsetzten Miene an, was ich denke. Wird er es nicht bereuen? Als er mir erneut sein Gesicht entgegen reckt und mich weiter hinunterzieht, murmelt er: »Man ist nur einmal jung, Angsthase.«

Mit einem Mal liegen meine Lippen auf seinen, genau wie gestern. Nur schmeckt er diesmal nicht nach Alkohol oder Zigaretten, sondern nur nach Juli.

Für einen Augenblick fühlt es sich an, als würde sich die Welt auf den Kopf drehen. Fast ist mir, als setze mein Herz für diesen ewigen Moment aus und dann ist mit einem Schlag alles wieder da: das Kribbeln, das Herzklopfen, die Schmetterlinge.

Er küsst mich sanft, anders als gestern. In diesem Kuss steckt all seine Freundschaft für mich, das spüre ich und das kann ich förmlich schmecken. Also erwidere ich ihn ebenso, streife mit den Lippen sanft über seine und gehe auf das leichte, hauchzarte Zungenspiel ein.

Nie im Leben habe ich mich dermaßen berauscht gefühlt.

Als er schließlich seine Lippen von meinen löst, stupst er mit seiner Nase sachte gegen meine und grinst spitzbübisch.

»Ich bin froh, dass ich dich habe, weißt du das? Du bist ein verdammt toller bester Freund ... Für einen unfairen Mafioso.«

Ich lache, schüttle den Kopf und lehne für einen Moment meine Stirn gegen seine. Er muss mich nicht lieben, oh nein. Er soll nur mein Juli bleiben.

Doch der schöne Moment der unschuldigen Gefühle zwischen uns, dieser Sommer-Sonnenblumen-Moment, den ich am liebsten in ein Marmeladenglas für schlechtere Zeiten packen würde, wird schneller unterbrochen, als mir lieb ist. Wir scheinen beide nicht mitbekommen zu haben, wie jemand die Besenkammer betreten hat und mir ist schleierhaft, warum wir die Treppe nicht gehört haben. Plötzlich räuspert sich jemand unweit neben uns und lässt uns heftig auseinander schrecken.

Schnell gehe ich von Juli herunter, der sich seinerseits nur aufsetzt und den Neuankömmling unwillig mustert.

»Was ist los?«

Seine Mutter, die merkwürdig deplatziert mitten im Raum steht, hebt nur eine Augenbraue. Um ehrlich zu sein, habe ich noch nie jemanden spontan nicht leiden können. Ich war nie so. Diese Eigenschaft ist eindeutig eine von Phils. Aber Julis Mutter mit dem abschätzig-spöttischen Heben einer ihrer Augenbraue, ist mir sofort zuwider.

»Ich wusste gar nicht, dass du dich umorientiert hast«, erwidert sie und ihrer etwas zu hohen, leicht näselnden Stimme liegt ein furchtbarer Ton zu Grunde.

Nicht etwa der einer Mutter, die abscheulich findet, was ihr Sohn da treibt, sondern etwas viel Schlimmeres, das, so wird mir im selben Moment erschreckend bewusst, anscheinend vollkommen gängig zwischen ihnen ist. Gelangweiltes Desinteresse. Es interessiert sie gar nicht wirklich, sie sieht ihn nur an wie ein unbekanntes Insekt, das eindeutig zu viele Beine hat, um noch ansehnlich zu sein.

Juli wird erst bleich, dann röten sich seine Wangen. Langsam kommt er auf die Beine und klopft sich den Staub von der Hose, ehe er murmelt: »Hab ich nicht ... Wir ... Wir haben nur rumgeblödelt.«

Leise und unsicher, wie ich ihn bisher noch nie gehört habe.

Es interessiert sie eigentlich gar nicht.

»Du musst dein Zimmer aufräumen. Das wollte ich dir sagen. Es sieht schlimm aus.«

Mein bester Freund holt tief Luft und zieht die Schultern ein, als er entgegnet: »Nicht jetzt, ich habe Besuch, wie du siehst.«

»Doch *jetzt*. Dein Besuch kann ja gehen. Es war sowieso nicht vereinbart.«

Julis Mundwinkel zucken bedrohlich nach unten, er reckt trotzig das Kinn.

»Wenn etwas nicht vereinbart war, dann, dass du einfach in mein Zimmer platzt. Ich räume später auf. Lass uns in Ruhe.«

Sie mustert ihn stumm und ich sehe Juli unter dieser Zurschaustellung von Missbilligung förmlich in sich zusammenschrumpfen.

Unwohl drücke ich mich im Hintergrund herum und wünschte, ich könnte mich in Luft auflösen. Was ist denn das für eine Mutter? Kein Vergleich zu der meinen, die eigentlich immer herzlich und lieb ist.

»Kein Wunder, dass dein Vater selten daheim ist. Das wäre ich bei einem solchen Sohn auch nur ungern.«

Zum ersten Mal lächelt sie. Es ist jedoch kein freundliches Lächeln, sondern eiskalt.

Damit dreht sie sich um, diese große schlanke Frau und schreitet durch den Dachboden und die Treppen wieder hinab.

Hat sie gerade tatsächlich das gesagt, was ich gehört habe? Wie kann sie ihrem eigenen Fleisch und Blut solche Abscheulichkeiten an den Kopf werfen?

Juli regt sich nicht. Ich sehe nur seinen Rücken und seine Hände, die sich immer wieder zu Fäusten ballen und öffnen.

Vorsichtig trete ich an ihn heran, lege ihm eine Hand auf die Schulter. Als er mich ansieht, zerreißt es mir fast das Herz in der Brust. Es verletzt ihn, natürlich. Ich sehe diesen Schmerz in seinen Augen und verwünsche diese Boshaftigkeit, die ich nicht verstehe.

»Sorry«, murmelt er und atmet tief durch. »Das hättest du nicht mitbekommen sollen ...« Mein empörter Gesichtsausdruck entlockt ihm nur ein schwaches Lächeln. »Sie meint das nicht so.« Nach einer kurzen Pause fügt er leise hinzu: »Entschuldige bitte … könntest du gehen? … Ich muss aufräumen …«

PHILIP

Er lässt mich zappeln wie einen hässlichen, zu kleinen Fisch an der Angel. Zumindest meidet er mich wie die Pest und die Cholera zusammen – *Pholeraest*, oder so ähnlich. Ich weiß nicht, was ich noch machen soll, auf nichts reagiert er. Kleine Provokationen bringen ihn nicht wie sonst auf hundertachtzig. Er grüßt mich nicht einmal, wenn ich ihm laut einen guten Morgen wünsche. Nicht einmal angesehen hat er mich.

Seit der Ohrfeige am Samstag sind ein paar Tage vergangen. Auch mit dem unausweichlichen nüchternen Zustand kam keine Erleuchtung. Er ist komisch gewesen, ja. Diese Reaktion abends war die Krönung. Ich verstehe es nicht.

Unwillig liege ich halb über dem siffigen, von mir eigens vollgemalten Schultisch, ächze und stöhne noch mal leidlich, als Jay mir nach einigen Minuten immer noch keine Aufmerksamkeit schenkt. Es ist die zweite große Pause an einem blöden, ätzenden Mittwoch und ich habe keinen Bock mehr. Nicht auf Schule und vor allem nicht auf dieses beschissene In-der-Luft-Schweben, weil Herr von und zu Schneider sich nicht dazu herablässt, mir mal ein paar klärende Worte zuteilwerden zu lassen. Was für ein Arsch.

»Phil«, schnaubt Jay und schaut mich ungnädig an. Dafür lässt er sogar kurz den Stift sinken, mit dem er gerade emsig die Deutschhausaufgaben von mir abschreibt. »Das nervt. Kannst du nicht woanders Atemprobleme haben?«

Empört hebe ich den Kopf von der Tischplatte. »Atemprobleme? Und du nennst dich meinen besten Freund?!«

»Dass Juli dich nicht mal mehr mit dem Arsch anguckt, hast du dir selbst zuzuschreiben«, erwidert er gereizt. »Du hättest ja einfach nett sein können.«

Ich stoße ein freudloses Lachen aus und schaue zu Julis

leerem Stuhl. Wahrscheinlich hängt er mit Falco irgendwo weit weg von mir herum. Draußen auf dem Schulhof oder weiß der Geier.

»Ich *war* nett! Und dann hat er mir eine gescheuert!«, klage ich und lege mit einem lauten, unzufriedenen Schnauben den Kopf wieder auf die Tischplatte. Sicher habe ich gleich noch Abdrücke von meinen eigenen Bleistiftkritzeleien an der Backe kleben.

»Dann wirst du es verdient haben«, behauptet Jay nur schulterzuckend und widmet sich erneut meiner Gedicht-Analyse. Für einige Augenblicke ist er ruhig, dann fragt er unsicher: »Meinst du echt, das hier ist 'ne Anapher? Ich dachte, das wäre eine Alliteration … ‚Meine Töchter sollen dich warten schön; Meine Töchter führen den nächtlichen Reihn' … Das reimt sich nicht einmal!«

Ich kann mir ein gewaltiges Augenrollen echt nicht verkneifen, als ich mich nun aufsetze und ihm einen Schlag gegen den Hinterkopf verpasse.

»Wenn mehrere Wörter hintereinander mit demselben Buchstaben beginnen, das ist eine Alliteration, du Holzkopf.«

»Sicher? … Man, das Gedicht ist echt blöd, geh'n und schön reimt sich genauso wenig.«

Mal angenommen, Goethe würde erfahren, was ein dummer sechzehnjähriger Trottel wie Jay mit seinem Erlkönig macht, wahrscheinlich würde er sich hundertmal im Grabe herumdrehen. Und weil das seiner Empörung noch nicht genug Ausdruck verleihen würde, käme er noch daraus hervorgekrochen und würde Jay mit einer eigens verfassten Gedichtsammlung verprügeln. Verdient hätte er es.

»Weißt du was? Ich glaube, es ist besser, wenn du es einfach abschreibst und die Klappe hältst. Komm bloß nicht auf die Idee, selbst zu denken.«

»Sei nicht so arrogant, du weißt, dass mir Gedichte nicht liegen!«, erwidert Jay verzweifelt und knallt seinen Kugelschreiber auf den Tisch, ehe er sich im Stuhl zurücklehnt und gequält seufzt. Soll ich etwa Mitleid haben?

»Genau wie Lektüren, Sachtextanalysen, Inhaltsangaben, Interpretationen …«

»Phil, manchmal hasse ich dich ein bisschen.«

»Das ist gut. Eine kleine Portion Hass bringt Würze in jede Beziehung. Also? Hilfst du mir jetzt?«

Verwirrt blinzelt er mich an. »Bei was?«

Das fragt er mich nicht ernsthaft, oder?!

»Juli?!«, erwidere ich fassungslos und boxe ihm in die Seite, einfach, weil er es verdient hat.

»Mann, lass das, du Arsch«, stöhnt er und schüttelt den Kopf. »Ich kann dir nicht helfen! Du hast dir den Mist selbst eingebrockt. Sieh zu, wie du klarkommst.«

»Hör mak«, knurre ich und werde ein bisschen leiser, weil ich nicht will, dass jemand hört, was ich über Juli sage. Wegen unserer Streiterei gucken uns die anderen Leute sowieso schon blöd an.

»Er war total komisch am Samstag! Wieso hat das denn niemand von euch gemerkt!« Ich halte inne, denke nach. Wie gehe ich am besten vor? Spontan entscheide ich mich für Ehrlichkeit. »Ich mache mir Sorgen, Jay. Irgendwas stimmt nicht. Das hat mit unserem Streit rein gar nichts zu tun!«

Endlich wankt Jays sicherer Gesichtsausdruck. Er beißt sich für einen Moment auf die Unterlippe.

»Ja, okay. Du hast ja Recht, er ist wirklich anders als sonst … Aber ich kann dir nicht helfen, da musst du zu Falco gehen. Ich bedränge Juli ganz sicher nicht. Was er mir erzählen will und was nicht, das ist seine Sache.«

Wie hoch stünden die Chancen, dass Falco mir irgendwas verrät? Mal vorausgesetzt, dass er überhaupt weiß, was los ist. Glaube ich allerdings nicht. Sonst wäre doch schon längst irgendwas passiert. Ich meine, wäre Juli mein Kumpel, dann würde ich wahrscheinlich alles tun, damit es ihm bald besser geht. So was merkt doch auch das Umfeld.

Unzufrieden streiche ich mir mit einer Hand durch den blauen Sidecut und stütze das Kinn mit einer Hand ab, während der Pausengong ertönt und die Klasse sich langsam wieder auf ihre Plätze begibt. Kurz bevor der Lehrer den Raum betritt, kommen auch Juli und Falco zurück.

Er ist völlig Gedanken versunken, setzt sich nur, ohne mich auch nur anzusehen, und folgt stumm dem Unterricht.

* * *

»Also, was machen wir am Wochenende?«

Gemeinsam verlassen Jay und ich den Klassenraum, wie immer als zwei der letzten, und begeben uns gemächlich in Richtung Heimat. Normalerweise würde ich vorschlagen, dass wir alle zusammen in den Park gehen, doch mittlerweile ist der Herbst bei uns angekommen und der Himmel ist grau und wolkenverhangen.

»Weiß nicht. Sollen wir alle zusammen was unternehmen?«, frage ich mit reichlich Desinteresse zurück.

Irgendwie kann ich mich nicht dazu aufraffen, an so was Simples wie Schule oder Pläne für's Wochenende zu denken. Es ist noch immer Juli, der mich beschäftigt und sein unruhiger, nachdenklicher Blick, der meistens, wenn ich in seiner Nähe bin, regelrecht gehetzt wirkt. Er flieht vor mir. Warum? Habe ich etwas gesagt oder getan, das ihn dazu veranlasst? Ich habe nach seiner Hand gegriffen, mehr nicht. Daran war doch nichts Schlimmes!

Ich seufze, als wir, der Masse folgend, durch den Ausgang ins Freie treten und Jay mir währenddessen irgendwas über einen neuen Film im Kino erzählt, den er gerne sehen würde.

»Sven hat gefragt, ob ich ihn mit ihr sehen will«, platzt er schließlich heraus und strahlt mich an, wie ein kleiner Junge an Weihnachten. Sven? Warum das?

Ich muss ihn wohl sehr verwundert angeschaut haben, denn nun lacht er und erklärt: »So als Date.«

Jay und Sven? Für diesen Augenblick schweifen meine Gedanken zu dem rothaarigen, quirligen Mädchen. Findet er sie etwa toll? Puh, kann ich gar nicht nachvollziehen, aber wenn er meint …

Ich spare mir einen Kommentar dazu und wir schlurfen weiter, während er mir ein Ohr abkaut und ich wieder nicht zuhöre, weil ich an Juli denke.

Unser Heimweg findet an der Unterführung ein abruptes Ende. Ich bemerke die Person im Halbschatten erst, als sie sich von der Wand abstößt und auf uns zukommt – Juli.

»Hey, Mann!«, grüßt Jay, als wäre es ein totaler Zufall, dass Juli hier mal eben herumsteht.

Dieser lächelt jedoch nur schief, grüßt mit einem knappen »Hi« und wendet sich zum ersten Mal seit Samstag an mich.

»Phil ... Können wir vielleicht reden? Ich meine ...« Nervös schaut er zu Jay, ehe er mich wieder fixiert. »... alleine?«

Erstaunt hebe ich die Augenbrauen, während in mir ein regelrechter Tumult ausbricht. Reden, mit mir? Wird er mir jetzt doch sagen, was los ist? Warum ausgerechnet mir? Oder will er irgendwas ganz anderes?

Nach außen hin nicke ich jedoch locker. Ich sehe zu Jay rüber, der mich beinahe anzüglich angrinst. Er versteht aber zumindest, was ich von ihm möchte und wünscht uns viel Spaß, ehe er sich verzieht. Manchmal zweifle ich an seinem Verstand.

Anscheinend ist der Ast, den ich ihm den ganzen Tag über Julis merkwürdiges Verhalten angequatscht habe, sofort wieder abgefallen. Genau wie das bisschen rationaler Verstand, dass ich ihm regelmäßig und ohne jeden ersichtlichen Grund andichte. Der Kerl ist echt dämlich.

Juli wartet, bis Jay außer Reichweite ist, dann wendet er sich mir zu. Er ist unsicher und ringt unbewusst die Hände.

»Ich ... gehen wir ein Stück?«

Er mustert die anderen Schülergruppen, die ebenfalls auf dem Nachhauseweg sind. Wahrscheinlich hofft er, niemanden zu sehen den er kennt, während wir schweigend nebeneinander hergehen.

Es dauert eine gefühlte Ewigkeit, bis er schließlich stehen bleibt, unweit des Parks, in dem wir die Sommermonate gerne verbringen. Keine Ahnung, was ich denke. Mein Kopf fühlt sich an, wie leergefegt, als ich ihn anschaue.

Eigentlich kann ich ihn nicht leiden und er mich nicht. Trotzdem steht er jetzt hier vor mir und nicht vor Falco oder Jay, Olli, Sven ... Nein, vor mir. Was tue ich hier? Ich sollte ihm sagen, dass es mich nicht interessiert, was los ist. Das wäre allerdings gelogen.

Juli atmet tief durch und ich sehe zu meinem Entsetzen, dass er rot um die Nase wird. Der zweite Punkt, der mich aus der Bahn wirft, sind die kleinen Sommersprossen darauf, die ich bisher gar nicht richtig wahrgenommen habe. Plötzlich kann ich nicht mehr verhindern, dass ich diesen unschuldig stammelnden Kerl gerne in den Arm nehmen würde. Warum sieht der mit einem Mal aus wie ein kleiner Welpe? Wo ist das großspurige Gehabe hin?

Er strafft die Schultern und bittet leise: »Phil, das mit der Ohrfeige tut mir wirklich leid ... können wir vielleicht ... Ich meine, ich wäre dir echt dankbar, wenn das unter uns bleibt. Ich ... Es muss niemand wissen ... Okay?«

Na, der Zug ist abgefahren. Wahrscheinlich war er es schon, als er mich geohrfeigt hat. War es, als wir uns bei ihm daheim gestritten haben. Wann hätte ich aufspringen müssen? Ich habe keine Ahnung, um was es geht!

Juli sieht mich allerdings herzzerreißend bittend an und ich bin eben doch kein Arsch, auch wenn es meistens danach aussieht. Ich kann nicht unfreundlich sein oder ihn ausquetschen, wenn er mich so ansieht. Deshalb nicke ich.

»Klar, kein Problem.«

Also, zu was habe ich da gerade Ja gesagt?!

Juli sieht zu erleichtert aus, als dass ich es noch über mich bringe, etwas zu sagen. Er legt für einen Moment die Hände über die müden Augen, schüttelt den Kopf und lässt sie langsam wieder sinken. Zum ersten Mal seit Samstagabend lächelt er, erschöpft zwar, aber ehrlich.

»Danke. Falco hatte Recht, du bist kein Arsch ... Ich habe dich falsch eingeschätzt. Entschuldige bitte.« Für einen kurzen Moment schaut Juli mich an, ehe er übermütig grinst, sodass sich ein kleines Grübchen in seiner linken Wange bildet. »Okay, wir sehen uns dann morgen!«

Damit will er sich umdrehen und gehen, doch ich mache einen Schritt vorwärts und halte ihn auf.

»Juli?« Erstaunt hält er inne und dreht sich halb zu mir um. »Ich wollte nur fragen, ob es wieder okay ist.«

Das alles wird noch wirrer, als er nun rot wird und beschämt zu Boden schaut.

»Ah ... Ja. Geht schon ... Also dann, tschau ...«

Mit diesen Worten verschwindet er und lässt mich zurück an Haltestelle *Unwissend*. Was war das? Ich schaue ihm völlig durcheinander hinterher, sodass ich gar nicht recht bemerke, wie Olli, die wohl die ganze Zeit nicht weit von uns entfernt gestanden haben muss, plötzlich zu mir tritt.

Schweigend sehen wir Juli nach, der nun in der Schülermenge untergeht. Als er aus meinem Blickfeld verschwindet, drehe ich Olli das Gesicht zu.

»Wo kommst du plötzlich her, sag mal? Stehst du die ganze Zeit schon hier herum?«

Sie lächelt nicht einmal, als sie mit den Schultern zuckt und sich das lange, schwarze Haar zurückstreicht.

»Ja. Über was habt ihr geredet? Er war ganz rot im Gesicht.«

»Ehrlich? Ich habe keine Ahnung.«

»Dass ihr überhaupt normal miteinander sprecht, wundert mich«, bekundet sie und setzt sich wie selbstverständlich in Bewegung. Ich folge ihr, unser Weg wird noch ein paar Minuten derselbe sein. »Habt ihr euch auf der Party angefreundet?«

»Nicht im Geringsten! Aber irgendwie ...« Hilflos schüttle ich den Kopf.

»Solange er dir nicht seine Liebe gestanden hat«, meint Olli nur und als ich ihr einen kurzen Seitenblick zuwerfe, sehe ich sie schmal lächeln.

»Äh, nein. Hat er nicht.«

Steht sie etwa auf ihn?! Das wäre ja noch schöner!

»Ihr habt euch unterhalten. Du mochtest ihn doch gar nicht.«

Nein. Ich mochte ihn nicht. Allerdings mochte ich nur diesen Juli nicht, den er immer hat heraushängen lassen, wenn wir alle zusammen waren oder wenn andere anwesend waren. Dieses obercoole Getue, damit ihm bloß niemand zu nahekommt. Dann dieser Zwischenfall mit Vanessa. Vielleicht hätten wir drüber lachen können, wenn er selbst nicht furchtbar ernst darüber denken würde.

Aber dieses kleine Lämmchen, das da eben vor mir stand – ich könnte ihn mit einer Hand zerquetschen. Wahrscheinlich kennt ihr bisher nur Falco verletzlich und unsicher. Ich kann ihn nicht mehr enttäuschen. Spätestens jetzt nicht mehr. Nicht, nachdem er mich so vertrauensselig angeschaut hat. Verflucht, ich bin wirklich zu weich.

4

ZUSAMMENBRECHEN

Januar 1995

Von einem auf den anderen Moment änderte sich alles. Nach unserer Aussprache, die in Wirklichkeit keine war, wuchsen wir erst richtig zusammen.

Die Herbstferien verbrachten wir gemeinsam im Park, wenn das Wetter es zuließ. Wir lachten, wir redeten viel, wir machten Unsinn. Erst da wurde mir bewusst, dass der Zwist zwischen Juli und mir Uneinigkeit in die ganze Truppe gebracht hatte. Alle waren dankbar, dass wir uns endlich zusammenrauften.

Alle, bis auf einer. Ich wusste damals nicht, was mit Falco los war. Ich konnte es mir vorstellen, doch eigentlich glaubte ich nicht dran. Er, verknallt in Juli? Lächerlich.

Ich ignorierte es. Vielleicht hätte ich das nicht tun sollen, doch es geschah und ich kann nichts mehr daran ändern. Für Juli und mich bedeutete das nichts. Ein gemeinsames Geheimnis ist ein starkes Band ... Auch, wenn ich zu diesem Zeitpunkt noch gar nicht wusste, was los war.

Juli vertraute mir und das berührte etwas tief in mir, von dem ich gar nicht wusste, dass es da war. Eine Art Beschützerinstinkt vielleicht, oder eine neue, verquere Art der Zuneigung, schlicht der Wunsch, ihn lächeln zu sehen und zu wissen, dass dieses Lächeln mir galt.

Ich genoss es, kein Zweifel. Was es nun eigentlich hieß, das ignorierte ich gekonnt oder war vielleicht einfach zu dumm, es zu erkennen.

Sein Geheimnis jedoch ließ mich nächtelang wach liegen. Was hatte er gemeint, wovon hatte er gesprochen?

Über den Winter und Weihnachten hinweg verschwendete ich mehr sorgenvolle Gedanken an ihn, als ich jemals zugegeben hätte.

Die Erleuchtung kam an seinem sechzehnten Geburtstag. Wir

überraschten ihn mit einer Party, die er nicht wollte, dann doch genoss und im Endeffekt verfluchte.

Was sie mir brachte, war … unaussprechlich. Ich verstand es nicht. Ich verstand ihn nicht und ich verstand vor allen Dingen mich nicht.

JULIAN

Es ist herrlich ruhig im Haus, als ich aufwache. Kein Gezeter, kein Straßen- oder Baulärm von irgendwo, nichts. Ich höre nur das leise Rauschen der Heizung und drücke mich tiefer in meine Matratze, kuschle mich in die warme, weiche Decke und grinse. Das wird ein guter Tag, ganz sicher.

Gähnend, mich streckend und wohlig ächzend setze ich mich schließlich auf und schaue aus dem Fenster, wo kleine Schneeflocken an den Eisblumen der Scheibe vorbeihuschen und in mir eine kribbelige Vorfreude wecken. Winter, Schnee – mein Geburtstag. Mein Vater hat mir felsenfest versprochen, etwas mit mir zu unternehmen. Wo es wohl hingeht?

Es ist erst sieben Uhr, doch das ist okay. In meinem Zimmer ist es angenehm warm und deshalb fällt es mir nicht schwer, mich aufzurappeln, mir Klamotten zu suchen und in mein kleines Bad gegenüber zu verschwinden, um zu duschen.

Was kann man an einem Wintertag wie diesem machen? Mir würde alles gefallen, selbst, wenn er mich in ein Museum schleppt. Wir haben ewig nichts mehr unternommen, nur Dad und ich. Er ist oft geschäftlich weg, sodass ich ihn manchmal tagelang nicht zu Gesicht bekomme. Heute ist das alles nicht mehr wichtig, denn heute ist mein Tag und den kann mir nichts und niemand verderben!

Frisch geduscht, angezogen und dazu bereit, alles zu tun, was mein Vater vorschlagen könnte, verlasse ich schließlich das Bad. Glücklich vor mich hin summend springe ich die Treppen hinunter. Ja, sogar ein Besuch bei meinem Opa, der regelmäßig vergisst, dass es mich überhaupt gibt, und Spazieren gehen wäre in Ordnung.

Es ist erstaunlich still im Haus, schlafen meine Eltern noch?

Die Tür zum Schlafzimmer gegenüber der Treppe ist geschlossen, doch das muss nichts heißen, das ist sie im Prinzip immer.

Auf einer kleinen Telefonkommode im Flur liegt ein Umschlag mit meinem Namen darauf, eindeutig Dads Schrift. Ich nehme ihn nicht, sondern schaue verwirrt ins Wohnzimmer, ins Bad und schließlich in die Küche, wo nur meine Mutter am Tisch sitzt. Sie trägt eines ihrer teuren Kostüme, die eigentlich Geschäftsessen mit Dad vorbehalten sind und schlürft geziert Kaffee aus einer kleinen Tasse, während sie durch die Zeitung blättert. Keine Spur von meinem Vater. Wo ist er hin?

»Morgen«, bringe ich mit rauer Stimme hervor.

Mein Hals ist plötzlich staubtrocken, als wäre schon klar, was jetzt kommt. Alles in mir weigert sich, diesen Gedanken auszuformulieren. Sicher ist das nur ein Missverständnis.

Meine Mutter hebt erst eine Augenbraue, dann den Kopf und sieht mich an, ein nichtssagendes Lächeln im Gesicht.

»Guten Morgen. Möchtest du Kaffee?«

Kein *Alles Gute zum Sechzehnten!*, kein *Dein Vater wartet da und dort*. Sie sieht mich nur an und unweigerlich frage ich mich, ob sie überhaupt weiß, dass heute mein Geburtstag ist. Das Hochgefühl, das mich seit dem Aufstehen begleitet hat, ist wie weggeblasen.

»Wo ist Dad?«, bringe ich krächzend hervor, übergehe ihre Frage und beobachte jede ihrer Bewegungen haarscharf.

Ich kenne diese Stimmung, in der sie augenscheinlich gerade ist und sie bedeutet nichts Gutes für mich. Sie ist ein bisschen wie an dem Tag, als sie mich und Falco im Speicher überrascht hat: Kalt, reserviert. In Wirklichkeit …

»*Vater*, Julian. Nicht *Dad*, das klingt nach Gossensprache und so drücken wir uns hier nicht aus«, weist sie mich zurecht.

Langsam faltet sie die Zeitung zusammen, das Lächeln in ihrem Gesicht hat einen bösartigen Zug bekommen. Ich glaube, ich kotze gleich.

»Mir egal«, murre ich unfreundlich zurück und wiederhole: »Wo ist er? Wir wollten heute was zusammen unternehmen.«

»Ah«, macht sie und stellt ihre feine Porzellantasse ab. »Wolltest ihr das?«

Nach all den Jahren fällt es mir nicht mehr schwer, ihre Stimmungen zu deuten. Oft schwanken sie sehr schnell, sodass ich es nicht sofort bemerke. Jetzt sehe ich, was los ist.

Ich sehe die Boshaftigkeit, mit der sie mich manchmal gerne quält, wenn irgendwas nicht stimmt. Bemerke den bittern Zug um die Lippen, als sie erklärt: »Er musste heute Morgen unerwarteterweise weg, ein Geschäftstreffen. Er wird nicht vor heute Abend zurück sein und ich wüsste auch nicht, warum er etwas mit dir unternehmen sollte. Er hat wenig Zeit für banale Dinge, du solltest ihn nicht damit belasten.«

Der Schlag sitzt. Ich starre sie an, sie starrt mich an und wenn es mich nicht so verdammt verletzen würde, dass seine Arbeit mal wieder wichtiger ist als ich oder als sowieso alles andere in seinem Leben, würde ich schadenfroh lachen. Anscheinend hat meine Mutter sich ebenfalls was von dem eigentlich freien Tag erhofft und den Frust lässt sie jetzt an mir aus.

Wahrscheinlich sollte ich mich gar nicht mehr darüber aufregen, doch ich kann nichts dagegen tun, dass sich neben diesem schweren Kloß in meinem Magen Wut in mir aufbaut. Gut. Dann bin ich eben unwichtig, ja. Was soll's? Sie bedeutet ihm allerdings auch nicht mehr als ich.

»Falls es dir entgangen ist, *Mutter*«, stoße ich zwischen zusammengebissenen Zähnen hervor. »Heute ist mein Geburtstag und anscheinend ist dieser *Dad* wichtiger als deiner. Da hat er nicht einmal so getan, als würde er sich freinehmen ...«

Ihr Augenlid zuckt minimal, aber sie schweigt. Eine kleine, zähe Ewigkeit sagt niemand etwas, dann schiebt sie quietschend den Stuhl zurück. Der Laut zerreißt die unwirkliche Ruhe wie ein Paukenschlag. Sie steht auf, kommt auf mich zu und sieht mich an, als wäre ich eine Kakerlake in ihrer blankpolierten Küche.

»Ach ja, dein Geburtstag, stimmt«, erwidert sie und lächelt gehässig. »Wie alt wirst du gleich? Fünfzehn? Nun, wie dem auch sei, das ist ja nicht wichtig. Thomas hat dir einen Umschlag auf die Kommode im Flur gelegt. Mehr ist es ihm wahrscheinlich nicht wert.«

»Fünfzehn, ja«, unterbreche ich sie und balle unweigerlich die Fäuste. Wie sie vor mir steht und mich ansieht ... Jedes ihrer Worte brennt sich in meine Gedanken, hinterlässt einen fahlen Geschmack in meinem Mund.

»Genauso wie du bald fünfzig wirst. Ziemlich alt, meinst du nicht? Sind das etwa Falten?«, erwidere ich, versuche mich an einem verblüfften Gesicht.

Wahrscheinlich würde mich jetzt jeder empört anschauen, weil ich so mit meiner Mutter rede. Es ist allerdings fast eine Art Ritual zwischen uns. Sie lässt ihre Laune an mir aus, macht mich fertig, ich beiße zurück, sie ohrfeigt mich und am Ende bin es doch ich, der heulend in der Ecke kauert.

»Würde mich nicht wundern, wenn Dad heute lieber seine Affäre aufgesucht hätte. Wenn meine Frau 'ne alte Schachtel wie du wäre.«

Sie starrt mich an, und ich kann förmlich beobachten, wie sich ihre Augen merklich verdunkeln. *Drei ... zwei ... eins ...*

Ich sehe, wie sie die Hand hebt und spüre den Schmerz schon, bevor er richtig da ist, genieße es jedoch, sie in Rage zu bringen. Das Gesicht, meistens emotionslos, wandelt sich zu einer bösartigen Grimasse, als sie ausholt, mir eine schallende Ohrfeige verpasst und mich ansieht, als sei ich die größte Schande der Welt.

»Kein Wunder«, stößt sie hervor. »Es ist kein Wunder, dass er dich nicht sehen will. Er wollte dich nicht. Ich wollte dich nicht.« Fast muss ich lachen, als sie hinzufügt: »Wenn er eine Affäre hat, hoffe ich, dass er ein Kind mit ihr hat und dieses mehr liebt als dich. Schwer ist es nicht.«

Sie stürmt an mir vorbei. Lächerlich.

Meine Wange fühlt sich warm und taub zugleich an und ich schließe die Augen, lehne mich in den Türrahmen, muss grinsen. Ich spüre, wie sich ein hysterisches Lachen meine Kehle hinaufarbeitet und schwach aus meinem Mund dringt, lauter wird. Als unten die Haustüre zuknallt, wandelt es sich zu einem abgebrochenen Laut, einem Schluchzen, das ich mit aller Macht zu unterdrücken versuche.

Irre. Diese Frau ist irre, verrückt. Vollkommen verrückt ...

Die Stille im Haus drückt mir schwer auf den Ohren. Ich versuche, mich zu beruhigen. Atme tief durch und versuche, den Schmerz irgendwie anzunehmen und zu verarbeiten. Es funktioniert nicht.

Niemand wollte mich, weder er noch sie. Ich weiß, ich weiß, ich weiß es. Sie reibt es mir ja immer wieder unter die Nase. Ein Unfall, mehr nicht. Das war es.

Statt heulend zusammenzubrechen, mache ich ein paar Schritte in die Küche hinein, ohne wirklich zu bemerken, dass ich mich überhaupt bewegt habe. Meine meine Kehle ist wie zugeschnürt, das Atmen fällt mir schwer.

Meine Augen brennen. Mit zitternden Händen greife ich nach ihrer Tasse und schleudere sie gegen die Wand, einen heiseren, leisen Schrei von mir gebend.

»Mir egal!«, stoße ich schrill hervor, als der kleine Unterteller hinterherfliegt und mit einem hellen Laut an der Wand zerbirst, die Scherben auf dem Boden aufkommen und sich unschuldig über die Fliesen verteilen.

Es ist mir egal!

So viel zum Thema, nichts könne mir diesen Tag verderben. Der Gedanke am frühen Morgen war einfach nur naiv gewesen.

Das Beruhigen dauert heute länger als sonst. Kraftlos verlasse ich die Küche, nehme mit kalten Fingern den Umschlag vom Telefonschrank und setze mich damit auf den Treppenabsatz. Irgendwo tickt eine Uhr, laut und nervtötend.

Ich atme tief durch und öffne den Umschlag. Darin steckt nur eine blöde Karte, eine dieser geschmacklosen *Endlich-Sechzehn*-Teile und innen drin, verborgen unter einem lieblosen Hundert-Mark-Schein, steht: *»Es tut mir leid, wir holen das nach. Alles Gute.«*

Ich weiß nicht, ob ich lachen oder heulen soll. Hundert Mark statt einem Tag mit meinem Vater, den ich fast nie sehe, das gleicht es sicher aus. Natürlich, was will ich mit Liebe und Nähe, Geld ist natürlich viel wichtiger, genau wie Arbeit.

Für einen Augenblick bin ich versucht, den beschissenen Schein in tausend Teile zu zerfetzen und zu verbrennen. Am besten stecke ich damit dieses ganze scheiß-Haus an.

Wenn die Feuerwehr anrückt, um die verkohlten Grundmauern zu löschen, wird sie fragen: »*Wie ist das passiert?*«

Ich werde irre lächeln und sagen: »*Na ja, mein Vater wollte mich nicht liebhaben, also habe ich das Geld, mit dem er sich meine Zuneigung erkaufen wollte, angezündet. Hundert Mark für Liebe, ein Haus für hundert Mark.*«

Dann werden sie mich einweisen.

Für einen Moment ist der Gedanke mehr als nur verlockend. Natürlich tue ich es nicht. Wäre ja auch zu schön. Stattdessen gehe ich wieder hoch, schnappe mir meine Jacke und Schuhe und verlasse dann ebenfalls das Haus. Einfach nur weg von hier.

Erst habe ich keine Richtung, nur einen schwarzen Klumpen in Hals und Brust, der mich dazu bringen will, zu heulen, zu schreien und nebenbei hysterisch zu lachen, weil ich nicht aufhören kann, daran zu denken, dieses Haus abzubrennen. Nur damit er mich endlich mal *ansieht*. Doch mit der klaren Luft kommen auch klarere Gedanken und mein taubes Gesicht und Herz finden Linderung in der Kälte.

Ich habe heute Geburtstag. Ich bin nun sechzehn und ich werde meinen Personalausweis abholen, der schon vor zwei Monaten beantragt wurde. Danach werde ich mir eine Packung oder gleich eine Stange böser, böser Zigaretten kaufen und eine Flasche Wein. Nur weil ich es kann. Danach werde ich mit mir selbst feiern und das Haus mit den Kippen ausräuchern.

Wenn meine Eltern wieder nach Hause kommen, wann auch immer das sein mag, werden sie die Hand vor Augen nicht mehr sehen können, vor lauter nikotinhaltigem Nebel und mich oben erstickt und im Tod lächelnd auf dem Fußboden vorfinden.

Verrückt, was denke ich hier bloß?

»Bitter«, murmle ich in die kalte Luft zu niemand bestimmten und mache mich auf den Weg in die Innenstadt und zum Amt.

Das Ganze dauert nicht lange. Schnell stehe ich wieder draußen im nun heftiger fallenden Schnee und halte ein besonders hässliches Exemplar von Perso in der Hand. Wunderbar, den muss ich nun die nächsten Jahre behalten. Wie konnte ich nur zulassen, dass sie dieses grässliche Bild für den Ausweis benutzen? Ich muss vollkommen neben der Spur gewesen sein.

Die unfreundliche Frau an der Kasse im Supermarkt will meinen Perso gar nicht sehen. Schade. Es hätte Spaß gemacht, ihr den Wisch triumphierend unter die Nase zu halten, wenn sie mich ansieht, zweifelnd eine Augenbraue hebt und sagt: »Ist erst ab sechzehn.«

Marlboro und dazu billiger Rotwein, der dem Etepetete-Gehabe meiner Mutter aufs Maul gibt. Sie können so toll und wohlhabend und gebildet tun wie sie wollen. Meine Mutter wird nie etwas anderes sein als dieses leblose Monster, diese Strohpuppe, die es nicht schafft, das Herz ihres eigenen Mannes zu gewinnen. Und er wird niemals mehr sein als der verstockte, blöde Anwalt, der er ist. Absolut unfähig, mit seiner eigenen Familie umzugehen. Traurig, wirklich.

Von meinem eigenen Schmerz ist nicht mehr übrig, als ein fahler Nachgeschmack, ein taubes Gefühl und Wut, die ich grimmig mit diesen lächerlichen Rauschmitteln zu befriedigen gedenke. In aller Ruhe. Ohne irgendwen.

Vielleicht ... Nur *vielleicht* wäre es schön gewesen, die anderen dabeizuhaben. Ich habe gesagt, ich hätte keine Zeit. Falco war sehr enttäuscht und Phil hat, wie er es meistens tut, die gepiercte Augenbraue gehoben und stumm geseufzt, dabei den Kopf geschüttelt und kurz darauf meine Frisur verwuschelt.

Die Einfahrt ist leer, als ich daheim ankomme. Beide Elternteile sind weg und ich vermute, auch meine Mutter wird nicht vor dem Abend zurückkehren.

Der Schlüssel fällt mir beinahe aus der Hand, als ich aufschließe. Meine Finger sind kalt und taub von dem eisigen Wind. Ich schüttle mir im Flur die Schneeflocken aus den Haaren und das erste, das ich nach dem Ausziehen und achtlosem Fortwerfen meiner Jacke tue, ist, mir eine Zigarette zu nehmen und sie anzuzünden.

Rauchen ist schlecht, Julian, du sollst nicht rauchen. Davon bekommst du Krebs. Bei den halbherzigen Versuchen meiner Mutter, mir selbstzerstörerische Angewohnheiten auszutreiben, könnte man meinen, sie würde nur darauf warten, dass ich Lungenkrebs bekomme oder an einer Alkoholvergiftung sterbe. Ist sie nicht reizend?

Ein genervtes Knurren ausstoßend suche ich in der Küche nach dem Korkenzieher und steige mit der offenen Flasche und dieser eklig schmeckenden Zigarette die Treppen hinauf. Oben setze ich mich auf den Absatz zu meinem kleinen Stockwerk und trinke den Wein direkt aus der Flasche. Er schmeckt ebenso furchtbar wie die Kippe.

Wahrscheinlich ist das hier der schönste Geburtstag meines Lebens. Ich meine, wer braucht schon seine Eltern? Oder Freunde? Wie dumm von mir zu glauben, die Geburtstage, die Dad mit mir verbracht hat, seien in irgendeiner Art und Weise toll gewesen. Als er mit mir Schneemänner gebaut hat und wir zusammen einen Kuchen gebacken haben, oder als wir im Kino waren, zusammen Schlittschuhlaufen gegangen sind … Wie dumm, Julian.

Himmel, diese bitteren, saublöden Gedanken machen mich selbst krank.

»Tja«, sage ich zum leeren Haus, »was jetzt?«

Ich nehme einen tiefen Schluck aus der grünen Flasche, ziehe an meiner Zigarette und als hätte mich der Himmel oder irgendwas sonst gehört, schrillt plötzlich die Türklingel durchs Haus und lässt mich mitten in der Bewegung innehalten. Vielleicht ist das ja der Postbote. Oder die Feuerwehr, die in weiser Voraussicht schon einmal hier parkt und mich um Kaffee bittet. Wer auch immer es ist, er muss damit leben, dass ich mir die nächste Zigarette anzünde, den anderen Zigarettenstummel auf meine Treppe werfe, austrete und erst dann langsam hinunter schlendere.

Eigentlich denke ich mir nichts dabei, ich meine, wer soll es schon sein, außer dem Postboten? Doch als ich die Haustür öffne und mir einstimmig »*Happy Birthday*« entgegen geschrien wird, haut es mich beinahe aus den Socken.

Ich erschrecke mich so sehr, dass mir die Zigarette aus der Hand fällt und stiere die Menschen vor der Tür vollkommen durcheinander an. Meine ... Klasse? Was wollen die denn alle hier?!

Ein blauer Schopf macht ein paar Schritte nach vorne aus der Menge heraus, tritt liebevoll die Zigarette auf dem Parkettboden aus und umarmt mich. Fest klopft er mir auf den Rücken.

»Phil?!«

»Na, alter Knabe?«, erwidert der nur lachend. In der einen Hand hält er eine Tüte, die klirrt und offensichtlich ein paar Flaschen enthält. »Bock zu feiern?«

Er wartet eine Antwort von mir gar nicht ab. Sie wäre eindeutig *Nein* gewesen. Stattdessen schiebt er sich an mir vorbei und winkt die anderen, die mit ihm gekommen sind, mit einem »Hier lang« herein. Nach und nach betreten Jay, Falco, und Olli – ohne Sven – das Haus und ihnen folgen einige unserer Klassenkameraden, nicht zuletzt sogar Vanessa, was mir fast einen mittelschweren Nervenzusammenbruch beschert. Alle klopfen mir auf die Schulter, gratulieren mir, ein paar haben Bier und andere Getränke dabei, größtenteils alkoholisch. Sogar Vanessa lächelt mich an, klebrig süß und falsch.

Was zur Hölle soll das?!

»Phil!«, blöke ich, als ich mich umdrehe und sehe, wie die Leute sich lachend und redend in der untersten Etage breitmachen, vor allem im blitzblanken Wohnzimmer.

Dieses Stockwerk dient einzig und allein Vorzeigezwecken und Geschäftsessen meines Vaters. Wenn hier irgendwas unordentlich wird oder kaputtgeht, kann ich mir schon einmal einen

Platz auf dem Friedhof reservieren. Er müsste nicht einmal sonderlich groß sein, denn mein Vater wird mich in alle Einzelteile zersäbeln und sicher liebend gerne noch verbrennen.

»Phil, du verfluchter Mistkerl!«, rufe ich noch mal und schlage die Tür mit einem lauten Knall zu.

Die Leute lassen sich von mir gar nicht aufhalten, ist das zu fassen? Wie dreist kann man bitte sein?!

Ich stolpere in Richtung der teuren Designerküche, wo die meisten ihre Getränke abstellen. Irgendwer fummelt an den Schränken herum, in denen das Geschirr gelagert wird. Ich glaube, es ist Alex, ein guter Kumpel von Jay.

Hysterisch rufe ich: »Finger weg! Oh mein Gott, wehe, es macht jemand was kaputt!«

Alex dreht sich nur um, grinst mich verschmitzt an und behauptet: »Ich werde sie hüten wie mein Leben!«

Phil wirft seine Jacke achtlos in eine Ecke und räumt den Inhalt der Tüte seelenruhig auf den Tisch. Wodka, Rum und Wein.

»Warum denn so aufgelöst, Hase?«, fragt er, als er die Tüte ebenfalls fallen lässt.

Ein kurzer Blick auf den Boden, der jetzt bereits dreckiger ist als jemals zuvor, und ich bin einem Ohnmachtsanfall nahe.

»Ich glaube, du spinnst!«

Meine Stimme lässt mich beinahe im Stich, als ich sehe, wie Alex Gläser aus dem Schrank an die anderen verteilt. Teure, fast nie benutze Gläser. Ich kann nur beten, dass im Wohnzimmer wenigstens niemand auf die Idee kommt, die Vasen oder gar das Hochzeitsgeschirr meiner Mutter anzufassen und dabei was kaputt zu machen.

»Ach was.«

Phil selbst nimmt gelassen zwei Gläser von Alex entgegen und mischt Wodka mit Orangensaft zusammen. Wie am Rande mustere ich die für seine Verhältnisse todschicke Aufmachung, in der er vor mir steht. Schlichte, schwarze Jeans, nur ein einziges Loch vorne am Knie, grünes T-Shirt und eine schwere Eisenkette um den Hals, die verdächtig nach einem Hundehalsband aussieht. *Verrückt,* denke ich, wohl schon zum hundertsten Male heute. *Vollkommen verrückt.*

»Hier nimm das.« Lässig drückt Phil mir ein Glas in die Hand und klopft mir dabei auf die Schulter. »Keine Sorge, wir räumen danach auf. Deine Eltern sind nicht zuhause, oder?«

»Nein, aber ... Hör mal, ich darf so was nicht!«

Unsicher mustere ich das Glas in meiner Hand und komme nicht umhin, mir auszumalen, was das hier für Folgen haben wird. Ich werde enterbt und qualvoll umgebracht, ganz bestimmt.

Phil stupst mir sachte in die Seite und grinst.

»Hey, mach dir keine Sorgen. Wir räumen später alles auf. Und jetzt trink, wir feiern. Das wird dir guttun, Hase.«

PHILIP

Bis Juli sich endlich ein wenig lockerer macht, dauert es noch geschätzte drei weitere Gläser Wodka-O und ich bin froh, dass sein Gesicht langsam Farbe bekommt. Als er die Tür geöffnet hat, dachte ich, mich trifft der Schlag, so kränklich und blass, wie er aussah.

Ich frage ihn nicht, ob wieder irgendwas passiert ist, von dem ich ja doch nicht weiß, was es ist. Auch nicht, warum er überhaupt daheim ist und gar nicht unterwegs, oder warum seine Eltern weg sind. Hat er nicht stolz und fröhlich erzählt, er unternimmt etwas mit seinem Vater? Mir war sowieso schleierhaft, warum das für ihn was Besonderes sein sollte. Vielleicht ist es ja nicht üblich, sich um sein Kind zu kümmern, wenn man sich in solchen Sphären bewegt wie diese versnobte Familie.

Jetzt bin ich doch froh, dass ich mit den anderen hier vorbeigeschneit bin. Normalerweise feiern wir mit der Klasse gerne alle Geburtstage durch, wenn möglich. Ist auch okay, die meisten Leute sind echt super und drücken ohnehin seit der Fünften zusammen die Schulbank. Da freundet man sich früher oder später an.

Eine Anrufkette gestartet und schon waren alle da, ziemlich cooles Gefühl. Nur Sven fehlt, die anscheinend einen Furz querhängen hat und wann und wo Vanessa dazu gestoßen ist, das ist mir ein Rätsel. Es beunruhigt mich, denn sicher führt die nichts Gutes im Schilde. Seit der Sache auf ihrer Party hasst sie Juli förmlich, was ihr zwar keiner verübeln kann, ihr Auftauchen hier jedoch noch merkwürdiger macht. Ich lasse sie keine zwei Minuten aus den Augen, besser ist es.

Wir feiern im Wohnzimmer, das offen an ein schickes Esszimmer angrenzt. Mit Juli, Jay und Falco belege ich die beige Ledercouchgarnitur. Unfassbar, was für Bonzen das sind.

Jay quatscht Falco ein Ohr ab, während er sich großzügig ein Bier nach dem anderen zuführt und ich weiß nicht, wie ich eine Konversation mit Juli führen soll, ohne etwas Dummes zu sagen. Streichen wir seine heutige Verfassung, seine Eltern und seinen Geburtstag, bleibt nicht mehr viel übrig. Wahrscheinlich sollte ich auch nicht fragen, welche Geschenke er bisher bekommen hat. Am Ende stellt sich noch heraus, dass seine Eltern seinen Sechzehnten vergessen haben.

»Die Musik ist grauenhaft«, behaupte ich schließlich und fange ein leichtes Grinsen von Juli ein.

»Was erwartest du, es ist immerhin *Alex,* der die CDs aussucht. Wo hat der eigentlich diesen blöden Ghettoblaster her? Ist ja nicht so, als stünde nicht genau hinter ihm eine sauteure und gute Stereoanlage.«

»Keine Ahnung, vielleicht von seinem Ururgroßvater geklaut, ein Überbleibsel aus dem Ersten Weltkrieg«, erwidere ich trocken und beobachte, wie seine Lippen zucken und er lacht, ein wenig zumindest. »Wahrscheinlich will er die Atmosphäre wahren. Die Stereoanlage würde sich bestimmt selbst in die Luft sprengen, wenn er die ätzenden CDs einlegen würde. Oh Gott, sind das Schlager?!«

Ich kann es mir nicht erklären, aber am liebsten wäre mir, er würde Spaß haben und lachen und Unsinn machen wie alle anderen. Ich werde auf meine alten Tage noch weich und das nur wegen einem Paar großer, brauner und sehr traurig dreinblickender Augen. Bah!

»Oh, komm schon, Schnuppi. Ich gebe mir die beste Mühe, lustig zu sein, lach wenigstens mir zuliebe.«

Juli hebt den Kopf, eine entsetzt-angewiderte Miene zur Schau tragend.

»*Schnuppi?* Hast du mich gerade *Schnuppi* genannt?« Er zögert, dann streckt er die Hand aus und tut, als fühle er, ob ich Fieber habe. »Wo ist Phil und was hast du mit ihm gemacht?«

»Hat sich aus dem Fenster gestürzt, als Alex das Lieblingslied meiner Ma aus den 70ern hat laufen lassen.«

Er lacht, nimmt die Hand runter und legt den Kopf in den Nacken. »Weiß nicht, was du hast, ich finde die Musik okay, ehrlich.«

Während ich ihn empört anschaue, drängt sich Olli mit angewiderter Miene durch die Menge hindurch.

»Wer hat Alex erlaubt, uns alle zu foltern?«, fragt sie, als sie sich neben Juli auf die Couch gleiten lässt, die Beine überschlägt und unverschämt viel Haut zeigt. Hat ihr niemand gesagt, dass es draußen kalt ist? Winter, Eis und Schnee?!

Verstohlen beobachte ich, wie Juli, ohne was dagegen tun zu können, für einen Moment auf Ollis Beine schaut. Na prima.

»Es ist Winter, Olga«, seufze ich.

Ach, ich klinge schon wie meine Mutter. Muss sie so herumlaufen und er offensichtlich hinsehen?

»Ich weiß, aber ich mag das Kleid«, erwidert sie ungerührt und nimmt Juli mit spitzen Fingern das Glas aus den Händen.

»Hey!«

»Danke, Julian.«

Sie streicht sich das lange Haar über die Schulter und zupft an dem schwarzen Minikleidchen herum, als würde es irgendwas daran ändern, dass man mehr sieht als erahnt und sowieso beinahe alle Kerle nur sie ansehen.

Olli nippt damenhaft an dem Glas, wobei Juli sie erst missgestimmt mustert und dann auffällig-unauffällig auf mein Glas schielt.

»Wer hat eigentlich Vanessa eingeladen?«

»Weiß nicht«, erwidert Schnuppi und rückt ein Stück näher an mich heran. »Phil?«

»Kein Plan, die braucht kein Mensch ... Dass sie immer meint, dabei sein zu müssen. Als würde sie damit irgendwem einen Gefallen tun.« Mit den Händen breche ich einer unsichtbaren Vanessa das Genick und meine: »Zack, und ab in die Biotonne. Hey, was machst du da?!«

Julis Hand zuckt ertappt zurück und aus großen Augen schaut er mich unschuldig an, die vollen Lippen plötzlich zu einem kleinen »o« geformt. Er lächelt verschmitzt, zwinkert mir zu, was mich schon genug verwirrt. Seine Hand bewegt sich dabei langsam auf mein Glas zu.

»Was meinst du?«, fragt er.

»Machst du dich gerade an mich ran? Für was zu trinken?«

Olli neben ihm prustet leise, während Juli kindlich die Backen aufbläht. »Würde ich niemals tun! Also magst du es nicht, wenn ich nah neben dir sitze?«

Ich kann mir ein lautes Auflachen nicht verkneifen und schlage ihm auf die Finger, die sich erneut gefährlich nah zu meinem Wodka-O schleichen.

»Dein billiges Ablenkungsmanöver zieht nicht. Geh zu Olli, die freut sich!«

Wobei ich natürlich nichts dagegen hätte, doch das muss ja keiner wissen, vor allem er nicht.

Natürlich ist unser Verhältnis besser. Seit den Herbstferien haben wir alle viel Zeit miteinander verbracht und Juli ist um einiges lockerer geworden. Falls er jemals ein Problem damit hatte, dass ich auf Männer stehe, hat er es sich zumindest nicht anmerken lassen. Trotzdem hat er mich nie wirklich angefasst.

Mir brennen fast die Wangen, wenn ich daran zurückdenke, wie ich auf Vanessas Party über ihn gewettert habe, weil er mich *Schwuchtel* genannt hat und mir insgeheim geschworen habe, ich würde ihn ins Bett bekommen. Wunschdenken. Pures Wunschdenken. Zum Glück habe ich das nie laut ausgesprochen.

Obwohl wir keine Grenzen gezogen haben, doch das sind wohl größere Mauern, als wenn wir den Bereich klar abgesteckt hätten. Er küsst die Mädels, er gibt Falco Küsschen, er umarmt Jay, aber nicht mich. Nie.

Ich habe mich oft gefragt, ob ich das nun schlimm finde. Schließlich setzt mich das irgendwie auf eine Außenseiterposition und das mag ich gar nicht. Mal davon abgesehen, dass ich nichts dagegen hätte, von ihm geküsst zu werden, denn rein optisch gefällt er mir schon.

Dann denke ich mir, dass es sowieso anderes mit uns ist. Bin ich eben was Besonderes und kriege keine Umarmungen, keine Zuneigungsbeweise und Küsschen. Wenn er mich ansieht und vertrauensvoll lächelt, dann ist das okay. Ist ja nicht so, als wäre ich scharf drauf, dass er mein allerbester Freund ist oder sofort mit mir ins Bett springt. Irgendwas haben wir. Etwas, dass es mit den anderen nicht gibt.

Ein schwacher Geruch nach Alkohol durchbricht meine Gedanken. Ich habe gar nicht gemerkt, wie versunken ich war und wie ich ihn wohl dabei angestarrt habe. Heiß und süß haucht es mir gegen den Mund und plötzlich spüre ich weiche Lippen auf meinen, nur für den Bruchteil einer Sekunde.

Mir ist, als würde alles in mir für diesen Moment stocken, sich für einen Augenblick um sich selbst drehen und mit einem Knall auf dem Boden aufkommen. *Kabumm.*

Ich erstarre unter der Berührung, sehe Julis Gesicht, seine geschlossenen Augen, ein paar kleine Sommersprossen auf der Nase und merke gar nicht mehr, wie er mir das Glas aus der Hand nimmt, als er sich zurückzieht.

Oh.

Wie aus weiter Ferne höre ich Olli ungläubig »Du Schlampe!« rufen.

Ich sehe, wie sie ihm einen Schlag auf den Hinterkopf gibt, bevor er meinen Wodka-O mit einem Zug leert und mich triumphierend angrinst, als er das Glas vor mir auf den Tisch stellt.

Fassungslos stiere ich ihn an. *Himmel, mach was*, schreit

alles in mir, doch ich kann nicht. Geht einfach nicht. Nichts, außer dasitzen und das Pochen in meinen Lippen überdeutlich zu spüren. Was war denn das?

»Na toll, Julian«, seufzt Olli von irgendwoher. »Das war zu viel, jetzt hast du ihn kaputtgemacht ...«

Juli, dessen Blick mich gefangen hält, schüttelt nur den Kopf und grinst breit.

»Sorry«, meint er und stupst mich an. »Ich wollte Onkel Phil nicht in eine Schockstarre versetzen.«

»Was ...«, bringe ich irgendwie hervor, räuspere mich. »Was zum Henker ... Du ... Was du alles für 'nen Drink tust!«, erwidere ich lasch und versuche mich an einem Grinsen. »Miststück, dafür holst du neuen.«

Furchtbar eloquent von mir, wunderbar. Ich spüre deutlich, dass mein Gesicht warm wird, räuspere mich erneut und um Ollis und Julis Gelächter auszublenden oder wenigstens von mir abzulenken, frage ich: »Wo sind eigentlich Falco und Jay?«

Ja, wo sind die beiden hin? Habe gar nicht gemerkt, dass sie weggegangen sind ...

Natürlich, jetzt versuche ich sogar, mich selbst mental abzulenken! Oh Himmel, er hat mich gerade *geküsst* und ... Ja, was und? Ich spüre es immer noch kribbeln in meinen Lippen. Am liebsten würde ich ihm eine Hand in den Nacken legen und fest an mich ziehen, ihn um den Verstand küssen.

Na spitze, musste das sein?

Peinlich berührt reibe ich mir über die Wange. Warum haut es mich bitteschön vom Hocker, wenn er mir einen Kuss auf den Mund drückt, der mehr auf Kindergartenniveau ist als sonst irgendwas. Herrlich. Vielleicht brauche ich mal wieder jemanden im Bett.

»Oh, stimmt«, höre ich Olli sagen und schaue erst Juli und dann sie prüfend an. Anscheinend bemerken die gar nicht, dass ich immer noch neben mir stehe. »Wo sind die hin? Und seit wann sind die weg?«

»Ah«, macht Juli und grinst. »Vielleicht sollten wir sie suchen. Nicht, dass Jay über Falco herfällt.«

»Könnte mir vorstellen, dass er ihm eher einen Ast anquatscht«, sage ich rau und fange Julis Blick ein. Er blitzt mich schelmisch an und lacht, als ich noch hinzufüge: »Und du holst mir jetzt was zu trinken.«

»Hey«, ruft er aus »ich habe dich mit einem Kuss bezahlt, das sollte doch mehr als genug sein!«

»Ein lächerlicher Kindergartenkuss, ja, sicher. Hol mir was zu trinken, los, du miserabler Gastgeber!«

»*Du* hast hier zur Party geladen, nicht ich!«

Er schüttelt den Kopf und will gerade etwas sagen, da dröhnt durch das Gequatsche und die furchtbar schlechte Musik Alex' Stimme.

»Ey, Phil, das ist für dich!«

Es wird merklich stiller im Raum und alle lauschen nach dem Lied, das gerade erst leise, dann lauter werdend anläuft. Schließlich bricht lautes Gelächter aus, als *Break out* von *Ocean's Rising* losdröhnt. Das Lied ist ein Sinnbild der schwul-lesbischen Community.

»*I break out of my cage* ...«

»Oh nein«, stöhne ich entnervt auf.

Alex, dieser lebensmüde Vollidiot, wagt es, übertrieben tuckig mit dem Arsch zu wackeln und zu rufen: »Komm, wir ziehen uns hübsche Minikleidchen an und machen miteinander rum, wie wär's?«

Argh, ich hoffe für ihn, dass er besoffen ist und sich nicht bei vollem Verstand in Todesgefahr begibt. Das Lied an sich ist echt genial und die Bedeutung ebenfalls. Nur das Musikvideo mit den in Frauenkleidern steckenden Männern hätte meiner Meinung nach nicht unbedingt sein müssen.

»Nicht mit dir!«, knurre ich zurück.

Er bemerkt gar nicht, dass er *so* kurz davor ist, sich eine Kopfnuss von mir einzufangen, sondern antwortet noch blöd: »Aber mit unserem Geburtstagskind?«

»Ich brech' dir gleich die Nase!«

»Komm her, Schatz!«, ruft der Idiot zurück und wirft mir eine Kusshand zu, was mich dazu bringt, genervt das Gesicht zu verziehen. Neben mir lacht es und Juli stupst mich an, fragt: »Du trägst Minikleider?«

Als ich ihn ansehe, muss ich doch lachen.

»Nur, wenn niemand hinschaut.«

Dann grinst er, ganz jungenhaft und süß, ein kleines Grübchen in der Wange, nur für mich.

»I know it sounds odd when I say this boy is my first real, my first real love of all.«

* * *

»Wo bitte seid ihr beide gewesen?!«

Als Jay und Falco nach einer kleinen Ewigkeit endlich zurückkommen, wird es draußen bereits dämmrig. Gut, das hat nicht unbedingt was zu heißen, weil es sowieso früh dunkel wird. Trotzdem scheint es viel zu lang her, dass sie verschwunden sind.

Die Stimmung ist ausgelassen. Überall sitzen kleine Grüppchen auf dem Boden herum, auf ihren Jacken oder irgendwelchen Sofakissen, reden, lachen und Alex lässt sogar halbwegs humane Musik laufen.

Die Flasche Wodka, die Juli auf meine Forderung hin hergeholt hat, ist schon recht gut geleert, als sich Jay und Falco mit Bier und einer Gitarre im Gepäck zu uns gesellen.

»Wir haben uns das Haus angeguckt«, grinst Jay. »Nettes Zimmer, hübsche Pornos. Falco hat die Gitarre vom Dachboden geholt, aber die blöde Falltür hat geklemmt.«

Juli, der eben gerade nach einem Bier greifen wollte, hält wie erstarrt inne.

»Ihr wart auf meinem …« Er schüttelt den Kopf, seufzt resigniert und winkt ab. »Okay, ich sage nichts dazu. Was wollt ihr mit der Gitarre?«

»Pornos?«, unterbreche ich belustigt. »Was für Pornos? Die muss ich sehen.«

»Hey, ich habe keine Pornos!«

»Nichts für dich, Liebling«, unterbricht Jay ihn glucksend und fährt sich mit einer Hand durch die zerzausten Haare.

Die Gitarre stellt er neben mir ab. »Ich hatte gehofft, du beglückst uns mit einem Privatkonzert«, meint er an Juli gewandt. »Falco behauptet, du spielst und singst gut.«

»Singen? Gitarre?«

Olli sieht verstört aus. Sie hat merklich einen im Tee. Ihre üblicherweise blassen Wangen sind leicht gerötet und sie ist geselliger als sonst, kuschelt sich seit geraumer Zeit sogar zutraulich an Julis Schulter. Wahrscheinlich ist sie eher sturzbetrunken. Olli und Kuscheln? Das ist wie King Kong, der Häkeldeckchen herstellt.

»Ist mir auch neu«, füge ich schließlich hinzu und mustere Juli, dem die Aufmerksamkeit mehr als unangenehm ist. Er errötet und schüttelt vehement den Kopf.

»Niemals!«

»Sei doch kein Spielverderber!«

Wenig behutsam greife ich nach der Akustikgitarre und erhebe mich etwas zu schwungvoll. Vermutlich habe ich ein bisschen zu viel getrunken und bin gut angeheitert.

Jay beobachtet mich und grinst breit, als ich mich vor Juli auf die Knie fallen lasse, die Gitarre in den Händen halte und sachte daran zupfe. Das Instrument gibt eine Reihe sehr schiefer, unmelodischer Töne von sich, bei denen mir Jay an die Seite springt.

»Oh Juli-Maaaaus«, singt er, prustend falle ich mit ein: »Wir sitzen in deinem Haaaaaus!«

Wenn möglich wird er noch ein wenig röter. Bei Jays: »Und wir belagern diiiich, bis du singst …«, muss er allerdings lachen und schüttelt den Kopf.

»… weil doch niemand will, dass du wegen unserem Gejaule sprriiiiiingst!«

Himmel, wir machen Goethe mit unser Dichtkunst Konkurrenz!

Jay lacht, klopft mir auf die Schulter und behauptet: »Mann, mit deinen zwei linken Händen zerbrichst du die Gitarre gleich noch.«

»Ja«, werfe ich ein und komme ächzend auf die Beine,

»und bei deinem Gesang platzt uns allen das Trommelfell!«

»Tatsächlich hältst du die Gitarre falsch herum.«

Äh, oh. Hoppla.

»Das weiß er«, springt Jay für mich ein. »Sollte einen hume… humö… humaro…«

»… humorösen Effekt erzielen«, ergänze ich lachend.

»Und ihr euch dabei toll fühlen?«, amüsiert sich Juli und streckt die Hände nach seiner Gitarre aus.

Übermütig werfe ich sie ihm entgegen, er kann sie gerade noch vor dem Fall bewahren.

»Na komm, tun wir wenigstens, als wären wir cool.«

Olli schnaubt: »Pff. Ihr und cool, ja.«

Wahrscheinlich ärgert es sie nur, dass Juli sich bewegt und ihre bequeme Position dabei ruiniert hat.

»‚Pff' uns nicht an!«, befiehlt Jay und wirft sich neben mich auf die Couch. »Nur, weil Juli dich für ein Stück Holz mit Schnüren linksliegen lässt.«

»Ihr seid schon ein paar Musikbanausen, was?«

Er schüttelt den Kopf, nimmt die Gitarre richtig herum auf den Schoß und stimmt sie mit einem sehr versunkenen Gesichtsausdruck.

»Wir ärgern dich doch nur«, behauptet Jay, um davon abzulenken, dass wir zwei tatsächlich die unmusikalischsten Menschen auf diesem Planeten sind. Muss ja keiner wissen. Ich könnte nicht einmal Triangel spielen, schätze ich.

Juli beachtet uns gar nicht weiter, sondern zupft ein wenig an der Gitarre herum. Jay schüttelt den Kopf dazu und rammt mir herzlich den Ellenbogen in die Seite.

»Na, Philip? Wie ergeht es Uns heute?«

»Gut, Jason, hervorragend. Der Kaviar war vorzüglich.«

Er wirft mir einen amüsierten Seitenblick zu.

»Ah ja, Kaviar. Genau. Wo ist eigentlich Vanessa?«

»Kein Plan. Wer hat die überhaupt eingeladen, sag mal?«

Jay zuckt mit den Schultern und nimmt sich ein Bier vom Tisch, streckt die langen Beine aus.

»Ich auf jeden Fall nicht. Mh … Stell dir vor, vielleicht sitzt sie in Julis Zimmer und schnuppert an seinen Boxershorts?«

Ich kann mir ein lautes Aufprusten nicht verkneifen, vor allem nicht, als Juli sich alarmiert zu Wort meldet: »Was? Wer schnuppert an meinen Boxershorts?«

Er stellt die Gitarre zur Seite, seine Aufmerksamkeit gehört uns.

»Vanessa!«, lache ich so laut, dass das wahrscheinlich jeder im Raum hört.

»Wovon zum Teufel redet ihr? Ihr solltet nicht so viel trinken, echt.«

»Na ja«, meint Jay nachdenklich. »Wenn du eben weder spielen, noch singen oder strippen willst, müssen wir uns eben anders erheitern. Sicher hat Vanessa drauf gehofft, deine Unterhosen in die Finger zu kriegen.«

»Oh ja, ein Traum! Julis labberige Boxershorts, hocherotisch«, witzele ich.

Dieser macht sich lang und verpasst mir über Jay hinweg einen Schlag auf den Hinterkopf.

»Bau mich nicht in deine perversen Tagträume ein!«

»Wo er Recht hat!«

Jay schüttelt den Kopf und greift nach Julis Handgelenk, als dieser wieder großzügig Schläge verteilen will. Unsanft zieht er ihn an sich, um ihm einen Arm fest um die Schultern zu legen.

Ich wuschle ihm durch das schwarze Haar und behaupte versöhnlich: »Oder vielleicht hat sie sich in Dessous auf deinem Bett platziert und wartet darauf, dass du zu ihr hinaufkommst.«

»Oh, bloß nicht!«, stöhnt er leidend und drückt sich an Jay, meint gespielt weinerlich: »Das erste Mal war schon schlimm genug! Hilfe!«

»Ich rette dich vor ihren Brüsten«, sagt Jay heroisch.

Er lacht und will etwas antworten, da tönt ein lauter Schlag durchs Wohnzimmer, gefolgt von lautem Klirren und Splittern und plötzlich dreht sich meine heile, leicht alkoholisierte Welt um hundertachtzig Grad.

Jemand schreit, ein letztes Klirren ertönt und dann breitet sich eine Totenstille aus, die lediglich unwirklich durch Alex' Musik unterbrochen wird.

Ich sehe, wie Julis Augen groß werden, alle Farbe weicht aus seinem Gesicht. Mit einem Mal windet er sich aus dem festen Griff, was Jay, selbst überrascht, zulässt. Juli springt auf, stolpert ein paar Schritte an mir vorbei.

»Oh mein Gott …«

Als Jay aufsteht und an mir vorbei hastet, reißt er mich damit beinahe zu Boden. Nur langsam schaffe ich es, mich ebenfalls hochzurappeln und nach dem Unruheherd zu schauen.

»Bist du verrückt geworden?!«

Julis Stimme klingt viel zu schrill. Er stolpert an Vanessa vorbei, deren Gesicht vor Wut zu einer furchterregenden Grimasse verzerrt ist und lässt sich vor einer zerbrochenen Vitrine auf die Knie fallen.

»Oh nein, Scheiße, Scheiße, Scheiße …«

»Meine Güte, lass das!«, ruft Jay alarmiert und kniet sich neben ihn, zieht ihn an den Schultern von dem Scherbenmeer am Boden zurück, das er mit den Händen hatte beseitigen wollen.

Geschockt starre ich auf das zerbrochene Porzellan, das Glas und die zerdepperte Vase am Boden. Auf Juli, den Jay mit aller Macht zurückhalten muss.

»Das ist das Hochzeitsgeschirr meiner Mutter!«, fährt Juli auf.

Jay zieht ihn taumelnd mit sich auf die Beine und von den Scherben fort.

Juli ist nicht zu beruhigen.

»Bist du noch zu retten?«, schreit er Vanessa an, reißt sich von Jay los und macht ein paar bedrohliche Schritte auf sie zu.

Sie bleibt stehen, das Kinn trotzig emporgereckt, und zischt ihn an: »Du hättest noch mehr verdient, du widerliches Arschloch!«

Anstatt auch nur ein klitzekleines bisschen Angst vor ihm zu haben, geht sie plötzlich auf ihn los. Sie macht einen

Satz nach vorne und klatscht ihm eine, dass es durch den ganzen Raum hallt.

Ein paar der anderen versuchen, sie zu beschwichtigen, doch kein: »Hey, Vanessa, krieg' dich mal ein«, kann sie von Juli abbringen, der niemals eine Frau schlagen würde und deshalb nur versucht, ihre Handgelenke zu fassen zu kriegen.

Was, verdammt noch mal, ist hier nur los?

»Wichser!«, schreit sie, vollkommen hysterisch und fängt an zu schluchzen. »Du Penner!«

»Ey, jetzt reicht's aber mal!«, ruft irgendwer.

Bevor mir bewusst wird, dass ich das selbst war, stehe ich neben den beiden und packe sie hart am Handgelenk. Sie wimmert auf und Juli taumelt zurück, hält sich die Nase und stöhnt verzweifelt auf.

»Oh mein Gott, oh mein Gott ...«, höre ich ihn heiser murmeln.

Er bewegt sich wie ein Schlafwandler wieder auf das zertrümmerte Porzellan am Boden zu und fällt da auf die Knie, vollkommen außer sich. Man muss wohl kein Hellseher sein um zu merken, dass das zerbrochene Geschirr und die Vase für ihn schlimmere Konsequenzen haben werden, als wir es uns ausmalen können.

»Jay, schaff die Leute hier raus!«, knurre ich und als Vanessa versucht, sich von mir loszureißen und mich dabei sogar zu schlagen, fahre ich sie harsch an: »Sei froh, dass du eine Frau bist, du Schlampe!«

»Schlag doch zu!«, schreit sie schrill und wie um mich zu provozieren krallt sie mir die freie Hand in den Unterarm und reißt mir mit den Nägeln blutige Striemen in die Haut.

Scheiße, ich würde nichts lieber tun, als ihr eine zu klatschen, wirklich! Stattdessen packe ich noch ihr anderes Handgelenk und verdrehe es schmerzhaft. Sie schreit leise auf und wagt es doch tatsächlich, mir im nächsten Atemzug ins Gesicht zu spucken.

»Ihr fühlt euch cool, wenn ihr auf anderen herumtrampelt, dabei seid ihr nicht besser als der Dreck auf der Straße!«

Ich kann nicht glauben, was sie da sagt. Für einen Moment bin ich zu schockiert, zu angewidert von ihrer Spucke auf meiner Wange, doch mit einem Mal wird die Wut in mir so enorm, dass ich tatsächlich ihre Hand loslasse und ihr eine scheuern will.

Dazu komme ich allerdings nicht, denn plötzlich steht Olli neben mir. Ich sehe nur noch ihre langen, schwarzen Haare und ihr wütendes Gesicht. Sie schlägt Vanessa mit einer solchen Wucht die flache Hand ins Gesicht, dass diese rücklings zu Boden stolpert.

»Mach dich nicht so wichtig!«

Ach du Scheiße, wann ist dieser Abend bloß eskaliert?

Verblüfft schaue ich erst auf Vanessa, die wimmernd am Boden liegt, dann zu Olli, die vor Wut völlig bleich wirkt. Bis auf uns ist der Raum jetzt leer. Ich habe gar nicht mitbekommen, wie Jay die Leute rausgeschafft hat.

»Du bist selbst schuld, wenn du die Beine nicht zusammenhalten kannst! Was glaubst du denn? Julian hat nie gesagt, dass er was von dir will oder dich liebt. Wenn du dich irgendeinem Kerl an den Hals wirfst, ist das nicht sein Problem. Also komm mit dem Spott der Leute klar oder hör auf, rumzuhuren!«

Oh mein Gott, so kenne ich Olli ja gar nicht …!

»Olli«, sage ich behutsam und lege ihr eine Hand auf den Arm. Mit der anderen versuche ich, mir Vanessas Spucke aus dem Gesicht zu reiben. »Ganz ruhig, ich glaub, sie hat es geschnallt.«

Ich wusste gar nicht, dass ihr so viel an Juli liegt, dass sie für ihn sogar gewalttätig wird. Ob sie echt was von ihm will? Wäre ja noch schöner! Sie spannt ihren Kiefer an, atmet aber gleich darauf tief durch und schaut mich kurz von der Seite her an.

»Ja, ist okay«, sagt sie leise und löst sich von mir, beugt sich zu Vanessa runter und zerrt sie am Arm auf die Beine. »Verschwinde, wenn du weißt, was gut für dich ist«, rät sie ihr in einem gefährlich ruhigen Ton und zieht sie Richtung Flur, was Vanessa wortlos geschehen lässt.

»Kacke«, höre ich mich selbst murmeln und presse mir eine Hand gegen die Stirn.

Toll, jetzt kriege ich Kopfschmerzen. Was für ein blöder Scheiß, ich wusste doch, ich hätte Vanessa nicht aus den Augen lassen sollen.

Langsam drehe ich mich um. Zu den Splittern, den Scherben und Juli, der mit zerschnittenen, blutigen Fingern davor kniet. Er hält die Überreste einer feinen Tasse in den Händen und bewegt sich keinen Zentimeter von der Stelle.

»Juli, hey …«

Vorsichtig mache ich ein paar Schritte auf ihn zu und will mich zu ihm knien. Es ist endlich ruhig und irgendwer sollte sich um ihn kümmern, auch wenn ich eigentlich nicht der Richtige für so was bin. Ich kann das nicht, bin viel zu unsensibel, um jemanden zu trösten. Außerdem verstehe ich nicht, wieso er wegen einem bisschen zerbrochenen Geschirr dermaßen fertig ist.

Das ändert sich allerdings schlagartig, als hastige Schritte vom Flur her ertönen und Jay zur Tür hereinstolpert. Erschrocken schaue ich auf und lese den blanken Horror aus seinem Gesicht.

»Da kommt ein Auto! Scheiße, Juli, deine Eltern!«

Das Timing ist mal wieder perfekt. Die Neuigkeit trägt natürlich nicht dazu bei, ihn weiter zu beruhigen. Direkt hinter Jay folgt Falco, das Gesicht nach hinten umgewandt. Er gestikuliert wild mit den Armen herum. Dann höre ich sie schon und kann plötzlich sehr gut verstehen, warum Juli panisch auf dem Boden kauert.

Eben jener gibt einen halb erstickten Laut von sich. Aus dem Augenwinkel sehe ich, wie er sich zur Tür umdreht, gefährlich wankt und mit der Hand direkt in die Scherben hinter sich hineingreift, um sich abzustützen. Er atmet zischend ein, will aufstehen, erstarrt jedoch, als eine schlanke Frau mit akkurater Hochsteckfrisur und grauem Kostüm in der Tür steht.

Sie sieht irre aus, denke ich. Vollkommen irre, wie sie Falco hart und unnachgiebig zur Seite schiebt und ins Wohnzimmer stürzt. Ein Pappkarton fällt ihr aus der Hand und landet unbeachtet auf dem Boden. Sie schlägt eine Hand vor den Mund, als sie Juli mit dem Rücken zu den Scherben dort knien sieht.

»Was hast du angerichtet?!«

Keine Sorge darum, ob es ihm gut geht, kein *Brauchst du Hilfe?*. Sie stürmt nur auf Juli zu. Wir anderen, Olli, die hinter uns allen im Flur steht, Falco, der sich verschreckt an der Wand abstürzt und Jay, wie erstarrt mitten im Raum, können nichts weiter tun, als die Szene fassungslos zu beobachten. Das ist seine Mutter. Oder etwa nicht? Kann ich nicht glauben. Nicht, wenn sie so auf ihren Sohn zuhält und sich bebend die Scherben besieht.

Sie murmelt etwas, das ich nicht richtig verstehe. Sie wird ihn ja wohl nicht Missgeburt genannt haben, oder?

Als er ansetzt: »Mama, ich ... das ... Es tut mir leid ...«, zu stammeln, geht sie an die Decke, als hätte jemand den Zünder gedrückt.

»Es tut dir leid?«, schreit sie hysterisch und statt ihrem Sohn auf die Beine zu helfen, macht sie sich die Mühe, sich herunterzubeugen.

Juli fängt sich die zweite Backpfeife für heute von seiner Mutter. Unfassbar. Zu viele verrückte, brutale Frauen heute. Wundert sich da noch jemand, dass ich Männer bevorzuge?

Natürlich verliert Juli das Gleichgewicht und fällt rücklings in die Scherben hinein. Er versucht, sich mit den Ellenbogen abzufangen, und fällt dabei auf seine Unterarme. Als wären es meine Arme, in die sich die Scherben hineinbohren, spüre ich den Schmerz bei dem Anblick.

Juli japst auf, doch seine Mutter will ihm wohl keine Chance lassen, wieder auf die Beine zu kommen. Sie hebt erneut die Hand und dann reicht es, endgültig.

»Scheiße, was geht hier ab?«, rufe ich, irgendwo zwischen Panik und Wut.

Ich stürze auf die beiden zu und stelle mich vor Juli. Kurz bevor sie auch mich geschlagen hätte, hält diese durchgedrehte Frau inne und starrt mich an, als wäre ich der größte Abschaum, der ihr jemals untergekommen ist. Ich bringe kein Wort mehr hervor, obwohl mir genügend Beleidigungen einfielen, die sicher alle noch zu harmlos wären.

Ihr Blick bohrt sich in meinen. Zu meinem Entsetzen sehe ich auf einmal, wie sich ihre Augen mit Tränen füllen. Zum Teufel, was …? Sie gibt sich nicht die Blöße, vor uns loszuheulen, sondern dreht um und rauscht aus dem Zimmer hinaus die Treppen rauf. Eine Tür knallt zu und es wird totenstill im Haus.

Ich bin zu schockiert, um irgendwas zu sagen, und den anderen scheint es ähnlich zu gehen. Jay, der bis eben noch Julis Mutter hinterhergeschaut hat, dreht sich nun zu uns um, eine vollkommen verblüffte Miene im Gesicht. Langsam schiebt sich auch Olli wieder in die Tür zum Wohnzimmer, mit großen Augen und leichenblass. Der Erste, der sich regt, ist Falco, der hastig auf Juli und mich zuhält.

Ich beobachte ihn einfach, weil ich nicht verarbeiten kann, was geschehen ist. Wie schnell ist aus einem netten Abend ein solches Horrorszenario geworden? Warum zum Teufel hat seine Mutter für nichts anderes Augen gehabt, als für ihr blödes Porzellan? Außerdem scheint es hier ohnehin nicht sonderlich familiär zuzugehen, wenn Julis Eltern ihn an seinem Geburtstag alleine lassen.

Falco schiebt mich beiseite und beugt sich zu Juli hinunter, um ihm hoch zu helfen.

Dieser murmelt jedoch: »Ist okay, ich kann das alleine.«

Er rappelt sich auf. Aus seinem schwarzen Sweatshirt fallen ein paar Splitter und Scherben hinaus, unvorsichtig zupft er an den Ärmeln herum, den Kopf gesenkt.

»Woah, Juli«, tönt Jays Stimme von irgendwo, kommt näher und gesellt sich mit seiner besorgten Miene zu Falco. »Wir sollten dich ins Krankenhaus bringen, du blutest!«

»Geht schon.« Er wirkt bleich und emotionslos. »Ist okay. Wirklich.«

Niemand von uns glaubt ihm. Nicht, wenn ihm das Blut schon über die Finger in die Scherben am Boden tropft. Die eine Gesichtshälfte verfärbt sich bläulich und er sieht aus, als würde er gleich in Ohnmacht fallen.

Doch während die anderen ihm helfen wollen, fühle ich mich unwohl und weiß nicht, wohin mit mir. Ich kann so was nicht, ich würde ihm wahrscheinlich nur noch mehr wehtun. Also versuche ich, mich unauffällig im Hintergrund zu halten und mache ein paar Schritte von ihnen weg. Mir ist es nur lieb, wenn die zwei sich um ihn kümmern.

»Komm, wir gehen in dein Badezimmer und entfernen die Splitter. Hast du Verbandszeugs?«

Jay will Juli packen, doch dieser weicht vor ihm zurück und knurrt, wahrscheinlich heftiger, als beabsichtigt: »Nein, verdammt. Ich kann das alleine. Würdet ihr einfach gehen, bitte?«

Falco, der danebensteht, öffnet für einen Moment fassungslos den Mund, dann verziehen sich seine Augenbrauen wütend und er schüttelt den Kopf. Auch Jay hat nur ein abfälliges Schnauben für ihn übrig.

»Nö, wir gehen nicht. Nicht, bevor wir dir geholfen haben.«

Während Jay versucht, Juli zu bequatschen, wende ich mich Olli zu, die neben dem Karton am Boden kniet, ihn vorsichtig aufhebt und öffnet.

»Was ist da drin?«, frage ich, als ich zu ihr trete.

Sie blinzelt erstaunt, hält ihn mir unter die Nase und ich weiß wirklich nicht mehr, was ich denken soll.

»Torte?!«

Verwirrt mustere ich den zermatschten Kuchen da drin. Man kann gerade noch die Aufschrift entziffern.

Alles Liebe zum Sechzehnten.

»So, wie die drauf war, schien die sich nicht sonderlich viel aus dem großen Tag ihres Sohnes zu machen ...«, meint Olli nachdenklich und ich kann ihr nur zustimmen.

»Na, herzlich ist die Alte ganz gewiss nicht.«

Sie will etwas erwidern, doch die Stimmen der anderen hinter uns werden lauter.

»Du kannst das nicht einfach so lassen!«

»Ich brauche keine …«

»Du sturer Esel, wir wollen dir nur helfen. Jetzt komm, verflucht!«

»Phil!«

»Häh?«

Vor Schreck zucke ich zusammen, fahre zu den anderen herum und frage mich unwillkürlich, was ich falsch gemacht habe. Rumgestanden, die Torte angestarrt, geatmet … Nichts Schlimmes, soweit ich das sehe.

»Ähm … ja?«, frage ich und werfe Juli einen misstrauischen Blick zu, der mich wiederum ängstlich ansieht.

»Phil soll mir helfen.«

»Phil.« Jay spricht meinen Namen aus, als sei er eine Beleidigung für ihn. »Du bist übergeschnappt, oder? Der kann nicht einmal eine Pizza schneiden, ohne sich selbst fast die Finger abzusäbeln!«

Was auch der Grund dafür ist, dass ich sie meistens am Stück esse. Das muss ja niemand wissen!

»Hey, so inkompetent bin ich gar nicht!« Warum verteidige ich mich überhaupt? Ich will Juli nicht helfen, ich kann das nicht! »Äh … Aber Jay kann solche Dinge besser«, füge ich lasch hinzu, doch Juli schüttelt vehement den schwarzen Schopf.

Unsicher besehe ich mir die Blutstropfen am Boden, die mehr und mehr werden. Ich kann mir nicht vorstellen, wie ich in Notsituationen zum Superhelden werden soll … Außer draufhauen kann ich nicht viel. Jemanden verarzten? Geht das wirklich?

»Phil oder gar keiner. Und ihr lasst mich dann in Ruhe.«

Er beharrt auf seinem Standpunkt. Was habe ich getan, um dieses Vertrauen zu verdienen? Langsam macht sich ein ungutes Gefühl in mir breit, das ich gar nicht richtig zu deuten weiß.

»Idiot«, murmelt Jay. »Gut, Phil geht mit dir ins Bad und verarztet dich. Wir räumen hier auf, okay? Wenn du wieder bei Verstand bist, kannst du ja Danke sagen.«

»Was?«, rufe ich erschrocken aus. »Aber Jay, ich …«

»Mach einfach«, knurrt mein bester Freund. »Bevor er uns aus den Latschen kippt. Los, geht. Ist ja nicht mitanzusehen, solche Starrköpfigkeit. Du blöder Esel.«

»Ja … Danke«, sagt Juli, lächelt schwach und kommt auf mich zu, einen entschuldigenden, bittenden Ausdruck im Gesicht. »Phil?«

Oh Himmel. Hoffentlich bringe ich ihn am Ende nicht aus Versehen um.

»Ja … ja, ich komme.«

Ich fühle mich, als würde man mich zum Galgen führen, während ich Juli folge. Olli mustert mich mit einer Mischung aus Verwirrung und Mitleid, als wir an ihr vorbeikommen. Dann sind wir alleine im Flur und gehen die Treppen hinauf.

Er sagt nichts. Kein Wort der Erklärung, keine Entschuldigung und auch sonst nichts. Er führt mich bis ganz hinauf in das oberste Stockwerk und in ein kleines Badezimmer, das chaotisch aussieht und in dem überall Klamotten von ihm herumliegen.

T-Shirts, Boxershorts, Hosen, achtlos auf einem Haufen in der Ecke, ein Handtuch, das unachtsam über einer Halterung neben der Dusche hängt. Also hat er tatsächlich sein eigenes Badezimmer. Solche Bonzen! Unfassbar! Neben der Duschkabine befindet sich sogar noch eine Badewanne.

»Phil? Würdest du …«

Juli deutet in Richtung Tür und ich verstehe. Ich schließe die Tür und drehe sogar den Schlüssel im Schloss herum, obwohl ich mir nicht sicher bin, warum ich das tue. Juli hinter mir schaltet zusätzlich zum Deckenlicht die Lampen am Spiegelschrank an und ich höre ihn zittrig dabei durchatmen. Natürlich geht es ihm nicht gut. Was ein Idiot.

»Tut mir leid, weißt du …«

Er bricht ab und ich dränge ihn nicht dazu, weiterzusprechen. Dafür bin ich viel zu angespannt. Ich spüre das Blut in meinen Ohren rauschen. Juli zeigt mir, wo ich alles Nötige finde. Pinzette, Desinfektionsspray, Pflaster.

»Danke, Phil, ich …« Wieder stockt Juli, als wisse er nicht, was er sagen soll. Ich schaue ihn an, beobachte, wie er sich auf dem Rand der kleinen Badewanne setzt und regungslos seine blutverschmierte Hand mustert. Es scheint ihn nicht einmal zu kümmern. »Ich will nicht, dass die anderen davon wissen.«

Obwohl alles in mir nach Flucht schreit, folge ich ihm und setze mich ebenfalls auf den Wannenrand. Ich will nichts wissen, was sonst niemand weiß. Ich will keine Geheimnisse, ich will nicht … und zugleich will ich doch mehr als alles andere, dass er mir vertraut. Der Zwiespalt macht mich wortlos.

Ich kümmere mich zuerst um seine Hände. Wirklich viele Splitter stecken nicht darin und sie sind leicht zu entfernen. Er lässt sich danach Wasser über die zerkratzten, leicht blutenden Handflächen laufen und scheint es nicht schmerzhaft zu finden.

Viel mehr Überwindung kostet es ihn, sich des Shirts zu entledigen. Juli ist bleich wie die weiße Fliesenwand hinter ihm. Er zupft an den Ärmeln, die teilweise vor Blut an seinem Arm festkleben. Ich verstehe nicht, warum er sich ziert. Was ist schon dabei, sein Oberteil auszuziehen?

Die Erkenntnis kommt erst, als er die Zähne zusammenbeißt, das Shirt schließlich mit wenigen Handgriffen über den Kopf zieht und in die Wanne fallen lässt.

Ich … verstehe mit einem Mal und mir wird schlecht. Das flaue Gefühl breitet sich in meinem Magen aus und wenn ich es nicht besser wüsste, würde ich auf den Alkohol tippen.

»Juli«, sage ich.

Nichts weiter. Keine Fragen, keine Vorwürfe, kein Spott. Es ist wie ein Autounfall und ich kann nicht wegsehen.

Seine Arme sind übersät von Narben und verheilenden Schnittwunden. Im Gegensatz dazu wirken die frischen Verletzungen der Scherben lächerlich. Vom Handgelenk bis zur Armbeuge hinauf zieht sich ein Geflecht aus bleichen Narben und wulstigen, roten Erhebungen. Das ist also das Geheimnis, von dem er dachte, ich hätte es herausgefunden.

Juli ritzt sich. Er hat das selbst verursacht, schneidet sich die Arme auf und … Woher hätte ich das bitte wissen sollen? Warum glaubt er …?

»Ich vertraue dir, Phil«, murmelt Juli. »Du sagst niemandem etwas, oder?«

Eigentlich müsste ich eine Menge sagen. Etwa, dass er sich Hilfe suchen soll. Mit einem Lehrer reden, oder einer anderen Vertrauensperson. Das sieht grauenvoll aus. Wie muss es jemandem gehen, der sich selbst solche Dinge antut? Doch ich kann es nicht. Stattdessen nicke ich, noch ehe ich mir Gedanken darüber machen kann. Ich sehe, dass er schmal lächelt und mir den Arm entgegenstreckt, der von dem Scherben-Desaster das meiste abbekommen hat.

Automatisch greife ich nach seinem Handgelenk, zucke allerdings fast wieder zurück. Auch dort sind Schnitte, vielleicht eine Woche alt. Mit halb abgekratztem Schorf und hellroter Haut darunter. Es ist das Handgelenk, nach dem ich gegriffen habe, als wir vor seinem Haus standen.

Die Ohrfeige. Wahrscheinlich waren die Schnitte frisch, ich habe ihm sicher wehgetan, als ich ihn einfach gepackt habe.

Ich spüre die narbige Haut unter meinen Fingern und funktioniere nur. Anders könnte ich das nicht. Wir suchen gemeinsam nach Splittern, die in seiner Haut stecken. Es sind zum Glück nicht viele. Säubern, abwaschen, desinfizieren. Ich handle völlig automatisiert. Die Pflaster sind bloßer Hohn im Vergleich mit seinen anderen Verletzungen.

»Juli?«

Er schaut für einen Moment auf, ehe er den Blick senkt, hinab auf meine Finger, die noch immer auf seinem Handgelenk liegen. Unbewusst taste ich eine wulstige Narbe ab und verstehe nicht, was ihn dazu bringt, diese Dinge zu tun.

Er klingt zittrig, als er antwortet: »Phil?«

»Es tut mir leid. Ich wusste nicht, dass es so enden würde.«

Juli zuckt mit den Schultern, schüttelt den Kopf und lächelt zaghaft.

»Ich glaube, dass es auch ohne euer Auftauchen nicht besser gelaufen wäre.«

»Warum?«

Eigentlich hatte ich ja gar nichts mit Julis Geheimnis zu tun haben wollen. Vor allem wollte ich nicht der Hüter seiner Geheimnisse sein. Jetzt ist es zu spät und traue mich nicht zu fragen, was passiert ist, dass es ihm bei unserer Ankunft so schlecht ging. Ich denke zurück an den Tag, als wir auf Vanessas Party waren. Er muss sich vorher selbst verletzt haben, ganz bestimmt. Ich war furchtbar ekelhaft zu ihm. War es wegen mir? Ich hoffe inständig, dass das nicht der Fall ist.

Unser Verhältnis zueinander hat sich seitdem stark verändert. Was auch immer ihn quält, dass er sich ritzt, es ist nicht überstanden. Ich will ihn und sein Vertrauen mir gegenüber nicht enttäuschen und deshalb will ich ihm wenigstens ein guter Freund und für ihn da sein, wenn ich schon zu sonst nichts zu gebrauchen bin.

»Ich habe die Lieblingstasse meiner Mutter zerdeppert und in der Küche sind Kaffeeflecken an der Tapete.« Er lacht leise und schaut auf. »Wahrscheinlich hätte ich von alleine noch irgendwas zerstört, wenn der Wein leer gewesen wäre. Meine Ma ist heute ätzend drauf.«

»Wo ist dein Vater?«, frage ich, feinfühlig wie eh und je.

Noch bevor er zusammenzuckt, ist mir klar, dass das blöd war.

»Arbeiten.«

Er will mir die Hand, die ich immer noch festhalte, entziehen, doch ich kann ihn nicht loslassen. Vor allem nicht, weil mich erneut das schlechte Gewissen überkommt.

Ich seufze. »Entschuldigung, oh Mann! Ich bin ein Porzellan … Ähm, Elefant im … Ach egal. Verdammt, komm schon her.«

Ich ziehe ihn vorsichtig in meine Richtung und mehr muss ich gar nicht tun. Ein missglücktes Lächeln liegt auf seinen Lippen, als er an mich heranrückt und den Kopf auf meine Schulter legt. Ich umarme ihn und er lässt sich halten, alles ohne Worte.

Sachte streiche ich ihm über den nackten Rücken und frage mich, was ich nun machen soll. Ich kann Juli doch nicht alleine lassen, nicht nach diesem Horrortag.

Eine kleine Ewigkeit lang halte ich ihn fest. Als die Gedanken beginnen, sich im Kreis zu drehen, schärfen sich meine Sinne wieder und ich spüre seine Nähe überdeutlich. Die Nervosität kommt langsam, aber stetig und erreicht einen absurd hohen Level. Ich halte ihn im Arm, berühre seinen nackten Rücken und bin mir der Stellen, an denen wir Körperkontakt haben, überdeutlich bewusst.

Es ist so lächerlich, dass ich nicht weiß, was ich darüber denken soll. Wie um mich selbst abzulenken, räuspere ich mich und suche nach passenden Worten.

»Ist alles okay?«

Juli zuckt zusammen und löst sich dabei von mir. Er wirkt mit einem Mal erschrocken.

»Oh, ja, alles okay«, behauptet er rasch. »Mann, bin ich vielleicht müde!«

Ihm ist anzusehen, dass er sich schämt, die Umarmung nicht früher gelöst zu haben, deshalb lenke ich ein: »Dann komm, gehen wir.«

Ich stehe auf und er tut es mir nach. Er nimmt sich einen Kapuzenpullover vom Boden und zieht ihn sich gerade über, als von draußen gegen die Tür gehämmert wird.

»Hey, ist alles okay bei euch?«, ertönt dumpf Jays Stimme. »Haben aufgeräumt, man sieht schon nichts mehr vom Chaos.«

Juli und ich mustern die Tür gleichermaßen erschrocken, ehe wir uns noch mal kurz ansehen. Er lächelt schwach.

»Danke.«

Langsam geht er an mir vorbei und schließt die Badezimmertür auf.

Als wir hinaustreten, stöhnt Jay erleichtert auf. Olli beobachtet uns mit hochgezogenen Augenbrauen und Falco schaut ganz woanders hin, wobei er mit dem Fuß über den Boden scharrt.

»Meine Güte, ihr hättet ja einfach mal sagen können, dass ihr noch lebt. Dachte schon, Phil hat dich ermordet. Vollkommen versehentlich, versteht sich.«

»Hey, so schlimm bin ich gar nicht«, verteidige ich mich lustlos und reibe mir über die müden Augen.

Gerade, als mein angeblich bester Freund irgendwas Gemeines sagen will, fällt Juli ihm ins Wort und lacht: »Keine Sorge, er war ganz sanft und zärtlich zu mir.«

Kabumm, die nächste Bombe. Auf einmal starren sie uns alle der Reihe nach an, von entsetzt über schockiert und absolut erstaunt.

»Äh, ihr ... ähm ...«, stammelt Jay durcheinander und Olli fügt lauernd hinzu: »Du hast ihn verarztet, oder? Nur verarztet?«

»Ja, was denn sonst ... oh.«

Mit einem Mal steigt Juli das Blut in die Wangen, dass es fast schon lächerlich ist. Ich lache nervös auf, was natürlich viel zu verdächtig klingt.

»Was ihr wieder denkt ...«, winke ich ab.

Jay verzieht belustigt das Gesicht.

»Na hör mal, ihr habt euch im Bad eingesperrt und du warst sanft und zärtlich zu ihm, da kann man so was ja mal denken.«

»Und Julian hat dich geküsst«, fügt Olli hinzu und ich glaube, könnte Falco was dazu sagen, würde er wahrscheinlich losschreien, so rot wie er plötzlich wird.

»Ihr habt rumgeknutscht?!«, fragt Jay sensationslüstern und lässt Juli damit verzweifelt aufstöhnen.

»Nein, haben wir nicht! Das war nur ein kleines ... Ach, vergiss es. Danke, Olli, du bist eine Plaudertasche.«

Die lächelt nur schmal und nickt: »Passiert. Also, zurück zum Thema. Wohnzimmer und Küche sind sauber. Sollen wir jetzt gehen? Ich müsste sowieso bald mal heim.«

Ach, stimmt. Er hatte uns ja alle rauswerfen wollen, bevor er doch eingelenkt hat, unsere Hilfe anzunehmen.

Jay wagt es echt, zu behaupten, die Party sei cool gewesen, was Olli mit einem ungläubigen Schnauben quittiert. Falco macht keine Anstalten, seinen Senf dazuzugeben, sondern durchbohrt mich nur mit Blicken, die wahrscheinlich tödlich enden würden, wäre so was möglich. Was ist dem bloß über die Leber gelaufen?

»Ah, ja, vielen Dank fürs Aufräumen. Ich würde gerne ins Bett, bin hundemüde, also …«

Jay nickt. »Ist okay. Wir sehen uns bald wieder, oder? Kommst du, Phil?«

Er und die anderen bewegen sich selbstverständlich auf die Treppe zu, doch ich bleibe wie angewurzelt stehen und ringe mit mir selbst.

»Ich … Also …« Ich schaue von den anderen zu Juli, der mich ebenso unsicher ansieht, wie ich mich fühle. »Kann ich vielleicht hierbleiben? Über Nacht? Ich, äh … habe meinen Schlüssel nicht dabei und meine Eltern sind ausgegangen.«

»Oh«, macht Juli. Bei den verblüfften Gesichtern der anderen wird er über und über rot. »Ich … Klar, natürlich. Warum nicht?«

»Ah. Na dann«, sagt Jay gedehnt.

Ich werfe ihm einen raschen Blick zu, er sieht mich zweifelnd an. Jay weiß ganz genau, dass meine Eltern, wie auch meine Schwester und sogar der Hund daheim sind und wir einen Ersatzschlüssel im Blumenkübel im Garten haben, aber zu meinem Glück sagt er nichts. Er hebt den Arm, winkt und dann machen die drei sich auf den Weg die Treppen hinunter und raus, während Juli und ich alleine im Flur stehen bleiben. Unwohl und unsicher schweigend.

* * *

In genau diesem Moment hätte ich die Möglichkeit, neben einem nur mit T-Shirt und Boxern bekleideten Julian Schneider in einem sehr kuscheligen, großen Bett zu liegen. Doch was tue ich? Dumm im Zimmer hin- und herlaufen. Keine Ruhe finden. Kopfschmerzen vom Nachdenken haben.

Es hat nicht lange gedauert, bis er sich unter Entschuldigungen ins Bett gelegt hat und noch weniger, bis er leise eingeschlafen ist. Vermutlich ist er emotional total am Ende. Ich schaue zum Bett rüber, sehe, wie er daliegt, nur beleuchtet von der Nachttischlampe. Die Decke ist verrutscht, bedeckt gerade noch eines seiner Beine und mit den Armen umfasst er das Kissen, auf dem er liegt.

Wie niedlich er seinen Po in die Höhe reckt, darüber will ich gar nicht nachdenken. Ganz im Gegenteil, im Moment kann ich nur an das eine denken. Irgendwo hier liegt etwas herum, mit dem er sich die Arme aufschneidet und ich versuche, möglichst leise danach zu suchen.

Mir pocht das Herz bis zum Hals und jedes Mal, wenn eine Schublade quietscht oder der Boden knarzt, setzt es für einen Moment aus, ganz sicher. Ich finde allerdings nichts. Nur Hausaufgaben, irgendwelche komischen Notizen, Bücher, die achtlos in Schubladen herumfliegen. Ein paar leere Bierflaschen, eine Packung Kippen. Zuletzt fällt mir sogar noch ein Erotikmagazin in die Hand. Allerdings kein Messer, kein Cutter, keine Rasierklingen.

Frustriert setze ich mich auf seinen Schreibtisch nahe der Tür und schlage das Heftchen auf. Zum Glück kann ich im Halbdunkel nicht viel sehen, aber das wenige das reicht mir völlig. Silikonbrüste, Blondinen, komische Posen … Wer steht denn bitte auf so was? Ist ja ekelhaft!

Ich werfe gerade das Heft unachtsam zurück in die Schublade, da ertönen von draußen Schritte und lassen mich vor Schreck vom Tisch aufspringen. Das ist doch hoffentlich nicht seine irre Mutter?! Oh mein Gott – und was, wenn doch? Wird die uns töten? Mit einem Messer oder …

Als die Tür von außen geöffnet wird, tritt nicht die Alte von vorhin ein, sondern ein Mann, vielleicht Mitte oder Ende Dreißig, mit blondem Haar und im schwarzen Businessanzug.

Er sieht Juli auf dem Bett liegen und will darauf zuhalten, stockt jedoch, als er mich dastehen sieht, in ausgewaschenem T-Shirt und zu großen Boxershorts.

»Äh«, setze ich nervös an, als er sich nicht regt und nichts sagt. »Hi! Bitte leise, Juli schläft schon.«

Er schaut mich weiterhin nur an und selbst im Halbdunkel sehe ich die Ähnlichkeit zu Juli in seinem Gesicht. Das ist wohl eindeutig sein Vater. Ist er wütend wegen dem Zustand seines Wohnzimmers?

»Ich ... Ähm, ich bin Phil. Ein Freund«, stelle ich mich knapp vor und mache einen Schritt auf ihn zu, strecke ihm mutiger, als ich mich fühle, die Hand entgegen. Er nimmt sie und schüttelt sie verwirrt.

»Hallo, Phil. Thomas, Julians Vater. Sag mal, das heute ... Geht es ihm gut?«

Er schielt an mir vorbei zum Bett und kurz tue ich es ihm nach, nur um dann noch panischer zu werden. Verflucht, jetzt trägt Juli nicht einmal einen Pullover! Was, wenn sein Vater die vernarbten Arme sieht?

»Das war meine Schuld!«, stoße ich schnell hervor und mache einen Schritt auf ihn zu, nicke eifrig.

Thomas glaubt wohl spätestens jetzt, dass ich nicht mehr alle Tassen im Schrank habe. Seine Aufmerksamkeit liegt jedoch wieder auf mir und er tritt einen Schritt zurück, weil ich ihm zu nahe auf die Pelle rücke.

»Es tut mir leid! Einer der Gäste ist total ausgeflippt, keine Ahnung, warum. Er hat nur ein paar Kratzer, alles gut! Wissen Sie, er war müde, wir sollten ihn wirklich nicht wecken!«

»Aha«, macht Thomas und sieht mich abschätzend an. »Nur Kratzer? Rosa hat gesagt, er hätte geblutet, deswegen ...«

Wieder schaut er zum Bett, doch entgegen jeder Erwartung sieht er besorgt und ein wenig traurig aus.

»Nein, es ist alles okay.«

Ich nicke zum Nachdruck und er seufzt. Seine Hand findet den Weg zur Krawatte um seinen Hals, er lockert sie und macht ein paar Schritte zurück.

»Gut, dann ... Wenn er aufwacht, ich bin nun daheim. Falls etwas ist. Gute Nacht.«

»Mh, Nacht.«

Weg ist er. Leise schließt er die Tür hinter sich und ich könnte glatt heulen vor Erleichterung, dass er nichts gemerkt und nichts gesehen hat. Warum ich Juli decke, weiß ich selbst nicht. Hilfe täte ihm nämlich gut.

Müde drehe ich mich zum Bett um, wo er immer noch friedlich schläft wie ein Baby. Mann, dafür schuldet er mir was.

Mir reicht es mit dem Suchen, mir reicht es mit allem. Der Tag war echt anstrengend und verwirrend obendrein. Besser wird es auch nicht, als ich mich schließlich zu Juli ins Bett lege, die Nachttischlampe ausschalte und dicht an ihn rücke, um ihn zumindest mit meiner Decke noch zuzudecken. Seine hat er halb von sich gestrampelt.

Er seufzt leise und als wäre es nicht alles schon genug gewesen, drückt er sich im Schlaf fester an mich. Ich lege ihm zögerlich einen Arm um die Mitte und drücke die Nase in sein Haar.

So liege ich da, mit heftig pochendem Herzen, verwirrenden Gedanken und der Hoffnung, doch möglichst bald einzuschlafen und all dem zu entkommen.

5

SICH ZUHAUSE FÜHLEN

FALCO

Die Dunkelheit zerfrisst mich, verschlingt mich. Der Schmerz überkommt mich wellenartig, immer wieder. Ein heftiger Krampf in meinem Herzen, der eigentlich nicht physisch da sein sollte, es allerdings trotzdem ist. Die Tränen laufen heiß über meine Wangen, ich gebe kein Geräusch von mir.

Immer dieselben Fragen: *Was habe ich falsch gemacht? Warum nicht ich? Warum Phil?* Sie schreien in meinem Kopf und ich möchte zurückschreien, aber ich bin wehrlos.

Warum, warum, *warum?*

Seit ich zu Hause bin, geflohen vor Jays besorgtem, neugierigen Blick, vor Ollis emotionslosem Schulterzucken, habe ich keine Kraft mehr. Ich kann nicht so tun, als hätte ich es nicht gesehen. Wie vertraut die beiden plötzlich sind. Wie unsicher Phil wird, wenn Juli mit ihm redet. Ihn anlächelt, wie er mich anlächeln sollte. Doch das tut er nicht.

Er verschließt sich vor mir und ich habe keine Chance. Aber Phil. Ihm vertraut er. Er weiß etwas, das ich nicht weiß. Er ist bei ihm. Schläft bei ihm. Nicht ich.

Ein kehliges, lautloses Schluchzen bahnt sich schmerzhaft seinen Weg nach oben, ich presse mein Gesicht ins Kissen.

Ich muss mir vorstellen, wie die beiden sich berühren, sich küssen. Es ist abwegig, besonders in dieser Situation. Erotische Stimmung wird wohl nicht aufkommen. Trotzdem ist mir, als könne ich sie sehen, sobald ich die Augen schließe.

Ich will das nicht.

Als Olli gesagt hat, dass sie sich geküsst haben, wollte ich schreien. Ich wollte Juli von ihm wegzerren. Ich wollte, dass die Röte aus seinem Gesicht verschwindet. Was haben sie im Bad gemacht? Warum haben sie sich geküsst? Warum wollte er Phil und nicht mich bei sich haben?

Ich dachte, ich ertrage es, wenn er jemanden liebt. Allerdings nicht das, nicht *ihn*. Ist er verliebt? Er hat nie etwas gesagt, nicht einmal Andeutungen gemacht. Egal, wie sehr ich versuche, rational zu denken, vernünftig zu sein, es geht nicht. Ich kann nicht aufhören, mir auszumalen, wie die beiden Dinge tun, die sie nicht tun sollten. Weil ich Juli liebe. Weil ich vollkommen daran kaputtgehen werde, wenn sie tatsächlich …

Ich kann das nicht. *Ich ertrage das nicht.*

JULIAN

Als ich heute Morgen aufgewacht bin, lag ich in seinen Armen. Alleine der Gedanke ist absurd. So absurd, dass ich mittlerweile gar nicht mehr sicher bin, ob ich das nicht doch nur geträumt habe. Kopfschüttelnd halte ich sein T-Shirt in der Hand, das er hier vergessen hat. Absurd, wirklich.

Aber warum? Unschlüssig betrachte ich das ausgewaschene Grün des Stoffes und muss daran denken, wie er in meinem Lieblingspullover ausgesehen hat, mit den zerzausten Haaren und den dunklen Rändern unter den Augen. Oder beim Schlafen. Obwohl ja nur mein Kopf auf seinem Arm lag und er mir warm ins Haar geatmet hat, war er mir auf eine merkwürdige Art und Weise so nah wie niemand zuvor.

Vielleicht habe ich ihm Unrecht getan. Nach allem, was er gestern für mich gemacht hat … Er hat mir geholfen, mich gedeckt, nicht gefragt, sondern war einfach da. Mehr als sonst irgendwer bisher. Er ist der Einzige, der es weiß.

Blöd nur, dass es ausgerechnet *er* sein muss. Könnte ich es mir aussuchen, im Nachhinein, würde ich doch lieber Falco wählen. Aber nein, dann eben er. Seufzend lasse ich mich zurück auf die weiche Matratze fallen und halte das T-Shirt hoch über mein Gesicht, schaue es weiterhin an.

Als ich heute Morgen aufgewacht bin, war das Erste, das ich gesehen habe, sein schlafendes Gesicht. Merkwürdig. Vielleicht habe ich das auch nur geträumt. Ja, vielleicht.

Gerade, als irgendein übermächtiger, sehr blöder Drang in mir an dem T-Shirt schnuppern will, um festzustellen, ob es noch nach unwirklichem Morgen und süßen Träumen riecht, klopft es an meiner Tür. Phil ist seit über einer Stunde weg und erst jetzt traut sich jemand, Kontakt zu mir zu suchen.

Ich lasse meinen Arm sinken, rege mich allerdings nicht, sage kein Wort. Die Tür öffnet sich wie von alleine und ich höre Dad vorsichtig meinen Namen sagen, als wäre er sich nicht sicher, ob ich gleich einen schlimmen Wutanfall bekomme. Na, da verwechselt er mich mit jemandem. Der Part der Familie, der zu eben solchen neigt, sitzt ein Stockwerk tiefer und traut sich nicht, mir unter die Augen zu treten, weil er sich jetzt doch schämt für das, was gestern passiert ist.

Mein Vater betritt mein Zimmer, als wäre das absolut neu für ihn. Na ja, so gesehen ist es das auch. Ich kann mich nicht erinnern, dass er jemals hier drin gewesen wäre, seit wir hier wohnen.

»Schläfst du noch?«

Ich zögere, seufze und winke kurz mit dem T-Shirt.

»Nein.«

Leise setze ich mich auf und beobachte, wie er noch näherkommt. Erstaunlich, dass er nicht in seiner geliebten Kanzlei ist.

»Wie geht es dir?«

Er mustert mich forschend, bleibt circa drei Meter vom Bett entfernt stehen und regt sich nicht mehr. Das kurze blonde Haar liegt akkurat wie üblich. Die Brille auf seiner Nase verleiht ihm zusätzlich zu seinem wenig legeren Outfit – ein hochgeschlossenes Hemd und schwarze Anzughose – einen noch weltfremderen Touch.

»Gut«, antworte ich nach kurzem Zögern und lege das T-Shirt in meinen Schoß, lasse ihn dabei nicht aus den Augen.

Er ringt mit sich, das sehe ich. Sein schlechtes Gewissen scheint zu siegen und seine Schultern, bis eben noch straff und gerade, sacken ein wenig zusammen.

»Es tut mir leid, dass ich nicht hier war.«

Ich zucke mit den Schultern. »Nicht schlimm.«

Phil und die anderen waren da. Wer braucht schon einen ewig abwesenden Vater, der mit Mühe und Not vielleicht den Namen seines Sohnes kennt? Wer braucht so was, wenn man Freunde hat?

»Es tut *ihr* auch leid, Julian. Sie macht sich Vorwürfe.«

Mir egal, denke ich.

»Ja, ist okay«, sage ich.

Dad seufzt. Er merkt, dass er nicht weiterkommt, dass ich dichtmache. Verwunderlich, dass er genug Feingefühl besitzt, um meine verschlossene Miene zu deuten. Er kommt näher an das Bett heran und setzt sich unsicher neben mich.

»Dein ... Dein Freund, was ist das für einer?«, fragt er vorsichtig.

Anscheinend ist er doch mehr schockiert über meinen Umgang, als er zugeben möchte. Phil hat mir erzählt, dass er gestern Nacht kurz hochgekommen ist. Was er wohl dachte, bei diesem Anblick?

»Phil?«

»Ja, der mit den ... *blauen* Haaren.«

Ich grinse schwach und spiele mit dem T-Shirt in meinen Händen herum.

»Er ist weder drogenabhängig, noch wird er strafrechtlich verfolgt oder ist ein Dealer. Er geht in meine Klasse und ist ganz nebenbei Klassenbester«, antworte ich wahrheitsgemäß.

Dad lacht.

»Ja? Interessant. Er sieht nicht danach aus.«

»Nein, ich weiß. Er ist sehr nett und er ist auch kein schlechter Umgang, keine Sorge.«

Da hatte ich schon schlimmeren. Phil ist allerdings der erste Freund, den er jemals zu Gesicht bekommen hat. Glaube ich zumindest. Es sei denn, er lässt mich heimlich beschatten. Manchmal denke ich, dass es ihm zuzutrauen wäre.

»Na dann …«, meint er und klingt schon zufriedener.

Wir schweigen. Die Stille ist ein bisschen zäh und wirkt so unsicher, wie ich mich zum Teil fühle. Höchstwahrscheinlich kommt das auch eher von meinem Vater.

»Das mit dem Hochzeitsgeschirr tut mir leid«, sage ich schließlich, weil ich es bisher noch nicht gesagt habe und es wohl tun sollte.

»Ja, na ja«, entgegnet Dad nur und zuckt mit den Schultern. »Sie verkraftet das schon, deine Mutter.« Er schweigt für einen Augenblick, ehe er leise lacht. »Ich fand es sowieso recht hässlich.«

Ja, genau, das war – *was?*

Erstaunt reiße ich den Kopf hoch und schaue ihn an, sehe, wie er vor sich hin gluckst und mir ein Grinsen zuwirft.

»Ihre Eltern hatten schon immer einen furchtbaren Geschmack. Diese schrecklichen Blumen auf den Tellern. Jedes Mal, wenn sie es ausgepackt hat, dachte ich, es müsste doch irgendwann einfach mal heimlich verschwinden. Damit wäre der Welt doch ein Gefallen getan.«

Unfassbar, dass gerade er das sagt.

»Weiß Mum, dass du das denkst?«, frage ich.

»Natürlich nicht, wo denkst du hin! Sie würde niemals mehr mit mir reden!«

Was wahrscheinlich genauso wenig tragisch wäre, doch das sage ich besser nicht und wenn er dasselbe denkt, dann behält er das wohl lieber für sich.

Er räuspert sich.

»Möchtest du vielleicht heute Abend essen gehen? Als nachträgliche Feier?«

Ich schaue ihn zögerlich an und begegne seinem unsicheren Blick. Mit dem T-Shirt in meinen Händen spiele ich immer noch herum, am liebsten würde ich nun doch die Nase darin vergraben.

Weiß nicht. Du musst bestimmt wieder weg, oder?«

»Nein«, verspricht er. »Heute nicht. Ich habe das Telefonkabel gezogen.«

»Kommt Mum mit?«

Er räuspert sich erneut und fragt verschwörerisch: »Möchtest du das?«

Der Witz des Jahrtausends. Was für eine blöde Frage!

»Nein«, entgegne ich ehrlich. Auf gar keinen Fall. Nicht nach dem, was gestern passiert ist. »Lieber nicht. Ich glaube, das mit dem Geschirr verzeiht sie mir nicht allzu bald.«

»Oder den Kaffeefleck an der Küchentapete.«

»Ich weiß beim besten Willen nicht, wie der dort hingekommen ist«, behaupte ich unschuldig.

Dad lacht und legt mir für einen kurzen Augenblick die Hand auf die Schulter.

»Um sieben? Überlege dir, was du essen möchtest. Ich freue mich.«

»Ja, okay, mache ich.«

Als er aufsteht und mir zum Abschied noch mal durchs zerzauste Haar streicht, schleicht sich wieder kribbelige Vorfreude in meinen Bauch, die ich gar nicht zulassen mag. Nicht nach dem er mir gestern schon abgesagt hat. Doch ich kann nichts dagegen tun.

Als er die Tür hinter sich schließt, hebe ich das grüne T-Shirt hoch, drücke die Nase hinein und rieche einen gänzlich unwirklichen Morgen, Geborgenheit, süße, wundervolle Träume und Phil. Merkwürdige Mischung.

PHILIP

»Jetzt sag schon! Warum habt ihr rumgemacht?«

»Haben wir nicht, meine Güte, ich …«

»Wer hat miteinander rumgemacht?«

Ich stöhne entnervt auf, schnappe mit eines der Sofakissen und werfe es Michelle, meiner kleinen Schwester, die neugierig vom Esszimmer ins Wohnzimmer hinein lugt, entgegen.

»Nerv' nicht, das geht dich gar nichts an!«, sage ich und ramme Jay, der neben mir auf der Couch sitzt und mir ein spitzbübisches Grinsen zuwirft, den Ellenbogen in die Seite.

»Ach, ich dachte, ihr hättet nicht rumgemacht? Warum geht es sie nichts an, wenn da doch nichts war?«

Michelle kichert von der Tür her, als Jay ihr zuzwinkert.

»Hey, lass den Scheiß«, knurre ich ihn an. »Und du«, zische ich zur Tür, »misch dich nicht ein, das geht dich nichts an. Hör auf zu lauschen!«

Sie zuckt nur mit den Schultern, kichert erneut und verzieht sich in die Küche oder sonst wo hin. Hauptsache weg.

»Zwinker' ihr nicht dauernd zu, sonst verknallt sie sich noch in dich«, rate ich Jay griesgrämig.

Er grinst mich nur schelmisch an und entgegnet: »Ach, und warum wäre das schlimm? Sie ist verdammt niedlich.«

»Jason!«

»Philip?«

»Pass auf. Du bewegst dich auf verflucht dünnem Eis«, rate ich ihm.

Seit er hier ist – ungefähr eine halbe Stunde – nervt er mich mit dem leidigen Thema *Juli* und jetzt das. Manchmal habe ich den Drang, ihn zu verprügeln. Dass er immer noch weitermachen muss! Der Kerl kennt seine verdammten Grenzen nicht.

Es ist ja nicht so, als würde ich mir selbst nicht schon den ganzen Tag den Kopf zerbrechen. Als ich heute Morgen aufgewacht bin, hat Juli mich angeschaut, mich beobachtet, aus den großen braunen Augen heraus. Sein Kopf lag auf meinem ausgestreckten Arm, ganz selbstverständlich, total nah, als wäre überhaupt nichts dabei. Und dann hat er gelächelt, vertrauensselig und zugleich unsicher. Mir hat es das Herz in der Brust zusammengezogen.

Ich kann nicht aufhören, daran zu denken.

»Ja, mache ich. Jetzt sag schon. Juli. Was war denn nun? Ich hätte nicht weggehen dürfen, wirklich ...«

»Nichts war mit Juli«, erwidere ich stoisch.

Um mich abzulenken und ihm somit keine Möglichkeit zu geben, mich aus der Reserve zu locken, nehme ich mir die Fernbedienung und zappe in den Programmen herum. Nichts Interessantes zu sehen. Blöd.

»Olli hat gesagt, ihr habt euch geküsst!«, beharrt er. »Ich meine, ich weiß, dass er und Falco sich ab und zu mal geküsst haben, aber ihr konntet euch doch gar nicht leiden und dann das! Steht er eigentlich auf Kerle?«

Witzbold, woher soll ich das wissen? Weder habe ich gefragt, noch glaube ich, dass er es ausgerechnet mir auf die Nase binden würde.

»Keine Ahnung, Jay, ich weiß es nicht. Du nervst.«

»Kuss«, sagt er noch mal und wagt es, mir die Fernbedienung aus den Händen zu reißen und den Fernseher auszuschalten. »Ich merke doch, dass du mir ausweichst. Sag es. Kuss, ja oder nein?«

Himmel, der Kerl spielt mit seinem Leben.

Wir starren uns an, eine halbe Ewigkeit lang und schließlich kann ich doch nicht den Mund halten. Sonst geht der mir noch ewig auf die Eier.

»Ja, Kuss. Ein kleiner. Er mich, nicht ich ihn. Wollte mich ablenken, um mir meinen Wodka-O zu klauen. Zufrieden?«

Jay sieht nicht aus, als wäre er es. Er mustert mich weiterhin, hebt eine Augenbraue und fragt misstrauisch: »Sag mal, warum wollte er unbedingt, dass *du* ihm hilfst? Und warum hast du bei ihm gepennt?«

»Ach, wir wollten gerne mal einen Weiberabend machen, du weißt schon, Gesichtsmasken und Fußnägel lackieren, uns Gerüchte erzählen und lästern, die ganze Palette. Hat Spaß gemacht, wirklich.«

Wenn ich ihm erzähle, warum Juli ausgerechnet mich dabeihaben wollte, würde er wahrscheinlich sofort aufspringen und zu ihm hasten. Ihn erst auszuquetschen und dann aufopferungsvoll für ihn da sein. Sprich: Ihn solange nerven, bis er sich Hilfe sucht. Das wäre auf der einen Seite gut, mich ließe Jay in Ruhe … Auf der anderen Seite würde Juli mich wohl qualvoll umbringen und davon hätte ich dann auch nichts mehr. Also sage ich nichts.

»Habt ihr was miteinander?«, fragt er ernst.

Ich muss ehrlich an seinem Verstand zweifeln.

»Nein, verdammt!«, rufe ich laut aus und werfe ihm das übrige Sofakissen ins Gesicht. »Du nervst, Mann. Halt die Klappe oder ich schmeiß' dich raus!«

»Phil, hast du deine Tage?«

Er kann froh sein, dass Michelle in diesem Moment wieder Aufmerksamkeit fordert.

Als hätte ich sie nie angeschnauzt und als wäre ich nicht der große, böse Bruder, der ich bin, steckt sie ihren weizenblonden Lockenschopf durch die Tür und fragt aufgeregt: »Oh, mit wem hast du was? Sieht er gut aus?«

Ich will sie gerade anfahren, da lacht Jay laut, boxt mir hart gegen die Schulter und behauptet: »Und wie! Der würde dir gefallen. Ist gestern sechzehn geworden, schwarzbraune, längere Haare und große unschuldige Augen, bei denen Phil ganz schwach wird. *Au!* Ey, hör auf, mich zu treten!«

Er hat tatsächlich noch den Nerv, mich empört anzuschauen und ich bin versucht, ihm gleich noch mal den Fuß in seine Seite zu rammen.

»Dann hör auf mit dem Unsinn!«

»Unsinn, ja?«, erwidert er lauernd und mustert mich abschätzig. »Warum regt es dich dann auf, wenn ich so was sage?«

»Wie heißt er?«, fällt Michelle erneut ein und hüpft auf die Couch zu, hinter welcher sie stehen bleibt. Mit großen Augen strahlt sie mich an. Zum Kotzen.

»Julian«, zwitschert Jay und ehrlich – das wird mir zu blöd. Ich habe keine Lust mehr, ohne Scheiß.

Ich verdrehe die Augen und lehne mich zurück, lege den Kopf in den Nacken und schließe die Augen. Die können mich mal.

»Julian«, seufzt Michelle, als würde das schon heißen, dass er gut aussieht und total der tolle Typ ist.

Was erwarte ich, sie ist verdammte vierzehn und sehr leicht für so was zu begeistern. Ich höre, wie sie weiter herum hüpft und sich auf dem Sessel neben uns niederlässt.

»Erzähl mir mehr! Wie ist er? Seit wann geht das schon?«

Bescheuert. Da wünsche ich mir ja fast, ich wäre bei Juli geblieben. Ja, warum bin ich überhaupt so früh gegangen? Irgendwie war es mir unangenehm. Immerhin hat er mich beim Schlafen beobachtet und das Schlimmste daran ist, dass ich nah bei ihm lag, weil *ich* mich da hingelegt habe und nicht er. *Ich* bin ihm zu nahe gekommen und er hat nicht einmal etwas gesagt. Es macht mich nervös. *Er* macht mich nervös. Das gefällt mir nicht, ganz und gar nicht. Und die Sache mit seinen Armen ... Das verunsichert mich gleich noch mehr.

»Er ist ein ziemlich netter Kerl und seit Oktober in unserer Klasse. Eigentlich haben die sich dauernd gezofft.« Jay lacht. »Aber wie das so ist, nicht wahr? Erst streitet man sich und plötzlich knutscht man 'rum.«

Was setzt der Idiot meiner kleinen Schwester solche Flausen in den Kopf? Der hat sie doch nicht mehr alle, oh Mann.

»Wir haben nicht *rumgeknutscht*«, versuche ich es noch mal, lust- und kraftlos, doch niemand hört zu.

Niemand will das wissen. Die wollen gar nicht, dass ich *nichts* mit Juli habe. Warum auch? Wäre doch langweilig.

Michelle kichert aufgeregt. Habe ich schon einmal erwähnt, dass ich es auf den Tod nicht ausstehen kann, wenn sie kichert? Für diese Lärmbelästigung müsste ich ihr eigentlich vor Gericht ein von ihr bezahltes lebenslanges Abonnement auf Ohrstöpsel abknöpfen.

»Oh, bring' ihn bald her, ja?«, bittet sie aufgeregt.

Als wäre das nicht alles schon genug, höre ich nun, wie die Tür zum Wohnzimmer vom Flur aus geöffnet wird. Zunächst stürmt der Hund in den Raum, dann auf die Couch und schließlich zu uns. Meine Mutter folgt ihm auf dem Fuße.

Jaulend und fiepend springt mein Schäferhund Benny zwischen uns hin und her, unschlüssig, wen er als erstes und wen er am längsten begrüßen soll und wir streicheln ihn im Vorbeilaufen immer wieder. Das wird ihn schon irgendwann zufriedenstellen.

»Hey, ihr drei!«, schnauft Ma, die gerade vom Gassigehen aus der Kälte kommt und reibt sich die Hände.

Ich hebe nur brummig die Hand, die anderen beiden begrüßen sie freudig.

»Rate mal was, Mama!« Michelle kichert und Jay lacht hinterdrein.

»Da kommst du nie drauf, Anne.«

»Nein? Was denn?«

Erstaunt kommt sie näher auf die Couch zu. Sie legt mir eine Hand auf die Schulter und schaut sogar mitleidig, als wüsste sie genau, dass die beiden mir gerade den letzten Nerv rauben.

»Habt ihr Hunger? Soll ich schnell was kochen?«

»Vielleicht gleich, danke! Aber hör dir das an, Phil hat einen Freund!«

Kicher, kicher.

Habe ich verflucht noch eins nicht!

Meine Mutter kriegt plötzlich große Augen und will mich schon verzückt anstrahlen, da unterbreche ich das Ganze genervt: »Er ist nicht mein Freund, oh mein Gott! Rafft das mal, *er ist nicht mein Freund*! Nein!«

»Aber ihr habt euch geküsst«, wirft Jay unbarmherzig ein.

Als wäre Juli der erste Kerl, der mir einen Kuss gegeben hat, ja.

»Und du hast bei ihm geschlafen«, fährt Michelle hartnäckig fort.

Wäre auch nicht der Erste ...

»Außerdem wollte er, dass du mit ihm ins Bad gehst. Du warst *sanft* und *zärtlich* zu ihm, hat er gesagt. Dabei ist er ganz rot geworden.«

»Ah, das ist süß! Bring ihn bald mit, ja?«

Allmächtiger!

»Jo. Sicher«, seufze ich, am Ende mit meinem Latein.

Ma kann bei der Flut an idiotischem Geschwätz nichts weiter tun, als den Kopf zu schütteln und zu lachen.

»Ihr zwei, ihr macht Phil noch fertig.«

Na endlich mal jemand, der meine prekäre Lage versteht! Ich weiß, warum ich meine Mutter liebhabe!

»Bring ihn trotzdem mal mit her«, fügt sie noch hinzu, ehe sie in die Küche verschwindet.

Als wolle sie beweisen, dass sie die Mutter ihrer Tochter ist, kichert sie bei meiner empörten Miene.

»Ja, verschwört euch nur alle gegen mich! Ihr gemeinen Hunde!«

»Na, wenn du selbst nichts auf die Reihe kriegst!«

»Vielen Dank für euer Vertrauen in mich.«

Außerdem hat ja niemand behauptet, dass ich mit Juli eine Beziehung führen will. Ich führe keine Beziehung, nie, mit gar niemandem. Auch nicht mit *ihm*. Oder eher: Schon gar nicht mit *ihm*.

***

Nein.

Es geht nicht. Ich sitze auf meinem Bett und schaue auf meinen Stapel an Hausaufgaben und Schulkram, den ich lernen müsste, und irgendwo in mir sitzt ein rational denkender Miniatur-Phil und schüttelt den Kopf. Nein. Keine Chance.

Echt nicht die besten Voraussetzungen, um effektiv zu lernen.

Seufzend lasse ich mich zurück auf die Matratze fallen. Ungeachtet der Schulsachen am Fußende strecke ich meine Beine aus und starre an die Decke. Die Ferien haben vor zwei Wochen ein jähes Ende gefunden und der Schulalltag hat uns wieder. Seitdem schwankt alles in mir zwischen einem lauten, ganz eindeutigen Nein und einer trüb-trägen Verwirrung, die mir immer erst bewusst wird, wenn ich wieder über irgendwas sehr Offensichtliches stolpere. Wenn ich mir den Kopf stoße oder schnurstracks gegen die Straßenlaterne laufe. Peinlich, mehr fällt mir dazu beim besten Willen nicht ein. Seit wann blamiere ich mich dermaßen?

Die Decke, die mir ausdruckslos entgegen starrt, zwingt mich zum Weiterdenken, obwohl ich das gar nicht will. Ich will nicht daran denken, wie die Leute lachen. Ich will nicht an die peinlichen Momente denken. Vor allem will ich nicht daran denken, wie er lacht.

Es ist idiotisch, ich will wirklich, wirklich, wirklich nicht daran denken. Doch mein soziales, viel zu fürsorgliches Verhalten an Julis Geburtstag scheint mir einen gesonderten Platz im VIP-Bereich eingebracht zu haben. Er scheut sich überhaupt nicht, allen zu zeigen, dass er mich nun mag und wir uns viel besser verstehen. Er umarmt mich und manchmal drückt er dabei seine Nase an meinen Hals und das macht mich wahnsinnig. Ich will das nicht, er soll damit aufhören! Da kann man ja keinen klaren Gedanken mehr fassen!

Nicht einmal den Kerl, den ich letztes Wochenende auf einem Festival Warm Up kennengelernt habe, habe ich bisher angerufen. Ich konnte einfach nicht. Er war ziemlich heiß, auf jeden Fall mein Typ und an einer schnellen Nummer interessiert, genau wie ich. Doch immer, wenn ich diesen blöden Zettel anschaue, auf den er Nummer und Name geschrieben hat, muss ich an Juli denken. Dann verliert das Ganze dermaßen abrupt seinen Reiz, als wäre ich mal wieder ohne Vorwarnung gegen eine geschlossene Tür gelaufen, weil ich vergessen habe, die Türklinke herunterzudrücken.

Grollend versetze ich dem Stapel an Papier zu meinen Füßen einen Tritt, sodass es im hohen Bogen Arbeitsblätter über meinen Boden regnet. Es ist ein gottverfluchter Freitagabend und ich sitze hier alleine und … mache gar nichts! Außer dummes Zeug zu denken und mein sowieso unordentliches Zimmer noch mehr zu versauen.

Ich rufe diesen Kerl jetzt an und werde mich von Juli ablenken. Wenn der Typ Zeit hat, verabreden wir uns für später und ich werde ihn hart nehmen und ganz bestimmt nicht dabei an einen gewissen Jemand denken. Einen Jemand, der mit seiner blöden, liebevollen Art und diesem ätzenden Ich-brech-dir-sowieso-das-Herz-Lächeln, mit diesem gar nicht hinreißenden Grübchen und den kleinen, viel zu intimen Berührungen meine Gedanken durcheinanderbringt.

Da, schon wieder! Ich kann nicht *nicht* an ihn denken, Himmel!

Ich stehe vom Bett auf und mir ist scheißegal, dass ich gar nicht in der Verfassung für ein Fick-Date bin. Gammel-Jogginghose, ausgeleiertes T-Shirt, zerzauster Sidecut, der mir verflucht noch eins dauernd in den Augen hängt. Ich sollte ihn einfach abrasieren. Wollte ich schon lange.

Gerade, als ich auf meine mit Postern zugekleisterte Zimmertür zugehen will, um wenigstens kurz im Bad zu verschwinden, schrillt von draußen auf dem Flur das Telefon los und meine nervige Schwester hüpft viel zu fröhlich über den Scheiß-Teppich.

»Ja, Koring, hallo?«

Bah. Wenn ich ans Telefon gegangen wäre – was ja jeder immer zu verhindern versucht – hätte ich mich mit: »Was willst du, Arschloch?«, oder, »Örtlicher Tierkadaververbrennungsdienst Buxtehude, wie können wir Ihnen helfen?«, gemeldet. Die sind alle viel zu nett zu diesen nervigen Vertretern, die einem durch die Leitung irgendwas andrehen wollen.

Vom Schreibtischstuhl schnappe ich mir ein anderes T-Shirt, stoße die Tür auf und will an Michelle vorbeistampfen. Ein intelligenter Mensch hat den Telefonschrank nämlich direkt neben meine Zimmertür gestellt.

Auf einmal kichert Michelle ungehalten los, sagt: »Ja, sicher, Moment mal«, und hält mich im Vorbeigehen am Arm fest.

Ihre Hand ist warm, als sie mir ein paar Mal gegen den Oberarm schlägt und aufgeregt auf- und abspringt, wobei sie den dunkelroten Telefonhörer gegen ihre Schulter presst und »Da ist ein Julian Schneider am Telefon« fiepst.

Während mein Herz für den Moment aussetzt und mir

heiß und kalt zugleich wird, fügt sie unnötigerweise hinzu: »Für dich.«

Ja, sicher nicht für den Osterhasen, der unter meinem Bett wohnt und regelmäßig Kriege mit dem Weihnachtsmann und den Kakerlaken-Kolonien führt …

»Julian«, wiederhole ich intelligent.

Michelle sieht mich aufgeregt an und schlägt mich noch mal. Ich spüre, wie mir die Hitze den Hals und über die Wangen hinaufkriecht.

»Jetzt geh schon ran, du Gefühlsgrobmotoriker!«

Ich beiße mir auf die Unterlippe, als sie mir den Hörer gegen die Brust schlägt und mich erwartungsvoll mustert. Juli ruft mich an. Mich. Warum? Ich wollte eben gerade tatsächlich diesen komischen Typen, Marjan, anrufen, dessen Name sowieso lächerlich bescheuert ist ….

Meine Hand zittert wahnwitzig, als ich den Hörer nehme und an mein Ohr halte. Er ist noch warm von Michelle und hindurch dringt nichts als Stille.

»… Ja?«, murmle ich rau.

Im selben Moment drückt Michelle, Privatsphäre missachtend wie üblich, ihr Ohr gegen die Außenseite des Kunststoffs. Das Teil ist laut genug, dass sie sowieso alles hören wird. Ich versuche erst gar nicht, sie davon abzubringen, sondern schüttle nur stumm den Kopf und hoffe, sie unterlässt wenigstens ihr irres Gekicher, während Juli sie hören könnte.

»Phil?«, dringt es unruhig durch die Leitung. »Hey! Stör' ich?«

Ach, was. Mich doch nicht. Wollte sowieso gerade nur … ähm … Kakteen gießen gehen.

»Quatsch. Was gibt's denn? Alles okay?«

Er klingt jedenfalls nicht danach. Oder Michelles Art hat ihn verschreckt.

»Ich … Ich wollte nur fragen … Meine Eltern schlagen sich die Köpfe ein. Ich wollte … Kann ich vielleicht zu dir kommen? Nur für ein paar Stunden? Ich ertrag das nicht …«

Wie durch Zufall schleicht sich Michelles Hand am Rücken unter mein T-Shirt und zwickt mich in die Haut, einmal, zweimal. Neben mir nickt sie heftig mit dem Kopf, doch irgendwie schafft sie es, keinen Laut von sich zu geben. Wenn man eine solche Schwester hat … Da, braucht man keine Feinde, keinen Kuppler und keinen Boxsack mehr.

»Natürlich!«, stoße ich hervor, als sie mich noch mal fest zwickt.

Mit der freien Hand versuche ich, nach ihr zu schlagen, doch sie springt schon hibbelig weg und hüpft vor mir auf und ab wie ein Flummi.

»Du kannst direkt herkommen, wenn du willst. Ich freu' mich. Habe gerade eh nichts gemacht und mich gelangweilt und es gibt gleich Essen, falls du was magst. Ist sicher irgendwas Gutes. Könnten ja 'nen Film gucken, äh … Wird sicher cool, ich meine … Ähm, ja.«

Himmel, was rede ich da nur?!

Durch den Hörer lacht es leise und dann murmelt Juli noch »Okay, danke. Bis gleich«, wobei im Hintergrund plötzlich eine laute, schrille Stimme ertönt, die ich zweifelsfrei zuordnen kann.

»Ich habe gesagt, du sollst auf dein Zimmer gehen!«

Ein lautes, rhythmisches Piepsen dringt mir ins Ohr und bedeutet mir unmissverständlich, dass er aufgelegt hat. Jetzt sollte er wohl die Beine in die Hände nehmen und laufen.

Als ich den Hörer auf die Telefongabel lege, schrillt Michelle plötzlich neben mir los: »Ohhh mein Gooott, Mama, Mama, Mama!«

Sie flitzt davon, durch den Flur und die Treppe hinunter, wobei sie Krach für zehn Flusspferde macht. Es gibt keinen Zweifel darüber, was sie vorhat.

»Komm sofort her, du Mistratte!«, rufe ich und laufe ihr hinterher. »Michelle, du hältst den Mund! Michelle!«

Da ist es allerdings schon zu spät.

Die Tür zum Wohnzimmer wird laut polternd aufgestoßen und ich höre meine liebreizende kleine Schwester aufgeregt sagen: »Mama, Phils Freund kommt gleich vorbei! Oh, er hat sich super nett am Telefon angehört, das glaubst du gar nicht! Seine Stimme ist total angenehm, sicher sieht er gut aus!«

Noch ehe ich unten bin, um ihr den Hals umzudrehen, rast sie plötzlich zurück, schnappt sich, als sie bei mir ist, meinen Arm und zerrt mich zurück nach oben.

»Verdammt, Michelle, spinnst du?!«, blöke ich und will mich von ihr losreißen, doch sie hält schlagfertige Argumente für mich bereit.

»Komm schon, du musst dich fertigmachen! Weißt du eigentlich, wie gammelig du aussiehst? So kannst du ihm doch nicht unter die Augen treten!«

Für einen Moment bin ich versucht, ihr eine Kopfnuss zu geben, aber ... Sehe ich so schlimm aus? Kurz werfe ich einen Blick an mir herab, zum löchrig-ausgelutschten T-Shirt, zur Jogginghose ... die Flecken darauf dürften Tomatensoße sein.

Michelle verdreht die Augen und zieht noch einmal kräftig an mir. Ich stolpere ein paar Treppenstufen hinter ihr her und als sie meint, ich sähe aus wie ein Penner, lasse ich zu, dass sie mich ins Bad schleift. Ich wollte ja sowieso da rein.

»Also, Zähne putzen, Haare kämmen, rasieren, wenn die Zeit reicht. Vielleicht solltest du Puder benutzen, du hast unreine Haut! Ich gucke mal nach Kleidung. Ist dein Zimmer sauber? Halbwegs?«

Mit einem unsanften Schubs befördert sie mich ins Badezimmer und drückt mir eine Haarbürste in die Hand, mustert mich erneut abfällig und schüttelt den Kopf.

»Hoffentlich ist der Kerl halb blind. Wie kannst du nur so herumlaufen?«

»Ey!«, knurre ich beleidigt. »Ich bin hier daheim, da kann ich aussehen, wie ich will!«

»Los«, befiehlt sie. »Kämmen!«

Damit verschwindet sie, um mir Klamotten zu holen, die nach ihrem Geschmack halbwegs passabel sind. Vielleicht stünde ich am Ende mit Blue Jeans und Muskelshirt da, wenn ich so was besäße, bah.

Ich werde den Teufel tun, ihren Puder zu benutzen!

Widerwillig schaue ich in den Spiegel und entscheide mich erst einmal dazu, mir kaltes Wasser ins Gesicht zu spritzen. Sie hat nicht ganz unrecht, ich sehe ziemlich scheiße aus. Das ist gewiss nicht meine Schuld. Schließlich muss ich mir den ganzen Tag den Kopf wegen einem gewissen Jemand zerbrechen, der es jetzt auch noch vorzieht, aus mir unerfindlichen Gründen hierher zu kommen, statt Falco aufzusuchen.

Der benimmt sich zurzeit ja sowieso wie die letzte Zicke und wechselt kaum noch ein Wort mit irgendwem seit der Geburtstagsparty. Ob er Juli noch übelnimmt, dass er mich mit ins Bad genommen hat, statt ihn? Zeitweise habe ich das Gefühl, mich hasst Falco im Moment besonders, allerdings bin ich zu abgelenkt und beschäftigt mit anderen Dingen, um mir wirklich Gedanken darüber zu machen.

Sollte ich mich schnell rasieren? Bei meinem Glück schneide ich mir dabei das halbe Gesicht auf. Warum sollte es Juli stören, dass ich Bartstoppeln habe? Unsinn. Michelle macht mich ja total verrückt mit ihrem blöden Getue.

Ich rede mir ein, dass ich es nur mache, weil meine kleine Schwester nervt, und weiß es in Wirklichkeit besser. Trotzdem nehme ich mir die Zahnbürste, kämme mir den zerzausten blauen Mopp auf meinem Kopf und als Michelle mit einer schwarzen Jeans und einem schlichten grauen T-Shirt zurückkommt und mir dabei sogar noch ein Paar passable Boxer unter die Nase hält, ziehe ich die Sachen folgsam an.

»Deo, Parfüm, Phil! Nicht vergessen, ein guter Duft ist wichtig!«, ruft sie von draußen durch die Badezimmertür.

Weil ich mich ja doch nicht wehren kann, tue ich, wie geheißen. Ich fühle mich wie der letzte Trottel.

Wenn Juli nicht Juli wäre, würde ich vermuten, er taucht gleich selbst in Gammel-Klamotten auf, mit ungemachten Haaren und lacht mich aus, weil ich so aussehe. Aber er ist eben Juli und der sieht nie gammelig aus. Höchstens verschlafen und das steigert den Attraktivitätsgrad ja noch um tausend Prozent.

Als ich aus dem Bad heraustrete, mustert mich meine kleine, vorwitzige Schwester prüfend und nickt.

»Ist okay ... Aber warte mal kurz.«

Damit huscht sie selbst noch einmal herein und ehe ich es mir versehe, klatscht sie mir plötzlich von hinten über die Schulter ihren blöden Schminkpinsel ins Gesicht und erstickt mich beinahe mit dem Teil.

»Ey, jetzt reicht's!«, stoße ich hervor und wische mir fahrig mit den Händen über das Gesicht. Ich bin am Ende mit meiner Geduld und die Nervosität wegen Julis Besuch macht es nicht besser. »Mistratte!«, knurre ich, während sie kichernd an mir vorbei springt.

Als ich zu allem Überfluss noch einen Blick auf meine Hände werfe, sehe ich, dass sie rosa schimmern. Diese Göre hat mir doch nicht im Ernst ihr blödes Glitzer-Puder ins Gesicht geschmiert, oder?! Unfassbar.

Unsäglich genervt wische ich mir über die stoppeligen Wangen, als ich ihr hinunter folge. Gleich werde ich noch mal klarstellen, dass zwischen Juli und mir nichts läuft. Vor allem werde ich betonen, dass ich niemals wieder mit ihnen reden werde, wenn sie mich vor ihm blamieren oder sonst irgendwas tun, bei dem ich im Erdboden versinken muss.

Meine Mutter steht unten in der Küche und kocht irgendwas Chinesisches. Michelle sitzt im Esszimmer, das offen an die Küche grenzt und grinst bei meinem Anblick breit.

»Phil ist nervös«, stichelt sie und lacht, als ich ihr den Mittelfinger entgegenstrecke und mir dafür von Mum eine mit dem Kochlöffel fange.

Zum Glück ist der sauber.

»Au! Hör bloß nicht auf sie, sie spinnt heute total«, ätze ich und reibe mir den Hinterkopf.

Möglichst unauffällig schiebe ich mich an den Herd heran, um festzustellen, ob man Juli das gefahrlos vorsetzen kann. Chinesische Nudeln mit Gemüse in irgendeiner scharfen Soße. Ist okay.

»Ach, Liebes, dafür, dass er dir egal ist, siehst du ziemlich schick aus.«

Sie rührt noch mal kurz im Topf herum, dann wischt sie sich die Hände an einem Geschirrspültuch ab und wendet sich mir zu, einen liebevollen Ausdruck im Gesicht. Sie zupft an meinem T-Shirt und nimmt schließlich mein Gesicht in die Hände, tätschelt mir die Wange und lacht über meine finstere Miene.

»Das ist Michelles Schuld, die hat überhaupt keine Hemmungen, mich herumzuscheuchen wie ein römischer Sklaventreiber. Du hättest ihr mehr Manieren beibringen sollen! Ein typisch verzogenes Nesthäkchen.«

Hinter Mum sehe ich, wie Michelle mir frech den Mittelfinger entgegenstreckt, weil sie genau weiß, dass unsere Mutter sie weder gesehen hat, noch glauben würde, dass ihr blondgelockter Engel so was tun würde.

»Du bist nicht weniger verzogen, Phil. Und dein Gesicht glitzert.«

Stöhnend hebe ich die Hand und reibe mir über die Wange, in der Hoffnung, das blöde Glitzerzeugs von Michelle weg zu rubbeln. Seufzend lasse ich mich zu einer Erklärung herab: »Ich weiß. Großartige Menschen haben da ein spezielles dominantes Allel auf dem 20. Chromosom, sodass sie glitzern. Dann merkt jeder, dass sie genial sind.«

Mum lacht und wendet sich wieder ihren Töpfen zu. Sie kann es allerdings doch nicht lassen und zwinkert mir verschmitzt zu.

»Isst dein Freund mit uns?«

»Also, hör mal«, setze ich an und lehne mich gegen den Kühlschrank, die Hände in den Hosentaschen vergraben. »Erstens: Er ist nicht mein Freund. Zweitens: Wenn ihr mich blamiert oder sonst etwas Blödes macht, rede ich nie wieder mit euch! Das wäre doch echt schade, wo ihr mich doch alle liebt.«

Mum und Michelle schweigen für einen Moment, bis plötzlich mein Vater vom Wohnzimmer ins Esszimmer spaziert und fröhlich erklärt: »Oh, dann hätten wir hier ja endlich mal Ruhe!«

Damit bringt er die beiden Glucken dazu, in laut schallendes Gelächter auszubrechen. Na danke.

»Papa!«, stoße ich empört hervor.

Die machen mich fertig! Das nennt sich traute Familie, pah!

»Dieser Junge, der vorbeikommt, der ist dein Freund?«

»Langsam ist das nicht mehr witzig, wisst ihr?«

Ich weiß schon, warum ich meiner Familie grundsätzlich nichts von meinen Abenteuern erzähle. Die würden dieses Theater doch bei jedem One-Night-Stand abziehen! Dumm nur, dass es ausgerechnet Juli erwischt, genau vor dem will ich mich am Allerwenigsten blamieren. Die geben sich alle drei die beste Mühe, sich total daneben zu benehmen.

»Ach, komm schon, du bringst außer Jay sonst nie einen Jungen mit nach Hause!«, winkt meine Mutter ab. »Dieser Julian muss doch was Besonderes für dich sein.«

Sie kichert in Michelle-Manier, während mein Vater sich nun forschend hinter sie stellt, ihr die Arme um den molligen Leib legt und fragt: »Wann ist denn endlich das Essen fertig? Ich habe Hunger.«

»Dauert noch, Schatz.«

Mum dreht sich lächelnd zu ihm herum und ... wäh, küsst ihn. Igitt! Warum lieben die sich überhaupt noch? Seit zwanzig Jahren verheiratet und immer noch kichernd herumturteln, das ist doch eklig. Warum ausgerechnet vor meinen Augen?

Ich will gerade ansetzen, irgendwas Ätzendes darüber zu sagen, da klingelt es an der Tür. Für einen Moment setzt mir das Herz aus, nur um noch viel heftiger wieder loszupoltern. Das kann nur Juli sein.

Sofort drehe ich mich um und will zum Eingang gehen, da bewegt sich auf einmal die gesamte Familie Koring Richtung Flur.

»Hey, ihr bleibt da, wo ihr seid!«, murre ich über die Schulter und bewege mich hoffentlich alleine zur Haustür.

Atme tief durch, einmal, zweimal, und öffne sie lässig. Davor, im kühlen Halbdunkel des anbrechenden Abends, steht Juli. Sehr zerzaust und durchgefroren, nur mit Jeans und Kapuzenjacke bekleidet.

Er zuckt zusammen, als ich die Tür öffne und ihn möglichst locker mit: »Hey, da bist du ja« grüße.

Juli lächelt zaghaft. »Ja, hey! Tut mir leid, dass ich dich so überfalle.«

»Kein Problem, wirklich. Mir war sterbenslangweilig.«

Ich versuche, nicht zu nervös zu wirken, als er nickt und auf mich zukommen will, um mich zu umarmen. Kurz vorher hält er jedoch inne und schaut mir erstaunt über die Schulter.

Erneut dringt Michelles leises Gekicher an meinen Ohren und ich kann mir sehr gut vorstellen, dass Juli wohl gerade im Moment am liebsten im Erdboden versinken will. Herzlich willkommen zur hauseigenen Museumstour, das Ausstellungsstück spaziert gerade zur Tür hinein. Oder flüchtet gleich wieder, je nachdem.

JULIAN

Wollte ich eben noch erleichtert Phil um den Hals fallen, so sehe ich mich mit einem Mal drei sehr neugierig dreinblickenden Augenpaaren gegenüber, die mich mitten in der Bewegung innehalten lassen.

Das macht mich noch unsicherer, als ich ohnehin schon bin. Bis ich mich endlich getraut habe, ihn anzurufen, sind bestimmt einige Stunden verstrichen. Selbst bis eben, wo er mir wie immer gegenübersteht und mich angrinst, war ich noch nervös. Doch das hier?

Phil stöhnt entnervt auf und dreht sich zu seinen Eltern und diesem blondgelockten Mädchen herum, das sicher seine Schwester ist und mich mit strahlenden Augen ansieht.

»Hey, könntet ihr bitte … Oh Mann.« Er schaut mich zerknirscht an und streckt mir die Hand hin. »Komm rein, beachte sie gar nicht. Die spinnen heute alle total.«

Für einen Moment habe ich das Bedürfnis, umzudrehen und mich woanders zu verkriechen. Warum es ausgerechnet er sein muss, ist mir selbst nicht ganz klar. Nachdem Falco als Option ausscheidet, weil der aus einem unerfindlichen Grund wütend auf mich ist, blieb neben Olli, die nicht nachgefragt hätte, nur noch Phil übrig.

Langsam trete ich an ihm vorbei hinein in den heimeligen Flur, der in warmes Licht getaucht ist. Seine Mutter sieht mich herzensgut an, sein Vater mustert mich neugierig, doch keineswegs unfreundlich und dieses Mädchen da? Also, wenn man nur Phil kennt, hätte man nie eine dermaßen typische, nett aussehende Familie erwartet.

»Äh, hallo«, murmle ich unsicher und spüre zu allem Überfluss, wie mir unter diesen Blicken die Hitze in die Wangen kriecht.

»Julian«, meint Phil, deutet auf mich und dann auf seine Familie »Meine verrückte Mutter, mein nerviger Vater und die Hausratte. Wo der Hund gerade ist, weiß ich nicht.«

Die Hausratte bläst empört die Backen auf, die Eltern lachen jedoch nur. Seine Mutter, eine rundliche, kleine Frau mit ebenso blonden Locken wie sie auch ihre Tochter hat, kommt auf mich zu und legt mir liebevoll die Hände auf die Schultern.

»Hallo Julian, ich bin Anne. Schön, dich endlich mal kennenzulernen.«

»Ich bin keine Ratte!«, ertönt schließlich der Widerspruch und dann steht das Mädchen neben mir, locker zwei Handbreiten kleiner als ich und strahlt mich verzückt an. »Hi, ich bin Michelle! … Oh, Phil, du hast dir einen sehr süßen Freund geangelt!«

Bitte, was?!

Mir fällt wohl sehr offensichtlich alles aus dem Gesicht, während sich das mütterliche Lächeln auf Annes Gesicht in ein sehr verschmitztes Grinsen verwandelt und sie mich loslässt.

Ich werfe Phil einen irritierten Seitenblick zu, der aussieht, als würde ihm gerade jemand den Arm absägen.

»Sagt mal, was an ‚Er ist nicht mein Freund!' habt ihr nicht verstanden?! Oh Mann, sorry, Juli, ich sag' ja. Die spinnen heute alle.«

Michelle streckt ihrem Bruder die Zunge raus. Eigentlich würde ich wetten, er dreht ihr gleich den Hals um, doch er rümpft nur abfällig die Nase. Schließlich nickt mir sein Vater freundlich zu und grüßt über seine beiden Damen hinweg: »Hi. René. Isst du mit uns?«

»Ja, macht er«, antwortet Phil für mich und schiebt seine Mutter in Richtung einer nahegelegenen Tür. »Kümmert euch mal lieber ums Essen!« Er dreht mir kurz das Gesicht zu und meint: »Geh schon mal hoch, ich hol was zu trinken. Links lang, die letzte Tür auf der rechten Seite.«

Mit dieser knappen Anweisung lässt er mich mit seiner kleinen Schwester alleine, die mich immer noch verstörend amüsiert ansieht, sodass ich mich nicht traue, auch nur einen Finger zu krümmen. Ich soll einfach alleine hochgehen?

Vielleicht merkt sie, dass es mir unangenehm ist. Vielleicht ist es auch nur ihre Art, wer weiß. Sie packt mich herzlich am Arm und sagt: »Komm, ich zeige es dir. Erschreck' dich nicht, sein Zimmer sieht meistens furchtbar aus.«

»Ach«, erwidere ich zaghaft und folge ihr die Treppen hinauf. »So schlimm wie bei mir kann es gar nicht aussehen.«

Meinen Arm lässt sie allerdings nicht los.

»Sag das nicht!« Sie lacht und dreht sich kurz zu mir um, ein freundliches Lächeln im Gesicht.

Ich denke verblüfft: *Mann, sie sieht süß und lieb aus. Und das ist Phils Schwester?*

»Phils Zimmer ist Chaos pur! Und diese Poster überall sind am allerschlimmsten. Verlier' bloß nicht die Geduld mit ihm, er ist ein sturer Bock, aber eigentlich ganz lieb.«

Sie denkt doch nicht ernsthaft, wir wären zusammen, oder? Glaubt seine Familie das tatsächlich? Warum?

Am oberen Treppenabsatz lässt sie mich los und dreht

sich noch einmal zu mir um. Da ich ihr noch eine Antwort schulde, murmle ich: »Ja, ich weiß.«

Scheinbar ist das die richtige Antwort, denn sie zwinkert mir zu und wirft die blonden Engelslocken über ihre Schulter.

»Du bist nett. Ich mag dich und ich hoffe wirklich, Phil verbockt das nicht!«

Michelle deutet auf eine Tür und meint: »Da, das ist es. Geh rein, setz dich dahin, wo dich das Ungeziefer nicht fressen will. Phil kommt gleich, der lässt dich sicher nicht warten. Bis nachher.«

Ah, ja. Okay. Ungeziefer?!

Unsicher schaue ich ihr nach, wie sie in einem anderen Zimmer verschwindet, und die Tür hinter sich zuwirft, während ich im Flur stehe wie bestellt und nicht abgeholt. Na ja. Nett scheint sie ja auf jeden Fall zu sein.

Ich gehe langsam auf die Tür zu, die man schon von außen als Phils identifizieren kann. Poster, natürlich. Irgendwelche Bands mit Typen darauf, die reichlich abgefuckt aussehen.

Was das Innere seines Zimmers betrifft, so sieht es gar nicht so schlimm aus, wie Michelle behauptet. Es geht. Zumindest läuft mir kein riesiges Insekt über den Weg.

Eine Nachttischlampe brennt und auf Phils ungemachtem Bett fliegen ein paar lose Blätter herum, ebenso wie auf dem Boden. Die Wände sind zugekleistert mit Postern und vollgekritzelt mir irgendwelchen Sprüchen. Über einem recht abgenutzt aussehendem Schreibtisch hängt ein Stück eines Eisengitters, keine Ahnung, wie er das an die Wand gekriegt hat. Ansonsten liegen auf dem Boden sehr viele Klamotten herum. Geht ja noch.

Ich lasse mich auf seinem zerwühlten Bett nieder, lege die Hände in den Schoß und seufze leise. Egal, was Phil über seine Familie denkt, sie sind sehr nett und tausendmal angenehmer als meine Eltern. Vor allen Dingen im Moment.

Ich weiß nicht, was der Auslöser war, doch die beiden haben sich zum ersten Mal seit langer Zeit wieder richtig in den Haaren. Normalerweise sieht ein Streit zwischen ihnen eher einseitig aus: Meine Mutter schreit und weint, Dad sitzt einfach da und lässt es auf sich niederprasseln, arbeitet vielleicht noch nebenbei ein paar Akten durch und hört gar nicht wirklich zu.

Diesmal glaube ich sogar, dass er es war, der sie zuerst angeschrien hat und als wäre ich daran schuld, schreit sie mich an. Eine schrecklich idyllische Familie.

Ich weiß nicht, was mit Falco los ist. Es tut mir leid, dass ich deswegen Phil nerve, aber ich konnte Falco nicht anrufen. Seit meinem Geburtstag meidet er den Kontakt mit mir vollkommen. Habe ich ihn verschreckt? Findet er mich abstoßend, weil ich so zusammengebrochen bin? Denkt er, ich sei krank? Ich will das nicht, doch ich traue mich nicht, ein klärendes Gespräch mit ihm zu führen, weil er mich keines Blickes würdigt.

Es dauert nicht lange, da ertönen von draußen gedämpfte Schritte durch den Flur und Phil schiebt seine Zimmertüre auf. In den Händen hat er eine Flasche Cola und zwei Gläser und im Gesicht einen genervten Ausdruck.

»Mann, das tut mir leid«, ächzt er, als er das Zeug auf seinen Schreibtisch stellt und sich neben mich auf das Bett wirft.

Sein graues, relativ enges T-Shirt rutscht dabei hoch und ich mustere unauffällig seine Aufmachung. Die schwarze Röhrenjeans und das schlichte T-Shirt, die karierten Boxershorts, die aus der Hose herausschauen. Phil sieht fast normal aus – und es steht ihm sogar noch, wer hätte das gedacht?

»Was tut dir leid?«, frage ich nach und lasse meinen Blick über seine Brust hinauf bis zum Gesicht schweifen.

Aus seinen braunen Augen heraus schaut er die Decke an, dunkle Ringe darunter, ehe er seufzt und sich auf die Ellenbogen abstützt. Er sieht aus, als hätte er seit Tagen nicht richtig geschlafen.

»Meine Familie! Du glaubst ja gar nicht, wie lange die mich schon nerven! Seit Jay dieser Vollidiot hier war und mich ausgequetscht hat, wegen deinem Geburtstag.«

Mein Geburtstag. Ich sehe ihn stumm an, kann allerdings nicht verhindern, dass es mir peinlich ist. Ich öffne den Mund, schließe ihn wieder und schaue schließlich doch weg. Wir haben seitdem nicht mehr darüber geredet. Kein Wort, weder darüber, dass er meine Arme gesehen hat, noch darüber, wie nahe er mir gekommen ist.

»Es tut mir leid«, seufzt Phil und lässt sich zurückfallen. »Ich hoffe, sie nerven dich nicht allzu sehr.«

»Quatsch, das nervt doch nicht! Ich bin froh, dass ich vorbeikommen durfte«, erwidere ich und lege mir unwohl eine Hand in den Nacken.

Wird er was wegen meinen Eltern sagen? Was denkt er wohl von meiner Familie? Und von mir? Für ihn muss das doch alles total krank erscheinen.

Das Bettzeug raschelt und plötzlich zupft Phil sachte am Saum meiner Kapuzenjacke. Erstaunt wende ich mich ihm zu, er grinst schief und schüttelt den Kopf.

»Ich bin froh, dass du hier bist. Ich dachte, ich verrecke vor Langeweile. Zickt Falco noch herum?«

»Wenn rumzicken das richtige Wort dafür ist, dass er mich zur Zeit total ignoriert, dann ja«, erwidere ich und greife gedankenlos nach seiner Hand, mit der er an meiner Kapuzenjacke herumfummelt.

Im nächsten Moment entzieht er sie mir jedoch ruckartig. Verdattert schaue ich ihn an.

Phil setzt sich auf, streift sich mit einer Hand durch die ausgewaschenen, blauen Haare und ich könnte schwören, er wird ein wenig rot.

»Sorry! Sorry, du hast mich … erschreckt.«

Mit der anderen Hand reibt er sich über die, die er mir gerade entzogen hat und springt vom Bett auf, als hätte ihn ein Floh gebissen.

Habe ich was Falsches gesagt?

»Stimmt was nicht?«, frage ich, halb neugierig, halb verwirrt. »Du siehst müde aus. Wenn ich ungelegen komme, gehe ich natürlich.«

Oder hätte ich ihn nicht anfassen sollen? War ihm das unangenehm?

»Quatsch!«, murmelt er und greift nach der Flasche Cola. »Himmel, es tut mir wirklich leid, ich bin nur total neben der Spur. Keine Ahnung, warum. Wenig geschlafen, die scheiß-Schule, na ja.«

Die eigens mitgebrachten Gläser ignoriert er einfach, sondern trinkt großzügig aus der Flasche. Als er sie absetzt, entweicht ihm ein sehr uncharmantes Rülpsen. Für einen Moment ist es still, dann lachen wir beide.

»Verdammt.« Phil stellt die Flasche ab und reibt sich peinlich berührt über die Wange. »Michelle hat mich extra in halbwegs schicke Klamotten gequält und trotzdem ändert es nichts daran, dass ich, wie du sagtest, ein asozialer Penner bin, was?«

Bei der Vorstellung, wie seine kleine, süße Schwester ihn herumkommandiert, entweicht mir ein lautes Prusten.

»Michelle sucht deine Klamotten aus?!«

»Nur, wenn sie meint, ich sollte mal gut aussehen. Lass dich nicht von den goldenen Löckchen blenden, sie ist ein Teufel und kann verdammt hinterlistig sein, wenn sie etwas will.«

Belustigt schaue ich ihn an.

»Hätte nicht gedacht, dass du ein liebreizender großer Bruder sein kannst.«

Er beißt sich in einer verstörend unsicheren Geste auf das linke Lippenpiercing, ehe er schief grinst.

»Ja, vielleicht. Sollen wir runtergehen? Wenn du dieses Rumgenerve erträgst. Ich bezweifle, dass sie aufhören werden, also ignorier' sie einfach.«

Was auch immer mit ihm los ist, dass er so komisch drauf ist – ich versuche, so normal wie möglich zu bleiben. Wenigstens ein bisschen, vielleicht tut ihm das ja ganz gut. Also springe ich mit mehr Elan, als eigentlich da ist, vom Bett auf und komme zu ihm. Kumpelhaft klopfe ich ihm auf die Schulter.

»Hätte ich gewusst, was für 'ne Lawine das auslöst, hätte ich dich lieber nicht geküsst!«

Phil verzieht den Mund in einer komisch-verzweifelten Geste.

»Das hat sich nicht mal gelohnt! Den Schmatzer kann man nicht Kuss nennen. Trotzdem machen die einen Aufstand als hätten wir geheiratet.«

»Was?«, stoße ich empört lachend hervor, als wir uns langsam auf den Weg hinunter in die Küche machen. »Findest du etwa, meine Zärtlichkeiten sind es nicht wert, dafür gepiesackt zu werden?«

»Pff«, macht Phil und streckt mir die ebenfalls gepiercte Zunge entgegen, grinst. »Zärtlich ist was anderes. Nein, das hat sich wirklich nicht gelohnt!«

Als ich ihm gegen die Schulter boxe, lacht er plötzlich ausgelassen und springt übermütig die Treppen hinunter. Phil scheint an akuten Stimmungsschwankungen zu leiden.

»Hey, du Arsch, ich schenke meine Gunst nicht jedem!«

Ich beeile mich, ihm zu folgen. Als er die Wohnzimmertür öffnet, strömt ein leckerer Duft nach Essen heraus.

»Na, dann sorg' dafür, dass es sich nächstes Mal lohnt«, höre ich ihn noch sagen.

»Was?«, erwidere ich irritiert.

Kopflos folge ich ihm und merke erst, dass er stehen geblieben ist, als ich gegen seinen Rücken pralle.

»Was? Hey, bleibt doch nicht einfach im Weg stehen, du Blödmann!«

Er spinnt heute total. Als er sich zu mir umdreht und überheblich grinst, will ich ihm in die Brustwarze zwicken, doch die ist nicht weich, sondern hart und irgendwie rund. Was zum …?

Phil zuckt zusammen und schlägt seine Hand hastig auf meine.

»Hey, hey, stopp! Nicht in die Nippel, und wehe, du ziehst!«

Irgendwo hinter ihm ertönt erneut Michelles Kichern.

Ich könnte schwören, sie hat gerade »Also hast du ihn noch nicht flachgelegt?«, gesagt, als Phil meine Hand umfasst und von seiner Brust nimmt.

Er lässt mich nicht los, sondern zieht mich hinein in die warme Stube und auf die Couch zu, wo Michelle sitzt und fernsieht. Was zum Teufel hatte ich da gerade in der Hand? Das war doch wohl nicht das, wonach es sich angefühlt hat, oder?

»Phil, sag mal, gibt es eigentlich irgendwas an dir, das nicht gepierct ist?«, frage ich, als er sich auf die Couch wirft und mich neben sich auf das weiche Polster zieht.

Ich wehre mich nicht, sondern setze mich neben ihn und stiere ihm immer noch auf die Nippel. Rechts hat er kein Piercing, soweit ich das sehe, links hingegen scheint sich ein Ring abzuzeichnen.

Er grinst schief, zuckt mit den Schultern. Michelle beugt sich an ihm vorbei und schaut mich vielsagend an.

»Finde es heraus.«

So, wie mir plötzlich alles aus dem Gesicht fällt, ist es kein Wunder, dass sie laut loslacht.

»Äh … Was meinst du damit?«, stammle ich.

Phil scheint das alles gar nicht zu beeindrucken. Mit sich selbst zufrieden sitzt er da, schaut fern und beachtet uns gar nicht. Michelle lächelt nur, hebt eine Hand und deutet unauffällig auf Phils Schritt.

Nicht wirklich, oder?

Als habe sie meine inneren Bedenken gehört, kichert sie.

»Find's raus«, wirft sie mir nur lapidar vor die Füße, springt vom Sofa auf und läuft durch die offene Tür hinter der Couch ins Esszimmer.

»Ich glaube, das Essen ist fertig!«

Als Phil meinen Blick wieder einfängt, lächelt er nur und zwickt mich in die Seite.

»Komm, du Hemd. Mampf' dir mal ein bisschen Speck an!«

Bevor ich empört darauf reagieren kann, steht er auf

und folgt seiner kleinen Schwester an den geselligen, lauten Essenstisch. Ich wünschte, so würde es mal bei mir zugehen.

* * *

Phil bestand darauf, dass ich über Nacht bleibe. Seine ganze Familie wollte es. Spätestens, nachdem seine Mutter mir das Gesicht getätschelt und mich Herzchen genannt hat, war mir klar, dass ich hier zum einen nicht wegkommen kann und zum anderen gar nicht wegwill.

Deshalb liege ich neben Phil im Bett, es ist dunkel und ich starre an die Decke. Er schläft noch nicht und zwischen uns befinden sich unangenehme Stille und mindestens ein Meter Sicherheitsabstand – und das, obwohl das Bett keinen ganzen Meter breit ist.

Sie sind alle sehr lieb, nett und herzlich zu mir. Sind sie das nur, weil sie glauben, ich sei mit Phil zusammen?

Wie sie ihn ärgern, liebevoll und neckend, das ist ... unglaublich. Ich habe das Gefühl, bald an meinem Neid zu sterben. Ich will das auch.

Doch das ist wohl unmöglich.

Wenn ich mir in Erinnerung rufe, wie meine Eltern sich heute gestritten haben, wird mir klar, dass es wohl niemals so sein wird, wie ich es mir wünsche.

Ob sie sich scheiden lassen? Oder ob er wieder in seiner blöden Kanzlei ist und da die Nacht durcharbeitet, während sie, um sich abzulenken, das ganze Haus putzt und schrubbt? Ich weiß es nicht.

Seufzend lege ich mir einen nackten Arm über die Augen, fühle das Kratzen von verheilenden Schnitten auf meinem Gesicht, die Decke an meinen nackten Beinen. Ich hätte niemals geglaubt, dass ich jemals nur in T-Shirt und Boxershorts neben jemand anderem im Bett liegen würde. Bei Phil ist das okay. Er sagt nichts und schaut nicht einmal hin.

Das Bettzeug raschelt, als er sich dreht. Ein langer, schwerer Seufzer und er atmet langsamer, tiefer.

Ich lausche in die Dunkelheit. Nach einer geschätzten

Ewigkeit hebt sich sein Arm, so plötzlich, dass ich zusammenzucke. Unkoordiniert legt er ihn mir um die Mitte, zieht mich näher an sich und atmet mir ins Haar, was mir eine Gänsehaut beschert.

Seine Hand verfängt sich in meinem T-Shirt, liegt auf meinem Bauch. Ich warte noch einige Augenblicke, ehe ich den Kopf drehe und ihn ansehe. Phil sieht ruhig und zufrieden im Schlaf aus, ein paar blaue Zotteln fallen ihm ins Gesicht und lassen ihn irgendwie kindlicher wirken, trotz der Piercings in Unterlippe, Augenbraue und Nase.

Ich hebe eine Hand und streiche vorsichtig über die silbernen Kugeln, streife dabei seine Lippen – sie sind weich, wer hätte das gedacht.

Er hat Bartstoppeln auf den Wangen, seine Haare fühlen sich ein bisschen strohig an. Irgendwie kann ich nicht anders, als diesen Anblick zu genießen, schön zu finden. Ich weiß gar nicht, wie es so schnell kommen konnte, dass wir von »Ich hasse dich« zu »Lass mich bitte nicht alleine« geschwenkt sind.

Vielleicht werden wir ja irgendwann doch noch einmal richtige Freunde, oder sind wir das schon?

Seine Lippen bewegen sich leicht, er murmelt irgendwas Unverständliches und seine Hand krallt sich fester in mein T-Shirt. Das Gesicht drückt er gegen meine Wange und seufzt lang. Er ist warm und im Gegensatz zu dem, was ich sonst in den Armen habe, irgendwie markant. Er riecht ein wenig nach Parfüm und Phil.

Vorsichtig drücke ich mich näher an ihn, starre an die Decke und lausche seinem ruhigen Atem und meinem nervös schlagenden Herzen. Ob ich heute Nacht überhaupt schlafen werde?

Diese Überlegung hat sich bald erledigt, als ich über den vielen wirren Gedanken eindöse, seinen beruhigenden, angenehmen Duft in der Nase und seinen Arm fest um meine Mitte.

6

GEFÜHLE VERBERGEN

März 1995

Manchmal hatte ich das Gefühl, dass ich langsam verrückt wurde. Vielleicht war ich auch nur neben der Spur, ein bisschen wie ein Schlafwandler, der noch immer nicht richtig wach war – auf jeden Fall war ich bodenlos durcheinander.

Manchmal kam mir der Gedanke, dass er mich unwissend so vollkommen aus der Bahn brachte.

Ich ertrug diese Nähe nicht, weil alles in mir nach mehr schrie, ein »Mehr«, wie ich es mir selbst nicht geben konnte, weil er eben nicht so war wie ich.

Ich rief diesen anderen Typen an. Ich küsste ihn, berührte ihn, schlief mit ihm und in Wirklichkeit war es doch nur immer wieder Juli unter mir, auf mir, in meinen Armen.

Die Realität sah anders aus. Und ich war nicht der Einzige, der den Verstand zu verlieren schien. Es war doch so aussichtslos! Warum wollte ich Juli? Und warum wollte Falco ihn?

Es dauerte nicht lange, bis es mir endlich dämmerte. Er musste ihn wirklich lieben, die Eifersucht zerfraß ihn förmlich.

Ich konnte es sehen, aber ich konnte nichts dagegen tun, dass ich Genugtuung empfand, wenn Juli mich ansah, mich anlächelte, mich umarmte und Falco es mitbekam.

Aber obwohl wir zwei Idioten waren, die sich selbst zu verlieren drohten, ging das Leben weiter. Wir alle gingen unseren bislang noch gemeinsamen Weg, ohne zu murren.

Der Winter zog vorbei, der Frühling kam, wir machen so unfassbar viel Unsinn und hatten Spaß. Es gaukelte uns ein Gefühl von Für

Immer vor, solange, bis der Topf zu brodeln begann und aus unserem ewigen Lachen und Lieben plötzlich Lügen und Schreien wurde und unsere dumme, unverfängliche Welt auf den Kopf stellte.

JULIAN

Es ist Samstag und einer dieser Tage, an denen ich nicht existiere. Ich sitze in meinem Zimmer und lese. Eigentlich starre ich die Seiten, Worte und Buchstaben an und sie tanzen, hüpfen und ich denke rein gar nichts.

Zwei Stockwerke unter mir sitzen meine Eltern und führen ein Geschäftsessen mit Kunden meines Vaters, oder Bekannten oder weiß der Teufel, wer diese blasierten Menschen sind. Ich habe sie nicht gesehen und ich bin nicht einmal sicher, ob sie wissen, dass mein Vater einen Sohn hat. Also bin ich still.

Meine Mutter stand den ganzen Tag in der Küche und hat gekocht wie eine Irre, hat nebenbei aufgeräumt und saubergemacht, während mein Vater nur in seinem Büro saß. Manchmal tut sie mir ein bisschen leid.

Immerhin haben sie sich nach ihrem heftigen Streit, nach welchem ich meinen Vater einige Tage nicht mehr zu Gesicht bekommen habe, beruhigt. Sie reden höflich und reserviert miteinander, mehr allerdings nicht. Ich weiß beim besten Willen nicht, warum die sich nicht scheiden lassen.

Ich war sehr oft bei Phil in den letzten Wochen und auch bei Falco, der nun endlich wieder normal mit mir umgeht. Was ich da sehe, hat in mir Resignation hervorgerufen. Meine Eltern werden niemals so sein wie Phils liebe, dicke Mama, die alle »Kinder« als die ihren ansieht oder Falcos Mutter, die nichts lieber tut als ihren Mann und Sohn mit Essen zu verwöhnen. Sie ist eine unglaublich liebe und ruhige Frau.

Tja, meine Ma mit ihren Kostümen und den fein manikürten Fingernägeln scheint so was wie Muttergefühle nicht zu kennen. Was soll's? Ich denke, wir konnten uns recht gut arrangieren. Immerhin lassen sie mich meistens in Ruhe.

Ich langweile mich trotzdem zu Tode. Kein Wunder, denn es gibt rein gar nichts zu tun. Im Fernsehen läuft nur Mist, mein Buch ödet mich an, sogar mein Zimmer ist aufgeräumt und na ja, Krach machen sollte ich nun wohl nicht mehr. Dad hat mir die Wahl gelassen und ich wollte mich nicht artig vorstellen und mit zu Abend essen. Wenn diese aufgeblasenen Säcke jetzt mitkriegen, dass es mich gibt, könnte das meinen Vater deutlich Sympathiepunkte kosten und das will ich nun auch nicht.

Was die anderen wohl gerade machen? Falco wollte für die Politikklausur am Dienstag lernen. Politik ist sein schlechtestes Fach und dafür fängt er sogar früher an zu lernen als sonst. Mir ist die Klausur relativ egal, es wird schon irgendwie.

Und die anderen? Jay, Sven, Olli und ... Phil? Keine Ahnung. Ich wäre jetzt gerne bei ihnen. Oder bei *ihm*.

Es ist ein vollkommen neues Gefühl, wenn man jemanden hat, dem man so vertrauen kann, wie ich Phil. Ich mag es, wie er mich im Schlaf festhält und seinen Blick am nächsten Morgen, wenn er feststellt, dass mein Kopf auf seiner Brust liegt oder sein Arm um meine Mitte. Einfach ein göttliches Gefühl. Ich sehe ihn selten erröten, doch in solchen Momenten passiert das sogar ihm. Schämt er sich dafür? Sicher fragt er sich, was ich wohl denke, wenn er mich an sich zieht.

Ich weiß allerdings selbst nicht, was ich darüber denke. Ich mag ihn echt gerne, aber heißt das, ich mag ihn *anders*? Seit diesem Kuss mit Falco auf Vanessas Party frage ich mich, wie es wohl ist, wenn man als Mann Männer liebt. Ein Ergebnis hat sich bei all dem Gedankensalat allerdings noch nicht ergeben.

Gerade, als ich aufstehen will, um mir ein anderes Buch zu holen, fängt das Telefon an zu klingeln und erschreckt mich halb zu Tode.

Als klar war, dass ich nicht mitesse, hat meine Mutter es in mein Zimmer verbannt, damit sie nicht gestört werden und obwohl ich weiß, dass sie es ganz unten unmöglich hören können, springe ich auf und haste zum Schreibtisch, um abzuheben.

»Schneider, Hallo?«

»Juli?«, dröhnt es vom Ende der Leitung, so laut, dass ich den Hörer perplex weiter weghalte.

»Äh … Ja. Mit Hörsturz, wenn du weiterhin schreist.«

Jay lacht, jetzt leiser. Hoffentlich gefahrlos lege ich mir den Hörer zurück ans Ohr.

»Gut, gut, ich wusste nicht, ob du mich hörst. Was machst du?«

»Nichts. Gammeln, nicht existieren, so was halt.«

»Noch besser. Also, in 'ner Viertelstunde im Park, okay? Bis gleich!«

Bevor ich empört antworten kann, dass er mich vielleicht mal fragen sollte, ob ich überhaupt Lust habe, raus zu kommen, klickt es und er hat aufgelegt.

»Was zum Teufel stimmt mit diesem Kerl eigentlich nicht?«, murmle ich vor mich hin und schaue in den Wandspiegel vor mir.

Ich sehe ein wenig zerzaust aus, allerdings nicht schlimm genug, dass ich mich nicht vor die Tür trauen würde. Sehen wollte ich die anderen ja sowieso. Oder hat er nur mich angerufen? Warum überhaupt so plötzlich und ohne jede Erklärung? Ist vielleicht irgendwas passiert?

Jetzt kann ich doch nicht verhindern, dass ich mir Sorgen mache, also suche ich mir passable Klamotten zusammen, ziehe mich um und verlasse mein Zimmer. Das einzige Problem ist, dass ich möglichst ungesehen und ungehört aus dem Haus rauskommen muss. Sollten in mir irgendwelche ungeahnten Ninja-Talente lauern, dürfen sie bitte jetzt hervorkommen.

Langsam schleiche ich die alten Holztreppen hinab, immer mal wieder eine oder sogar zwei Stufen auslassend, von denen ich genau weiß, dass sie knarzen. Je weiter ich herunter komme, desto besser höre ich das leise Gespräch der Erwachsenen. Sehen können sie mich nicht, wenn ich unten bin, nur die Haustür wird ein Problem. Wie soll ich die leise schließen?

Meine Hände werden feucht vor Nervosität, als ich endlich einen Fuß auf das Parkett im Erdgeschoss setze. Ich höre Besteck klappern und eine fremde Frauenstimme geziert lachen, während mein Vater irgendeinen Witz erzählt.

Die Tür gibt keinen Laut von sich, als ich sie öffne. Vorsichtig trete ich hindurch und so langsam wie möglich ziehe ich sie hinter mir zu. Vielleicht, wenn gerade jemand hustet oder lacht, dann dürfte mein Verschwinden doch keiner bemerken.

Gerade, als ich kurz davor bin, die Tür endgültig zu schließen, höre ich meine Mutter: »Warten Sie, ich hole eben das Dessert«, sagen.

Nichts wie weg!

Hastig ziehe ich die Tür zu. Sie gibt nur einen dumpfen Laut von sich, doch den nehme ich schon gar nicht mehr richtig wahr. Die frische Abendluft bläst mir angenehm ins Gesicht. Ohne dass ich es wirklich merke, schleicht sich ein Lächeln auf meine Lippen und ich laufe los, durch die Dunkelheit in Richtung Park.

Als ich ankomme, pocht mir das Herz bis zum Hals. Ich fühle mich richtig euphorisch, als würde ich gleich überschäumen vor Freude. Es dauert nicht lange, bis ich Jay und mit ihm Phil und Olli finde.

Phil ist der Erste, der mich bemerkt und er grinst mich an, als ich nach Luft ringend auf die Parkbank zukomme.

»Hey, Prinzessin, du hättest doch nicht rennen müssen!«

Er drückt mich zur Begrüßung kurz an sich. Man käme niemals auf die Idee, dass ich manchmal ganze Nächte in seinen Armen verbringe.

Jay klopft mir im Vorbeigehen nur kumpelhaft auf die Schulter.

»Vor wem bist'n du weggelaufen, sag mal?«

»Vor meiner Ma.« Ich lache dusselig. »Ich glaube, sie hat mich gehört, deswegen bin ich losgerannt. Mein Vater hat so ein blödes Geschäftsessen und na ja, die wissen nicht, dass es mich gibt, deshalb bin ich heimlich verschwunden.«

Olli, die mit übereinandergeschlagenen Beinen auf der Bank sitzt, gibt ein undamenhaftes Schnauben von sich.

»Die wissen nicht, dass es dich gibt? Hält dein Vater dich geheim?«

»Quatsch«, winke ich ab, beuge mich zu ihr herunter und drücke ihr zur Begrüßung einen Kuss auf die Wange, den sie mit nichts weiter als einer hochgezogenen Augenbraue und einem *Juli-du-Esel*-Lächeln kommentiert. »Mein Vater hat mich vor die Wahl gestellt, ob ich mitessen will oder nicht. Ich wollte nicht. Dementsprechend gibt es mich heute Abend nicht.«

Ich erhole mich langsam von meinem unfreiwilligen Abendsport und wende mich an Jay. »Also? Was willst du, warum sollten wir herkommen?«

Er will gerade zu einer Antwort ansetzen, da kommt Sven um die Ecke und grüßt uns freudig mit Küssen und Umarmungen. Sie riecht streng nach Haarfärbemitteln und im fahlen Licht der Straßenlaterne kann ich unschwer erkennen, dass sie ihr bisher eher kupferfarbenes, schulterlanges Haar dunkelrot gefärbt hat.

»Na, wie sehe ich aus?«, fragt sie und kichert, dreht sich einmal um die eigene Achse und fährt mit einer Hand durch die glatten Haarsträhnen.

Jay zwinkert ihr zu.

»Atemberaubend, wie immer«, antwortet er und entlockt ihr damit ein ganz und gar mädchenhaftes Kichern.

Als er sich auf die Bank pflanzt, setzt sie sich nah zu ihm. Phil und ich bleiben davor stehen. Er wirft mir einen kurzen, bedeutungsvollen Blick zu. Natürlich hat er, genau wie ich, Olli und wahrscheinlich auch Falco, schon längst gemerkt, dass die beiden was voneinander wollen. Jay ist allerdings nicht bereit, seine Freiheit für Sven aufzugeben. Mal schauen, wie lange er sich noch wehren kann.

Phils Blick hält mich für einen Moment gefangen, ehe er

ruckartig den Kopf abwendet und sich suchend umschaut, die Arme vor der Brust verschränkt.

Als sich schließlich Falco zu uns gesellt, lässt sich Jay zu einer Erklärung herab, die lapidarer nicht sein könnte.

»Mir war langweilig, ich dachte, wir könnten uns ja treffen. Oder habe ich euch etwa gestört?«

Dabei grinst er breit und als keiner widerspricht, nickt er zufrieden und zieht seinen Rucksack unter der Bank hervor.

»Ich habe sogar was mitgebracht!«, verkündet er fröhlich und zieht eine Flasche billigen Wodka hervor und aus seiner Hosentasche befördert er ein kleines Plastiktütchen, das verdächtig nach irgendwas Illegalem aussieht.

Olli stöhnt und ich meine, so etwas wie »Du Idiot!«, zu hören, doch ansonsten ertönt von nirgendwo Widerspruch, als er noch Tabak und Papers hervorzieht, um einen Joint zu drehen. Nur Phil sieht sich weiterhin um, ihm scheint nicht ganz wohl hier zu sein.

»Können wir vielleicht woanders hingehen?«, fragt er lauernd, doch Jay schnaubt nur spöttisch.

»Warum? Hast du Angst oder was?«

Sven kichert, auch Falco sieht belustigt aus. Ich bin verwirrt. Warum hat ausgerechnet er etwas gegen das Kiffen? Oder geht es gar nicht darum, sondern um den Park, in dem wir uns befinden? Tagsüber sind wir doch immer gerne hier.

Die Flasche Wodka wandert von Jay zu Sven, die einen großen Schluck nimmt, dann zu Falco, der sich anschließt. Als sie bei Olli ankommt, stößt Phil ein leises Grollen hervor.

»Eventuell. Hier treiben sich nachts keine Rosamunde-Pilcher-Freunde herum, weißt du?«

»Komm mal runter, es passiert schon nichts«, winkt Jay ab.

Phil verdreht die Augen und murmelt irgendwas von »Hoffentlich ist Dave wirklich nur ein Schwätzer.«

Bevor ich fragen kann, wer Dave ist und was er damit meint, drückt mir Olli die Flasche in die Hand und behauptet: »Die zerzausten Haare stehen dir gut.«

»Ähm, danke?«, frage ich zweifelnd und nehme nur einen winzigen Schluck aus der Flasche. Ich mag keinen puren Wodka und schon gar nicht, wenn er so eklig und billig ist wie dieser hier.

»Bitte«, erwidert sie ungerührt.

Als Jay den Joint anzündet und tief inhaliert, sehe ich Phil geisterhaft grinsen.

»Na, hoffen wir mal, dass wir wenigstens keiner Polizeistreife in die Finger geraten. Die kontrollieren hier oft nachts. Hab nicht einmal meinen Perso dabei.«

»Ich auch nicht«, stelle ich fest.

Was mein Vater wohl dazu sagen würde, wenn die uns hier erwischen? Ich bin sechzehn und somit verpflichtet, meinen Personalausweis mit mir herumzutragen. Wodka trinken darf ich eigentlich noch gar nicht und der Joint, na ja, dazu sage ich mal lieber nichts.

Phil scheint wohl dasselbe zu denken, denn er schaut mich amüsiert an.

»Die würden uns an den Ohren heim zu Mami und Papi schleifen.«

PHILIP

Meine Besorgnis scheint Juli ebenso zu verunsichern. Die anderen interessiert es nicht wirklich, vor allem Jay nicht, der seinen Joint am meisten genießt. Ich lehne ab und auch Juli schüttelt den Kopf, als er ihm die Tüte anbietet.

Ich brauche einen klaren Kopf. Für dieses Zeug bin ich zu sehr in Alarmbereitschaft, denn ich habe nicht vergessen, was Dave mir über den Park bei Nacht erzählt hat.

Dave ist einer meiner anderen Kumpels, eben einer wie ich. Mit Piercings, Tattoos und grünem Iro. Er ist ein Trottel, aber ich traue ihm eigentlich nicht zu, dass er in ernsten Fällen Lügenmärchen erzählt. Warum sollte er erfinden, dass sich hier nachts eine Gruppe von Neonazis herumtreibt? Er hat einmal von einem Kumpel erzählt, der hier nachts durchspaziert ist und den hat es wohl ziemlich übel erwischt. Deshalb kann und will ich mich nicht entspannen.

Kurz schaue ich zu Juli rüber. Olli hat Recht, zerzaust sieht er ziemlich gut aus. Wenn die wüssten, wie diese wirre Haarmähne mit engen schwarzen Boxershorts und ebenso engem T-Shirt zusammen aussieht, wären sie sicher neidisch auf mich, weil ich den Anblick regelmäßig genießen darf und sie nicht. Ich kann mir dieses bescheuerte Lächeln nicht verkneifen, das sich immer auf mein Gesicht schleicht, wenn ich ihn ansehe und er mich von so ziemlich allem ablenkt, was es auf dieser Welt gibt.

Als hätte er gespürt, dass ich ihn ansehe, wendet er mir das Gesicht zu und legt den Kopf schief.

»Was meintest du mit deinen *Rosamunde-Pilcher-Freunden*?«, fragt er und tritt ein näher an mich heran.

Ich schaue ihn einen ewigen Moment einfach schweigend an, mustere seine Lippen, diese braunen Augen, die ich mittlerweile sehr gut kenne, das kleine Muttermal an seinem Hals, seine Augenbrauen, die sich so zusammenziehen, dass er wirkt, als würde er an allem zweifeln. Ich würde gerne mit dem Finger gegen die kleine Falte zwischen seinen Brauen tippen und lachen, doch ich kann nicht.

Man stelle sich das mal vor: Sven ist Polin, Olli Russin, Falco kommt aus Italien und ist bi oder schwul, Jay ist ein halber Schotte und Juli und ich als die einzigen Deutschen hier sind ebenfalls nicht wirklich hetero, ich zumindest auf jeden Fall nicht. Was für eine nette Konstellation, wir könnten uns ein Schild basteln: *Hallo liebe Neonazis da draußen, schaut mal unsere bunte Truppe an, hier gibt's für jeden was zum Hassen!*

Ich seufze und versuche, zu grinsen und ihn irgendwie zu beruhigen. Plötzlich raschelt es hinter mir, Zweige knacken und dann ertönen Stimmen, die mir einen eiskalten Schauer über den Rücken jagen.

Oh nein, bitte nicht!

Julis Augen weiten sich. Er öffnet den Mund und schüttelt langsam den Kopf, ihm dämmert es gerade. Die anderen bemerken erst, dass sich ihre heile, bekiffte Welt um hundertachtzig Grad dreht, als eine fremde Stimme tief und höhnisch ertönt: »Na, wen haben wir denn hier?«

Lächerlich.

Als ich mich den Neuankömmlingen zuwende, kann ich nichts anderes denken. Eine Gruppe halbwüchsiger Möchtegern-Neonazis. Dicke Springerstiefel, Bomberjacken und Glatzen. Eine Klischeelandschaft vom Feinsten. Die sehen eher so aus, als wäre ihnen langweilig gewesen und als hätten sie mal eben beschlossen, irgendwas *Tolles* zu unternehmen.

Ich kann allerdings nicht darüber lachen. Es sind insgesamt sechs Kerle, der älteste höchstens achtzehn. Sie mustern uns, verteilen sich langsam, offensichtlich auf Krawall gebürstet. Sechs Kerle mit, soweit ich das auf die Schnelle ausmachen kann, zwei Schlagstöcken, einem Schlagring und weiß der Himmel was noch alles.

Ohne es zu wollen, kommen mir plötzlich zwei Gedanken in den Sinn.

Erstens: Wir sind auch sechs, doch das nützt uns nichts, weil Olli, Sven und wahrscheinlich sogar Falco nicht zählen.

Zweitens: Wir sind am Arsch.

Neben mir erhebt sich nun Jay von der Bank. Er sagt kein Wort, doch wenn ich raten darf, ist wahrscheinlich jedes Rauschgefühl schlagartig von ihm abgefallen.

»Mh, eine Gruppe kleiner verschissener Kinder, wie es scheint«, ertönt es von einem der Typen und der erste, der gesprochen hat und wohl der Älteste von ihnen ist, macht einen Schritt auf mich zu.

»Ja, vielleicht«, murmelt er, mustert mich angewidert. »Mir scheint trotzdem, dass den *Kindern* 'ne Abreibung guttäte.«

Wir starren uns für einen ewigen Moment an, und ich stelle belustigt fest, dass der Typ braune Augen hat und dass das abrasierte Haar sicher nicht blond ist. Am Ende sind das selbst noch Ausländer, vorstellen könnte ich es mir.

Ein herablassendes Grinsen schleicht sich auf mein Gesicht. Ich verschränke die Arme vor der Brust, hebe eine Augenbraue und entgegne: »Ah, wen haben wir denn da? Meine lieben Rosamunde-Pilcher-Freunde. Auch ein Tässchen Tee?«

Der Typ verzieht das Gesicht zu einer angewiderten Grimasse und spuckt mir vor die Füße.

»Mit Abschaum wie dir würde ich mich niemals abgeben!«

Sinn für Humor hat der anscheinend nicht.

Jay tritt nah neben mich, baut sich förmlich auf. Hinter mir höre ich das Gras rascheln, Juli kommt hervor und für einen waghalsigen Augenblick denke ich, das könnte reichen. Doch dann quietscht Olli auf, neben ihr steht einer dieser Kerle und zerrt sie am Arm an sich heran.

»Na, was haben wir denn da für 'ne kleine Schlampe?«

Das war's. In dem Moment, in dem ich den ängstlichen Ausdruck in ihren Augen sehe, gewinnt eine merkwürdige Mischung aus Wut und Beschützerinstinkt die Oberhand.

Als wäre ein lautloser Startschuss gegeben worden, stürze ich mich auf den Wichser, der Olli festhält. Er jault auf, als meine Faust frontal auf sein Gesicht trifft und fast zeitgleich sehe ich im Augenwinkel, wie Jay sich einen anderen vorknöpft. Ich könnte wetten, Juli tut genau dasselbe.

Der Kerl vor mir stolpert, fällt zu Boden, wobei er sich laut jammernd die Nase hält. Wenige Augenblicke später packen mich zwei andere von hinten an den Armen und mein Freund Rosamunde stellt sich vor mich, während Jay und Juli versuchen, den Rest von uns vor den Typen zu schützen.

Er grinst dreckig, will ausholen. Ohne nachzudenken, trete ich nach ihm. Ich verfehle jedoch seine Magengegend und werde von meinen Wächtern nach hinten gerissen. Irgendwer trifft mich mit seiner Faust an der Schläfe und mit einem Mal dreht sich alles.

»Phil!«, ruft jemand.

Um den Hals des Typen links von mir schlingen sich plötzlich zwei Arme. Er würgt, wird rücklings zu Boden gerissen. Ich habe endlich die Chance, den anderen loszuwerden, und reiße an seinem Arm, was ihn zum Stolpern bringt.

Es braucht nicht viel, ihn gänzlich zu Boden zu bringen und ich verspüre nicht den Ansatz eines schlechten Gewissens, als er zu Boden geht und ich ihm ins Gesicht trete. Ein widerliches Knacken geht in seinem Schrei unter, doch der Triumph währt nicht lange. Rosamunde stürzt sich erneut auf mich.

Hinter mir ertönt ein gurgelndes Geräusch, Sven kreischt. Ich kann gar nicht so schnell begreifen, was passiert ist, als ich plötzlich das Blaulicht sehe.

»Polizei!«, brüllt Rosamunde, die Augen unnatürlich weit aufgerissen.

Er lässt meinen Kragen abrupt los und schubst mich von sich weg, als hätte er sich an mir verbrannt. Ich kann mich gerade noch fangen und verhindern, dass ich zu Boden gehe.

Jetzt sehe ich, warum Sven geschrien hat. Hinter mir liegt Juli am Boden, eine Hand an seinen Hals gepresst. Er keucht heftig, als der Penner endlich von ihm ablässt. Das Messer blitzt im Halbdunkel und im selben Moment stockt mir das Herz in der Brust.

Hat er ihn schlimm erwischt?

»Los, weg hier!«, stoße ich hervor.

Ich werfe nur einen kurzen Blick zu den anderen, ehe ich mich Juli zuwende. Er ist jetzt wichtiger. Ich stürze auf ihn zu, helfe ihm auf die Beine und zerre ihn mit mir fort.

Fremde Stimmen werden laut, doch wir schaffen es gerade noch, aus dem Radar zu verschwinden. Juli folgt mir stolpernd in die kühle Nacht auf einen Weg, von dem ich selbst nicht weiß, wo er hinführt. Nur weg von hier.

Ich traue mich dabei nicht, ihn anzusehen. Ich will nicht sehen, ob er blutet, hoffe einfach, es ist nicht schlimm und so laufen wir und ich bete zu allen Geistern und Göttern, dass sie uns nicht folgen.

Erst, als er immer atemloser wird und ich das heftige Bollern meines Herzens nicht mehr mit den uns nachjagenden Schritten verwechsle, ziehe ich ihn in eine nahegelegene Hauseinfahrt und halte still.

Juli keucht und schnappt nach Luft. Zu der einen Hand

an seinem Hals gesellt sich die zweite. Im Schutz der hohen Hecken um uns sinkt er auf die Knie und mir bleibt förmlich das Herz stehen.

»Juli?!« Ängstlich lasse ich mich neben ihm zu Boden fallen, meine Hand zittert wie irre, als ich sie ihm auf die Schulter lege. »Alles okay?«

Blöde Frage, natürlich nicht.

Zwischen seinem hektischen Einatmen ertönt ein Hicksen, das verdächtig nach einem atemlosen Lachen klingt.

»Is oke, 's is oke.«

Er hustet, schüttelt sich und hebt langsam den Kopf, nimmt die Hände vom Hals und betrachtet das Blut auf seinen Fingern.

»Is' nich tief …«, krächzt er.

»Sicher?«, hake ich nach, knie mich vor ihn und umfasse sein Gesicht mit den Händen. Im Halbdunkel sehe ich, wie bleich seine Haut ist. Er grinst geisterhaft mit etwas Blut auf den Lippen und sein rasselnder Atem beruhigt sich langsam.

Vorsichtig hebe ich sein Kinn an, betrachte seinen Hals und kann mir ein erleichtertes Aufseufzen nicht verkneifen. Es ist nicht tief, ein oberflächlicher Schnitt, sonst nichts.

»Hab' keine Ausdauer«, erklärt er und greift mit den Händen nach meinen, um sie von seinem Gesicht zu lösen.

»Bitte?« Ich lache fassungslos.

Keine Ausdauer? Deswegen keucht der wie 'ne gebärende Frau in den Presswehen?! Seine Hände finden einen Weg in meine, eine davon feucht und klebrig vom Blut. Ich kann gar nicht sagen, wie erleichtert ich bin.

»Ich dachte, du verreckst! Treib gefälligst mehr Sport, um Himmels willen!«

Juli grinst schwach, mustert mein Gesicht und sieht von einem auf den anderen Moment furchtbar ernst aus. Er lässt meine Finger los und legt mir seinerseits die Hände auf die Wangen. Behutsam dreht er meinen Kopf und betrachtet meine Schläfe.

»Du weißt schon, dass du ebenfalls blutest?«, fragt er, die

Augenbrauen zusammengezogen, diese hinreißende, kleine Falte zeigt sich dazwischen.

»Oh«, erwidere ich nur.

Mit beklemmendem Gefühl in der Brust registriere ich seine Nähe, nehme seinen ganz eigenen Geruch wahr. Plötzlich kann ich mir ein Lachen nicht mehr verkneifen. Wie skurril ist diese Situation bitteschön?

Wir hocken in einer fremden Hauseinfahrt, Juli hat eine Schnittwunde am Hals und ich habe scheinbar eine aufgeplatzte Augenbraue und was denke ich schon wieder? Juli, Juli, Juli. Außerdem bin ich froh, dass der Typ nicht die gepiercte Augenbraue erwischt hat.

Juli macht ein abfälliges Geräusch, erhebt sich schwerfällig und streckt mir eine Hand hin.

»Komm, du Irrer. Ich glaube, die haben dich schlimmer erwischt, als du denkst, wenn du noch drüber lachen kannst.«

JULIAN

Ich weiß nicht, wie das möglich war, aber irgendwie haben wir es ungehört und ungesehen in mein Badezimmer geschafft. Die Gäste meines Vaters sind noch immer da, wahrscheinlich trinken sie gerade teuren Rotwein und schwafeln über irgendwelche wichtigen kulturellen und politischen Themen. Manchmal fühle ich mich in dieser schnöseligen, abgehobenen Familie richtig fehl am Platz.

Für Phils kleine Platzwunde hole ich aus der Küche einen Kühl-Akku und als ich wieder oben bin, sitzt er auf dem Rand meiner Wanne und tut nichts weiter, als sich in dem kleinen Badezimmer umzusehen.

Er grinst mich an, als ich eintrete. Wie vorhin schon, als er mir da in der Einfahrt gegenübersaß, beschert mir das ein merkwürdiges Gefühl. Als hätte man mir einen Schlag versetzt, der mich für einen Moment aus meinem eigenen Körper befördert.

Ich kann es nur unsicher erwidern. Meine Hände zittern, als ich ihm den Kühl-Akku reiche und am Waschbecken ein kleines Handtuch mit warmem Wasser befeuchte.

Er beobachtet mich die ganze Zeit dabei, sagt jedoch kein Wort. Auch nicht, als ich mich umdrehe und er aufsteht, obwohl wir beide genau wissen, dass es leichter wäre, das Blut zu entfernen, wenn er sitzen würde.

Was da vorhin passiert ist, habe ich noch nicht wirklich realisiert. Doch das Bild, wie er sich vollkommen ohne nachzudenken auf diesen Kerl stürzt, um Olli zu schützen, geht mir nicht mehr aus dem Kopf. Irgendwie war das cool und hat mich ziemlich beeindruckt.

Phil senkt den Kopf ein wenig, damit ich besser an ihn herankomme. Er steht nah vor mir, immer noch ein amüsiertes Schmunzeln auf den Lippen, als ich das getrocknete Blut von seiner Haut entferne.

»Warum grinst du?«, frage ich und erschrecke selbst darüber, wie rau meine Stimme klingt.

Er lacht leise und wieder schwankt alles in mir für einen winzigen Augenblick. Ich versuche, mich auf seine Schläfe zu konzentrieren, doch ich kann nichts dagegen tun, dass mein Blick zu seinen Lippen abschweift und ich vor Überwältigung nicht weiß, wohin mit mir.

Ich verstehe nicht, was hier vorgeht. Am besten gestehe ich mir nicht ein, dass ich mich ihm am liebsten an den Hals werfen würde und …

»Ach, dachte nur gerade, dass du irgendwie verwegen aussiehst mit dem Blut im Gesicht.«

Phil schaut mich an, grinst verschmitzt und seine Hand findet den Weg zu meinem Hals. Egal, wer ihm da eine auf den Kopf gegeben hat, es muss verdammt heftig gewesen sein.

Mit aller Macht versuche ich, seine Berührung zu ignorieren. Er ist durcheinander, der Schlag hat ihn wohl übler erwischt, als gedacht. Sonst hätte er vorhin nicht geschwankt und getaumelt oder wäre … wäre *so*.

Vielleicht habe ich ja was gegen den Kopf bekommen

und kann mich nur nicht daran erinnern. Sonst würde mir nicht urplötzlich ein warmes Ziehen durch die Lenden fahren, als seine Fingerkuppen meinen Hals hinauf zu meinem Kinn streichen.

Irgendwie erschreckt mich diese Reaktion selbst am meisten. Für einen Moment starre ich nur auf seine Lippen und wundere mich, dass es mich erregt, wenn er mich anfasst.

Phil streicht mit einer Fingerkuppe über meine Unterlippe, er grinst schief und setzt an, irgendwas zu sagen. Er kommt jedoch nicht dazu, auch nur ein Wort hervorzubringen.

Ich weiß nicht, warum, ich weiß nur, dass ich es will. Diese kleine Distanz zwischen uns ist schnell überbrückt. Das Handtuch fällt unbeachtet zu Boden. Für einen Moment sehe ich nur Phils völlig erstauntes Gesicht, das sich mir in die Gedanken einbrennt, und mit einem heiseren Laut der Erregung lege ich meine Lippen auf seine.

Im ersten Augenblick ist er zu überrumpelt, um irgendwas zu tun. Ich presse mich so verzweifelt an ihn, meine Lippen auf seine, dass er seine Zurückhaltung vollkommen aufzugeben scheint.

Dieser Moment zerbricht, als er überwältigt aufstöhnt. Plötzlich liegen seine Arme um meine Mitte, er drückt mich an sich und erwidert den Kuss mit heißer Ungeduld, als hätte er all die Zeit nur darauf gewartet, dass ich das tue.

Wir taumeln, stolpern, und Phil presst mich im nächsten Moment an die Wand. Seine Zunge dringt in meinen Mund ein und ich stöhne leise auf, kralle die Hände in sein Shirt. Sein Bein schiebt sich vorwitzig zwischen meine Schenkel, er reibt sich an mir, doch im nächsten Moment lässt er mich schon wieder los und taumelt zurück.

Erschrocken bleibe ich stehen, wo ich bin, und sehe ihn an, keuchend und ziemlich erregt. Phil jedoch starrt mich nur aus großen Augen an, sein Blick schwankt kurz auf meinen Schritt und er schluckt schwer. Ich kann förmlich beobachten, wie die Röte seine Wangen heraufkriecht und spüre, dass es mir nicht anders geht.

Warum starrt er so? Warum will er mich nicht weiter küssen? Ich weiß ja selbst nicht, wieso ich das will und warum er mich auf einmal erregt. Irgendwie schien es instinktiv das einzige Richtige zu sein. Ich wünschte, er würde verdammt noch mal aufhören zu glotzen und wieder herkommen.

»Spinnst du?«, stößt er schrill hervor und dreht mir den Rücken zu.

Mit den Händen greift er sich überfordert ins Haar und gibt eine Mischung aus Aufstöhnen und Knurren von sich. Ich selbst verharre, wo ich bin, unfähig, mich zu rühren. In meiner Brust breitet sich dieses bekannte, fahle und taube Gefühl aus, eine dumpfe Leere, als Phil sich noch weiter entfernt und die Hände ringt.

Wie dumm, Julian. Das war's! Wieder alleine.

»Ach du Scheiße, mach das bloß nicht noch mal!«, murmelt er befangen.

Als er mich wieder ansieht, erkenne jedoch nicht Ablehnung in seinem Gesicht. Zum ersten Mal, seit ich ihn kenne, sieht er unsicher aus.

Unglaublich.

Ich schaue ihn mit großen Augen an. Wollte sich eben noch alles in mir in eine nichtssagende, schwarze Tiefe stürzen, kommt nun doch wieder diese kribbelige Erregung in mir auf, erfasst meine Brust, schnürt mir förmlich den Hals zu.

Keine Ahnung, was mit mir los ist, ich weiß es nicht. Doch während ich Phil beobachte, fühle ich mich, als würde ich gleich überschäumen vor Freude. Dann würde ich über ihn herfallen und ihn küssen und …

Um sich irgendwie abzulenken, dreht mir Phil seinen Rücken zu, nimmt den Kühl-Akku von der Kommode, wickelt umständlich ein Tuch darum und legt es sich mit einem müden Stöhnen auf die Schläfe.

»Scheiße«, murmelt er nur.

Ich verkneife mir ein hysterisches Lachen. Aufgedreht drücke ich mich von der Wand ab, gehe auf ihn zu und schlinge fest die Arme von hinten um seine Mitte. Für einen

Augenblick drücke ich mein Gesicht an seinen Rücken und atme seinen herrlich herben Geruch nach Zigaretten, Deo und Phil ein.

Er japst erschrocken auf, was mir nun doch ein Lachen entlockt. Es klingt nicht irre, zum Glück. Ich lasse ihn los und grinse ihn an, als er sich mir zuwendet.

»Sorry! Kam plötzlich über mich. Ich warte im Schlafzimmer!«

Falls er mein Verhalten komisch findet, lässt er es sich zumindest für den Rest des Abends nicht anmerken. Als wir uns schlafen legen, besteht er auf einen fast schon übergroßen Abstand zwischen uns beiden. Trotzdem liege ich mit laut schlagendem Herzen in der Dunkelheit, aufgewühlt und irgendwie glücklich, weil das alles unglaublich aufregend ist.

Ich habe mich lange nicht mehr so lebendig gefühlt.

7

GEFANGEN SEIN

JULIAN

Es ist noch früh und in meinem Zimmer ist es still und dämmrig, als ich aus dem Schlaf schrecke.

Mein Herz pocht heftig, mein Atem geht stockend und mir ist warm. Ich weiß nicht, warum ich plötzlich hochgeschreckt bin oder was ich geträumt habe. Als ich mich zurück auf die Matratze fallen lassen will, spüre ich, dass ich eine Erektion habe, keine Ahnung, warum.

Ich starre an die Decke, meine Hände zittern und mein Schritt schmerzt vor Erregung. Phil, irgendwas mit Phil war es. Mehr weiß ich nicht.

Langsam drehe ich den Kopf zur Seite und stelle fest, dass Phil sich zwar diesmal nicht im Schlaf halb über mich gerollt hat, mir jedoch eine Hand entgegenstreckt, die zwischen uns auf dem Laken merkwürdig verloren aussieht. Ich betrachte sein Gesicht, die mit einem Pflaster überklebte Platzwunde, die leicht geöffneten Lippen und die Piercings und kann doch nicht verhindern, dass mein Blick hinunter schweift, zur nackten Haut an seinem Bauch, wo das T-Shirt hoch- und die Decke verrutscht ist.

Am liebsten möchte ich mich an ihn drücken und da weitermachen, wo er uns gestern unterbrochen hat. Ich weiß nicht, warum ich plötzlich *so* auf ihn reagiere. Himmel, was ist nur los mit mir?

Ich schwinge die Beine über den Bettrand, stehe auf und schleiche mich aus dem Zimmer und ins Bad. Erst, als ich die Tür hinter mir schließe, wage ich es, tief durchzuatmen und mir eine Hand auf den Schritt zu legen. Oh Mann, nichts zu machen. Da muss ich nachhelfen, ansonsten geht das nie weg.

Obwohl ich nur das Übliche mache, ist es diesmal anders. Als ich mich ausziehe, steigt in mir wieder dieses kribbelige Gefühl auf und sammelt sich irgendwo zwischen Brust und Hals. Ich atme noch einmal durch, steige unter die Dusche und mache das Wasser an.

Mir kommt nicht der sonst übliche Gedankensalat von Brüsten und Sex in den Sinn. Ich will es eigentlich nicht zugeben, es nicht einmal bewusst denken, doch als ich mit leisem, erleichtertem Stöhnen endlich Hand an mich lege, denke ich an Phil. Wie er mich an die Wand presst und in den Kuss stöhnt. Phil, wie er sich umzieht und mir unwissentlich seinen muskulösen, gut proportionierten Körper vorführt. Der grinst, mir in den Po zwickt und mir manchmal Blicke zuwirft, die alles bedeuten könnten und doch nichts verraten.

Warum ich ihn plötzlich anders wahrnehme, weiß ich nicht. Wie er gestern war, so ... *männlich,* irgendwie ... das macht mich richtig an. Das Beste ist wahrscheinlich, gar nicht weiter darüber nachzudenken, sonst werde ich vor Scham im Erdboden versinken.

Ich seufze, lehne mich mit dem Rücken gegen die Wand und stelle mir vor, er hätte mich nicht von sich gestoßen. Fast bilde ich mir ein, seine Zunge an meiner spüren zu können, seinen Körper an meinem. Ich würde mich an ihm reiben, seine Unterlippe spielerisch zwischen die Zähne ziehen, ihm den Rücken zerkratzen.

Ob er darauf stehen würde, wenn ich ihm versaute Dinge ins Ohr flüstere? Ihm heiser gegen die Lippen stöhne?

Leise ächzend umfasse ich meine Erektion fester, beiße mir auf die Unterlippe und erhöhe das Tempo, entkleide Phil in Gedanken, erforsche seinen Körper. Gerade, als mir fast ein verräterisches Stöhnen über die Lippen kommt, klopft es plötzlich an der Tür und ich halte vor Schreck inne.

Der Störenfried wartet nicht darauf, dass ich ihn hereinbitte. Die Klinke wird heruntergedrückt und da fällt mir siedend heiß ein, dass ich nicht abgeschlossen habe.

Die Tür öffnet sich und Phil steckt seinen Kopf zur Tür rein. Verschlafen reibt er sich über die Augen.

»Juli? Alles o… – oh!«

War er bis eben noch im Halbschlaf, so ist er spätestens jetzt hellwach. Sogar durch das nasse Glas der Duschscheibe kann ich sehen, dass ihm der Mund offensteht.

Eine halbe Ewigkeit lang schauen wir uns nur an. Der Schreck hat meinen Puls zusätzlich in höhere Sphären befördert, doch gleichzeitig bildet sich kribbelige Aufregung in mir. Ich kann sehen, dass Phil mit den Augen meinen Körper abtastet und schließlich an meinem aufgerichteten Glied hängenbleibt. Nicht entsetzt, nicht verurteilend, sondern erstaunt und beinahe … lustvoll.

Die Erkenntnis macht mich atemlos und zugleich mutig. Soll er doch sehen, dass er mich erregt. Immerhin hat er es gestern schon gemerkt, ich habe nichts zu verlieren. Ich lehne mich gegen die Wand, spüre das angenehme Wasser auf meinem Körper. Phil beobachtet mich regungslos.

Das heisere Stöhnen, das mir eben um ein Haar über die Lippen gestolpert wäre, lasse ich nun hemmungslos heraus, als ich meine Erektion erneut umfasse. Ich schaue Phil auffordernd dabei an und hoffe, er versteht.

PHILIP

Gebannt sehe ich ihn an. Es ist mir unmöglich, wegzuschauen. Durch den Duschstrahl und das Kabinenglas wirkt das Bild ein wenig verschwommen, dennoch sehe ich ihn, sehe sein Gesicht und zunächst den Schreck darin, dann die Erregung.

Ich weiß nicht, wo ich hingucken soll, schwanke von seinen leicht geöffneten Lippen zur Brust und weiter hinab zu seinem aufgerichteten Schwanz. Als er mit einem Mal die Hand wieder an sich selbst legt, leise stöhnt und mich dabei nicht aus den Augen lässt, ist es vorbei mit meiner Selbstbeherrschung.

Ohne einen bewussten Gedanken schließe ich langsam die Tür hinter mir, atme tief durch und ziehe mir das T-Shirt über den Kopf.

Juli beobachtet mich, als ich die Boxershorts abstreife, unmissverständlich erregt. Ich sehe, wie er meinen Körper in Augenschein nimmt und sich auf die Unterlippe beißt, als er meine Erektion betrachtet. Ohne Zögern betrete ich die Duschkabine. Das Wasser berührt angenehm meine erhitzte Haut.

Für einen kurzen Moment schauen wir uns nur an, er atemlos, ich entrückt. Dann liegen seine Arme in meinem Nacken, seine Lippen auf meinen und ich spüre ihn, spüre die warme, nasse Haut an meiner. Ich vergesse, dass ich das ursprünglich nie hatte zulassen wollen.

Die Muskeln unter meinen Fingern spannen sich an, als ich den Rücken herab streiche, seinen Hintern umfasse und meinen Unterleib gegen seinen dränge. Hart drückt sich sein Ständer gegen meinen Oberschenkel und ebenso hart drängt er sich an mich.

Passiert das hier gerade wirklich? Juli, der unsere Körper nur voneinander löst, um eine zittrige Hand an meiner Brust hinabgleiten zu lassen, tiefer und tiefer? Die Berührung ist erst zaghaft, dann fester und lässt mich leise stöhnen. Im selben Augenblick beißt er mir spielerisch in die Unterlippe, zieht an einem der Piercings und ich denke gar nichts mehr.

Völlig egal, warum das hier passiert. Nur den Moment genießen, nichts hinterfragen. Das wollte ich doch die ganze Zeit schon. Ihn küssen, anfassen, spüren.

Ich löse den Kuss, streiche mit den Lippen über seinen Hals und sauge mich an der Haut fest. Gleichzeitig streiche ich über seinen Bauch nach unten und umfasse ich ihn fest. Sein Stöhnen beschert mir eine Gänsehaut. Ich kann nicht aufhören, beiße in die weiche Haut, stoße mich in seine Hand.

Die Empfindungen verschwimmen, als sein Atem hastiger wird.

»Phil«, seufzt er bebend. »Oh Gott, Phil, ich …«

Keuchend dränge ich mich näher an ihn. Seine Bewegungen werden fahriger, ich seufze rau: »Nicht aufhören, Juli, hör' nicht auf …«

Es dauert nicht lang. Er stöhnt heiser, fast hilflos meinen Namen, als seine Beine zu zittern beginnen. Ich dränge mich hastig an ihn, will bloß nicht, dass er aufhört.

Er seufzt meinen Namen in dem Augenblick, in dem ich spüre, wie seine Erektion in meiner Hand zu zucken beginnt. Die Empfindungen sind viel zu viel für mich. Ich drücke das Gesicht an seine Halsbeuge, ächze hilflos und er erhöht, als würde er verstehen, das Tempo. Pumpt mich hart und ich komme kurz darauf ebenfalls.

Der Orgasmus lässt mir die Beine einknicken. Ich schlinge die Arme um Julis Körper und er klammert sich an meinen Schultern fest, als würde es ihm nicht anders gehen. Nur langsam beruhigt sich mein Atem. Ich höre, wie er tief Luft holt und mit den Fingerkuppen über meinen Rücken streicht. Ermattung, Wohlbehagen und Zufriedenheit breiten sich in mir ebenso aus, ebenso wie Erstaunen über das Erlebnis.

Ich lockere die Umarmung, hebe das Gesicht, schaue ihn an. Juli lächelt und wirkt unglaublich zufrieden.

»Guten Morgen«, murmelt er und hebt das Kinn ein wenig an, als wolle er mich küssen.

Er überlässt es jedoch mir, den letzten Abstand zu überwinden. Beinahe scheu komme ich ihm entgegen. Dieser kleine, intime Kuss ist fast schon mehr als das, was sich da gerade zwischen uns abgespielt hat. Er küsst mich so zärtlich und sanft, dass ich mich vor Zuneigung zu ihm mit einem Mal völlig hilflos fühle.

Plötzlich verstehe ich, was hier passiert ist und was das für mich bedeutet. Ich löse die Berührung und schaue ihn erneut mit großen Augen an. Feine Wassertropfen hängen in seinen Wimpern, als er blinzelt und mich fragend ansieht.

»Phil? Ist alles in Ordnung?«

Ich nicke fahrig.

»Ja, sicher. Komm.«

Schnell greife ich nach dem Duschgel, trete, soweit in der kleinen Duschkabine möglich, ein bisschen von ihm weg und beginne, mich einzuseifen. Er zögert verdutzt, tut es mir jedoch schließlich nach.

Ich bin dumm. Dabei weiß ich doch, warum ich ihn gestern von mir gestoßen habe. Mit einem Mal musste ich an Marjan denken und an die anderen Typen, mit denen ich bisher etwas hatte. Genauso kam mir Vanessa in den Sinn und Melina aus der Klasse, mit denen Juli angebandelt hat.

So was will ich für Juli nicht sein. Ich möchte nicht, dass er mich hatte und anschließend in eine Schublade mit all den anderen unbedeutenden Geschichten steckt. Das würde ich nicht ertragen, denn ich hänge emotional schon viel zu sehr an ihm. Dieses Erlebnis gerade hat es nicht besser gemacht.

Warum hat er das gewollt? Er hat nie einen Hehl daraus gemacht, dass er auf Frauen steht und nun haben wir ...

Bereut er es schon? Ich will kein Experiment sein und noch weniger eine Kerbe im Bettpfosten.

Wir seifen uns ein, waschen uns die Haare und niemand sagt ein Wort. Mein plötzlich abweisendes Verhalten verunsichert ihn. Befangenes Schweigen hängt zwischen uns, als wir aus der Dusche steigen, uns abtrocknen und anziehen.

Ich sollte möglichst schnell verschwinden. Vergessen, was passiert ist. Aber wie könnte ich das? Ich habe das Gefühl, ihn noch überall auf mir zu spüren. Wenn ich ihn verstohlen aus dem Augenwinkel anschaue, sehe ich die Knutschflecke an seinem Hals und mir wird heiß.

Das sollte so nicht sein. Lockere Geschichten sind gut. Meine komischen Gefühle für Juli allerdings ... das ist gar nicht gut.

Ich gehe auf die Tür zu und will sie öffnen, um zu verschwinden, da spüre ich, wie Juli nach meinem Handgelenk greift. Wieder einmal bringt er mich damit total aus dem Konzept.

Erschrocken drehe ich mich um, sehe ihn an und er erwidert den Blick standhaft, wenn auch ein wenig verlegen.

»Phil?«

Himmel, ich wünschte mir, er würde uns dieses Gespräch ersparen. Ich will nichts hören. Kein *Es tut mir leid* oder *Ich weiß nicht, was in mich gefahren ist*, vor allem nicht *Lass uns das vergessen*. Doch er erstaunt mich immer wieder aufs Neue.

»Bitte ... geh nicht«, stammelt er und kann mir nun doch nicht mehr in die Augen sehen. »Bleib, bitte ... mach die Augen zu und stell dir vor, ich wäre jemand anderes, wenn es sein muss, aber ... geh nicht. Bleib hier ...« Er sieht mich unsicher an. »Bleib hier und küss mich.«

Seine Worte, sein Anblick, ja, er selbst trifft mich mitten ins Herz. Ich will eigentlich den Kopf schütteln, will ihn anschnauzen und sagen, er soll nicht so einen Unsinn reden. Dass ich ihn erneut an mich ziehe und verzweifelt umarme, steht in krassem Gegensatz zu dem, was ich denke. Anscheinend ist es jedoch genau das, wonach meine vollkommen verwirrten Gefühle verlangen.

JULIAN

Als ich montagmorgens zur Schule schlurfe, fühle ich mich wie erschlagen. Wie lange war Phil gestern da? Es war längst dunkel, als er gegangen ist. Unsere Lippen waren wundgeküsst, mein Körper völlig verspannt und doch noch nie so lebendig.

Der Blick heute Morgen in den Spiegel brachte eine bittere Ernüchterung. Wie zum Teufel soll ich all die Knutschflecken erklären?

Selbst jetzt, wo ich durch das dämmrige Halbdunkel dieses müden, stillen Morgens gehe, weiß ich nicht, was das zwischen uns war und wie ich das vor mir selbst rechtfertigen soll. Irgendwie schäme ich mich, obwohl es keinen Grund dafür gibt. Wie soll ich ihm heute gegenübertreten? Wahrscheinlich weiß jeder, der uns ansieht, sofort was sich da zwischen uns abgespielt hat.

Ob er es jemandem erzählt hat? Jay oder vielleicht sogar seiner kleinen Schwester? Als ich an Michelle denke, kann ich mir ein schiefes Grinsen nicht verkneifen. Von wegen Intimpiercing.

Wahrscheinlich kann ich mich jetzt sowieso nie wieder zu Phil wagen. Seine Familie würde doch, wenn sie es wüsste, schon die Hochzeitsvorbereitungen starten. Dabei war es nicht mal was Ernstes, zumindest nicht für ihn und für mich ... keine Ahnung.

Je näher ich unserem Schulgebäude komme, desto langsamer werde ich. Doch es führt kein Weg daran vorbei, ich muss mich ihm irgendwann stellen. Ob heute oder morgen macht da keinen Unterschied. Wie er sich mir gegenüber wohl verhalten wird? Ob ich es schaffen werde, normal mit ihm zu reden?

Als ich durch die Eingangstür gehe, schlägt mir warme Luft entgegen, die mein ohnehin erhitztes Gesicht nur noch mehr erröten lässt. Ich bin spät dran und deshalb ist es ziemlich voll in dem alten Schulgebäude. Ich eile so schnell wie möglich zu unserem Klassenraum.

Als ich dort ankomme, sehe ich schon alle vor der Tür versammelt. Jay schleicht feixend um Phil herum, der genauso müde aussieht, wie ich mich fühle.

Trotzdem spüre ich bei seinem Anblick, wie mir das Herz in der Brust flattert. Ein Grinsen schleicht sich auf mein Gesicht. Er sieht verdammt gut aus! Kein Zweifel, wenn er ein bisschen übermüdet ist, sieht er um einiges verwegener aus. Sein Hals schaut ebenso wie meiner ziemlich mitgenommen aus und wahrscheinlich ist auch das der Grund, warum Jay ihn vielsagend angrinst.

Sie bemerken mich erst, als ich bei ihnen bin und so lange lasse ich es mir nicht nehmen, ihn weiterhin zu mustern. Er trägt entgegen seiner sonstigen Gewohnheiten ein graues T-Shirt und eine Armeehose, die ihm halb über den Hintern hängt. Dazu trägt er ausnahmsweise mal keine Springerstiefel, sondern schlichte Chucks.

Noch bevor ich richtig bei ihnen bin, reißt mich Jay aus meinen Gedanken: »Ey, Juli! Du lebst noch, muy bien! Guck' dir den hier mal an, der sieht total zerstört aus!«

Ich trete zu ihnen und lächle schief. Für den Bruchteil einer Sekunde schaue ich Phil direkt ins Gesicht und höre Olli neben mir murmeln: »Na, der sieht auch nicht besser aus.«

Mit einem Mal liegt die Aufmerksamkeit der Gruppe auf mir.

»Sagt mal, was mach ich falsch?«, stöhnt Jay ungläubig. »Wart ihr Samstag noch weg oder wo habt ihr das her?«

Phil stößt ein Schnauben aus. Weder seine Gestik, noch seine Mimik verrät, was gestern zwischen uns vorgefallen ist.

»Hab mich mit 'nem Kerl getroffen, den ich auf einem Festival Warm Up kennengelernt hab. Nach dem Schreck am Samstag war das bitter nötig.«

Mich erstaunt, wie schnell er sich eine Ausrede einfallen lässt und deshalb bin ich ziemlich unvorbereitet, als Sven, Olli, Jay und Falco mich erwartungsvoll ansehen.

»Was?«, frage ich, um Zeit zu gewinnen. »Darf ich mich nicht mit Mädchen treffen?«

Es ist eigentlich schon zu offensichtlich, was wir uns zusammenlügen, doch die anderen merken offenbar nichts. Jay schaut mich nur neidisch an, Falco wirkt angewidert und die Mädels interessiert das nicht einmal.

»Ihr seid … denen entwischt, oder?«, wechselt Olli das Thema und sie wirkt ängstlich dabei, etwas, das ich von ihr gar nicht kenne.

Ich nicke und versuche, souverän auszusehen.

»Jep, klar. Hat uns nicht schlimm erwischt. Wie mir scheint, ist Phil gut zu Fuß.«

Ich werfe ihm ein schiefes Grinsen zu, er erwidert es ebenso merkwürdig. Olli nickt und wirft sich mit einer leichten Bewegung das schwarze Haar über die Schulter. Sie tritt näher an mich heran und hebt die Hand an meinen Hals, um den verheilenden Schnitt zu begutachten.

»Du siehst aus wie ein Schwerverbrecher«, befindet sie

mit einer Mischung aus Spott und Sorge. »Die Verletzung ist nicht schlimm, oder? Ihr seid zwei Idioten. Wenigstens Phils Augenbraue hätte genäht werden müssen.«

»Ist doch Unsinn«, winkt dieser ab.

Das Pflaster wurde scheinbar von seiner Mutter erneuert und sieht wesentlich professioneller aus, als das, was ich ihm gestern aufgeklebt habe.

Rechts von mir schiebt sich Falco an meine Seite. In der einen Hand hält er einen Stift, in der anderen seinen Notizblock und hält ihn mir nun vor die Nase.

Mit wem hast du dich denn getroffen?

Ich überlege fieberhaft, wie ich ihn abwimmeln kann, da steht Jay an meiner anderen Seite, schaut auf den Block und feixt: »Ja, Juli, mit wem hast du dich getroffen?«

»Äh …«, mache ich und weil mir dummerweise nichts anderes einfällt, platzt mir »Michelle!«, heraus. Mit einem Mal starren mich alle ungläubig an und ich spüre, wie ich feuerrot anlaufe. »Sie … sie heißt Michelle.«

Mist, kennen die etwa alle Phils kleine Schwester?!

Jay zieht zischend die Luft ein und sagt: »Ich hoffe mal, du meinst nicht Phils Michelle, sonst solltest du uns schleunigst erzählen, was wir auf deinen Grabstein schreiben sollen, bevor es zu spät ist.«

»Unsinn!«, schnaufe ich. »Die ist doch viel zu jung! Oh Mann, ihr nervt echt, wisst ihr das?«

»Dafür sind wir da«, behauptet Olli.

Sven, die mit bedröppelter Miene herumsteht, zwingt sich ein kleines Lächeln aufs Gesicht.

»Immerhin können sie rumspaßen«, sagt sie zu mir. »Nach dem, was am Samstag passiert ist, habe ich echt Angst …. Wir gehen nicht mehr in den Park, oder? Ich möchte da auf keinen Fall mehr hin!«

»Na, quatsch. Tagsüber ist das schon okay«, winkt Jay ab und bedenkt sie mit einem seiner Macho-Blicke, bei denen ich meistens den Drang bekomme, ihm eine reinzuhauen. Vollkommen fehl am Platz.

»Ich für meinen Teil bin auch nicht scharf drauf, da noch mal hinzugehen!«, stimme ich Sven zu.

Jay will irgendwas erwidern, da ertönt hinter uns Schlüsselgeklapper und mit einem lauten »Guten Morgen!« bahnt sich unser Klassenlehrer einen Weg durch die Schülergruppe. Damit beendet er zumindest für die nächsten zwei Stunden blödes Geplänkel und Fragen bezüglich meines Halses, oder der dem von Phil.

Als wir in die Klasse gehen, schaut er mich nicht einmal an, aber im Gewühl spüre ich plötzlich seine Hand bedeutungsvoll über meine streichen und das reicht mir schon vollkommen, um wieder über das ganze Gesicht zu grinsen. Sollen die doch alle spekulieren. Das macht mir gar nichts!

* * *

Mit Sportunterricht in der fünften und sechsten Stunde ist mein Tag eigentlich schon im Arsch. Vor allem jetzt, da es wärmer wird, fällt es mir schwer, mit langärmeligem Oberteil richtig mitzumachen. Es ist zu warm und mir wird dauernd schwindelig, vor allem dann, wenn Phil mir einen dieser Blicke zuwirft, die mir durch Mark und Bein gehen.

Das Bockspringen und den Parcours bringe ich ohne größere Blessuren und mit nur zwei Ermahnungen des Lehrers hinter mich. Der alte Kerl hat gut reden. Ich könnte wetten, der war mal Trainer beim Bund! Bei einer Verfehlung gleich locker fünfzig Liegestütze zu erwarten, ist echt ein bisschen übertrieben. Wenn es gut läuft, schaffe ich mit Mühe und Not zwanzig, doch spätestens beim zweiten Durchlauf ist bei Nummer fünf Schicht im Schacht. Der Kerl macht mich fertig.

»Ihr könnt duschen gehen, ihr Waschlappen. Fürs nächste Mal erwarte ich bessere Leistungen, sonst regnet es schlechte Noten, dass ihr eurer Mami heulend an den Busen fallen wollt!«, ruft er mit kampferprobter, lauter Stimme einmal quer durch alle Hallenteile, damit auch bloß jeder weiß, dass wir samt und sonders Sportnieten sind.

Herr Kachel, so heißt der Kerl, neigt gerne dazu, uns klarmachen zu wollen, wir seien die Zukunft unseres Landes. Spätestens am Ende der Doppelstunden schwankt seine Meinung eher zu Untergang des Landes.

Unter genervtem Gemurmel machen sich die Jungs der zehnten Klassen auf den Weg in die Umkleidekabinen. Ich jedoch trödele, wie immer. Normalerweise haste ich hoch, sobald ich weiß, dass die anderen unter der Dusche stehen, ziehe mich in rasantem Tempo um und flitze aus der Halle. Wundert mich eigentlich nicht, dass sie mich einen Geheimniskrämer nennen.

Als ich jedoch nach etwa fünf Minuten in die Umkleidekabine trete, steht da Phil, ganz alleine. Er zieht sich gerade gemächlich die Sporthose von den Beinen und wirft mir beim Eintreten nur ein verschmitztes Grinsen zu.

Die Tür hinter mir schließend beobachte ich, wie er mir den Rücken zudreht, mit dem Daumen darauf deutet und belustigt meint: »Danke dafür. Gelte hier jetzt als Sex-Gott. Die wollten alle wissen, wen zum Teufel ich am Wochenende flachgelegt habe.«

Tatsächlich sieht sein Rücken so zerkratzt aus, dass man meinen könnte, er hätte von Freitag bis Sonntag nichts anderes getan, als irgendjemanden durchzunehmen. Unsicher betrachte ich die Striemen und als er sich umdreht, seinen zerbissenen Hals.

Im Gesicht trägt er nun einen spöttischen Ausdruck und er kann sich nicht verkneifen »Kleine Wildkatze, was?«, hinzuzufügen.

Bitte?! Ich schaue ihn an, bin völlig vor den Kopf gestoßen.

»Zum Glück hast du dich ja mit deiner Festival-Bekanntschaft getroffen«, erwidere ich spitz und könnte mir im nächsten Moment selbst gegen das Bein treten. Oh, bitte, ich muss nicht auch noch klingen wie eine eifersüchtige Zicke!

Ich wende mich ab und nehme mir meinen Pullover von der Bank. Mit einer schnellen Bewegung streife ich das enge Sweatshirt ab und schlüpfe in den dunkelgrauen Pulli.

»Hey«, sagt Phil und klingt mit einem Mal sanfter. Er tritt näher an mich heran und obwohl ich es eigentlich nicht zulassen will, legt er die Hand auf meine Wange und drückt mein Gesicht vorsichtig hoch. Er sieht mich ernst an, mustert mich eingehend. »Tut mir leid, ich wollte nicht abwertend klingen.«

»Nein, Unsinn«, wiegele ich ab, peinlich berührt, weil ich mich aufführe wie eine meiner Verflossenen und er sogar noch nett darauf reagiert. »Ich benehme mich blöd, sorry. Das ... das gestern ... na ja ... das ist ja egal ...«

Sanft und doch bestimmt drückt er die Lippen auf meine, würgt mich somit mitten im Satz ab. Er küsst mich so Welt-auf-den-Kopf-stellend, dass ich nicht anders kann, als eine Hand in seinen Nacken zu legen und ihn näher an mich zu ziehen.

Als er sich von mir löst, drückt er kurz die Stirn gegen meine.

»Nein«, widerspricht er. »Ist es nicht. Und du bist mir auch nicht egal.« Er lässt mich los und sieht mit einem Mal unsicher aus. Leise fügt er hinzu: »Ich habe dich geküsst. Niemand anderen ... verstehst du?«

Ja, und wie ich verstehe! Das bescheuerte Lächeln schleicht sich in mein Gesicht, ohne dass ich etwas dagegen tun kann. Ich will ihn wieder an mich ziehen, da geht plötzlich die Tür zu den Duschen auf und Phil und ich schrecken so heftig auseinander, dass es ja nur auffällig sein kann.

In der Tür steht Falco, der uns ansieht, als hätte er uns gerade bei einem Schäferstündchen erwischt. Nur mit Handtuch um die Hüften und mit nassen Haaren tritt er in die Umkleide, schließt die Tür hinter sich und starrt uns durchdringend und fragend an. Ich werde rot, was natürlich gar nicht auffällig ist.

»Also, nachher im Park? Um fünf?«, werfe ich Phil schrill zu.

Eigentlich hatte ich nicht vor, zu diesem Treffen mit den anderen in den Park zu gehen, aber jetzt habe ich keine andere Wahl mehr. In fliegender Hast werfe ich meine Sachen in meine Tasche und rausche ohne ein weiteres Wort des Abschieds davon.

Scheiße, so diskret und heimlichtuerisch wie ich bin, kann ich direkt auch ein Geständnis verfassen und es per Lautsprecher öffentlich machen! Ich bin blöd, unglaublich!

8

UNRUHE STIFTEN

FALCO

Juli flieht förmlich aus der Umkleidekabine. Verwirrt schaue ich zu Phil. Dieser wirkt ebenso durcheinander.

Was ist bloß heute mit Juli los? Schon den ganzen Tag ist er unruhig, völlig neben der Spur und jetzt? Haben die beiden sich gerade gestritten? Hat Juli vielleicht doch mit Phils Schwester …? Ich kenne Michelle und sie ist zweifelsohne ein hübsches Mädchen, mit vierzehn ist sie allerdings wirklich noch ein bisschen jung für einen Freund.

Ich lasse ihn nicht aus den Augen, als ich mich auf meine Tasche zubewege, das Handtuch an meiner Hüfte festhaltend. Phil reibt sich merkwürdig verloren über die Wange, zuckt gedankenverloren mit den Schultern und wendet mir sein Gesicht zu.

»Irgendwie ist er heute komisch, was?«, fragt er und scheint gar keine Antwort zu verlangen.

Aus der Sporttasche zieht er Duschgel und ein Handtuch hervor, das er sich um die Hüfte wickelt und darunter die karierte Boxer auszieht. Als er an mir vorbeigeht, klopft er mir kumpelhaft auf die Schulter, lächelt mich an und verschwindet in der Dusche. Ich schaue ihm hinterher und mustere dabei seinen zerkratzten Rücken.

Vielleicht habe ich es missverstanden. Es gibt mir zu denken, dass nicht nur Juli solche Knutschflecke hat, sondern auch Phil. Mechanisch ziehe ich mich an, rubble mir mit dem Handtuch die dunklen Haare trocken und versuche, dieses beengende Gefühl in der Brust zu unterdrücken, wenn ich mir vorstelle, die beiden … Nein, eigentlich denke ich das nicht.

Ich glaube nicht, dass ich Julis liebevolle Gesten und Worte mir gegenüber missverstanden habe!

Kopfschüttelnd schiebe ich die blöden Gedanken beiseite. Als Jay in die Umkleide kommt, ein Handtuch über der Schulter und vollkommen ungeniert in seiner Nacktheit auf seine Tasche zugeht, verabschiede ich mich.

Er grinst nur, ruft mir »Bis nachher!«, hinterher.

Ich trete mit feuchten Haaren nach draußen, genieße die frische Luft und trete den Heimweg an. Dabei denke ich ungestört über Juli nach und rufe mir all die schönen Momente der letzten Wochen ins Gedächtnis zurück.

Nachdem wir uns nach seinem Geburtstag endlich wieder vertragen haben, war er unglaublich zuvorkommend und lieb und er erwähnt Phil mit keinem Wort mehr. Ich kann mir also nicht vorstellen, wie er ihm nahe genug gekommen sein sollte. Vor allem nach unserem Gespräch bei mir zuhause.

Es ist zwar schon einige Zeit her und es hat sich seitdem nichts mehr getan. Trotzdem schwebe ich auf Wolke sieben.

Juli war diesen speziellen Nachmittag bei mir, wir haben zusammen Super Nintendo gezockt, viel gelacht und meine Mutter hat so gut gekocht, dass er meinte, er würde am liebsten bei mir einziehen. Als es langsam dunkel wurde, lagen wir nebeneinander auf meinem Bett. Er hat ein wenig verträumt und zugleich verlegen neben mir gelegen und an die Decke gestarrt.

Ich konnte ihn ungeniert ansehen und bin in Gedanken die Konturen seines Gesichts nachgegangen, das alleine war schon Gold wert. Irgendwann hat er sich auf die Lippe gebissen und leise geseufzt und mich gefragt, ob ich dieses Gefühl kenne, wenn man in der Gesellschaft eines gewissen Menschen ist und sich einfach wohl fühlt. Wenn man jemandem vorbehaltlos vertraut und man am liebsten immer bei ihm wäre … Er hat nicht explizit *Mädchen* gesagt, sondern *Mensch*!

Mir hat das Herz bis zum Hals geschlagen! Ich weiß nicht, ob er es gemerkt hat, aber als er mir das Gesicht zugedreht hat, sah er irgendwie hoffnungsvoll aus. Ich habe genickt und er hat gelächelt, so sehnsüchtig, dass ich mich ihm am liebsten an den Hals geworfen hätte. Ein Hoch auf meine Selbstbeherrschung.

Er hat den Blick abgewandt und die Lippen verzogen.

»Warst du schon mal ... *verliebt*? Ich meine ... *so richtig*?« Ich weiß noch genau, wie sich seine Stimme angehört hat und er ist rot geworden. Auf mein Nicken hin verzog er die Augenbrauen und lächelte ein bisschen gequält. »Wie ist das?«

Oh Gott, was hätte ich ihm alles beschreiben können: Wie wunderbar alles ist und wie es gleichzeitig schmerzt, nicht bei dieser Person sein zu können. Dass sich plötzlich alles nur noch um diesen Menschen dreht und man alles dafür tun würde, bei ihm zu sein! Über die Eifersucht, dieses nagende, bohrende Gefühl. Ich wollte ihn küssen, doch ich habe mich nicht getraut.

Als ich nicht reagiert habe, hat er schließlich mit den Schultern gezuckt und unsicher gelacht.

»Ich weiß nicht, wie das ist, glaube ich. Ich weiß gar nichts ... Das bringt mich alles ... total durcheinander.«

Er hat mir das Gesicht wieder zugedreht und mich nachdenklich gemustert. Ich konnte mir schließlich doch nicht verkneifen, mit schweren Händen nach einem herumliegenden Block zu greifen und die Frage aller Fragen zu stellen.

Aber warum? Du kennst dich doch mit Mädchen aus ... oder ist es kein Mädchen?

Da ist er erst richtig rot geworden und ich dachte, ich weine bald vor Glück. Meinte er mich? Ich hoffte es! Er war verlegen und hat gestottert!

Allerdings war er so verwirrt über seine eigenen Gefühle, dass ich ihn nicht überrumpeln wollte. Vorsichtig habe ich nach seiner Hand gegriffen und er hat sie fest gedrückt und gesagt: »Ich ... ich glaube, ich brauche noch ein bisschen Zeit ... Das verwirrt mich alles total. Ich bin froh, dass ich dich habe.«

Es hat nicht lange gedauert, da ist er eingeschlafen und ich habe mich zu ihm gelegt. Ich weiß, ich hätte es nicht tun dürfen, doch sein Pullover war verrutscht und obwohl ich es mir irgendwie denken konnte, war ich schockiert darüber, dass meine Vermutungen richtig waren. Vorsichtig habe ich seinen Ärmel hochgeschoben und die vernarbte Haut betrachtet. Ganz rot sind sie, manchmal viele kleine, teilweise dicke, wulstige Narben, vor allem vorne auf dem Handgelenk. Es ist einfach zu auffällig, dass er nie im T-Shirt durch die Gegend läuft.

Ich habe mir fest vorgenommen, immer für ihn da zu sein und habe mich an ihn geschmiegt.

Irgendwann in der Nacht ist er plötzlich hochgeschreckt und war verwirrt darüber, noch bei mir zu sein. Als er mich angesehen hat und furchtsam auf den hochgeschobenen Ärmel geschaut hat, habe ich ihn angelächelt und er hat geseufzt. Er hat sich den Pullover ausgezogen und die Jeans von den Beinen gestrampelt und sich neben mich gelegt.

Doch er ist nicht sofort wieder eingeschlafen. Irgendwann hat er meinen Namen in die Dunkelheit gemurmelt und mir zögerlich das Gesicht zugedreht. Durch das Fenster hat der Mond hineingeschienen und im Dunkeln konnte ich gerade noch seine Konturen ausmachen. Er war so nah!

Seine Haut hat sich heiß auf meiner angefühlt. Langsam und vorsichtig habe ich mich genähert und schließlich meine Lippen auf seine gedrückt. Unser letzter Kuss ist lange her, sodass es sich unbekannt und neu angefühlt hat und gleichzeitig vertraut.

Juli hat leise geseufzt und den Druck sanft erwidert.

Wir haben uns nur geküsst und seine Hand hat dabei mein Gesicht gestreichelt. Als er sich gelöst hat, hat er gelächelt, die Stirn gegen meine gedrückt. Kurz darauf war er eingeschlafen und ich war froh, dass er meine Erregung nicht bemerkt hat.

Ob er wohl oft daran denkt? Wenn ihm dieser Kuss so viel bedeutet wie mir, dann ganz bestimmt!

Seitdem ist nichts mehr passiert. Habe ich ihn vielleicht verschreckt? Braucht er einfach noch Zeit? Ich seufze leise und bemerke erstaunt, dass ich schon daheim bin. Vor lauter Nachdenken habe ich gar nicht gemerkt, wie schnell ich den Weg hinter mich gebracht habe.

Immer noch in Gedanken schließe ich die Tür auf und werde, wie jeden Tag, vom verführerischen Duft des Mittagsessens empfangen. Aus der Küche ruft meine Mutter eine Begrüßung und den Hinweis, das Essen sei gleich fertig.

Ich gehe erst mal in mein Zimmer und werfe mich aufs Bett. In ein paar Stunden muss ich schon wieder los. Der einzige Grund, warum ich in den Park gehe, ist Juli. Ich will ihn auf jeden Fall fragen, warum er vorhin so komisch war!

Die Angst, dass er damals gar nicht an mich gedacht hat, als er mich diese Sachen gefragt hat, lässt sich nicht vertreiben. Wenn er nun doch mit Phil … Nur warum hat er mich dann geküsst? Natürlich, damals auf seinem Dachboden war das nur Jux und Tollerei. Aber er klang bedeutungsvoll. Warum sollte er zu mir kommen, solche Dinge sagen und meinen Kuss erwidern, wenn es ihm nichts bedeutet hat?

Ich bin froh, dass er mir vertraut, dass er mir so etwas erzählt und ich nun das Geheimnis bezüglich seiner Arme kenne. Doch ich möchte nicht, dass er das nur aus freundschaftlichen Gründen macht. Ich möchte, das für ihn sein, was er beschrieben hat.

Trotzdem kam er heute in die Schule mit diesen Knutschflecken an seinem Hals. Alleine beim Gedanken daran vergeht mir alles.

Als meine Mutter einige Momente später an meiner Tür klopft, den Kopf durch den offenen Spalt steckt und mir verkündet, das Essen sei fertig, bedeute ich ihr, dass ich nichts möchte. Sie schaut mich erstaunt an, seufzt und geht wieder. Der Appetit ist mir vergangen.

* * *

Obwohl erst März ist, ist das Wetter heute erstaunlich schön und deshalb ist es recht voll im Park, als ich wie verabredet um fünf da bin. Die anderen sitzen schon an unserer üblichen Stelle auf einer Flickendecke und beim Näherkommen sehe ich, dass Jay und Phil Alkohol mitgebracht haben.

Ich verdrehe die Augen, als ich mich setze. Jay bemerkt es und grinst.

»Als Ausgleich für den verkackten Samstag«, erklärt er und nimmt einen großen Schluck Bier.

Sven lehnt an seiner Schulter, ihre roten Haare fallen kontrastreich auf sein weißes T-Shirt und sie sieht glücklich aus. Nach all der Zeit, die sie schon in Jay verliebt ist, hat sie es nun wohl endlich geschafft, ihn für sich zu gewinnen. *Ob es mir wohl irgendwann gelingen wird, Julis Herz zu erobern?*

Lautlos seufzend lasse ich mich zwischen ihm und Olli auf der Decke nieder, Juli schiebt mir mit einem unbehaglichen Lächeln ein Bier zu.

»Hey«, grüßt er leise. In den Händen hält er selbst eine noch fast volle Flasche und zupft am Etikett herum. »Sorry wegen vorhin. Hatte es eilig.«

Er scheint Phil bewusst zu meiden, der ihn wiederum kurz mustert und lächelt. Irgendwie sieht er glücklich aus, obwohl die Ringe unter seinen Augen tiefer und dunkler sind als üblich.

Wieder beißt sich dieses widerliche Gefühl von Eifersucht in mir fest. Am liebsten würde ich ihm das Bier ins Gesicht schütten, weil er den Arm ausstreckt und am Saum von Julis Kapuzenjacke herumzupft, als wäre das vollkommen normal.

Juli wendet ihm das Gesicht zu und mir somit seinen Hinterkopf, doch ich sehe Phils Gesicht, den sanften Ausdruck in seinen Augen und das vertrauliche Grinsen, das er ihm schenkt.

»Hast du noch Kippen, Juli-Pups?«, fragt er neckend.

Als Juli seufzt und den Kopf schüttelt, sieht er dabei ebenso zutraulich aus, wie es sonst zwischen den beiden gar nicht der Fall ist. Aus seiner Hosentasche zieht er ein zerknautschtes Päckchen Zigaretten hervor und reicht es ihm.

Ich halte mich zurück und statt Phil die Flasche an den Kopf zu werfen, setze ich sie verzweifelt an meine Lippen und nehme tiefe, volle Züge, um nicht loszuheulen. *Oh Gott, seit wann sind die beiden dermaßen eng miteinander? Haben sie etwa doch ...?*

Als der letzte Tropfen Bier aus der Flasche in meinem Magen ankommt, ist mir für einen Moment schlecht. Vielleicht hätte ich doch mittagessen sollen? Was soll's? Ich schiebe den störenden Gedanken beiseite und nehme mir einen Plastikbecher, die Flasche Wodka und Orangensaft.

Als Juli Phil in den Nippel zwickt und ihn angrinst, kippe ich den Drink hastig herunter. Es brennt in meinem Hals, in meinem Magen breitet sich ein warmes Gefühl aus. Als Phil nach Julis vorwitziger Hand greift, die ihm jetzt in den Bauch kneift und sie viel zu lange festhält, folgt der nächste Wodka-O.

Ich mische mir mit heißer Verzweiflung in der Brust den nächsten Becher. Olli, die neben mir auf der Decke liegt und gedankenverloren in den blauen Himmel starrt, die schwarzen Haare wie einen unheilverkündenden Kranz um den Kopf ausgebreitet, legt eine Hand auf meinen Arm.

»Hey, was ist denn mit dir los?«, fragt sie leise.

Ihr besorgter Tonfall bohrt sich in mein Herz und wieder brennen mir die Augen. Wahrscheinlich sieht man, dass ich mit den Tränen kämpfe. Doch Juli, der mit Phil herumblödelt, bemerkt das nicht einmal.

Unwillig zucke ich mit den Schultern. Olli setzt sich auf, verschränkt die Beine im Schneidersitz und mustert mich wortlos. Nach einer Weile nimmt sie sich ebenfalls einen Becher, mischt sich Whisky und Cola zusammen und rückt näher an mich heran. Ihre Schulter berührt meine und sie beugt sich ein wenig zu mir herüber.

»Bist du traurig?«, fragt sie.

Eigentlich wundert es mich, dass uns niemand beachtet. Jay und Sven sind genauso wie Juli und Phil mit sich selbst beschäftigt. Da ist kein Platz für mich. Oder für Olli.

Ich seufze lautlos und nicke. Im selben Moment quietscht Juli neben uns auf. Als ich ihm erschrocken das Gesicht zuwende, liegt er auf der Decke, Phil kniet über ihm, zwischen seinen gespreizten Beinen, die Hände unter seiner Kapuzenjacke auf seinem nackten Bauch. Ich glaube, ich muss kotzen.

Mir rutscht das Herz in die Hose. Hastig kippe ich meinen Becher hinunter. Olli, die die beiden ebenfalls ungläubig mustert, schüttelt den Kopf und legt ihr Kinn auf meine Schulter.

»Betrink dich nicht. Das ist es nicht wert.«

Wenn sie wüsste, wie viel Juli mir wert ist. Doch vielleicht weiß sie es auch. Vielleicht hat sie es gemerkt. Wer weiß das schon. Ich drücke meine Wange an ihr Haar und versuche, nicht mehr zur Seite zu schauen. Trotzdem entgeht mir nicht, wie Phil über Juli purzelt, dieser die Arme um seine Mitte schlingt und lacht: »Willst du mich mit deinem Bauchspeck ersticken?!«

»Ich will meine Kippe zurück!«, erwidert Phil und grunzt empört, als Juli ihm in die Seite kneift.

Nicht hinschauen, einfach nicht hinschauen.

Mir ist jetzt schon warm und ein bisschen schwindelig. Trotzdem mische ich mir einen Whisky-Cola zusammen. Wenn ich diesen Schmerz nicht betäube, werde ich anfangen zu heulen und abhauen ... und dann ist es ganz vorbei.

Habe ich mich doch geirrt? Die beiden sind plötzlich sehr innig miteinander, haben sie sich etwa getroffen und ...? Unschlüssig halte ich den Becher fest. Olli greift nach meiner freien Hand und drückt sie, schüttelt den Kopf.

»Das sieht schlimmer aus, als es ist«, murmelt sie und tut es mir nach, als ich ein paar große Schlucke des Getränks zu mir nehme.

Ihre mitfühlenden Worte und der Schmerz in Ollis Augen sorgen dafür, dass mir unweigerlich warm wird. Ist sie etwa ebenfalls in ihn verliebt? Wenn ja, macht sie das zu einer Konkurrentin oder zu einer Verbündeten? Ich weiß es nicht. Mit dem nebligen Gefühl in meinem Kopf ist es mir allerdings ziemlich egal. Irgendwie kann ich es gar nicht richtig realisieren.

Juli und Phil kriegen sich nur langsam ein, lösen sich voneinander und Phil legt sich wieder hin, die schon fast abgebrannte Zigarette in der Hand, die der fadenscheinige Grund für dieses lächerliche Intermezzo war. Um Julis Lippen spielt ein träumerisches Lächeln.

Olli hebt ihren Kopf von meiner Schulter, schubst mich in Julis Richtung. Wir tauschen einen verschworenen Blick und sie lächelt. Wie, um mir Mut zu machen, leere ich mein Getränk und schiebe mich an ihn heran. Dabei hole ich zum ersten Mal heute Nachmittag meinen Block aus der Hosentasche und lasse ihn samt Stift vor mich auf die Flickendecke fallen.

Mit gedankenverlorenem Lächeln wendet Juli sich mir zu, als ich mich an ihn drücke und den Kopf auf seine Schulter lege. Er wirkt glücklich. Dieses Durcheinander-Fühlen von heute Morgen ist wie weggeblasen. Ich möchte nicht glauben, dass es an Phil liegt und doch kann ich den Gedanken nicht unterdrücken.

Sein Arm legt sich um meinen Rücken, er drückt mich kurz an sich und hält mir seine Bierflasche hin.

»Sorry noch mal, wegen vorhin«, meint er.

Ich nehme einen Schluck Bier, um seine freundliche Geste nicht ablehnen zu müssen. Er quittiert es mit einem strahlenden Grübchen-Grinsen. Wäre ich wirklich wütend, und nicht so ... eifersüchtig und verletzt, wäre der Ärger spätestens jetzt wie weggeblasen.

Schulterzuckend gebe ich ihm die Flasche zurück und nehme meinen Block. In fast unleserlicher Schrift kritzele ich drauf, was mich seit diesem Moment heute Mittag schon quält.

Warum bist du denn so schnell abgehauen? Du hast ausgesehen wie auf der Flucht. War etwas mit Phil?

Eben jener liegt noch auf der Decke und scheint uns nicht zu beachten. Stört es ihn, dass ich nahe bei Juli sitze? Tja, Pech gehabt. Er gehört nicht ihm. Hoffe ich zumindest.

Juli schüttelt den Kopf.

»Quatsch, ich musste nur schnell heim, noch was erledigen.« Er hebt die Hand um mir gegen die Nase zu schnipsen. »Schau doch nicht so, du Mafioso. Möchtest du was trinken? Whisky-Cola, Wodka-O?«

Er hat tatsächlich nicht bemerkt, dass ich schon genug getrunken habe. Normalerweise achtet er doch darauf, vor allem, weil ich nicht so trinkfest bin, wie die anderen.

Trotzdem nicke ich und Juli mischt mir einen großzügigen Becher, in dem sich mehr Whisky befindet als Cola, pfui Teufel. Für sich selbst macht er noch einmal dasselbe, prostet mir zu und setzt an, um zu trinken. Hastig tue ich es ihm nach und mein fünfter Becher für heute lässt die Welt um mich herum für einen Moment bedrohlich schwanken.

Er hustet auf und behauptet ächzend: »Ärgs, also Cocktails mischen, ist keines meiner unzähligen Talente!«

Ich pruste und muss ihm zustimmen. Ekelhaft!

Als ich meinen Kopf wieder auf seine Schulter bette, bin ich angenehm angetrunken. Das fehlende Mittagessen tut seinen Teil. War vielleicht doch nicht schlimm.

Mit unsicheren Händen nehme ich meinen Block auf den Schoß. Im nüchternen Zustand würde ich mich wohl niemals trauen, so etwas zu schreiben. In diesem alkoholisierten Zustand jedoch finde ich das absolut in Ordnung, mit einem flirtenden Unterton zu fragen:

Du mit deinen Knutschflecken, das ist nicht fair. Du wolltest doch mit mir aufs Zimmer gehen?

Juli lacht.

»Stimmt, ganz vergessen!«

Wie kannst du das nur vergessen?, schreibe ich.

Ich hebe den Kopf und versuche, anklagend auszusehen, doch sein Gesicht verzieht sich so amüsiert, dass ich doch grinsen muss.

»Verzeih mir, oh holde italienische Schönheit! Ihr seid mein einziges Begehr!«, schnulzt er und lacht.

Da Olli den Whisky in Beschlag hält, zieht er nun den Wodka heran. Alleine beim Anblick der klaren Flüssigkeit spüre ich, wie mir flau im Magen wird. Trotzdem weise ich ihn nicht darauf hin, dass ich genug getrunken habe, als er uns erneut nachschenkt und eine noch absurdere Mischung zusammen mixt, als eben.

»Hey, du füllst ihn noch ab«, ertönt Jays belustigte Stimme.

»Ja, so macht man das mit den Schönheiten dieser Welt.«

Juli zwinkert mir amüsiert zu und reicht mir den Becher.

»Als hättest du nicht genug Schönheiten, auch ohne Alkohol«, erwidert Jay. »Ist wirklich zu beneiden.«

»Hey!«, mischt sich Sven ein und gibt ihm einen Schlag

auf den Arm, was ihm ein gesäuseltes »Aber die Schönste von allen ist natürlich meine Freundin!« entlockt.

Alle lachen, sogar Phil, von dem ich geglaubt habe, er sei eingeschlafen, so ruhig wie er auf der Decke liegt, die Augen geschlossen.

Ich nehme einen weiteren Becher entgegen, wir stoßen an und ich kippe den Inhalt schnell herunter. Keine Sekunde später merke ich, dass das ein Fehler war. Für einen Augenblick wird mir wahnsinnig flau im Magen und es dreht sich alles. Das verschwindet zwar wieder, doch meine Bewegungen sind noch unsicherer als zuvor.

Die anderen blödeln herum. Sogar Phil setzt sich auf und beteiligt sich amüsiert. Ich kann jedoch nur meinen Kopf an Julis Schulter legen und hoffen, nicht gleich aus den Latschen zu kippen.

In den nächsten Minuten wird das Gefühl jedoch immer schlimmer. Je mehr Juli lacht und dabei herumwackelt, desto schlechter wird mir. Irgendwann hebe ich meinen schweren und zugleich viel zu leichten Kopf. Juli schaut erstaunt auf und hält mir sein Bier hin.

»Alles okay? Du siehst blass aus.«

Ich kann gerade noch den Kopf schütteln, da merke ich, dass ich nicht alleine sitzen kann. Sämtliche Glieder meines Körpers fühlen sich an wie mit Wackelpudding gefüllt. Keuchend falle ich gegen ihn, mein Kopf rutscht ab.

Er japst erschrocken auf, kann mich gerade noch so festhalten, indem er mir einen Arm um die Schulter legt und mich an seine Brust drückt.

»Falco? Hey, was ist los?«

Meine Hand kralle ich fest in seine Kapuzenjacke, und versuche, mein Gesicht an seinem Hals zu halten. Wenn ich mich nicht bewege, geht es.

Ich nicke. Olli neben mir seufzt.

»Zu viel getrunken«, murmelt sie, was Juli verwirrt aufschauen lässt.

»Aber das waren doch nur ein Wodka und ein Jimi.«

»Davor hatte er schon genug«, erwidert sie gereizt.

Ich könnte hysterisch auflachen und ihr in die Arme fallen, meine Heldin.

»Oh ...«, murmelt er.

Olli fügt giftig hinzu: »Ja, oh. Du kriegst ja nichts mit.«

»Hat jemand Wasser dabei?«, ertönt Phils Stimme in meinen wabernden Gedanken.

Juli hebt den Kopf und sieht ihn an, zu lange für meinen Geschmack. Mein betrunkenes, dummes Ich hebt schwer den Kopf, krallt die Hand fester in seine Jacke. Erschrocken wendet er mir wieder den Blick zu, festigt seinen Griff um mich. Sein Gesicht ist nah, er sieht besorgt aus.

Ich glaube, ich sage irgendwas. Mein Mund bewegt sich, und mir ist fast, als kämen da Worte raus. Juli zieht die Augenbrauen zusammen und trotzdem hält irgendwas in mir es für eine gute Idee, die Lippen auf seine zu drücken. Er gibt einen erstickten Laut von sich.

Als sein Gesicht zurückweicht, fällt mein Kopf kraftlos gegen seine Brust und dann kommt tatsächlich was aus meinem Mund, aber es sind keine Worte ... sondern Erbrochenes.

Sven schreit von irgendwo angewidert auf, Juli versteift sich mit einem verzweifelten »Falco! Oh, shit!« und ich bin mir todsicher, dass ich es für immer versaut habe, als der nächste Schwall aus mir herausbricht, direkt auf sein Bein und in seinen Schoß. Das war's, ich hab es verbockt.

PHILIP

Als ich sehe, wie Falco Juli küsst, will ich ihm den Hals umdrehen. Im nächsten Moment beglückwünsche ich mich zu meiner Besonnenheit, nicht direkt auf ihn losgegangen zu sein, denn plötzlich würgt er gurgelnd auf und erbricht sich. Durch unsere ganze Truppe geht ein Ruck, nur Juli wird steif wie ein Brett. Auf seinem Gesicht ist ein Ausdruck von Entsetzen, der beinahe lustig sein könnte.

Falco gibt ein tonloses Krächzen von sich, würgt noch einmal. Endlich schaffe ich es, aufzuspringen. Heilige Scheiße, wie viel hat der denn getrunken? Angewidert packe ich ihn unter den Armen und zerre ihn auf die Beine und von der Flickendecke herunter. Juli, stinkend und nass, regt sich keinen Zentimeter. Wahrscheinlich überlegt er, ob er vor lauter Ekel nicht auch gleich kotzen muss.

Wie ein Sack Kartoffeln hängt Falco vor mir, ich halte ihn um die Mitte. Sicher würde er zu Boden fallen, wenn ich ihn losließe. Er würgt und würgt, bis nur noch Speichel hervorkommt, doch danach scheint es ihm nicht besser zu gehen.

»Wasser!«, rufe ich.

Im nächsten Moment steht Olli neben uns, greift vorsichtig nach seinem Gesicht.

»Haben keins«, meint sie und streicht ihm ein paar verschwitzte Strähnen aus der Stirn.

»Dann eben Cola«, knurre ich nur.

Mit Ollis Hilfe bewege ich ihn von seinem Mageninhalt weg. Vorsichtig setzen wir ihn auf die Wiese, halten ihn in einer einigermaßen sitzenden Position. Sven, deren Miene Ekel ausdrückt, nimmt die Colaflasche von der Decke und bringt sie uns. Jay bewegt Juli zum Aufstehen und versucht, nicht haltlos zu lachen, als er die Sauerei in vollem Ausmaß begutachtet. Juli selbst hat einen sehr gequälten Ausdruck im Gesicht.

»Hätte ich gewusst, dass er schon genug intus hatte, hätte ich ihm sicher nicht noch mehr gegeben«, murmelt er und schüttelt sich.

»Du stinkst«, prustet Jay doch los.

Juli schnaubt nur abwertend und kommt auf uns zu, kniet sich vor seinen besten Kumpel und nimmt sein Gesicht in die Hände.

»Falco?«, fragt er besorgt und schlägt ihm sachte gegen die Wange.

Der Italiener nickt, hebt schwankend den Kopf und bewegt die Lippen, ohne dass ein Ton herauskommt. Mit zusammengebissenen Zähnen beobachte ich, wie Julis Gesicht einen warmen, mitfühlenden Ausdruck annimmt.

»Wir geben ihm noch ein bisschen Cola«, murmelt Juli wie zu sich selbst, »und bringen ihn heim.«

Er hebt den Kopf und sieht mich so plötzlich an, dass ich nicht wegschauen kann. Heißt *wir* in diesem Falle: Er und ich? Ich versuche, ein Grinsen auf mein Gesicht zu zaubern, doch das misslingt mir wohl. Er und ich …? Eigentlich möchte ich ja nicht mit ihm alleine sein. Aber, um ganz realistisch zu bleiben: Ich kann weder die Hände von ihm lassen, wenn andere dabei sind, noch, wenn wir alleine sind – auch, wenn ich mich im Nachhinein dafür verfluche.

Ich seufze ergeben. Wie könnte ich ihm irgendwas ausschlagen, wenn er so guckt?

Er beugt sich zu Falco herunter, greift seinen Arm und legt sich diesen um den Nacken. Ich greife ihn von der anderen Seite und gemeinsam versuchen wir, ihn möglichst sanft hochzuheben. Er gibt wieder dieses Gurgeln von sich, würgt jedoch nicht und wenigstens die Cola bleibt drin.

Sven beobachtet das Ganze missmutig, Olli verdreht die Augen.

»Nehmt die Cola mit, ja?«, bittet sie, nimmt sie Sven aus den starren Fingern und drückt Juli die Flasche in die freie Hand. Mit einem Schulterklopfen von Jay sind wir entlassen.

»Bis morgen, Leute. Viel Glück!«

Na, reizend. Von übermäßigem Helfersyndrom sind die wirklich nicht befallen. Ich schnaube abfällig. Nach einem kurzen Blickaustausch mit Juli gehen wir aus dem Park heraus.

Wir schweigen eine halbe Ewigkeit und tragen Falco mehr, als dass er selbst läuft. Die Leute gucken schräg und ich kann es ihnen nicht verdenken. Der kleine Kerl sieht echt übel aus. Immerhin kotzt er nicht mehr.

Von der Seite her betrachte ich Juli forschend. Ob er weiß, was der Grund für dieses Frustbesäufnis war? Ich meine, ich kann es nicht zu hundert Prozent wissen, sicher bin ich mir trotzdem.

Falco steht auf ihn. Es war mehr als auffällig, diese Szene zwischen uns in der Umkleide. Das muss Falco einfach zugesetzt haben.

Irgendwo auf halber Strecke rafft Juli sich endlich dazu auf, etwas zu sagen.

»Es tut mir leid, Phil«, murmelt er.

Es dämmert schon langsam, denn trotz des schönen, relativ angenehmen Wetters ist eben gerade erst März. Der Sommer ist noch lange nicht da.

»Was tut dir leid?«

Das Gekuschel mit Falco? Der Kuss? Oder dass ich jetzt hier durch die Gegend laufe und meinen wohl ärgsten Konkurrent ins heimische Bettchen trage?

»Dass ich dich gebeten habe, zu helfen. Das ist echt nett von dir.«

Pff, ja, als ob ich dich mit dem Idioten alleine lasse!

»Kein Ding«, meine ich locker.

Gerade, als wir in die Straße einbiegen, in der Falcos Haus liegt, regt sich dieser plötzlich wieder. Mit unerwarteter Kraft wehrt er sich gegen unseren stützenden Griff und als er sich davon löst, taumelt er nach vorne und fällt auf die Knie.

»Hey, warte!«, stößt Juli erschrocken hervor und lässt sich neben ihn auf den Boden sinken.

Ich folge ihm und knie mich vor ihn hin, bereit, ihn gleich komplett tragen zu müssen. Falco keucht und presst sich eine Hand auf den Mund. Als er sich endlich beruhigt und den Kopf hebt, sehe ich Tränen in seinen Augen. Er sieht Juli an, seine Lippen bewegen sich. Er erzählt ihm tausend stumme Dinge und mit jedem Zucken seiner Lippen wirkt er verzweifelter, weil kein Ton herauskommt. Die Tränen strömen ihm plötzlich über die Wangen, er presst sich eine Hand auf den Mund und schluchzt kehlig.

Ein Teil von mir denkt, dass das wirklich erbärmlich ist. Ein anderer hat ganz schön viel Mitleid und deshalb stoße ich einen lautlosen Fluch gen Himmel aus und knie mich ebenfalls neben Falco, der nun hemmungslos weint.

Ich greife nach seinen Schultern und rüttle sachte an ihm. Er zieht geräuschvoll die Nase hoch und sieht mich aus wässrigen Augen an.

»Hey, ganz ruhig«, murmle ich und versuche, dabei möglichst souverän zu klingen. »Du bist bald daheim. Alles ist gut. Keine Angst, niemand ist dir böse.«

Er heult einfach nur weiter. Wir müssen ihn festhalten, damit er nicht komplett zu Boden fällt. Ich verwünsche, dass ich überhaupt mitgekommen bin. Dann fasse ich einen Entschluss, den ich sicher noch bereuen werde.

»Komm, ich will ihn huckepack nehmen«, sage ich zu Juli.

Er nickt, tritt hinter Falco und hilft mir, ihn auf meinen Rücken zu hieven. Der Kerl hängt auf mir, wie ein nasser Sack.

Wie legen die letzten paar Meter bis zum Haus zurück und begeben uns erst einmal hinter das Haus in den kleinen, von Hecken umsäumten Garten.

»Was meinst du?«, fragt Juli leise, als ich Falco von meinem Rücken gleiten lasse. »Wird Sofia wütend, wenn sie sieht, wie betrunken er ist?«

»Auf jeden Fall«, antworte ich und Juli nickt. Vorsichtig greift er in Falcos Hosentaschen. Es dauert nicht lange, bis wir beide merken, dass er zu allem Überfluss nicht einmal einen Haustürschlüssel dabeihat.

»Mist«, flucht Juli, als er sich wieder aufrichtet.

Wir stehen nachdenklich nebeneinander, grübelnd sehen wir Falco an. Juli wirkt, als wolle er etwas sagen, beißt sich jedoch nur auf die Unterlippe. Ich muss grinsen.

»Denkst du, was ich denke?«

»Ich hoffe doch nicht, denn sonst könnte das ziemlichen Ärger geben.«

Ich sehe, wie sich ein Grinsen auf seine Lippen schleicht. Seine Hand findet einen Weg zu meiner, er drückt sie vorsichtig, wobei mir ein süßlich-saurer Geruch in die Nase steigt.

Leise lachend erwidere ich den Druck seiner Hand, löse mich von ihm und gehe ein paar Schritte an der Hauswand entlang, auf der Suche nach einem Kellerfenster.

»Jay hatte Recht«, sage ich. »Du stinkst. Komm, lass uns einen Weg suchen, da reinzukommen.«

Juli vergewissert sich, dass Falco da bleibt wo wir ihn abgesetzt haben und folgt mir im Halbdunkel ein paar Schritte am Haus entlang.

»Ich glaube, er ist eingepennt«, sagt er, als wir schließlich ein Kellerfenster mit Katzenklappe finden.

Ich schaue zur Seite und tatsächlich, Falco lehnt ruhig an der Wand und ich kann sehen, wie sich sein Brustkorb langsam hebt und senkt. Er sieht plötzlich richtig friedlich aus.

»Na, zum Glück«, murmle ich. »Dann kann er wenigstens nicht mehr kotzen.«

Juli lässt sich neben mir auf den Boden sinken und beobachtet, wie ich mit einer Hand durch die Katzenklappe greife. Ich versuche, den Griff des Fensters von innen zu öffnen. Es braucht einige Momente, dann schwingt es auf und gibt den Blick frei auf einen dunklen Kellerraum.

»Huh, was ist das? Eine Folterkammer?«, murmelt Juli und kneift die Augen zusammen, um etwas sehen zu können. Ist allerdings schier unmöglich.

»Wenn dich das eher beschäftigt als die Frage, wie zum Teufel einer von uns da durch passen soll, na herzlichen Glückwunsch.«

»Ist doch klar!« Juli grinst. »Du gehst zuerst!«

»Ich?«, echoe ich und lache entrüstet auf. »Hallo? Dein Arsch ist viel schmaler, du zuerst!«

Wie, um es ihm zu beweisen, kneife ich ihm in die Pobacke. Juli quietscht auf und schlägt sich im nächsten Moment die Hand vor den Mund.

»Das war deine Idee!«, zischt er, wirkt allerdings keineswegs wütend, sondern herausfordernd.

»Echt? Könnte wetten, du hättest in dem Moment dasselbe gedacht.«

Juli plustert nur die Backen auf, deutet auf das offene Kellerfenster und sagt gönnerhaft: »Ich lasse dir den Vortritt, du Held.«

Okay, es hat ja keinen Zweck, sich hier zu streiten. Dann beweise ich ihm eben, dass ich da nicht hindurch passe.

Trotzdem ist mir mulmig zu Mute, als ich die Beine durch das Kellerfenster schiebe. Juli neben mir lacht nervös auf. Als ich versuche, mich durch das Fenster hinabgleiten zu lassen, bleibe ich mit meinen Oberschenkeln einfach stecken. Kein Durchkommen.

Juli grinst jetzt schon, doch als ich versuche, mich wieder hinauszuziehen und es nicht schaffe, fällt er rücklings zu Boden und lacht dermaßen heftig, dass er kaum noch Luft kriegt.

»Oh Gott«, prustet er. »Das ist total daneben! Haha, oh Scheiße …«

Ich glaube, er heult gleich vor Lachen, während ich versuche, mich mit aller Gewalt aus dieser verdammten Öffnung zu ziehen.

»Du könntest mir ruhig mal helfen, du Arsch!«, knurre ich und schlage nach seinem Bein, erwische es jedoch nicht.

Juli lacht nur noch lauter. Also warte ich geduldig, dass er sich einkriegt. Ehrlich, irgendwie habe ich Schiss. Meine Füße hängen in diesem schwarzen Loch und ich habe keine Ahnung, was da drinnen ist. Hier draußen ist es langsam so dunkel, dass ich kaum noch etwas sehen kann.

Es dauert eine ganze Weile, bis Juli sich beruhigt, dann tritt er schließlich von hinten an mich heran und greift mir im wahrsten Sinne des Wortes unter die Arme. Er zieht einmal kräftig, immer noch leise vor sich hin glucksend. Schließlich rutsche ich mit dem Geräusch von reißendem Stoff aus der Öffnung. Na prima, jetzt ist auch noch meine Hose im Arsch.

»Danke«, murre ich, als ich schwerfällig auf die Beine komme.

Ich schaue ihn ungnädig an, was er mit einem süßen Grinsen erwidert, sodass ich nicht wirklich wütend sein kann.

»Kein Problem. Was machen wir jetzt?«

Gerade, als ihn darauf hinweisen will, dass er nun dran ist, geht das Licht in der Einfahrt an. Wir sehen den schwachen

Schein und vor Schreck schaffe ich es nicht einmal, mich zu regen. Oh fuck, jetzt sind wir geliefert.

Juli ist geistesgegenwärtig genug, kniet sich auf den Boden und zieht das Fenster zu. Dann springt er auf, greift unsanft meinen Arm und zieht mich wieder zu Falco, der schlafend an der Hauswand lehnt.

Keine Sekunde später wird das Licht im Garten eingeschaltet und Sofia tritt aus dem Haus. Sie trägt einen Morgenmantel, die langen, dunkelbraunen Haare sind zu einem Zopf geflochten, der ihr über die Schulter fällt. In der Hand hält sie einen Hammer, anscheinend ist ihr auf die Schnelle keine geeignetere Waffe eingefallen. Als sie uns sieht, stößt sie zunächst ein erleichtertes Seufzen aus, dann wandelt sich ihre Miene von ängstlich zu wütend.

»Ich hoffe, ihr habt eine gute Erklärung parat!«

Obwohl Falcos Mutter für eine Italienerin relativ klein und sehr zierlich ist, hat sie ein lautes Organ und einen starken Akzent, sodass sie klingt, als belle sie uns an.

Mir fällt außer: »Äh ...«, im Moment nicht viel ein.

Aus dem Augenwinkel sehe ich, wie Juli seinen besten bedröppelten Blick aufsetzt.

»Sofia!«, stößt er hervor. »Es tut uns leid.«

In diesem Moment bemerkt sie Falco, der von dem ganzen Trara nichts mitbekommt. Ihre Züge entgleisen ihr für einen Augenblick. Sie eilt auf ihren Sohn zu, während Juli verzweifelt versucht, uns da irgendwie raus zu lavieren.

»Weißt du, Falco ging es nicht gut. Wir waren ja im Park. Er ist eingeschlafen und wir wollten ihn heimbringen, aber er hat keinen Schlüssel dabei! Und da wir dich nicht wecken wollten, falls du schon schläfst ...«

Sofia hebt den Kopf und sieht Juli an, als hätte er nicht mehr alle Tassen im Schrank.

»Es ist gerade halb acht, Julian«, weist sie ihn zurecht und mustert ihren Sohn, nimmt sanft sein Gesicht in die Hand. »Er riecht nach Alkohol!«, stellt sie mit scharfer Stimme fest.

Es klingt wie ein Vorwurf, der an uns geht.

»Äh ... Ja ...«, sagt Juli gedehnt. »Ähm ... na ja, das war so: Jay hat total viel getrunken ... Und äh ... er hat ... Falco angekotzt.«

Ich muss mich zurückhalten, nicht laut loszuprusten. Jay und jemanden ankotzen? Also komm, das glaubt sie uns doch niemals! Sofia sieht jedoch furchtbar angewidert aus und presst die Lippen zusammen.

»Mh. Vielleicht wird er ja krank«, murmelt sie. »Er wollte gar nicht zu Mittag essen.«

»Ja!« Juli nimmt diese Erklärung dankbar auf. »Er meinte, es ginge ihm nicht gut. Sicher Fieber oder etwas Ähnliches. Komm, wir bringen ihn ins Haus und helfen ihm aus den Sachen raus. Danach kann er schlafen und sich erholen!«

Oh, nicht lachen, bloß nicht lachen! Ich beiße mir hart auf eines meiner Unterlippenpiercings und gehe mit Juli zusammen auf Falco zu. So vorsichtig wie nur irgend möglich greifen wir ihn unter den Armen. Vielleicht hat er uns gehört, denn er öffnet die Augen und lächelt uns schwach und kläglich an. Er sieht nicht betrunken aus, sondern todkrank. Diese Lüge ist perfekt.

Sofias Aufmerksamkeit ruht nun auf ihrem Kind, sie nickt ängstlich.

»Ja, bringt ihn bitte rein. Oh je, er hat sich doch hoffentlich keine Grippe eingefangen?«

Ich schaue Juli nicht ein einziges Mal an, als wir Falco ins Haus und zu seinem Zimmer bringen, weil ich sonst den Lachanfall meines Lebens bekomme. Sofia eilt in die Küche, um ihrem Sohn Tee zuzubereiten, und wir verfrachten ihn in sein Bett, ziehen ihm die verdreckten Klamotten aus.

Während ich ihm die Decke überwerfe, mopst sich Juli eine frische Jeans aus dem Kleiderschrank. Angewidert schlüpft er aus seiner vollgekotzten, stinkenden Hose und zwängt sich in die Jeans. Die ist ihm natürlich ein bisschen zu eng und nur mit Mühe und Not schafft er es, den Knopf zu schließen, bevor Sofia zurück ins Zimmer geeilt kommt.

»Danke, ihr zwei!«, ruft sie aus, lässt sich auf den Bettrand sinken und streicht Falco sanft über Stirn.

»Kein Ding«, murmle ich.

Juli schaut auffordernd in meine Richtung und wirkt sichtlich amüsiert.

»Wir machen uns auf den Heimweg! Schließlich ist morgen Schule und wir müssen bald ins Bett.«

Ich tarne mein Aufprusten als Husten und verabschiede mich ebenfalls. Wir beeilen uns, aus dem Haus herauszukommen, und bringen erst mal ein wenig Abstand zwischen uns und Falcos Zuhause, ehe wir beide fast gleichzeitig in lautes Gelächter ausbrechen.

»Ich glaub' einfach nicht, dass Sofia uns das abgekauft hat!«, gluckse ich und beobachte, wie Juli sich lachend an einer Straßenlaterne festhält.

»Und ich kann nicht glauben, dass du mit deinem Arsch in einem Kellerfenster festgesteckt hast!«, prustet er und lässt sich auch durch meine lautstarken Proteste nicht von den Spötteleien abbringen.

Er wirkt so sorglos und glücklich, dass aus meinem Lachen ein breites Grinsen wird und ich ihn wie verzaubert beobachte. Seine Haare sind zerzaust, Falcos Jeans liegt eng an ihm und die Kapuzenjacke hängt ihm an einer Seite über die Schulter. Doch das ändert alles überhaupt nichts daran, dass ich finde, er sah nie schöner aus.

Als er sich langsam beruhigt, lehnt er sich mit dem Rücken gegen die Laterne, grinst mich an und legt den Kopf schief.

»Da scheint eine Diät fällig, Herr Koring.«

»Tse, ich diäte dich gleich! Mein Hintern ist perfekt«, näsle ich pikiert.

Juli lacht nur, zwinkert mir zu und setzt sich in Bewegung.

»Ich glaube, das muss ich mir noch einmal anschauen!«, ruft er über die Schulter, als ich ihm langsam folge.

Verwirrt starre ich ihn an.

»Was anschauen?«

»Na, deinen Arsch! Kann ich doch sonst nicht beurteilen.«

Hat er das wirklich gesagt? Ich öffne den Mund, schließe ihn wieder und hebe erstaunt die Augenbrauen.

»Du willst dir meinen Arsch anschauen?«, frage ich und als er sich erneut zu mir umdreht und mich herausfordernd ansieht, stolpert mir eine spitze Bemerkung ungefiltert über die Lippen: »Dafür hast du aber heute sehr innig mit Falco gekuschelt.«

Ein spitzbübisches Grinsen schleicht sich auf seine Lippen.
»Bist du etwa eifersüchtig, Phil?«
»Eifersüchtig! Auf Falco!«, stoße ich empört hervor.

Juli kommt auf mich zu, einen neckenden, herausfordernden Ausdruck im Gesicht und bleibt nah vor mir stehen. Mit einer Hand pikst er mir in den Bauch und behauptet: »Na ja, er hätte durch das Kellerfenster gepasst.«

»Dafür habe ich dich nicht angekotzt«, schnaufe ich und mustere sein Gesicht im diffusen Licht der Straßenlaterne.

Er lacht und ich kann mit Mühe und Not dem Drang widerstehen, ihm auf das Grübchen in der Wange zu tippen.

»Soll das für dich sprechen?«

»Na klar!«, behaupte ich. Spöttisch und zugleich lächerlich angeberisch setze ich hinzu: »Wenn du darauf stehst, dass dich jemand ankotzt, kann ich dir nicht helfen. Wenn du allerdings wohlgeformte, gestählte Körper lieber magst und obendrein, wenn dein Gegenüber teuflisch gut küsst und super im Bett ist, bist du bei mir …«

… genau richtig!, wollte ich sagen. Das wird er wohl nicht mehr hören, denn plötzlich legt er seine Lippen auf meine. Ich seufze und schlinge und die Arme um ihn. Na endlich! Ich dachte schon, das würde er überhaupt nicht mehr machen.

Er vergräbt die Hände in meinen Haaren, legt die Arme in meinen Nacken und presst mich so heftig an sich, als hätte er den ganzen Tag über nichts lieber getan, als mich zu küssen. Die Sehnsucht in seinem Kuss überwältigt mich. Ich würde alles dafür geben, das immer tun zu können. Nachts an Straßenkreuzungen stehen, einen kalten Wind im Nacken und Julis Lippen auf meinen, sein Körper an meinem.

Von dem Geräusch eines herannahenden Autos lassen wir uns nicht stören. Erst, als der Fahrer hupt und irgendwer aus dem Fahrzeug anzüglich pfeift, johlt und klatscht, lösen wir uns erschrocken voneinander.

Für einen Moment schauen wir dem kleinen Ford hinterher, dann prusten wir fast gleichzeitig los. Er drückt seine Stirn an meinen Hals und schmiegt sich an mich.

»Oh Mann, was waren denn das für welche?«

»Ich habe beim besten Willen keine Ahnung«, erwidere ich und reibe meine Wange an seinem Haar. Wenn ich mich jetzt sehen könnte, als Außenstehender … Unglaublich. Ich stehe da im Dunklen und kuschle mit einem Kerl, den ich nicht einfach nur flachlegen will. Er macht mich verrückt, vollkommen.

Juli löst die Umarmung ein wenig, sieht mich an. Bei dem Ausdruck in seinem Gesicht stockt mir das Herz, ehe es noch schneller als zuvor pocht. Es ist der Wahnsinn, wie gern ich ihn mag und wie sehr er die Freundschaft zwischen Falco und mir durcheinanderbringt. Wenn Gefühle im Spiel sind, wird immer alles komplizierter. Dabei wollte ich das gar nicht. Ich wollte niemanden mehr mögen, wollte kein Herzklopfen, wollte meine Freiheit. Die Gedanken zaubern mir einen schalen Geschmack in den Mund.

Ich seufze, löse mich von Juli und ernte dafür ein verwirrtes Stirnrunzeln von ihm.

»Komm, ich bringe dich nach Hause«, biete ich an und hoffe, mein Lächeln sieht nicht so gequält aus, wie es sich anfühlt.

Was macht er nur mit mir? Ich habe mich noch nie so durch den Wind gefühlt. Nicht einmal, als ich mit vierzehn meinen ersten Freund hatte.

Juli zuckt unsicher mit den Schultern und nickt. Ich denke, er würde vielleicht sogar meine Hand nehmen, wenn ich diese nicht in den Hosentaschen vergraben würde. So laufen wir nebeneinander her und ich versuche, nur über Unverfängliches zu sprechen, wie die Schule und sogar Jays und Svens frische Beziehung. Das lenkt ihn hoffentlich ein bisschen davon ab, dass ich offensichtlich Schiss habe, dass er mir wieder nahekommt. Ich weiß ja selbst nicht, warum ich solche Angst davor habe, er könne nur mit mir spielen. Vielleicht stecke ich schon zu tief drin, um noch abzuhauen.

Als wir schließlich bei ihm ankommen, schaut er zum Haus und sackt in sich sacken zusammen. Er dreht sich zu mir um, doch diese ausgelassene Fröhlichkeit ist verschwunden. Er beißt sich auf die Lippe.

»Na ja ... mh ... Also ... Bis morgen. Danke noch mal für deine Hilfe.«

Unschlüssig schauen wir uns an und wir wissen beide, dass wir uns hier in der Einfahrt nicht küssen können, zumal ich das eigentlich nicht will. Was, wenn seine Eltern uns durch das Fenster sehen?

Juli seufzt, hebt die Hand.

»Tschüss«, murmelt er und dreht sich um.

Hat er meine abweisende Haltung bemerkt?

Himmel, ist das verwirrend! Ich möchte nicht, dass er mir zu nahekommt, weil ich nicht will, dass er mich irgendwann fallen lässt wie eine heiße Kartoffel. Andererseits will ich, dass er herkommt. Ich will ihn küssen und berühren und festhalten.

Nur mit viel Mühe kann ich mich zurückhalten, seinen Namen zu rufen. Stattdessen beobachte ich mit schwerem Herzen, wie er die Tür aufschließt und mit einem letzten Blick auf mich im Haus verschwindet.

Ich bin rettungslos verloren.

9

ZWIST SÄEN

Mai 1995

Jeder verändert sich irgendwann, ob man will oder nicht. Auch Beziehungen und Freundschaften ändern sich. Die Vertrautheit zwischen Falco und mir war seit diesen Tagen, als mein Verhältnis zu Juli so intim wurde, vollkommen verschwunden.

Ich weiß nicht, wie viel er wusste, ob Juli ihm etwas erzählt hatte oder er es ahnte. Doch von da an war ich sein Feind und ob ich es wollte oder nicht, ich konnte daran nichts ändern.

Juli und ich waren langsamer. Oder machten wir sogar Schritte zurück? Ich hatte solche Angst vor meinen Gefühlen, dass ich es nicht mehr wagte, ihm näherzukommen, und er hielt sich ebenfalls zurück. Vielleicht weil er nicht wusste, was in mir vorging oder weil es ihm nichts bedeutete.

Wie dumm ich doch war! Es war zu spät für einen Rückzieher und tief in mir wusste ich das. Trotzdem ging ich auf Abstand. Wir traten auf der Stelle und diese Sache zwischen uns blieb, was es vorher war. Eine Art merkwürdiger, vertrauter Freundschaft, die wusste, dass sie mehr sein wollte, es allerdings nicht konnte.

Ich wollte diese Sehnsucht in mir befriedigen und flüchtete mich in eine dumme Affäre mit Marjan, die genauso wenig beständig war wie alles andere.

Als der plötzlich mehr wollte, bekam das Ganze einen bitteren Beigeschmack. Ich liebte ihn nicht und wir hatten nie darüber geredet, womöglich so etwas wie eine Beziehung zu führen. Trotzdem schien er das für sich zu beanspruchen. Ich beendete die lockere Geschichte und wusste wieder einmal, wieso ich mich von Juli fernhielt. Ich wollte nicht wie Marjan sein, ich wollte keine Kerbe im Bettpfosten sein. Dabei war ich es doch, der mit den Herzen anderer herumspielte, als seien sie nichts wert. Wahrscheinlich hatte ich das alles verdient, die durchwachten Nächte, die Träume, die Einsamkeit und Sehnsucht.

Ich hatte wohl auch verdient, dass sich Falco nun vordrängte und versuchte, sich Juli anzunähern. Ich glaube nicht, dass der seine Avancen so wirklich bemerkte. Dennoch machte es mich wütend und ließ in mir ein unbehagliches Gefühl zurück.

Jedes Mal, wenn Falco sich an ihn drückte und Juli den Blick hob, den meinen einfing, ging es mir durch Mark und Bein. Vielleicht waren wir uns körperlich fremd geworden, aber seine Blicke waren dieselben wie vorher und stellten mir tausend stumme Fragen, die ich ignorierte und mit Füßen trat, wenn ich den Kopf abwandte.

Ich hatte ihn verdient, diesen Schmerz.

PHILIP

Stumm beobachte ich die anderen. Die niedrige Steinmauer, auf der ich sitze, ist noch warm von der Mittagssonne, die frühsommerliche Abendluft ist erfüllt von Gelächter. Wie lange ist er her, seit wir uns das letzte Mal alle zusammen gesehen haben?

Ich seufze und wieder bleibt mein Blick an Juli hängen, der es sich zusammen mit Olli auf den Schaukeln des Spielplatzes bequem gemacht hat und mit verklärtem Lächeln auf dem übermüdeten Gesicht vor und zurück schaukelt. Im Sand neben dem Holzgerüst sitzt Falco, der Julis Akustikgitarre in den Armen hält und daran herumzupft.

Einfach unglaublich, dass es schon eine ganze Weile her ist, seit wir uns das letzte Mal alle gesehen haben. Eigentlich glaube ich nicht, dass es für uns Grund gibt, Angst vor den Abschlussprüfungen zu haben. Trotzdem ist keiner mehr bereit, seine kostbare Zeit mit der Gruppe zu verschwenden. Seit Wochen lernen wir wie die Blöden.

Weiß der Himmel, warum heute alle kapituliert haben. Nach mir Jay, dann Juli und zu guter Letzt sogar Falco, der sich ziemlich verzweifelt an Deutsch festgebissen hat. Ein Wunder, dass er seine Unterlagen nicht mitgebracht hat. Vielleicht haben die anderen die Nähe genauso vermisst wie ich, oder sie brauchen die Auszeit ebenso sehr.

Ich bin froh, dass sie alle da sind. Nicht einmal Falco stört mich. Jay sitzt neben mir. Ich vermute, sein Blick ruht auf Sven, die es sich neben Falco bequem gemacht hat und leise ein paar Melodien summt. Wir schweigen einträchtig, obwohl wir uns lange nicht mehr richtig unterhalten haben. Die Pausen in der Schule zählen für mich nicht. Keiner ist mehr er selbst, seit die Prüfungen unaufhaltsam näher rücken.

Gemächlich ziehe ich eine Packung Zigaretten aus meiner Hosentasche, halte sie Jay hin. Nacheinander zünden wir unsere Kippen an und beobachten die anderen. Mein bester Freund stößt ein Seufzen aus, legt den Kopf in den Nacken und starrt in den Abendhimmel.

Schließlich bricht er das Schweigen: »Phil, ich glaube, ich habe ziemliche Scheiße gebaut.«

Na, nicht nur du.

Ich runzle die Stirn, kann allerdings meinen Blick nicht von den anderen abwenden, die wie kleine Kinder frei von Sorgen, Ängsten vertieft sind in ihr Schaukeln, Summen und Lachen. Vor allem Juli. Er sieht seit Wochen müde und ausgezehrt aus, scheint kaum noch zu schlafen. Jetzt lächelt er wie ein Schlafwandler und endlich macht sich ein wenig Farbe auf seinen sonst viel zu blassen Wangen breit.

Neben mir räuspert sich Jay und scharrt mit den Füßen im Sand, als läge ihm ein halber Felsbrocken auf dem Herzen. Schließlich kann er nicht mehr an sich halten und murmelt hastig, als wäre ich derjenige, den es betrifft: »Ich habe Sven betrogen. Sie weiß es nicht.«

»Oh«, erwidere ich und hebe die Augenbrauen, schaue ihn jedoch noch immer nicht an.

Wenn er seine Untreue so schockierend findet, kann ich ihm nicht helfen. Ich habe mich sowieso gewundert, warum er sich auf diese Beziehung einlässt, das ist eben nichts für ihn, genauso wenig, wie für mich.

Seit Marjans Liebesgeständnis und seiner Forderung nach einer festen Beziehung, habe ich mich tunlichst von sämtlichen möglichen und unmöglichen Liebschaften ferngehalten. Den einzigen, den ich nicht aufhören kann anzusehen, ist Juli. Wenn er es bemerkt, zeigt er es nicht. Seit dieser Nacht, in der wir Falco nach Hause getragen haben, hat er mich nicht mehr geküsst und ich tue mein Bestes, ihm kein bisschen zu nahe zu kommen, auch wenn es schwer ist.

»Ja …«, murmelt Jay. Er schüttelt den Kopf, lässt die Schultern hängen und beobachtet Sven, die glücklich aussieht, unwissend wie sie ist. »Ich hätte nicht gedacht, dass ich ein dermaßen schlechtes Gewissen haben würde. Ich musste einfach mit jemandem drüber reden. Du bist der einzige, der mich dafür nicht verurteilt … oder?«

Ich öffne den Mund und will etwas erwidern. Ihm sagen, dass es mich rührt, dass er zu mir kommt, dass ich ihn verstehen kann, irgendwie so was. Da trifft mich plötzlich Julis Blick. Über sein Gesicht huscht ein Schatten, das Lächeln auf seinen Lippen wirkt eine Spur gequält. Abrupt stoppt er die Schaukel und sieht mich an. Ich glaube, er tut es bewusst offen, damit ich sehen kann, dass ihn meine Abweisung verletzt.

Das trifft mich härter als erwartet. Mein Herz stockt für einen Moment. Als Juli den Mund öffnet, wieder schließt und schließlich Anstalten macht, aufzustehen, schaue ich schnell zu Jay, welcher mich immer noch unglücklich mustert. Was wollte ich noch gleich sagen?

»Ja … Ich meine … Ich kann dich verstehen«, murmle ich befangen und spüre, wie wild mir das Herz in der Brust pocht.

Kommt Juli her? Er hat lange nicht mehr richtig mit mir geredet. War lange nicht mehr bei mir. Keine gestohlenen Momente, kein Lächeln, keine Berührungen.

Ich bin selbst schuld daran.

»Bei einer Klette wie Sven würde es mir nicht anders

gehen. War ja schon erstaunlich, dass du das so lange ausgehalten hast.«

Jay seufzt und nimmt einen tiefen Zug von seiner Zigarette.

»Gott, ich dachte, sie zerrt mich bald vor den Traualtar. Dann habe ich dieses Mädchen in der Disco kennengelernt, weißt du, dieser neue Laden da ... Hab den Namen vergessen, ist ja egal. Sie kam genau richtig. Lächelte genau richtig. Und wollte genau dasselbe. Aber jetzt bereue ich es irgendwie.«

»Habt ihr euch oft getroffen?«, frage ich und versuche, halbwegs verständnisvoll zu klingen.

Zum Glück ist Jay deprimiert. Er bemerkt gar nicht, wie aufgekratzt und nervös ich bin.

»Joa, drei, vier Mal. Einmal hat Sven ihr Parfüm an mir gerochen. Ich habe ihr gesagt, ich sei kurz vorher bei dir gewesen und habe Michelle umarmt. Hat sie geglaubt, gerade noch so. Ich weiß echt nicht, wie das weitergehen soll.«

Frustriert wirft er die Kippe in den Sand und tritt sie aus. Im selben Moment fische ich erneut das Päckchen Zigaretten aus meiner Hosentasche und reiche es ihm. Er nickt dankbar und wagt etwas, das mehr nach einem Lächeln aussieht.

»Danke, Mann.«

»Kein Ding.«

Ich will ihn fragen, ob er Sven liebt oder ob er dieses andere Mädchen liebt. Eigentlich will ich fragen, ob er überhaupt schon mal jemanden geliebt hat und wie das so ist, doch über meine Lippen kommt kein Ton. Vor allem nicht, als vom Schaukelgerüst Gesang ertönt, Olli und Juli.

Sie klingen fröhlich, einmal unterbricht er sich, lacht, dann vermischen sich die Stimmen und mir jagt es einen Schauer über den Rücken. Zur Hölle, was macht er da? Ich will nicht hinsehen, doch seine Stimme fesselt mich, vor allem die Worte, die er singt, sodass ich einen kurzen Blick wage. Juli scheint die anderen mit seiner Liebe zu *Ocean's Rising* angesteckt zu haben, denn sie singen Lieder von dieser Band.

»*When everything seems lost, there's nothing that could give me the power to go on, but one thing that makes me feel safe and secure ...*«

Juli sieht so glücklich aus wie lange nicht mehr. Auf der Schaukel schwingt er sich in den Himmel. Sie singen zusammen und Olli lacht, wie ich sie noch nie habe lachen sehen. Ihre schwarzen Haare fliegen verspielt über ihre Schultern und sie schüttelt den Kopf, um die Strähnen aus dem Gesicht zu bekommen. Juli genießt den Wind im Gesicht und schert sich nicht darum, dass sein Haar vollkommen zerzaust ist.

Falco sitzt noch im Sand und zupft mit einem verträumten Grinsen im Gesicht unmelodisch auf der Gitarre herum. Sven beobachtet sie lachend und klatscht im Takt.

»*It's when I'm with you, only with you ...*«

Neben mir schnaubt Jay leise. Er stößt ein raues, unglückliches Lachen aus.

»Schau dir das an! Was macht Juli nur mit unserer mürrischen, miesepetrigen Olli?«

Die Frage ist ja wohl eher, was macht er mit *mir*? Ich sehe sehr wohl, wir er bei dem nächsten »*Only with you*« verstohlen in meine Richtung schaut. Natürlich sehe ich das. Was will er mir damit sagen? Weiß er, wie ich mich fühle? Kennt er mein Dilemma? Oder singt er mir seine Gefühle zu? Über die tauben Ohren der anderen hinweg, in einer Sprache, die nur ich verstehen kann?

»Er ist eben Juli«, sage ich, als würde das alles erklären.

Als Jay sich die nächste Zigarette nimmt, kommt er zurück zum Thema, doch ich lausche ihm nur mit halbem Ohr und ohne Herz, denn das ist bei Juli, der mit Olli zusammen ein Lied nach dem anderen anstimmt, fröhlich, sehnsuchtsvoll und auch traurig.

Mit jedem trifft er mich tiefer. Jay bemerkt das nicht.

»Ich will es ihr nicht sagen, weißt du? Aber jedes Mal, wenn sie mich anlächelt und sagt, sie liebt mich, möchte ich mich auf die Knie werfen und alles gestehen!«

Als hätten die anderen diesen Satz gehört, singen sie nun *Leave me waiting* von *Ocean's Rising*.

»*What is it you want? What can I still do when everything around us is splitting up in two? Is it the notion of perfection of this one time we had that you're afraid to lose, so you accept losing everything instead? You leave me waiting here, let me bath inside your fear ...«*

»Schwierig«, antworte ich rau.

Nun *muss* ich Juli ansehen.

Er sieht nicht zu mir und doch weiß ich, dass er mich meint, als er singt: »*Can't you break your outer wall? Is it so hard to apologize for all? Is there anything left that I can try? 'Cause I'm tired to be left alone to cry ...*«

»Ja ... Aber es tut gut, drüber zu reden. Ich bin froh, dass es zwischen dir und mir wenigstens keine Geheimnisse gibt.«

Äh, na ja ...

»Dass wir uns alles erzählen. Mann, warum kann es mit Frauen nicht so einfach sein? Ich meine, warum dieses ganze Liebestamtam? Du hast mich mal von hinten genommen!«, murrt er.

Es klingt wie eine Anklage. Erstaunt hebe ich das Gesicht und schaue ihn an.

Er lacht leise, bevor er fortfährt: »Und ich hasse dich ja trotzdem nicht, nur weil es nicht unbedingt toll war. Weil du mein bester Freund und 'ne Hure bist! Warum müssen Frauen nur alles kompliziert machen?«

»Ich bin doch keine Hure!«, stoße ich empört hervor und boxe ihm hart gegen den Arm, sodass er zischend die Luft einsaugt.

Immer muss er das erwähnen! Zum Glück hat Juli davon noch nichts mitbekommen. Hoffe ich zumindest. Meine Güte, ich war vierzehn, mit meinem ersten Freund war gerade alles den Bach runtergegangen! Jay hat sich außerdem geradezu angeboten, weil ich solchen Herzschmerz hatte und er mich trösten wollte. Ich war unerfahren, klar, dass ihm das wenig Spaß gemacht hat.

»Nein, nie!« Jay lacht. »Genauso wenig wie ich! Ehrlich, ich weiß bis heute nicht, wieso ich dachte, es wäre eine gute Idee, mir dir zu schlafen, um dich aufzuheitern. Mann, wie peinlich! Außerdem kann ich aktiv besser, glaub mir.«

»Das will ich nicht nachprüfen«, grunze ich belustigt auf. Er schüttelt den Kopf.

»Nee, ist vielleicht besser so. Wenn ich Sven zusätzlich noch mit dir betrüge, wird sie sich das Leben nehmen – und vorher bringt sie mich um.«

»Oh, wie traurig«, erwidere ich ungerührt.

Jay quittiert das mit einem empörten Laut. Er stürzt sich auf mich. Zusammen purzeln wir rücklings die kleine Mauer hinunter und auf die grüne Wiese, wo wir unsere kindische Rangelei ungehindert fortsetzen.

»Vermiss' mich dann gefälligst, du untreue Tomate!«, stößt er hervor und zieht mir an den Haaren.

»Wer ist hier untreu, du Blödmann!«

»Du sollst mich liebhaben, hab' ich gesagt!«

Drohend zieht er fester. Ich atme zischend ein.

»Ja, ja, klar! Wen soll ich sonst ficken, wenn ich traurig bin!«

»Hallo?! Ich habe dir meine hintere Jungfräulichkeit geschenkt! Du solltest das zu schätzen wissen!«, stößt Jay empört hervor.

Als ich ihm unbarmherzig in den Bauch boxe, kullert er stöhnend von mir herunter und bleibt neben mir auf der Wiese liegen.

»Ich bezweifle, dass jemals irgendetwas an dir jungfräulich war«, erwidere ich trocken.

Wieder ertönt daraufhin nur sein Lachen.

»Okay, du hast Recht. Ich geb' das allerdings gern zurück, du lässt ja auch nie was anbrennen. Außer natürlich ...«

Er dreht mir das Gesicht zu. In seinen blonden Haaren verfangen sich einzelne Grashalme. Mir stockt plötzlich das Herz in der Brust und ich muss ein paar Mal heftig schlucken. Ich erwidere seinen Blick möglichst kühl.

»Ja?«, hake ich frostig nach. »Außer wem, bitte?«

Jay stützt sich auf seine Ellenbogen, reckt den Hals und schaut nach den anderen. Anscheinend vergewissert er sich, dass uns niemand hört.

»Außer dem heißbegehrten Junggesellen Julian Emil Schneider, der wirklich viele haben könnte. Der aber irgendwie nur Augen für ...«

»Emil?«, unterbreche ich ihn verdattert. Zum einen, um ihm am Weitersprechen zu hindern, zum anderen, weil ich ehrlich erschrocken bin. »Hast du gerade *Emil* gesagt?«

»Wusstest du das nicht?«, hakt Jay nach, ebenso erstaunt. »Ich hab' mal sein Portemonnaie gemopst und einen Blick auf seinen Perso geworfen. Beneidenswert hübsches Bild, wenn ich bedenke, wie bekloppt ich auf meinem aussehe. Ja, er heißt mit vollem Namen Julian Emil Schneider. Nach seinem Opa.«

»Emil.« Ich lächle dusselig. »*Emil und die Detektive* war mein Lieblingsbuch, als ich noch klein war.«

»Ja, ich weiß«, seufzt Jay und winkt ab. Kennt er schon alles.

»Und wir waren früher immer in Emilios Café, dieser Italiener, du weißt schon. Oh Mann, der war cool, wie der große Bruder, den ich nie hatte und ...«

»Euer erster Hund hieß so, ja, bla bla, ich weiß. Du weichst mir aus!«

Verzückt setze ich mich auf und schaue zu den anderen hinüber. Die scheinen gar nicht bemerkt zu haben, dass Jay und ich über die Mauer gepurzelt sind. Sie schaukeln und singen immer noch. Sven ist nun mit eingestiegen, sie klingen unglaublich befreit.

Juli lacht, streckt die Beine aus, um Schwung zu bekommen, und reckt das Gesicht gen Himmel. Dieser Junge! Wenn ich daran glauben würde, könnte ich denken, das sei Schicksal. Aber ich bin ja nicht theatralisch und esoterisch veranlagt, ganz gewiss nicht.

»Also ... Philip, mein lieber Philip ...«, seufzt es neben mir, als ich mich zurück ins Gras fallen lasse und den sich verdunkelnden Himmel betrachte. »Was ich eigentlich sagen wollte: du lässt nichts anbrennen. Nur Juli, irgendwie ...«

Jetzt geht das wieder los!

»Der steht nicht mal auf Männer, was willst du überhaupt?«, fahre ich ihn an.

Die gute Laune und das Entzücken sind wie weggeblasen. Jay schnauft nur abfällig.

»Tja, *rein zufällig* bin ich da besser informiert.«

Ich stocke, schaue ihn fassungslos an und versuche, nicht rot zu werden. Weiß er von den intimen Begegnungen zwischen Juli und mir? Woher? Hat *er* mit ihm darüber gesprochen? Das kann ich nicht glauben.

Jay erwidert meinen Blick so fest, dass ich denke, gleich bricht es von selbst aus mir heraus. Schließlich grinst er schelmisch und hebt eine Augenbraue.

»Tja, hättest du nicht gedacht, was? Falco hat mich gebeten, mit Juli zu reden. Ich glaube, in dem Moment konnte ich fast ein bisschen verstehen, was du an ihm findest. Wusstest du, dass er Sommersprossen hat? Ziemlich süß! Na ja, er ist jedenfalls rot geworden und hat gestammelt wie ein unsicheres Schulmädchen.«

»Ich finde nichts an ihm!«

»Aha, ja, klar. Er hat es zugegeben, verstehst du? Dass es sogar einen Typen gibt, den er mag. Aber er wollte mir nicht sagen, wen. Ich bin überfragt. Falco ist sein bester Freund und da ich jetzt weiß, dass der total in Juli verknallt ist, weiß ich nicht mehr, was ich von der Beziehung zwischen den beiden halten soll.«

Beziehung! Oh Mann, ich kann nicht glauben, dass er das *Beziehung* nennt! Dieser verfluchte Hornochse! Und er redet einfach weiter.

»Um ehrlich zu sein glaube ich nämlich, dass Juli *dich* mag. Ihr redet allerdings gar nicht mehr miteinander. Warum? Was hast du schon wieder angestellt? Triffst du dich noch mit diesem komischen Typen von diesem Festival-Ding? Der sich so verschandelt hat?«

Wie gesagt, das mit dem *Über-alles-reden* ist ein bisschen einseitig.

»Nein«, murre ich.

Juli hat Jay gesagt, dass er auch Männer mag. Er hat ihm gesagt, dass er einen bestimmten Mann mag. Ich will es nicht, doch ich spüre es wieder. Dieses dumme Gefühl und dieses ätzende Kribbeln, das sich meinen Bauch hinauf zur Brust arbeitet und mir fast die Luft abschnürt. Gibt es Hoffnung? Ich weiß es nicht.

»Wie lange nicht mehr?«

»Mann Jay, geh mir nicht auf den Sack.«

»Warum bist du immer gereizt, wenn wir von Juli reden, mh?«, bohrt er unbarmherzig. »Stört es dich? Hast du Schiss, er will was von Falco? Erinnerst du dich noch, wie die sich geküsst haben, auf Vanessas Party? Juli sah ziemlich erregt aus, als er Falco die Zunge in den Hals geste…«

»Ach, weißt du was?«, fahre ich laut dazwischen. »Halt die Klappe, da kommt eh nur Scheiße raus.«

Ich rapple mich hoch, will aufstehen und einfach heimgehen, da packt mich Jay am Handgelenk. Ich will schon die andere Faust heben und ihm eine langen, da bemerke ich seinen bittenden und gleichzeitig ziemlich besorgten Gesichtsausdruck.

»Ehrlich, Phil …«, seufzt er, Hohn und Spott sind aus seinem Gesicht verschwunden. »Was machst du dir denn da vor? Du flippst ja schon total aus, wenn ich nur erwähne, dass Juli was an Falco finden könnte. Warum kannst du es nicht einfach zugeben? Er sieht gut aus und er ist ein netter Kerl. Ich glaube wirklich, er mag dich. Hast du immer noch Angst, irgendwer könnte dir das Herz brechen? Das mit Flo ist ewig her.«

Flo, natürlich, jetzt kommt er wieder mit *Flo*.

»Das hat nichts mit ihm zu tun«, wiegele ich ab.

Plötzlich fühle ich mich erschöpft. Ich löse mich aus Jays Griff und setze mich zurück auf die Mauer, gerade rechtzeitig, um zu sehen, wie Juli am höchsten Punkt der Schaukel herunterspringt und sich schließlich lachend über die Wiese rollt. Olli tut es ihm nach und bettet ihren Kopf auf seinem ausgestreckten Arm. Wie kleine Kinder, die nichts weiter brauchen, als sich selbst.

Jay seufzt und setzt sich neben mich.

»So ist das Leben, das weißt du doch genauso gut wie ich. Man wird verletzt, man verletzt andere. Meistens will man es ja gar nicht, aber es ist nun einmal so. Du kannst dich nicht ewig hinter deiner unnahbaren Fassade verstecken.«

»Wenigstens noch ein bisschen«, murmle ich.

Jay zieht die Augenbrauen zusammen, beugt er sich zu mir und stupst mit seiner Schulter gegen meine.

»Falco *liebt* Juli, das siehst du doch. Was meinst du? Wie lange wird er brauchen, um Juli für sich zu gewinnen? Juli würde ihm niemals das Herz brechen. Wenn Falco ihm sagt, was Sache ist, wird er ihn nicht abweisen, schon alleine, weil er ihm nicht wehtun will.«

Ich will irgendetwas sagen, das mir selbst vielleicht Mut machen könnte, doch in genau diesem Moment ruft Sven zu uns herüber: »Hey, wollt ihr euch ewig verkriechen? Kommt, setzt euch doch zu uns!«

Jay atmet tief durch. Wir tauschen einen Blick, wie nur beste Freunde das können. *Ich bin für dich da, du für mich. Das klappt schon.* Wir straffen die Schultern und begeben uns zu den anderen. Sven und Falco lächeln Jay an, mich allerdings ignorieren sie eher. Olli liegt lächelnd auf der Wiese und ist in Gedanken versunken. Juli nimmt seine Gitarre entgegen und umfasst sie liebevoll.

Er schaut auf, sieht mich an. Tausend unausgesprochene Fragen liegen darin. Als er sieht, dass ich nicht reagiere und mich einfach hinsetze, seufzt er. Kurz stimmt er die Gitarre und zupft ein paar Akkorde, eher er zu singen beginnt ...

»*There's a boy I know, with eyes like starry skies ...*«

Ich brauche ein bisschen, um zu erkennen, welches Lied das ist. Es klingt auf der Akustikgitarre ungewohnt, dabei läuft es momentan im Radio rauf und runter. Allerdings ist der Originaltext eigentlich ein bisschen anders.

Ich muss ihn beobachten, als er singt. Die anderen unterhalten sich leise, doch ich fühle mich, als singe er zu mir, als würde er mich mit jedem Wort direkt ansprechen. Niemand bemerkt das.

»*A boy I know, heart-blessing, mind-messing.*«

Die schwarzen Haarsträhnen fallen ihm wirr über die Stirn. Ich kann sehen, dass seine Wangen gerötet sind, während seine Hände zart über die Saiten der Gitarre gleiten. Er singt leise, sehnsüchtig. Bemerken es die anderen denn nicht? Wie können sie reden, während Juli mir sein Herz zu Füßen legt?

»*A boy, with dreams like wildfires it seems, a boy I know, his gentle kiss, drunk with bliss ...*«

Nun verstummen die anderen doch. Sie bemerken das, was mir seit der ersten Strophe eine Gänsehaut beschert. Das Lied von *Aquamarine* heißt eigentlich *A Girl I know*. Juli hat das besungene Mädchen durch einen Jungen ausgetauscht, als wäre nichts dabei.

Jay schaut mich an. Aus dem Augenwinkel sehe ich ihn lächeln.

»*There's a boy I know ...*«

Juli beißt sich auf die Lippe, seine Hände fliegen über die Saiten und er hebt den Kopf ein wenig. Sein Blick trifft mich mitten ins Herz.

»*A night street heat, racing heartbeat ... bittersweet.*«

Er löst den Blickkontakt nicht, als er das Spielen einstellt. Wieder beißt er sich auf die Unterlippe, zuckt leicht mit den Schultern. Verlegen schaut er zur Seite, wo Falco ihn anstrahlt wie die Erfüllung seines Lebens. Hat der etwa nicht gemerkt, dass das gerade für mich bestimmt war?

Jay auf jeden Fall, denn seine Hand schleicht sich auf meinen Rücken. Unauffällig und fast sanft für seine Verhältnisse klopft er mir auf die Schulter.

Doch die friedliche, abendliche Stille wird durchbrochen von Svens verzücktem Aufseufzen.

»Oh nein! Wie süß!« Abwechselnd strahlt sie Falco und Juli an, sie hüpft auf ihrem Platz auf und ab wie ein hyperaktiver Flummi. »Sag nicht, dass das wahr ist! Falco und du? Oh Gott!«

»Äh, Sven ...«, versucht Jay, sie behutsam aus ihrem Anfall zu retten, doch sie strahlt ihn so verzückt an, dass der Feigling die Klappe hält.

Ich fühle mich, als hätte sie mir ins Gesicht getreten. Vor allem, als Juli erst Sven ansieht, dann Falco, dessen Gesicht in etwa die Farbe einer Tomate angenommen hat, und errötet. Warum *errötet* er? Ist da doch was zwischen ihnen? Habe ich Halluzinationen?!

Das Hochgefühl, das mich bis eben gepackt hielt, wandelt sich schlagartig. Ich hasse mich, weil ich dumm bin. Hasse ihn, weil er missverständliche Signale sendet und vor allem Jay, der mich so bequatscht hat, dass ich beinahe soweit war, zuzugeben, dass ich Juli mag. Mehr, als gut für mich sein kann.

Juli legt sich unsicher eine Hand in den Nacken und sagt nichts.

Feigling!, denke ich hitzig, doch irgendwo tief in mir weiß ich, dass ich nicht besser bin und es tut einfach nur weh.

* * *

Wider besseren Wissens gehe ich nicht nach Hause, nachdem sich unsere Runde auflöst. Ich bin so wütend und verletzt, dass ich daheim wahrscheinlich nur einen Wutanfall bekommen und meine Familie mir den letzten Nerv rauben würde.

Wie von selbst schlagen meine Füße einen nur allzu bekannten Weg ein. Ich bin ihn oft gegangen in den letzten Wochen. Jedes Mal, wenn das mit Juli zu viel wurde und ich Ablenkung brauchte.

Als ich vor seinem Haus stehe, verharre ich für einen Moment und zögere. Ob er mich überhaupt reinlassen wird? Wir sind nicht gerade im Guten auseinandergegangen das letzte Mal. Ach, was soll's. Was habe ich zu verlieren?

Ich gehe zur Haustür und klingle zweimal. Während ich warte, dass mir jemand öffnet, mustere ich das Klingelschild. Krsteski. Himmel, ich weiß nicht einmal, wie man das ausspricht!

Mir bleibt nicht viel Zeit zum Überlegen. Plötzlich wird

die Tür geöffnet und warmes Licht dringt zu mir hinaus in die frische Nachtluft.

Marjan erkennt mich mit Erstaunen und zieht die Augenbrauen zusammen. Die dunkelbraunen Haare fallen ihm ein wenig unordentlich in die Stirn, er trägt lediglich eine Jogginghose und ein ausgeleiertes T-Shirt. Hat wohl nicht mehr mit Besuch gerechnet. Für einen Augenblick knabbert er sichtlich erschrocken an seinem Lippenpiercing herum.

»Phil.« Seine Stimme klingt unbarmherzig, doch ich höre das Zittern darin, das mir deutlich zeigt, dass ich nicht umsonst hergekommen bin. »Was willst du hier?«

Ich schaue ihn einfach nur an und wieder einmal werden mir all die Unterschiede zwischen Juli und ihm nur zu deutlich bewusst. Ich möchte eigentlich sagen, dass ich es nicht genau weiß. Stattdessen überbrücke ich den Abstand zwischen uns, nehme sein Gesicht in die Hände und drücke ihm einen unsanften Kuss auf die Lippen.

»Ich hab's mir anders überlegt«, murmle ich.

Er zögert nur für den Bruchteil einer Sekunde. Sein Seufzen klingt entrückt, als er die Arme in meinen Nacken legt, sich an mich schmiegt und den Kuss erwidert.

»Na endlich!«, murmelt er und heißt mich willkommen im Lande Vergessen.

JULIAN

Es ist spät, als ich alleine den Heimweg antrete. Die Gitarre trage ich in ihrer Tasche auf dem Rücken, eine Zigarette in der Hand. Pure Stressbewältigung. Seit ich sie angezündet habe, habe ich nicht einmal daran gezogen, ganz typisch für mein Gedankenwirrwarr.

Was ist nur wieder schiefgelaufen? Ich dachte, das wäre die beste Möglichkeit, Phil anzutupsen. Ich wollte ihm mit dem Lied sagen, dass ich die Funkstille schlimm finde, dass ich ihn in meinem Leben haben möchte.

Dann kam Sven und drückt Falco und mich in eine Rolle, die uns beiden nicht passt. Und Phil? Geht auf Abstand, natürlich. Ich habe es verbockt, ganz wunderbar. Dabei hätte ich den Mund aufmachen sollen, etwas sagen, es richtig stellen, aber kein Wort kam mir über die Lippen.

Ich weiß selbst nicht, wie das passiert ist. Seit wann ist Phil mir nur so wichtig? Ich kann nachts nicht schlafen, liege stundenlang wach und male mir aus, wie es wäre, wenn er mich umarmt, mich küsst. Wenn wir in der Schule sind und alle würden dumm gucken. Ich stelle mir vor, ich wäre wieder bei ihm und wir kuscheln auf seinem Bett und küssen uns und machen Himmel weiß was für versaute Sachen.

Manchmal bin ich mir nicht sicher, ob ich nicht doch durchdrehe. Puff! Juli hat den Verstand verloren, einfach so.

Es ist schon komisch, was für eine Wirkung Phil auf mich hat. Spätestens nach dem Gespräch mit Jay glaube ich, ich sollte weniger darüber nachdenken. Macht ja ohnehin keinen Sinn ... was heißt das schon? Gut, dann stehe ich eben auf Phil, na und? Was ist daran schon verwerflich? Mal davon abgesehen natürlich, dass es niemals an die Öffentlichkeit geraten darf. Alleine schon deswegen, weil mein Vater mich sonst enterbt und auf die Straße setzt.

Manchmal glaube ich, dass ich für ihn eine Enttäuschung bin. Schon vom Aussehen her, mit den schwarz gefärbten Haaren und den düsteren Klamotten. Meine Noten sind nicht so gut, wie sie vielleicht sein könnten und ich drücke mich vor jedem geschäftlichen Essen, das meine Eltern Zuhause veranstalten.

Hinzu kommen noch all die Dinge, die er gar nicht weiß. Die Nachmittage im Park, die Partys, zu viel Alkohol. Da muss ich nicht auch noch mit einem Jungen an der Hand zuhause aufkreuzen.

In Gedanken versunken ziehe ich den Haustürschlüssel aus meiner Hosentasche, schließe auf und trete in einen unbeleuchteten Flur. Merkwürdig, ist niemand daheim?

Kurz werfe ich einen Blick zurück in die Einfahrt und sehe

zwar das Auto meiner Mutter, allerdings nicht den Mercedes meines Vaters. Wahrscheinlich arbeitet der mal wieder bis spät in die Nacht. Achselzuckend betrete ich den Hausflur, knipse das Licht an und schließe die Tür hinter mir.

Meine Mutter ist weder zu sehen, noch zu hören, was schon merkwürdig genug ist. Eigentlich müsste sie jetzt laut durch das Haus rufen: *Julian, wo warst du?! Du sollst doch lernen! Die Abschlussprüfungen!* Zeter, mecker, bla. Tut sie allerdings nicht. Alles bleibt still.

Argwöhnisch gehe ich mich die Treppen hinauf. Obwohl im ersten Stockwerk Licht brennt, sehe ich sie nirgendwo. Ich schaue ins Wohnzimmer, in die Küche, sogar in das Arbeitszimmer meines Vaters, doch nichts ist zu sehen. Vielleicht ist sie spazieren gegangen? Haha, guter Witz.

Ich will mich schon desinteressiert in mein Stockwerk begeben, da höre ich sie plötzlich. Der Raum gegenüber der Treppe zur obersten Etage ist das Schlafzimmer meiner Eltern und die Tür steht einen Spalt auf. Kein Licht scheint hindurch, doch ich höre ein leises Jammern und Schluchzen.

Mit einem Mal wird mir kalt. Wie ferngesteuert nehme ich die Gitarre von meinem Rücken und stelle sie achtlos an das Geländer. Vorsichtig klopfe ich gegen die Holztür und warte einige Sekunden. Bis auf das leise Weinen ertönt sonst nichts, also trete ich ein.

Im Dunkeln sehe ich nur, wie sie neben dem Bett kauert. Ihre Schultern beben. Ich fühle mich unglaublich unbeholfen, als ich »Äh ... Mama?« stammle und den Lichtschalter betätige.

Als die Lampe zum Leben erwacht, zuckt sie zusammen und hebt erschrocken den Kopf. Ihr Gesicht ist gerötet, die sonst ordentlich und geschickt aufgetragene Schminke ist verlaufen und bildet schwarze Streifen auf ihren Wangen.

»Julian?«, schluchzt sie.

Das erste Gefühl, das dabei in mir hochkommt, ist eindeutig Überforderung. Meine Mutter weint, nur weshalb? Vor allem, warum hat sie mich noch nicht angeschrien und mich zum Teufel gejagt? Ich weiß, dass sie … nun ja, ein paar Probleme hat, vor allem in der Ehe mit meinem Vater, aber dass sie sich sogar die Blöße gibt, vor mir zu weinen?

Unsicher gehe ich ein paar Schritte auf sie zu. Falls sie die Dreckspur sieht, die ich dabei mit meinen Turnschuhen auf ihrem perfekt geschrubbten Boden hinterlasse, sagt sie nichts. Neben ihr setze ich mich hin. Meine Hände zittern, als ich ihr einen Arm um die Schultern legen will. Sie zuckt zusammen und starrt mich verzweifelt an. Die Tränen laufen nur so über ihre Wangen, die Augen sind weit aufgerissen. Irgendwie sieht sie ein bisschen verrückt aus.

Wieder tut sie nicht das, was ich von ihr erwarte, nämlich mich anbrüllen oder so etwas. Das Übliche eben. Stattdessen schluchzt sie auf und wirft sich plötzlich an meine Brust. Ich bin zu perplex, um ihr die Arme um die bebenden Schultern zu legen. Stattdessen sitze einfach nur da, steif wie ein Brett.

Sie vergräbt das Gesicht in meiner Kapuzenjacke. Ich versuche, mich zu entscheiden, ob mir das nun Angst macht oder nicht, da stößt sie mit dünner Stimme hervor: »Er ist immer noch nicht zu Hause. Was mache ich nur falsch? Warum kann er denn nicht mit mir zufrieden sein?!«

Meint sie Dad? Na ja, klar, dumme Frage, wen sonst …?

Unsicher tätschle ich ihr den Rücken, räuspere mich und bringe krächzend hervor: »Äh … Er arbeitet sicher noch.«

»Nein, er wollte schon vor Stunden daheim sein!«, weint sie und drückt ihr Gesicht noch fester an meine Schulter, sodass die Worte gedämpft klingen.

»Sicher hat er eine Affäre …«

Geräuschvoll zieht sie die Nase hoch. Ihre blonden Haare streifen mein Gesicht und mit wehmütigem Gefühl in der Brust stelle ich fest, dass es auch nach all den Jahren noch nach Flieder riecht, ihrem Lieblingsduft.

»Mama, das … das ist doch Blödsinn. Papa liebt dich.«

Ich weiß, wie unbeholfen das klingt und genauso weiß ich, dass sie mir sicher anmerkt, wie wenig ich selbst daran glaube.

Sie löst die Umklammerung ihrer Hand, legt sie sich auf den Mund und schluchzt erstickt: »Du weißt, dass das nicht stimmt! Oh, ich ertrage das nicht ... Was soll ich nur ohne ihn machen?«

Na ja, auf der Straße sitzen wahrscheinlich. Ich sage lieber gar nichts, die Alternativen wären alle noch schlimmer und würden nicht zur Besserung ihres Zustandes beitragen.

Es vergeht eine halbe Ewigkeit, ehe sie endlich den Kopf hebt. Meine Jacke ist feucht an der Schulter. Sie mustert mich, lächelt unsicher und wischt sich fahrig mit dem Handrücken über die Nase.

»Julian ... Sei bitte so gut, im Spiegelschrank im Bad, da sind Tabletten drin, gegen Schlafstörungen. Kannst du mir die Packung bringen? Das wäre lieb. Und ein Glas Wasser.«

Erstaunt schaue ich sie an, beobachte, wie sie sich schwerfällig erhebt und auf das Bett setzt, den Kopf in die Hände gestützt. Mit tauben Beinen rapple ich mich auf und torkle in das Bad meiner Eltern, das ich sonst nie betrete.

Schlaftabletten? Ich öffne den Spiegelschrank und stelle schockiert fest, dass der mit Medikamenten vollgestopft ist. Ach du Scheiße! Starke Schmerzmittel, soweit ich das sehe ... Und Antidepressiva? Woah, damit hätte ich nicht gerechnet. Sind die von meiner Mutter oder meinem Vater?

Meine Hände zittern, als ich die ordentlich gestapelten Tablettenschachteln absuche und schließlich die unscheinbare Packung herausziehe. Unter dem Markennamen steht klein: *Gegen Einschlafstörungen*. Das muss es sein.

Meine Mutter nimmt Schlaftabletten? Oder sind die von Dad? Dem würde ich das ja noch eher zutrauen, so oft, wie der die Nächte durchmacht.

Ich werde das ungute Gefühl nicht los, dass dieses Medikament keineswegs für sie bestimmt ist, als ich aus der Küche noch ein Glas Mineralwasser hole und damit zurück ins Schlafzimmer gehe. Mama trägt nun einen schlichten Flanellschlafanzug und zieht sich gerade die Decke über die Beine.

Als ich eintrete, lächelt sie mich so liebevoll an wie seit

sehr langer Zeit nicht mehr. Ihr Gesicht ist verquollen, sie schnieft leise.

»Danke, mein Schatz.«

Moment mal, hat sie mich gerade Schatz genannt? Wer ist das und was hat sie mit meiner Mutter gemacht?! Schockiert beobachte ich, wie sie sich nicht eine, sondern gleich zwei Tabletten aus dem Blister bricht, herunterschluckt und mit Wasser nachspült. Na, vielleicht hat sie sich vorher eine extra große Portion Antidepressiva reingepfiffen und ist deshalb so merkwürdig.

Ich nehme ihr die Packung ab, das Wasser stelle ich für sie auf den Nachttisch.

»Machst du das Licht aus?«, bittet sie.

Ich kann nur nicken, schalte beim Rausgehen die Lampe aus und schließe leise die Tür.

Das Medikament in meiner Hand scheint förmlich eine Tonne zu wiegen, als ich zurück ins Bad gehe und mich vor den offenen Spiegelschrank stelle. Das ist unglaublich! Wo haben sie dieses Tablettensammelsurium her? Ich lege die Schlaftabletten nicht zurück in den Schrank, sondern auf den Rand des Waschbeckens und betrachte ein paar der Schachteln näher.

Also ich verwette meinen rechten Arm, die Antidepressiva gehören meiner Ma … Die Schlaftabletten Dad, doch für wen sind die ganzen Schmerzmittel? Weiß der Geier was da noch drin herumfliegt. Ich weiß nicht, warum ich mich unruhig fühle. Vielleicht mache ich mir unterschwellig Sorgen um meine Eltern, keine Ahnung. Ist es wirklich dermaßen schlimm mit ihnen? Gut, meine Mutter kann sehr nervig sein, doch sie ist keine hässliche Frau. Ist die Ehe der beiden so zerrüttet, dass sie ernstlich annimmt, er hat eine Andere?

Gerade, als ich den Spiegelschrank schließen will, fällt mein Blick auf eine offene Packung Kondome, was mich schaudern lässt. Wer will schon glauben, dass seine Eltern ein Sexleben haben, wäh!

Dann fällt mir auf, dass die seit gut zwei Jahren abgelaufen sind. Muss ja heiß hergehen bei denen, wenn sie sogar beim Umzug nicht merken, dass die Gummis nicht mehr ganz frisch sind ... Obwohl die Frage wahrscheinlich näherliegt, warum sie überhaupt welche haben. Warum nimmt meine Mutter nicht einfach die Pille?

Bäh, egal. Ich will mir keine Gedanken um die Dinge machen, die meine Eltern im gemeinsamen Bett veranstalten.

Wieder schaue ich auf die Schlaftabletten und runzle die Stirn. Ohne es bewusst zu entscheiden, stecke ich die Schachtel in meine Hosentasche und verlasse das Badezimmer. Merkt schon keiner.

So ganz alleine mit meinen Gedanken gehe ich schließlich ins Wohnzimmer und setze mich auf die Ledercouch. Ich schalte den Fernseher nicht ein und tue auch sonst nichts, als dazusitzen und darüber nachzudenken, was mit meiner Mutter los ist. Was mit Phil und mir ist. Warum Sven mir was mit Falco andichtet. Ich sollte ins Bett gehen, wirklich. Ich fühle mich jedoch viel zu wach dafür und bezweifle, dass der Schlaf sich innerhalb der nächsten paar Stunden einstellen wird. Es sei denn ...

Mit steifen, kühlen Fingern fasse ich an die Schachtel in meiner Hosentasche und beiße mir auf die Unterlippe. Irgendwo in meiner Brust durchfährt mich ein heißes Gefühl der Angst. Was, wenn jemand merkt, dass ich Tabletten aus dem Schrank meiner Eltern genommen habe?

Allerdings bleibt mir nicht viel Zeit, darüber nachzugrübeln, denn plötzlich ertönt in der Stille Hauses ein Klicken, die Haustür wird aufgestoßen. Erschrocken fahre ich von der Couch hoch.

Lachen ertönt von unten aus dem Flur, die Tür wird zugeschlagen.

»... türlich ... Selbst jetzt noch ...« und wieder ein leises Lachen.

Mit wem redet mein Vater da?

Unsicher und neugierig zugleich bewege ich mich vom Wohnzimmer aus die Treppen hinunter, wo mein Vater herumpoltert und erneut lacht.

»Du bist verrückt … nein … nicht hier …«

Als ich den letzten Treppenabsatz hinuntergehe, schaltet mein Vater gerade das Licht im Flur an und ich sehe mich einem Dad gegenüber, wie ich ihn schon lange nicht mehr gesehen habe. Seine sonst akkuraten, kurzen blonden Haare sind zerzaust, die obersten Knöpfe seines Hemdes geöffnet. Die Krawatte, die er sich eigentlich immer ordentlich bindet, liegt offen um seinen Nacken, er hängt gerade seine Jacke an die Garderobe. Er schnaubt belustigt und hat mich anscheinend noch nicht bemerkt.

»Sei nicht so einnehmend, ich muss irgendwann auch noch mal arbeiten! Und wehe, du rufst hier an! Rosa kriegt einen Anf… Julian?!«

Ertappt bleibt er stehen, das Mobiltelefon, das er sich bis eben noch ans Ohr gehalten hat, lässt er langsam sinken. Als er auflegt, ertönt ein lautes Piepsen. Er presst die Lippen aufeinander, den Blick unentwegt auf mich gerichtet. Ich glaube, im Moment würde ich ihm gerne mal richtig eine reinhauen.

»Na?«, frage ich und bin selbst erstaunt darüber, wie kühl meine Stimme klingt. »Spaß gehabt?«

Wie kann er nur? Mama liegt oben im Bett und ist wahrscheinlich vor lauter Tränen inzwischen eingeschlafen. Ich fasse es nicht!

»Dasselbe könnte ich dich fragen«, entgegnet er nach einer gefühlten Ewigkeit. »Du hast morgen Schule, solltest du nicht längst schlafen?«

Ich hebe spöttisch eine Augenbraue, als Dad sich die teuren Lederschuhe von den Füßen zieht und ebenfalls an die Garderobe stellt. Mit gewohnten Bewegungen schlüpft er in seine Hausschuhe und kommt auf mich zu.

Er schaut mich so unbewegt und kühl an, dass ich beinahe klein beigebe, doch je näher er an mich herantritt, desto deutlicher nehme ich den Geruch nach Bier und Zigaretten wahr, der von ihm ausgeht. Himmel, das ist mein Vater?! Seit wann trinkt der etwas anderes, als seinen teuren Rotwein? Rauchen tut er doch ebenfalls nicht!

Nah vor mir bleibt er stehen. Wir sehen uns gegenseitig nur an, bis er das Schweigen schließlich bricht.

»Urteile nicht vorschnell, Julian«, sagt er und sieht unsäglich müde dabei aus.

»Ach?«, entgegne ich schnippisch. »Was urteile ich denn vorschnell? Vielleicht, dass du unterwegs warst und dich mit irgendeiner Schlampe amüsiert hast, während deine Frau hier einen Nervenzusammenbruch hatte? Und dein sechzehnjähriger Sohn seine eigene Mutter ins Bett bringen musste? Was soll ich deiner Meinung nach bitteschön glauben, mh?!«

Ich glaube, gleich schlägt er mich. Viel fehlt nicht, ich sehe es an der Art, wie sein linkes Unterlid zuckt und er die Lippen zusammenpresst. Er ringt sichtlich mit sich. Schließlich seufzt er nur.

»Du missverstehst das. Ich war nur ...«

»Es ist mir egal, wo du warst!«, fauche ich ihn an. »Du solltest hier sein, kapierst du? Hier! Nicht irgendwo sonst! Wir sind deine scheiß-Familie, aber das geht dir anscheinend am Arsch vorbei!«

»Julian, bitte ...«

»Nein, verflucht! Spar' deine beschissenen Lügen für die, die sie hören wollen, ich brauche dich nicht! Du warst noch nie da, wenn du es hättest sein sollen!«

Als hätte ich mich verbrannt, reiße ich meine Hand vom Geländer, taumle ein, zwei Stufen rückwärts hinauf. Ich werde nicht heulen, ich werde nicht schreien, mir keine Blöße geben, egal, wie sehr es wehtut.

Mein Vater sieht so hilflos aus, wie ich mich eben gefühlt habe. Er hebt eine Hand, will auf mich zukommen – und lässt es doch bleiben. Nicht einmal das traut er sich.

»Siehst du?«, sage ich enttäuscht und meine Stimme klingt brüchig dabei. »Nicht einmal jetzt kannst du's. Nicht einmal, wenn es drauf ankommt. Du bist ein Feigling, weißt du das?«

Er sagt nichts, er schaut mich nicht an. Auch dann nicht, als ich mich mit diesem tauben Gefühl im Körper umdrehe und die Treppen hinaufgehe. Es kommt kein Wort über seine Lippen. Er folgt mir nicht, als wüsste er genau, dass ich Recht habe. Er kann sich gar nicht verteidigen, weil es nichts zu verteidigen gibt.

Ich merke selbst nicht, wie hastig und nervös ich atme. Ich bemerke auch nicht, wie meine Hände zittern, wie mir der kalte Schweiß auf der Stirn steht. Nur dieses Brennen in meinen Augen, in meiner Brust, das spüre ich zu deutlich.

Oben in meinem Zimmer ist das Erste, was ich tue, zum Telefon auf meinem Schreibtisch zu gehen, das hier immer noch steht. Ich denke gar nicht weiter darüber nach, als ich den Hörer abhebe und eine nur allzu bekannte Nummer wähle, dabei weiß ich gar nicht, was ich sagen soll.

Hilf mir, Phil? Lass mich nicht alleine? Bitte hol mich ab, Phil, ich brauche dich? Jämmerlich, wirklich.

Das Klingeln dröhnt in meinen Ohren, mit jedem Mal lauter und lauter, bis am anderen Ende schließlich ein Klicken ertönt und Michelle durch den Hörer spricht: »Koring, Hallo?«

»Hey«, stoße ich hervor und erst jetzt merke ich, wie atemlos ich klinge, wie hastig ich nach Luft schnappe. Ich versuche erfolglos, mich zu beruhigen. »Ich bin's, Juli. Sorry wegen der späten Störung. Ist ... ist Phil da?«

Michelle schweigt so laut und dröhnend, dass sich langsam Schmerzen in meinen Schläfen breitmachen. Irgendwann räuspert sie sich und erklärt drucksend: »Ähm ... Phil ist nicht zuhause ... Tut mir leid.«

Nicht anmerken lassen, wie sehr das wehtut, bloß nicht anmerken lassen ...!

»Wann kommt er denn heim? Oder wo finde ich ihn?«

Wieder schweigt sie. Ich kann mir förmlich vorstellen, wie sich ihr süßes, rundes Gesicht entschuldigend, mitleidig verzieht. Sie atmet tief durch.

»Juli, es tut mir wirklich leid«, sagt sie bedauernd. »Er ... kommt heute Nacht wohl nicht mehr heim. Und ich weiß nicht genau, wo er ist.«

»Oh.«

Wir schweigen uns an. Phil ist nicht zuhause. Kommt auch nicht heim. So unwohl, wie es Michelle dabei ist, mir das sagen zu müssen, kann ich mir locker zusammenreimen, wo er ist und was er mit demjenigen treibt.

»Es tut mir leid, ich weiß nicht …«

»Ist schon okay, danke. Wir hören uns.«

Hastig knalle ich den Hörer auf die Telefongabel und starre das schwarze Plastik an. Mit aller Macht versuche ich, die aufkommende Panik und den Schmerz hinunter zu drängen.

Ruhig, ruhig, ruhig – aber es geht nicht. Mit hastigem, pfeifendem Atem schnappe ich nach Luft. Von ganz weit weg ertönt ein Wimmern. Mir ist gar nicht richtig bewusst, dass es von mir kommt.

Einem plötzlichen, heftigen Impuls folgend, schlage ich gegen das Telefon. Mit einem lauten Poltern fällt es zu Boden, ich trete hinterher.

Wie kann ich nur immer so dumm sein, mich an irgendjemanden zu hängen, der mich ohnehin nicht haben will? Warum nur will mich niemand? Gleichzeitig flüstert eine Stimme in meinem Kopf leise: Weil du dich genauso wenig willst. Niemand will dich, du bist krank, du bist anstrengend, du bist ein egoistisches kleines Kind.

Als ich zu Boden sinke, weine ich stumme Tränen, die ich nicht wirklich bemerke. Die Tablettenschachtel in meiner Hosentasche bohrt sich schmerzhaft in mein Bein. Ich ziehe sie hervor, lasse sie zu Boden fallen. Die andere Hand greift unter meinen Schreibtisch, es geschieht automatisch.

Meine Finger kribbeln schwach, die Haut an meinem Unterarm fühlt sich warm und taub zugleich an, als ich die Rasierklinge ansetze. Langsam beruhigt sich mein Atem nach den ersten Schnitten. Blut tropft leise zu Boden. Mein Mund verzieht sich zu einem gequälten Lächeln, als würde es das irgendwie besser machen. Als würde das irgendwas lösen. Als wäre Phil hier, um zu sehen, dass es mir nichts ausmacht, wenn er einen anderen Kerl hat.

Obwohl das alles nur gelogen ist.

10

WEITERATMEN

JULIAN

Es gibt Momente im Leben, die man wohl außerordentlich genießen sollte. Ich bin da leider nicht so gut drin, denn obwohl wir die Abschlussprüfungen überlebt haben und nun zusammen bei Jay sind, im großen Garten sitzen und Bier trinken, bin ich unzufrieden.

An manche Sachen kann man sich einfach nicht gewöhnen. Vielleicht, weil es einem unnatürlich erscheint oder weil es nicht ganz passt. Für mich passt diese *Sven-und-Jay-forever-in-Love-Kiste* nicht. Jedes Mal, wenn Sven an Jay klebt und ihm kichernd Küsschen aufdrückt, werde ich wütender. Haben die noch nie was davon gehört, dass man sich für so etwas ein Zimmer nehmen sollte?

Ein hartnäckiger Sonnenstrahl scheint mir durch die dichte Blätterkrone des Baumes, an dem ich lehne, auf die schwarzen Haare. Mir ist unangenehm warm. Das Bier in meiner Hand schmeckt nicht. Ist es komisch, lieber Eistee trinken zu wollen? Von mir aus sogar Cola, nur kein Bier. Irgendwas, das wach macht.

Ich höre Sven erneut kichern, es gibt einen kleinen Rumms auf der Hollywoodschaukel, auf der die beiden liegen. Sie wackelt.

»Nehmt euch ein Zimmer«, murmelt Phil von irgendwo verschlafen.

Olli schnaubt nur missmutig in die schwüle Sommerluft. Es ist viel zu heiß. Ich will nicht in einer Woche nach Spanien auf die Abschlussfahrt fahren. Ich will nicht in der Sonne schmelzen und unfähig sein, irgendwas zu tun, während alle anderen Spaß haben. Das ist zum Kotzen.

»Ihr seid ja nur neidisch!«, lacht Sven und quietscht auf, als Jay weiß der Himmel was mit ihr macht.

»Im Ernst«, knurre ich, »das ist voll eklig, lasst den Mist!«

»Oh, Juli, was ist denn mit dir los?«, Jay setzt sich auf und wirft mir einen erstaunten und zugleich neckenden Blick zu. »Chronisch unterfickt?«

»Fresse!«

Er lässt ein spöttisches: »Uhh, das macht mir aber Angst!«, verlauten und natürlich lacht nur seine Freundin darüber.

Die anderen halten sich diskret im Hintergrund, nett wie sie sind. Ich sage nichts. Wahrscheinlich war ich noch nie so angekotzt von ihnen wie heute. Genau wie von Phil, der kein Wort mit mir wechselt, seit ich ihn in dieser Nacht nicht erreichen konnte. Als hätte *ich* was falsch gemacht! Er ist doch derjenige, der nicht erreichbar war! Jetzt meidet er mich wie einen Aussätzigen.

Allerdings kann es sein, dass er mit seiner Festival-Bekanntschaft zusammen ist und deshalb kein Interesse an mir hat. Schließlich haben wir uns ja nur geküsst, uns berührt, waren uns nah und er hat mir ja auch nur indirekt gesagt, dass es ihm *nicht* egal war.

Ach, fuck. Manchmal hasse ich wirklich *alles*.

Jay witzelt blöde herum, doch ich sage kein Wort dazu. Eigentlich habe ich große Lust, mich zu verziehen, doch dazu müsste ich aufstehen. Wenn meine schlechte Laune irgendwann vorbei wäre, müsste ich erklären, warum ich so mies drauf war und einfach verschwunden bin. Darauf habe ich noch weniger Lust, sofern das möglich ist.

Da gäbe es ja nicht viel zu sagen. *Ich will Phil, aber er mich nicht?* Oder *Phil hat was mit einem anderen und bricht mir das Herz?* Ich weiß noch nicht einmal, warum ich ihn unbedingt will. Stehe ich offiziell auch auf Männer? Ich verstehe meine Gefühle überhaupt nicht. Das Einzige, das ich weiß, ist wohl dies: *Ich stehe auf Phil und er ist nicht gut für mich.*

Er beachtet mich gar nicht. Als plötzlich Falco an mich heranrückt und sich an meine Schulter drückt, schaut er nur kurz zu uns rüber. Ich kenne den Gesichtsausdruck, den mein bester Freund drauf hat, allerdings habe ich keine Lust, ihm irgendwas zu erklären. Also winke ich nur ab und schnaube: »Egal.«

Mir ist schleierhaft, wofür der Kerl jemals eine Stimme gebraucht haben könnte. Er schafft es auch ohne, mir seine Missbilligung oder weiß der Himmel was klarzumachen. Ich mustere ihn knapp. Er schaut mich an, lächelt tröstend und seine Hand findet den Weg in meine.

»Ehrlich, ich hab nur einen miesen Tag«, verteidige ich mich lahm. Weil ich mich jetzt schlecht fühle, weil ich fies war, füge ich noch ein wenig enthusiastisch klingendes »Tut mir leid« hinzu.

Von der Hollywoodschaukel ertönt Gekicher und aus dem Augenwinkel kann ich sehen, wie sich Sven auf Jays Schoß schiebt und ihn küsst, als wären sie alleine hier. Das ist so zum Kotzen.

Ich will auch Liebe. Ich will jemanden, der mir nahe ist! Ich will Phil, verdammt noch mal! Warum kann er sich nicht einfach von seinem blöden Kerl trennen und *mich* nehmen? Ich hasse diese scheiß-Situation! Doch daran lässt sich wohl nichts ändern.

Ich stehe auf Phil und er ist nicht gut für mich. Eindeutig.

Ich merke gar nicht richtig, wie wütend mich das alles macht. Als sich Falco vor mich schiebt, seine Hände auf meinen Oberschenkeln abstützt und mir forschend ins Gesicht sieht, spüre ich nur, wie mir die Finger kribbeln. Wir sehen uns an, er hebt die Augenbrauen. Ich kann das *Komm schon, was hast du?* förmlich hören. Als ich immer noch nichts sage, schnaubt er ungeduldig.

Aus dem Augenwinkel sehe ich, wie Phil uns mustert, spüre wieder diese unbändige Wut in mir. Natürlich haben wir nur rumgemacht. Da war ja sonst gar nichts. Ich habe nichts zu erwarten von ihm. Dann kann er im Gegenzug nichts von mir verlangen.

Ich stehe auf Phil und er ist nicht gut für mich. Suche ich mir eben jemand anderen!

Falco will sich zurückziehen, wahrscheinlich seinen Block holen und die Frage aufschreiben, weil er mich für zu blöd hält, ihn zu verstehen, da lege ich ihm eine Hand in den Nacken. Erstaunt reißt er die Augen auf, starrt mich an. Als er sich plötzlich in meine Arme wirft und seine Lippen auf meine presst, sehe ich noch, dass Phil uns wie erstarrt mustert. Tja, was du kannst, das kann ich schon lange!

Doch auch der warme Körper, der sich nun an mich drückt und die Zunge in meinem Mund ändern rein gar nichts. Es fühlt sich taub an. Ich falle und nichts kann mich halten. Am Allerwenigsten ich selbst.

PHILIP

Es ist mir nicht möglich, wegzugucken. Genauso wenig ist es mir möglich, die zwei auseinanderzureißen und Juli anzuschreien. Irgendwo in mir drin zieht sich etwas so schmerzhaft zusammen, dass mir beinahe das Mittagessen samt Bier hochkommt. Warum zum Teufel küsst Juli diesen …

Ich habe kein Recht, mich aufzuregen. Ich habe kein Recht, dazwischen zu gehen. Ich habe kein Recht darauf … Ich bin selbst schuld, ich habe es mit einem anderen Kerl getrieben und herumgehurt und … trotzdem. Als ich sehe, wie sich ihre Zungen berühren und Falco sich erregt an ihn drückt, bemerke ich, wie Phil – der unmöglich ich selbst sein kann, so irrational bin ich doch eigentlich nicht – plötzlich die Bierflasche, die er in der Hand gehalten hat, von sich schleudert.

Es gibt einen lauten Knall, als sie gegen die Tischkante prallt, es splittert und schäumt und mit einem Mal zucken alle auf.

»Scheiße!«, ruft Jay, springt von der Hollywoodschaukel auf und besieht sich den Dreck. »Spinnst du?«

Offensichtlich schon.

Phil springt auf, spuckt Jay vor die Füße und denkt die ganze Zeit *Hure, Hure, Hure*, als er aus dem Garten heraus rauscht und ehe er es sich versieht, rennt er, um die Wut abzubauen. *Hure, Hure, Hure*! Immer wieder.

Oh Himmel, habe ich das gerade tatsächlich gemacht?

Als ich zu Hause ankomme, rinnt mir der Schweiß in Strömen über die Stirn. Eigentlich ist es viel zu heiß zum Rennen, doch das hält mich nicht ab. Ich bin so wütend, dass ich irgendwas zerschlagen will.

Was denkt der sich bloß dabei? Als hätte ich den Blick nicht gesehen, den er mir zugeworfen hat! Er hat absichtlich mit Falco rumgemacht, um mich zu provozieren! Hure, Hure, Hure!

Ich knalle die Haustür hinter mir so heftig zu, dass es ein Wunder ist, dass sie nicht herausfällt, kaputt bricht, weiß der Henker. Aus dem Wohnzimmer ertönt ein erschrockenes Aufschreien, Schritte nähern sich und die Mistratte streckt ihren blonden Schopf in den Flur hinein.

»Phil? Spinnst du, was machst du für einen Krach?«

»Das geht dich gar nichts an! Verpiss dich!«, ruft irgendjemand mit meiner Stimme und es ist Phil und wieder nicht ich, der die Treppen hinauf sprintet, fluchend, keuchend.

Phil hat allerdings die Rechnung ohne Mistratte gemacht, die ihm jetzt nachläuft, während er im Vorbeigehen den Telefonschrank umwirft. Es gibt ein lautes Poltern, Mistratte schreit irgendwas und dann bin ich in meinem Zimmer und knalle auch da so heftig die Tür zu, dass wahrscheinlich das ganze Haus vibriert. Ähm, Phil meine ich. Nicht ich. Ich würde so was ja nie machen, ich bin zu besonnen und Juli ist mir vollkommen egal. Nur Phil irgendwie nicht.

Ach lassen wir das, es verwirrt mich.

Michelle klopft vorsichtig an meiner Zimmertüre, ehe sie den Kopf durch den Türspalt steckt und mich mit einer Mischung aus Angst und Besorgnis ansieht. Sie räuspert sich.

»Hey, was ist passiert?«

Ich presse mir ein Kissen ins Gesicht und nuschele: »Lass mich in Ruhe.«

Es geht anscheinend vollkommen unter, denn Michelle betritt mein Zimmer. Ich höre, wie sie die Tür hinter sich schließt und sich schließlich neben mich auf das Bett setzt. Ihre Hand legt sich vorsichtig auf meine Schulter, als ob sie Angst hätte, dass ich gleich auf sie losgehe, statt auf irgendwelche Möbel.

Ich würde mir im Moment wohl auch nicht trauen.

»Hey, komm schon. Schau mich an!«

Muss die so verdammt sensibel und rücksichtsvoll sein? Warum kann sie nicht unfreundlich sein und mich anschnauzen, dann könnte ich zurückschnauzen und alles wäre gut!

Ich schnaufe nur ins Kissen, kämpfe mit mir selbst und als sie vorsichtig über meinen Kopf streichelt, kann ich mich nicht mehr wehren. Warum zum Teufel muss ausgerechnet ich eine so erwachsene kleine Schwester haben? Das ist schlimm, wirklich!

Ich drehe meinen Kopf, schaue sie stumm an und versuche dabei, möglichst unfreundlich auszusehen. Vielleicht geht sie ja von alleine.

Tut sie allerdings nicht, sondern schaut mich mit ihrem typischen Mama-Blick an, als wäre sie die Ältere von uns und wartet, dass ich irgendwas sage. Wunderbar …!

»Lass mich in Ruhe«, versuche ich es noch mal, doch sie regt sich nicht.

Koring'sche Sturheit, dagegen kommt man nicht mal als Familienmitglied an.

»Erst wenn du mir sagst, was los ist. Hast du dich gestritten? Mit … Juli?«

Sie versucht erneut, mir ihre Hand auf die Schulter zu legen, aber ich schlage sie unsanft weg und setze mich auf.

»Lass mich endlich mit diesem scheiß-Julian in Ruhe, okay?!«, blöke ich sie an. Hoffentlich sind unsere Eltern nicht Zuhause, sonst gibt das noch richtig Ärger. »Ich hab' die Schnauze voll von ihm und von dir und von euch allen! Verzieh dich endlich und misch' dich nicht dauernd in meine Angelegenheiten ein, kapiert?«

Als ich mich vom Bett erhebe, packe ich die schockierte

Michelle am Oberarm, zerre sie auf die Beine und aus meinem Zimmer heraus. Sie wehrt sich nicht, sondern bleibt im Flur stehen, wo ich sie hinschubse.

Grollend greife ich das herumliegende Telefon. Ich hoffe, es ist beim Aufprall nicht kaputtgegangen und nehme es mit in mein Zimmer, das Kabel ist immerhin lang genug.

Michelle macht draußen keinen Mucks mehr. Ich höre, wie sie in ihr Zimmer geht und die Tür schließt. Tief in mir drin sitzt Großer-Bruder-Phil und will ihr am liebsten hinterher stürmen, um sich zu vergewissern, dass sie nicht weint. Der kommt allerdings nicht gegen die Wut und den Schmerz an, der mich dazu bringt, eine blöde Nummer zu wählen, wie immer, wenn irgendwas nicht stimmt.

»Marjan Krsteski, hallo?«

Glück gehabt. Einmal hatte ich seine Mutter am Apparat, die nicht gerade gut Deutsch spricht und das war alles andere als witzig.

»Hey, ich bin's. Phil. Was machst du?«

»Oh, hey!«, erwidert er fröhlich.

Ich kann mir vorstellen, wie er lächelt und spüre einen dumpfen Anfall von schlechtem Gewissen, wie immer, wenn er mir seine Zuneigung offensichtlich zeigt.

»Ich wollte mit ein paar Freunden ins Schwimmbad gehen«, erklärt er und lacht. »Aber wenn du möchtest, können wir uns gern treffen. Ich hab' dich vermisst!«

»Ich dich auch«, sagt irgendwer durch meinen Mund. Meine Güte, irgendwas stimmt heute nicht mit mir. Was habe ich mit *Phil* gemacht, wo ist er hin? Ich lächle sogar, wenngleich ein wenig gequält. »Das wäre echt schön, wenn wir uns treffen würden.«

»Dann sage ich den anderen ab. Ich hatte sowieso nicht wirklich Lust darauf. Wenn du magst, kannst du direkt hierherkommen, meine Eltern sind nicht da.«

In seine bekannte und trotzdem irgendwie fremde Stimme schleicht sich dieser verheißende Unterton, den er oft drauf hat.

»Klingt gut. Bis gleich«, erwidere ich rau.

Als ich auflege, bin ich nicht mehr wütend, nur verzweifelt. Was macht Juli gerade? Sind sie zu Falco gegangen? Küssen sie sich, berühren sie sich? Würde er das tun?

Obwohl er keinen Grund hat, es nicht zu tun. Schließlich haben wir uns nie irgendwas versprochen und es ist meine Schuld, dass es auch nie passieren wird. Das ist alles so beschissen, oh Himmel!

Ich atme tief durch und straffe die Schultern. Aus meinem Schrank schnappe ich mir andere Klamotten und ziehe mich um. Duschen lohnt sich sowieso nicht.

Als ich in den Flur trete, ist von Michelle nichts zu sehen. Ich kann mir das schlechte Gewissen doch nicht verkneifen, schleiche an ihre Tür und versuche, durch das Holz zu lauschen, ob sie weint. Sie macht keinen Mucks.

Das ist sicher ein gutes Zeichen, obwohl Stille bei einer kleinen Schwester wie Michelle eigentlich genau das Gegenteil bedeutet. Heckt sie irgendwas aus? Ich verziehe mich lieber schnell.

Auf dem Weg zu Marjan versuche ich, mir einzureden, dass Juli mir vollkommen egal ist. Dass es in meinem Leben keinen Julian gibt und es nicht schlimm ist. Es klappt nicht. Auch dann nicht, als ich bei Marjan ankomme, er mich stürmisch küsst und mir versaute Sache ins Ohr flüstert.

Er zieht mich mit sich in sein Zimmer, er küsst und berührt mich und mit jedem Wort, das er sagt, macht er mich wütender. Ich weiß nicht, wie ich hierhergekommen bin, oder was ich hier mache.

Marjans dunkelbraune Haare machen mich wütend, weil sie nicht schwarz sind, seine blau-grauen Augen, weil sie nicht braun sind, und sein nicht ganz so schlanker und kleiner Körper. Er ist nicht Juli, nicht Juli, *nicht Juli*. Er macht allerdings auch nicht mit Falco herum.

»Phil«, murmelt er, als ich seinen Hals küsse und am Bund seines T-Shirts herumzupfe. »Ich hab' dich vermisst.«

Seine Hand streichelt über meinen Rücken zu meinem

Po und meinen Hosenbund entlang nach vorne. Fest streicht er mir über den Schritt, seine Augenbrauen ziehen sich fast unmerklich zusammen. Ich kann ihn förmlich denken hören und irgendwie überkommt mich selbst ein wenig Panik. *Warum hat er keinen Ständer, normalerweise mag er das doch ...*

Scheiße, was ist nur los mit mir?!

Ich werde zunehmend aggressiver, wütender und küsse ihn heftig, doch es bringt alles nichts. *Augen zu*. Ich kann nicht an Marjan denken, es geht einfach nicht. So werde ich nie einen hochkriegen. Aber Juli? Ja, Juli.

Er schubst mich von sich, presst mich auf die weiche Matratze seines Bettes. Sein Haar kitzelt mich an meinem Bauch, ich spüre seine Lippen. Mir ist fast, als könnte ich *ihn* riechen.

Seit Juli mich zum ersten Mal geküsst hat, kann ich den Hunger nicht stillen und ich weiß, wonach alles in mir giert. Warum bin ich nur so ein Feigling?

Er küsst mich, sein Atem haucht heiß gegen meinen Bauch. Ich bilde mir ein, er ist ein wenig unsicher, ich stelle mir die großen braunen Augen vor, wie sie mich ansehen, staunend und doch neugierig.

Augen zu. Ich sollte ihn vergessen, nur wie?

Mit seiner Zunge streift er über meinen Schwanz und ich glaube wirklich, er ist unsicher, ganz unbeholfen. Ich öffne die Augen nicht, als ich die Hände in seinem schwarzen Haar vergrabe und die warmen Lippen auf mir spüre.

Ist das Liebe? Fühlt sich das so an? Für meine Verhältnisse sanft bedeute ich ihm, aufzuhören. Ich ziehe ihn hoch, ziehe ihn zu mir und lege die Lippen blind auf seine, küsse ihn. Er hat keine Piercings, nein, und seine Lippen sind weich und hierbei ebenfalls unsicher.

Als er mich erneut berührt, meine wachsende Erektion massiert, seufze ich leise: »Juli ...«

Kabumm. Mein Tagtraum ist vorbei.

»Was?«

Erschrocken reiße ich die Augen auf, gerade noch rechtzeitig, um zu sehen wie *Marjan* mich loslässt, als wäre er von einer Tarantel gebissen worden. Mit einem Ausdruck puren Entsetzens springt er auf und starrt mich an. Ich setze mich auf und werde über und über rot.

»*Juli*?! Wer zum Teufel ist das?«

Seine entsetze Miene weicht langsam einer wütenden, sehr verletzten. Seine grauen Augen werden dunkel, als ich mich aufsetze, meine Hose schließe und ebenfalls hastig auf die Füße komme. Scheiße, das gibt es doch gar nicht! Ich hätte nie gedacht, dass mir so etwas jemals passiert!

»Ich … das … das ist nicht wichtig.«

»*Nicht wichtig*?! Das ist ein scheiß-Witz, oder? *Du* bist zu *mir* gekommen und hast gesagt, du willst eine Beziehung führen! Und jetzt hast du plötzlich einen anderen?!«

»Ich hab' keinen anderen!«, schnauze ich ihn an, am Ende mit meinen Nerven.

All die Wut kocht wieder in mir hoch. Ich klaube meine Klamotten zusammen, während Marjan wie paralysiert dasteht und mich dabei beobachtet.

»Und warum stöhnst du *Juli*, wenn *ich* dich anfasse?! Wer ist das, verflucht noch mal?! Du schuldest mir eine Antwort! Ich fasse es nicht, du *Arschloch*!«

»Krieg' dich ein, verdammt!«, knurre ich ihn an, als ich mir mein T-Shirt über den Kopf ziehe. »Ich habe keinen anderen, okay?!«

»Wer zum Teufel ist *Juli*?!«

Wir stehen uns gegenüber. Marjan ist blass und zu allem Überfluss schimmern Tränen in seinen Augen. Ich will nicht, dass er heult, das würde mir den Rest geben.

Ich mustere ihn, seinen Körper, den ich schon so oft gesehen habe, seine Hände, die zittern, sein Gesicht. Er ist mir vertraut und trotzdem kenne ich ihn eigentlich gar nicht. Auch wenn er ein verdammt attraktiver Kerl ist, er ist eben nicht Juli.

Ich hasse es, dass ich nicht aufhören kann, an ihn zu denken.

»Ich habe nichts mit ihm«, murmle ich rau.

Mit aller Macht versuche ich, seinem verletzten Blick standzuhalten.

Er beißt die Zähne zusammen und fragt mit krächzender Stimme: »Aber?«

»… Ich … *mag* … ihn?«

Die Bombe schlägt ein. Mit einem Mal reißt er die Augen auf, öffnet den Mund, schließt ihn wieder. Kurz presst er die Augen zusammen, schüttelt den Kopf. Als er sie öffnet, kullert ihm die erste Träne über die Wange.

»Du liebst einen anderen Kerl und benutzt mich als Fick für zwischendurch, weil er dich nicht haben will? Spinnst du?!«, fährt er mich schrill an.

»Ich *liebe* ihn nicht!«

»Was sonst, du Arschloch?« Marjans Stimme überschlägt sich, er macht einen Schritt auf mich zu, doch statt mir ein körperliches Leid zufügen zu wollen, starrt er mich einfach an, weinend und anklagend. »Was sonst, Phil?«, setzt er leise hinterher.

Seine Enttäuschung ist schlimmer als alles andere.

Ich schlucke und spüre, wie trocken mein Hals ist.

»Ich weiß es nicht.«

»Wie lange schon? Wie lange bist du gar nicht bei mir, wenn du mich nimmst? Wie oft hast du seinen Namen in Gedanken gesagt und ihn gefickt, statt mich?«

Er sieht mich an, als würde er tatsächlich eine Antwort erwarten. Ich kann nicht verhindern, dass mir die Hitze ins Gesicht steigt und somit gleich alles verrate.

Ich öffne den Mund, schließe ihn und kann ihn nicht mehr anschauen. Er lacht leise und freudlos.

»Na? Sag mir wenigstens, ab wann ich dich verloren hatte, ohne irgendwas zu merken. Gott, ich bin so dumm!«

Der Klumpen in meinem Bauch wird größer und größer. Ich reibe mir über die Wange und stoße bittend hervor: »Komm schon, das ist doch egal.«

»Es ist mir *nicht* egal!«, unterbricht er mich heiser und schniefend. »*Wann,* Phil?! Sei wenigstens einmal in deinem Leben ehrlich!«

Unsicher schaue ich ihn an, ringe mit mir. Noch ehe ich es verhindern kann, murmelt dieser dumme, dumme Phil:

»Ich … kenne ihn länger als dich.«

»Du …« Marjan öffnet den Mund, seine Augen werden groß. Endlich verpasst er mir eine ordentliche Ohrfeige, die sich so verdient anfühlt, dass ich mich nicht einmal wehre. »Du Wichser! Penner! Ich fasse es nicht! Weiß der von mir? Hast du ihn genauso angelogen …«

»Wir haben nichts miteinander, okay?«, versuche ich lasch, mich zu verteidigen. »Ich … nur …« Meine Güte, selbst jetzt lüge ich ihn an. Ich bin ein Arschloch und im Moment hasse ich mich sogar selbst. »Bevor du … du gesagt hast, du liebst mich. Wir haben … Das war nur einmal … und … einmal geküsst aber … er will mich eigentlich gar nicht …«

Ich weiß nicht, warum es plötzlich aus mir herausbricht. Es tut irgendwie gut, es mal zu sagen. Dumm nur, dass ausgerechnet der weinende Marjan vor mir steht, der einen lauten Schluchzer von sich gibt und sich rücklings auf seinen Schreibtischstuhl fallen lässt, die Hände an seine Schläfen presst und seinen Kummer von sich weint.

Es dauert eine Ewigkeit, ehe er tief durchatmet und mir sein verweintes, gerötetes Gesicht zuwendet. Er ist sogar jetzt noch ein hübscher Kerl. Trotzdem so anders als Juli. Ich bin unfassbar dumm!

»Bete, dass ich ihn niemals zufällig kennenlerne. Ich werde ihm alles erzählen! Und wenn es dir schlecht geht, werde ich triumphieren. Jemand wie du verdient gar nicht, dass man ihn liebt. Ich hasse diesen *Juli,* aber er tut mir auch leid. Das verdient niemand. Und jetzt verschwinde, du Abschaum!«

JULIAN

Nach Phils Abgang ist der ruhige Nachmittag gelaufen. Jay hatte keinen Nerv mehr, mit Sven herumzuknutschen. Stattdessen hat er versucht, Phil bei sich zuhause zu erreichen, doch wieder hat Michelle uns nicht sagen können, wohin er verschwunden ist.

Der einzige, den das nicht wirklich aus der Bahn geworfen hat, war Falco, der plötzlich an mir klebte, wie eine Klette. Erst, als ich ihm ruppig erklärt habe, dass ich meine Ruhe will und nach Hause gehe, hat er meinen Arm endlich losgelassen. Ich wollte seine Gefühle nicht verletzen, doch nachdem Phil abgerauscht ist, bin ich vollkommen aufgewühlt.

Er war eifersüchtig! Ich weiß nicht, ob ich mich freuen oder wütend werden soll. Was bildet dieser Idiot sich eigentlich ein, einen Aufstand zu machen, weil ich Falco küsse? Ich treibe es wenigstens nicht mit ihm! Vor allem war ich es auch nicht, der das zwischen uns abrupt beendet hat. Das war er! Soll er zusehen, wie er klarkommt.

Oder … freue ich mich vielleicht doch ein bisschen mehr, als ich sollte? Ich weiß es nicht.

Zuhause ist es still und ruhig. Erstaunlicherweise halten sich meine Eltern nach ihrem letzten großen Streit zurück, genauso wie beide mir gegenüber kaum ein Wort verlieren. Das Gute daran: Meine Mutter ist verglichen mit vorher also nett zu mir. Das Schlechte: Mein Vater redet kein Wort mehr mit mir, wenn er denn mal zuhause ist.

Ich weiß, ich habe gesagt, er soll mich in Ruhe lassen und habe ihn beleidigt, doch sind ihm meine Vorwürfe wirklich egal? Ich verstehe es einfach nicht.

Heute ist ein merkwürdiger Tag. Der Eindruck verstärkt sich noch, als das Telefon in genau dem Moment klingelt, in dem ich an der Kommode im Flur vorbeigehe, auf dem es nun wieder steht.

Verwirrt gehe ich ran, melde mich mit »Schneider, guten Tag?«, weil man nie wissen kann, ob Dads Mandanten nicht zu doof sind, um private Nummer von Arbeitsnummer zu trennen. Ich falle bald vom Glauben ab, als mir jemand ins Ohr schluchzt.

»Juli?«, schnieft eine Mädchenstimme.

Ich brauche einen Augenblick um zu realisieren, wer da weint.

»Michelle? Was ist los? Ist was passiert?«

Oh Gott, es ist doch wohl hoffentlich nichts mit Phil? Wurde er von einem Auto angefahren, oder hat er versucht, sich umzubringen? Mit einem Mal überkommt mich ein lähmendes Gefühl der Angst. Ich rege mich keinen Millimeter.

»Juli! Es tut mir leid ... ich wusste nicht, wen ich sonst anrufen soll.«

»Hey, ganz ruhig. Was ist denn passiert?«

Hoffentlich hört sie mir nicht an, wie nervös ich selbst bin. Bitte, lass Phil nichts zugestoßen sein!

»Ich ... Phil ist nicht da und meine Eltern auch nicht, aber ich brauche jemanden zum Reden ... Mein Freund hat mit meiner besten Freundin ... Kannst du nicht herkommen? Oh bitte ...«

Oh Gott, Phil ist nicht passiert! Dem Himmel sei Dank!

Sie schluchzt herzzerreißend. Plötzlich überkommt mich zusätzlich zur Erleichterung ein merkwürdiges Gefühl, das ich so bisher noch nie gefühlt habe. Empörung, Wut und zugleich Mitgefühl und ... ein überwältigender Beschützerinstinkt.

Wie kann dieser Kerl nur? Ausgerechnet jetzt ist sie alleine zuhause! Ich kann mir vorstellen, wie ihr rundes Gesicht ganz gerötet ist vom vielen Weinen und erschrecke über den plötzlichen Wunsch, sofort zu ihr zu eilen, sie zu trösten und anschließend diesem Kerl die Nase zu brechen. Ich vermute mal, Phil würde das Trösten weglassen und den Kerl direkt umbringen.

»Ich komme sofort, okay?«

Ich warte noch ihre Zustimmung ab, ehe ich auflege und die Treppen, die ich eben erst hinaufgekommen bin, wieder hinunter haste. In Gedanken höre ich noch immer ihr Schluchzen und mit einem merkwürdigen Gefühl im Bauch stelle ich fest, dass ich nicht möchte, dass sie weint. Sie ist so klein und unschuldig und dann kommt irgendein Typ daher und tut Dinge, die ich zum Teil auch mit Mädchen gemacht habe. Ich bin ein Arsch und vielleicht laufe ich genau deswegen die Straßen entlang, das Licht der langsam sinkenden Sommersonne im Nacken.

Auf halbem Weg komme ich an einem Supermarkt vorbei. Süßigkeiten, die sind doch immer gut. Frauen stürzen sich auf so was, wenn es ihnen schlecht geht. Keuchend und viel zu hastig renne ich in den Supermarkt hinein, werde angerempelt und sammle so schnell wie irgend möglich Schokoladeneis, Gummibärchen und Chips zusammen. Der Kassiererin werfe ich zu viel Geld hin, es kümmert mich nicht. Ich bin raus, ehe sie mir das Wechselgeld geben kann.

Ist das so, wenn man eine kleine Schwester hat? Hin- und hergerissen sein zwischen Wut und dem heftigen Wunsch, sie zu trösten und sie bloß nicht weinen zu sehen? Mein Problem mit Phil ist vollkommen nebensächlich geworden und das in so kurzer Zeit.

Als ich bei ihr zu Hause ankomme, geht mein Atem nur noch pfeifend und meine Brust brennt wie Feuer. Ich brauche ganz dringend mehr Ausdauer. Die Schritte bis zur Haustür lege ich im Schneckentempo und nach Luft japsend zurück, die Tüte in meiner Hand scheint eine Tonne zu wiegen. Ich brauche nicht klingeln, denn plötzlich wird die Tür von innen aufgerissen und eine vollkommen verweinte Michelle in viel zu großem T-Shirt und karierter Schlafanzughose steht vor mir. Sie muss auf mich gewartet haben.

Ich glaube, mir zerspringt gleich das Herz vor lauter Mitleid.

»Juli«, schluchzt sie, fällt mir in die Arme und weint hemmungslos an meiner Schulter.

»Hey«, murmele ich überfordert, und für einige Momente starr vor Schreck.

Vorsichtig lege ich meine Arme um sie und weiß nicht so recht, was ich machen soll. In all meinem Bestreben, schnell hierherzukommen, habe ich mir gar keine Gedanken gemacht, wie ich sie trösten will und was ich sagen soll und was nicht. Vor allen Dingen fühle ich mich jetzt, da ich hier bin, seltsam deplatziert. Warum hat sie ausgerechnet mich angerufen? Jeder Stein wäre besser für so was zu gebrauchen als ich.

Vor allem hoffe ich, dass Phil nicht allzu bald nach Hause kommt. Ich lege keinen Wert darauf, ihn jetzt zu sehen – oder?

»Danke, dass du hergekommen bist. Ich wollte nicht alleine sein.«

Sie löst sich von mir und schaut mich aus ihren verweinten Augen so traurig an, dass es mir das Herz in der Brust zusammenzieht.

»Das ist doch selbstverständlich« – denke ich zumindest – »Ich bin nur nicht gut im Trösten, glaube ich. Aber ich habe Süßigkeiten und Eis mitgebracht!«, erkläre ich und hebe mit schiefem Grinsen im Gesicht die Plastiktüte, die an meinem Handgelenk baumelt.

Michelle lacht leise und schnieft im selben Augenblick. Sie winkt mich rein und ich folge ihr unbeholfen. Aus der Küche holt sie zwei Löffel, wobei sie mich so traurig anlächelt, dass ich sie am liebsten wieder umarmen würde, obwohl mir Nähe eigentlich nicht liegt. Ich traue mich allerdings nicht, sondern folge ihr die Treppen hinauf und höre mir an, was überhaupt passiert ist.

Ich bin zu nervös, um jedes Wort mitzukriegen, doch die Quintessenz kommt an. Fast muss ich lächeln darüber, als sie mir erklärt: »Er hat mit meiner besten Freundin rumgeknutscht!«

Was habe ich denn gedacht? Sie ist so jung und unschuldig, wahrscheinlich ist sie noch Jungfrau. Ich hoffe es zumindest. Sie soll lieber noch warten, das ist immer besser. Als jemand, der viel zu früh mit dem ganzen Mist war, weiß ich, dass sie es nur bereuen würde.

Trotzdem kann ich nachvollziehen, dass es ihr wegen dem Fremdknutschen schlecht geht. Vor allem, da es ihre beste Freundin war, die das Ganze geheim halten wollte. Der Kerl hat ein schlechtes Gewissen bekommen und gebeichtet. Tolle Freundin.

Ich folge ihr in ihr Zimmer, unsicher und zugleich glücklich darüber, dass sie hauptsächlich redet und ich nichts sagen muss. Ich war noch nie in einem richtigen Mädchenzimmer, wenn man das so nennen will. Die hellrosa Wände und das große weiße Bett mit Baldachin verschrecken mich schon ein bisschen. Vor ihrem Bett liegt ein cremefarbener Hochflorteppich, auf den sie sich drauf fallen lässt. An der Wand steht ein großer, weißer Holzschrank und direkt daneben sogar eine Fernsehkommode mit Videoplayer. Alles rosa, weiß und cremefarben.

»Setz dich ruhig«, schnieft sie und deutet neben sich auf den Teppich.

Zögerlich trete ich näher, reiche ihr die Tüte mit den Süßigkeiten und setze mich ungelenk neben sie.

»Du ... äh ... hast ein sehr schönes Zimmer«, stammle ich.

Keine Ahnung, warum ich so nervös bin. Okay, ich bin es wohl einfach nicht gewöhnt. Ich habe keine kleine Schwester. Kein Grund zur Panik. Das wird schon. Ich hoffe nur, dass ich Phil nicht begegne, sollte der heimkommen. Das wäre ziemlich blöd, nachdem er sich so bescheuert aufgeführt hat und ich will ihn wirklich nicht sehen. Ganz sicher nicht!

»Danke! Phil hat es mit mir gestrichen und alles renoviert vor einem Jahr«, erklärt sie und lächelt ein wenig.

Sie reibt sich über die gerötete kleine Stupsnase und schiebt mir den Eispott hin. Wir öffnen ihn und ich löffle mit Michelle zusammen bedächtig Schokoladeneis, während sie mir von diesem komischen Kerl erzählt.

Mehr als, »Oh Mann«, und, »Was ein Arsch!«, sage ich nicht. Das scheint ihr allerdings zu reichen. Ich glaube, sie merkt gar nicht, dass ich mit einem Ohr nach irgendwelchen Phil-typischen Geräuschen lausche.

Wir essen so viel Eis, dass mir schon bald schlecht ist. Als es nur noch halbflüssige Pampe ist, schiebt Michelle den Becher zur Seite und bedankt sich bei mir. Immerhin weint sie nicht mehr.

»Soll ich einen Film anmachen?«, fragt sie mich mit großen Augen und sieht schon viel glücklicher aus als vorher.

Ich weiß zwar nicht, was ich gemacht habe, doch es scheint richtig gewesen zu sein.

»Wie du möchtest«, erwidere ich.

Das Beste wäre, wir machen alles, was sie will. Dann muss ich mir nichts einfallen lassen, denn in so etwas bin ich ziemlich grottig. Ich will nicht, dass sie noch mal anfängt zu weinen, weil ich ein hoffnungsloser Fall bin.

Obwohl mir vom Eis übel ist, öffne ich die Gummibärchen und halte ihr die Tüte hin, als sie eine Videokassette einwirft. Dankbar greift sie zu und lächelt mich an.

»Ich bin froh, dass du da bist. Ich weiß, das ist sicher komisch, immerhin bist du ja Phils Freund, aber ich kenne einfach sonst niemanden. Jay ist ein unsensibler Klotz und ich weiß manchmal nicht, ob er mich mag oder ich ihn doch nur nerve.«

Ich grinse schwach.

»Ich bin zwar kein unsensibler Klotz, dafür allerdings ein Gefühlskrüppel. Na ja …«

»Ach was!«, unterbricht Michelle mich und setzt sich neben mich. Das Band der Videokassette quietscht ein wenig, der Röhrenfernseher knistert und irgendeine komische Romanze spielt ein. »Es stört dich doch nicht, wenn wir eine Schwulenromanze gucken?«

»Eine … eine was?«

Verdattert schaue ich auf und wenn ich nicht zu hundert Prozent davon überzeugt wäre, dass es unmöglich ist, würde ich sagen, in ihren Augen blitzt der Schelm.

»Eine Schwulenromanze. Ich hab den Film vor kurzem gekauft. Total süß!«

So was gibt es?

»Das ist kein Porno, oder?«, hake ich misstrauisch nach.

Muss ich das gucken? Ich will nicht!

Michelle lacht prustend, schüttelt die blonden Locken und grinst mich süß an.

»Quatsch, eine ganz normale Romanze!«

»Okay … kein Problem.«

Ist es genau betrachtet auch nicht. Komisch finde ich es trotzdem.

Während wir den Film schauen, schweifen meine Gedanken zu Phil ab. Michelle merkt davon nichts, sie ist zu sehr damit beschäftigt, die sich anbahnende Romanze der Protagonisten zu beseufzen. Ich lehne gegen ihr weißes Bett mit der rosa Bettwäsche, starre auf den flimmernden Bildschirm und frage mich, was mit Phil los ist.

Wie konnte das alles passieren? Ich dachte, wir hätten eine gemeinsame Wellenlänge gefunden und dann zieht er sich zurück. Ist heute ausgeflippt, weil ich Falco geküsst habe. Benimmt sich total daneben. Er sollte sich mal entscheiden, was er denn nun will. Mich oder seinen komischen Festivaltypen. Ob ich ihm das einfach mal sagen sollte? Oder explodiert er gleich wieder?

Die Typen auf dem Bildschirm lächeln sich gerade dumm-dämlich verliebt an, Michelle seufzt und im selben Augenblick ertönt von unten her ein lauter Knall. Schritte knarzen auf der Treppe. Ich schaue erstaunt auf Michelles geschlossene Zimmertür.

Neben mir seufzt es erneut leise.

»Phil. Er war vorhin schon komisch, wollte mir allerdings nicht sagen, was los ist.«

Die Schritte kommen näher. Phil muss etwa auf Zimmerhöhe sein – und nein, mein Herz pocht nicht nervös und schnell! – da ruft Michelle forschend: »Phil? Alles okay?«

Die einzige Antwort, die sie bekommt, ist ein harsches: »Sei still!«

Michelle seufzt erneut. Ich drehe ihr mein Gesicht zu, die Augenbrauen erstaunt erhoben.

»Welche Laus ist dem denn über die Leber gelaufen?«, frage ich und hoffe, dass es nur für mich so scheinheilig klingt.

Den Teufel werde ich tun und Michelle erzählen, was passiert ist. Sie ist zu unschuldig für solche Geschichten. Wenn sie böse auf mich wäre und mich abstoßend fände, würde ich das vielleicht nicht ganz so leicht verkraften.

Ich hätte gerne eine kleine Schwester wie sie. Schade, dass es dafür zu spät ist.

Michelle sieht besorgt aus, doch sie wendet sich dem Fernseher zu.

»Ich weiß es nicht. Es ist besser, wir lassen ihn erst einmal in Ruhe.«

So werde ich dazu verdammt, diesen komischen Film weiter zu gucken, während direkt nebenan ein ziemlicher Radau veranstaltet wird. Zerstört er etwa gerade seine Einrichtung?

Michelle kichert aufgeregt und nahezu ohrenbetäubend, als die Protagonisten sich näherkommen.

Vom Flur her ertönt ein lauter Schlag und Phil blökt durch die Tür: »Schraub' dein irres Gekicher leiser, Mistratte!«

Es gibt erneut einen Knall und Michelle grinst nur belustigt. Diese Aggressionen schüchtern mich mehr ein, als sie. Wo war er eben? Hat er diesen Typen besucht? Wenn ja, warum ist er plötzlich wieder da und warum ist er immer noch fürchterlich drauf?

Auf dem Bildschirm des Fernsehers streiten sich die Protagonisten gerade. Michelle seufzt leidend. Plötzlich atmet der eine mit den lockigen Haaren durch und beginnt einfach, sich auszuziehen, während der andere weiter tobt. Der Dunkelhaarige, der Josh heißt, hält irritiert inne, runzelt die Stirn.

»Ich ... Lucas, was machst du da?«, murmelt er heiser.

Michelle fängt an, zu kichern.

Lockenkopf-Lucas blinzelt schüchtern und entledigt sich seiner Jeans. Er sagt nichts, als er sich die Unterhose – würgs, ein Männerslip, ist das zu glauben? – von den Beinen zieht und Josh offen ansieht. Dieser starrt ihn nur an. Wir Zuschauer sehen zum Glück nur Lucas' Rückansicht. Michelle kichert noch verrückter. Dann stürzt er sich auf Josh und küsst ihn leidenschaftlich.

Ich kann doch nicht an mich halten und pruste: »Was war das gerade für ein Schwachsinn? So was funktioniert doch nie im Leben!«

Michelle nickt beharrlich.

»Im Film klappt das! Also klappt das sicher auch im echten Leben. Oh, sind die nicht süß?«

Ich weiß nicht, ich finde das weder süß, noch glaube ich, dass mein Trommelfell ihre sich überschlagende Stimme noch länger aushält.

Als die beiden mit kitschiger Musik im Hintergrund ihren ersten, unschuldigen Sex haben, bei dem man natürlich nicht wirklich was sieht, fiepst Michelle so aufgeregt und laut, dass ich sie fast bitten will, leiser zu sein. Da allerdings ertönt wieder dieses laute Knallen, Schritte trampeln über den Boden und die Zimmertür wird aufgerissen.

»Ich hab' gesagt, du sollst verdammt noch mal le... Juli?!«

Erschrocken schauen Michelle und ich zur Tür. Phil sieht zerzaust aus und machte er bis eben noch den Eindruck, als wolle er uns beide töten, sieht er nun eher so aus, als hätte er das Monster von Loch Ness vor sich.

Ich öffne den Mund und mein dummes, kleines Herz pocht wie verrückt.

»Äh ... Hi«, stammle ich.

Kein Wunder, dass er auf dem Absatz kehrtmacht und die Tür hinter sich zuschlägt, ohne ein Wort zu sagen. Hoppla.

»Huch?«, macht Michelle neben mir. Wir starren beide auf die Tür, verwirrt und erstaunt. »Sag mal, was hast du nur mit Phil gemacht?«, fragt sie.

Obwohl ich eigentlich nichts sagen will, rutscht mir heraus: »Ich habe keine Ahnung, ehrlich!«

Habe ich denn wirklich etwas mit Phil gemacht? Ist er wütend auf mich, wegen Falco? Ist er eifersüchtig? In meinem Bauch kribbelt es heftig und das kommt nicht nur von der Überdosis Schokoladeneis.

Michelle steht auf und pausiert den Film, ehe sie sich vor mir im Schneidersitz hinsetzt. Nichts ist mehr übrig von ihren Tränen und ihrer Traurigkeit. Geht das bei jungen Mädchen so schnell? Oder macht sie sich gerade einfach zu viele Gedanken um ihren Bruder?

»Vielleicht solltest du mal mit ihm reden, Juli«, schlägt sie vor und schenkt mir ein aufmunterndes Lächeln.

Ich will es nicht, kann allerdings nicht verhindern, dass mir das Blut in die Wangen steigt.

»Mit ... ihm reden? Warum?«

Sie rollt die Augen.

»Halt mich nicht für doof, ich sehe doch, dass irgendwas mit euch nicht stimmt. Habt ihr euch gestritten? Vielleicht solltet ihr euch mal aussprechen. Phil ist seit Wochen scheußlich drauf und ich glaube, dass es was mit dir zu tun hat.«

»Mit mir?«, frage ich dusselig.

Hoffentlich merkt sie nicht, wie nervös ich werde. Gibt es also noch Hoffnung? Bestimmt. Sonst wäre Phil nicht so furchtbar drauf.

»Ja«, erwidert sie ungnädig. Sie stupst mir mit einer Hand gegen den Arm und zupft am Ärmel meiner Kapuzenjacke, als wäre ich zu blöd für die Welt. »Komm schon, rede mit ihm. Der arme Kerl ist total durch den Wind. Du hast es ihm ziemlich angetan, glaube ich.«

Ich will das, was sie sagt, gerne als Blödsinn abtun und ihr sagen, dass sie sich irrt. Doch alles, was aus meinem Mund rauskommt, ist: »Das ... das glaub ich nicht. Er hat doch einen anderen Kerl, ich meine ...«

»Er hat nur Angst vor seinen Gefühlen«, unterbricht mich Michelle. Sie schaut mich ernst an, schubst mich leicht. »Na komm schon! Einer von euch beiden muss den ersten Schritt machen und Phil ist viel zu verbohrt, da kannst du ewig warten!«

Ich starre sie an und bin nicht richtig in der Lage zu verstehen, was sie da sagt. Von dem weinenden kleinen Mädchen ist nichts mehr übrig, als sie nun ungeduldig schnaubt und auf die Füße kommt. Sie zieht fester an meiner Jacke. Als ich schließlich aufstehe, schiebt sie mich auf ihre Zimmertüre zu.

»A-aber warte doch mal! Ich weiß gar nicht, was ich zu ihm sagen soll!«, wende ich ein.

Je näher wir der Tür kommen, desto ängstlicher werde ich.

»Keine Sorge, dir fällt schon was ein«, versichert sie mir.

Als sie die Tür öffnen und mich hinausschubsen will, halte ich noch mal inne und schaue sie hilflos an. Vielleicht bemerkt sie, dass ich Angst habe. Vielleicht hat sie Mitleid mit mir. Ihre Lippen verziehen sich zu einem mitfühlenden Lächeln, sie knufft mich sanft in die Seite.

»Keine Sorge, Juli. Vertrau mir, okay? Ich kenne Phils Gefühlswelt besser als er selbst. Geh zu ihm. Ich wette, er hofft auf genau das und weiß selbst gar nichts davon.«

Dann öffnet sie die Tür, ich taumle unsicher hinaus und stehe alleine im Flur. Phils Tür direkt nebenan ist geschlossen und es dringt kein Mucks aus seinem Zimmer.

Vorsichtig gehe ich darauf zu. Meine Hände sind vor Aufregung total geschwitzt. Ich weiß nicht, ob ich Michelle glauben soll. Wenn ich allerdings ehrlich zu mir selbst bin, muss ich mir eingestehen, dass ich mehr als alles andere hoffe, sie hat Recht.

Ich klopfe zögerlich gegen seine Tür.

Von drinnen ertönt nur ein nuscheliges: »Nein!«

Es weist jedoch nicht genug Überzeugungskraft auf, um mich fernzuhalten. Pech gehabt.

Vorsichtig drücke ich die Türklinke hinunter, betrete Phils chaotisches Zimmer und sehe ihn auf seinem Bett sitzen, das Gesicht in die Hände gestützt. Er schreckt auf, sieht mich und Wut zieht über sein Gesicht.

»Ich hab' *Nein* gesagt, bist du taub? Verzieh dich!«

Entgegen seiner Worte und jedem Funken Vernunft in mir, trete ich in sein Zimmer ein und schließe die Tür hinter mir.

»Nein, ich habe dich schon gehört«, erwidere ich unsicher und mustere seinen Gesichtsausdruck. Könnte abweisender aussehen, also bleibe ich.

»Ich dachte, wir könnten endlich mal miteinander reden.«

»Ich will nicht reden«, unterbricht er mich harsch und steht auf.

Wir sehen uns wortlos an, ehe er genervt schnaubt und sich die blau-blonden Haare rauft.

»Kannst du nicht einmal das tun, was du tun sollst?«, knurrt er und macht Anstalten, auf mich zuzukommen, doch ich weiche nicht zurück.

Ungekannter Trotz steigt in mir auf. Wenn er mal tun würde, was er tun sollte, wären wir ja gar nicht in dieser Situation. Unwillig verziehe ich die Lippen und hebe eine Augenbraue.

»Ach ja, und was soll ich tun? Mich ebenso verkriechen wie du und andere Leute anschreien?«

»Du sollst verschwinden!«, bricht es aus Phil heraus, lauter als wahrscheinlich beabsichtigt. Ihm entweicht ein Knurren, er tritt gegen seinen Schreibtischstuhl, der scheppernd umfällt. »Du sollst aus meinem Zimmer verschwinden und aus dem Haus und aus meinem scheiß-Hirn, verdammt! Wer gibt dir eigentlich das Recht, hier aufzukreuzen und alles auf den Kopf zu stellen? Seit du da bist, läuft alles schief!«

Normalerweise würde mich das zutiefst treffen und ich würde mich wortlos umdrehen und gehen. Allerdings sagt mir Phil sonst nicht, dass er mich nicht aus dem Kopf bekommt.

Ich beobachte, wie er im Zimmer hin- und hergeht und sich in einen wütenden Monolog hineinsteigert. Die Hose, die er trägt, rutscht ihm dabei fast über den Hintern und gibt ziemlich viel von seinen karierten Boxershorts preis. Sein T-Shirt hat hier und da ein Loch und sieht total zerknittert aus, was seinen bedrohlichen Gesichtsausdruck doch deutlich schmälert. Er sieht mitgenommen aus.

»Du kommst in die Klasse spaziert und blinzelst aus deinen scheiß-Rehäuglein und alles dreht sich um dich, das kotzt mich an! Kannst du nicht wie jeder beknackte, normale Mensch die Leute in Frieden lassen?! Es ging mir gut, bevor du kamst und jetzt liege ich jede verfickte scheiß-Nacht wach und frage mich, mit wem du es wohl zuletzt getrieben hast. Ich kann einfach nicht damit aufhören, das ist zum Kotzen! Und dann kommst du und machst mit Falco ... Gott, ich würde dir gerne eine reinhauen, weißt du das?«

Phil beachtet mich gar nicht, er schaut mich nicht einmal an. Seine Schimpftirade wird lauter, doch ich höre nicht mehr richtig hin, nicht einmal, als er »Schlampe« und »Hure« ausspuckt.

Er ist eifersüchtig. Eifersüchtig!

Zu gerne würde ich ihn festhalten und ihm beteuern, dass ich mit gar niemandem irgendwas gemacht habe. Phil steigert sich so in seine Wut hinein, dass ich praktisch nicht mehr vorhanden bin. Im Prinzip hat er mich schon durch die Tür gebrüllt. Was soll ich machen, damit er mich endlich mal anschaut?

Unsicher beobachte ich, wie er einen Stapel Bücher vom Schreibtisch fegt und wütet wie ein Drache mit Zahnschmerzen. Ob das mit dem Ausziehen wohl wirklich klappen könnte? Ich meine ... Vielleicht könnte ich ihn damit so verwirren wie der Typ aus dem komischen Film seinen Freund? Oder wäre ich dann erst recht die Schlampe, als die er mich darstellt?

Ich beiße mir auf die Unterlippe und zögere. Phil würdigt mich immer noch keines Blickes.

Ach, was hab ich schon zu verlieren!

Als ich den Reißverschluss meiner Kapuzenjacke öffne, bekommt er davon nichts mit. Er tritt gegen seinen Kleiderschrank, und schnauzt willkürlich irgendwelche Beleidigungen.

»Ich wünschte, du wärst nie hierhergekommen! Schon auf Vanessas beknackter Party hätte mir klar sein müssen, was für ein scheiß-Arschloch du bist. Warum machst du andauernd mit Falco rum? Macht es dir Spaß, mich zu quälen? Du bist so eine Schlampe!«

Seine Stimme überschlägt sich schier, als ich die Jacke fallen lasse und mir das T-Shirt über den Kopf ziehe. Vielleicht hat er kurz hergeschaut, doch er nimmt mich nicht wirklich wahr.

»Ich hör' Jay noch sagen, dass du in Ordnung bist. In Ordnung! Und alle nerven mich: Mäh, Phil, sei doch nett zum armen, armen Juli! Pah, die wurden ja auch nicht von dir überfallen und unter der Dusche – Was zum Teufel machst du da?«

Als ich aus meiner Jeans steige, scheint Phil endlich zu bemerken, dass ich nur noch in Unterhose vor ihm stehe. Ich kann förmlich beobachten, wie er rot wird, und spüre selbst die Hitze im Gesicht. Verlier' jetzt bloß nicht den Mut, Juli!

»Im Film funktioniert das!«, platzt es aus mir heraus.

Im nächsten Moment beiße ich mir auf die Zunge. Mist, wie peinlich! Doch er starrt mich nur verwirrt an und hält endlich seinen Mund.

»Ich habe mit gar niemandem geschlafen, okay? Nicht, seit der Dusch-Sache!«, erkläre ich schnell, aus Angst, er könne gleich umso mehr toben und mir nicht zuhören. Unsicher hebe ich die Hände und lasse sie wieder sinken. »Das mit ... Ich war verletzt, verstehst du? Ich kapiere nicht, warum du mich von dir wegstößt. Ich ... ich dachte, wir verstehen uns und dass du mich magst.«

Phil starrt mich weiterhin nur an. Na prima. Vom brüllenden Drachen zum stummen Waschbären. Herrlich! Ich sende einen Stoßseufzer gen Himmel, beiße mir auf die Unterlippe und mache einen Schritt auf ihn zu.

»Ich habe versucht, dich anzurufen, nachdem wir auf dem Spielplatz waren. Aber du warst nicht da. Bist du mit diesem Typen zusammen? Dem von diesem Festival Warm Up?«

Unsicher beobachte ich, wie sich sein Mund öffnet und wieder schließt. Langsam schüttelt er den Kopf.

»Er bedeutet mir nichts«, murmelt Phil.

Ich könnte vor Erleichterung heulen und lachen zugleich. Wir schauen uns an und ich weiß nicht, wer von und unsicherer ist. Ich versuche mich an einem zaghaften Lächeln, das mir ziemlich missglückt.

»Warum warst du dann bei ihm? Oder war es ein anderer? Ich hatte gehofft, dass wir ... Ich ... Na ja, du hast mir ziemlich offensichtlich gesagt, was du von mir hältst, aber um ehrlich zu sein, steht nicht nur deine Welt auf dem Kopf.

Ich weiß nicht, was plötzlich los ist. Ich mag dich. Auch, wenn ich das selbst nicht ganz verstehe. Ich dachte, es geht dir ebenfalls so. Wenn ich damit falsch liege, gehe ich und wir vergessen es einfach, ich verstehe das schon. Du bist nicht wirklich der Typ für so was, nicht wahr? Ich meine, ich eigentlich auch nicht! Aber vielleicht ...?«

Ich sehe, wie Phil innerlich wankt. Sein Gesichtsausdruck wandelt sich, er seufzt gequält, reibt sich die Augen und schüttelt den Kopf. Er braucht nur zwei lange Schritte, dann steht er vor mir und zieht mich so heftig an sich, dass ich zu erschrocken bin, um noch etwas zu sagen.

»Himmel, du machst mich verrückt!«, murmelt er gegen meine nackte Schulter.

Er hebt den Kopf und sein unsicherer Blick trifft meinen. Ich will etwas sagen, wenigstens *Du bist doch auch nicht besser*! Doch er presst plötzlich die Lippen auf meine und küsst mich verzweifelt. Ich vergrabe nur die Hände in seinem Haar und ziehe ihn näher an mich. Das warme Metall seiner Piercings drückt sich in meine Unterlippe, seine Hände streifen unsanft über meine nackte Haut.

»Juli, oh Gott, Juli«, murmelt er und lehnt die Stirn gegen meine.

Ich atme tief durch, öffne die Augen und schaue ihn an.

»Es tut mir leid«, flüstere ich leise. »Das mit Falco, ich ...«

»Nein, nein. Ich hatte kein Recht, mich drüber aufzuregen.« Er ringt mit sich und zum ersten Mal heute lächelt er, wenn auch ziemlich gequält. »Ich war total dumm. Du hast Recht, okay? Egal, was ich gesagt habe, du hast Recht. Mir geht's genauso. Ich ... bin einfach feige, mehr nicht.«

Ich traue mich nicht zu fragen, warum er vor dem hier anscheinend noch mehr Angst hat als ich. Eigentlich dachte ich, unsere Ausgangsposition sei gleich. Ich für meinen Teil hatte noch nie eine richtige Beziehung und ich kann mir nicht vorstellen, dass er jemals eine hatte. Der einzige Unterschied ist, dass er auf Männer steht und ich keine Ahnung habe, was mit mir los ist. Ich stehe auf ihn, das weiß ich.

Seine Lippen finden meine und dieser Kuss ist sanfter als der erste. Als er sich schließlich von mir löst, grinst er schwach.

»Das mit dem Film musst du mir allerdings erklären, okay? Und was zum Henker du in Michelles Zimmer zu tun hattest, frage ich mich auch.«

Wir schauen uns an und plötzlich kann ich nicht mehr an mich halten und muss lachen.

»Das ist eine ziemlich komische Geschichte, okay?«

Phil zuckt nur mit den Schultern, erwidert mein Grinsen und zieht sich schließlich das verschwitzte T-Shirt über den Kopf.

»Kein Problem. Seit ich dich kenne, ist alles komisch.«

Damit zieht er mich zu seinem Bett, auf das wir uns fallen lassen. Es kümmert mich nicht, nur Boxershorts anzuhaben. Er mit seiner zu großen Hose ist nicht viel mehr angezogen als ich und das Bettzeug fühlt sich im ersten Moment herrlich kühl an. Wir legen uns nebeneinander und schauen an die Decke und ich erzähle ihm, warum ich hier bin und was für einen blöden Film wir geguckt haben.

PHILIP

Sein nackter Arm liegt neben meinem und obwohl wir uns nicht berühren, kribbelt meine Haut angenehm. Ich will ihn anfassen, ihn streicheln und ihn küssen, doch ich bin zu fassungslos über das, was er mir da gerade über Michelle erzählt. Ich wusste doch, ich hätte sie nicht alleine lassen dürfen, dieses hinterhältige, kupplerische Biest!

Ich beiße mir auf eines der Piercings und verkneife mir ein ungläubiges Lachen. Besser ist wohl, ich erzähle Juli nicht, wie alles in Wirklichkeit aussieht. Michelle hat nämlich schon vor zwei Wochen mit diesem Typen Schluss gemacht, weil er ihr zu langweilig war und ihn, weil er traurig war, mit ihrer besten Freundin verkuppelt.

Diese hinterhältige, kleine Mistratte! Juli ist zu naiv und

gutgläubig. Nein, ich bringe es nicht übers Herz, ihm zu erzählen, dass Michelle manipulierender ist als jeder andere Mensch, den ich kenne. Wahrscheinlich sollte ich vor ihr auf die Knie fallen und mich überschwänglich bedanken, weil wir ohne sie wahrscheinlich nie miteinander geredet hätten.

»Kennst du den Film? Gott, das war echt verstörend«, murmelt Juli schließlich und dreht mir das Gesicht zu, die Lippen zu einem amüsierten Grinsen verzogen.

Ich schnaube auf, schüttle den Kopf.

»Nein, sicher nicht! Ich dachte immer, sie kauft sich Make-up und komische Mädchenzeitschriften von ihrem Taschengeld. Das sollte ich eventuell mal unserer Mutter erzählen.«

Juli prustet leise, schüttelt den Kopf.

»Nein, bitte nicht! Dann wäre ich der Böse, weil ich gepetzt habe!«

Ich grinse ihn an und mustere sein Gesicht. Noch kann ich nicht realisieren, dass er wirklich neben mir liegt, ganz vertrauensvoll, und mich anlächelt. Er hat mir gesagt, dass er mich mag. Er ist nicht einmal böse, dass ich die ganze Zeit mit Marjan … Nähere Details werde ich ihm trotzdem nicht erzählen. Versonnen mustere ich seine Sommersprossen und seine Lippen. Aus den Augenwinkeln sehe ich die Schnitte auf seinem Arm, in unterschiedlichen Heilungsstadien. Rote und verblasste Narben.

»Juli?«, frage ich in die schwüle Luft meines Zimmers.

Hier bewegt sich kein Lufthauch. Ich bin versucht, mir ebenfalls die Hose auszuziehen.

»Mh?«

»Warum hast du versucht mich anzurufen, an dem Abend?«

Mein Blick streift über seine Schultern, seine Arme bis zu den Unterarmen und Handgelenken. Nachdenklich drehe ich mich auf die Seite und mustere ihn ausgiebig. Es sind eindeutig noch mehr Schnitte dazu gekommen. Hätte ich daheim sein sollen? War irgendwas Wichtiges?

Juli beobachtet mich und beißt sich auf die Unterlippe, ehe er wieder an die Decke sieht und meine Musterung kommentarlos erträgt. Er schweigt eine halbe Ewigkeit, ehe er gequält das Gesicht verzieht.

»Ich glaube, mein Vater hat eine Affäre«, sagt er.

Ich hebe die Augenbrauen.

»Wie kommst du darauf?«

Gut, ich kenne seinen Vater nicht, doch wenn ich mit so einer irren Frau verheiratet wäre, hätte ich wohl auch lieber eine Affäre.

»Als ich heimgekommen bin, habe ich meine Mutter im Schlafzimmer gefunden. Sie hatte einen totalen Nervenzusammenbruch und hat geweint, weil er nicht nach Hause gekommen ist. Ich habe sie ins Bett gebracht und sie wollte Schlaftabletten haben.« Juli zögert. Nur stockend erzählt er weiter: »Der ganze Schrank ist voller komischer Medikamente, ich ... ich verstehe das nicht. Gegen Depressionen und weiß der Himmel was noch.«

Wieder schweigt er und schließt die Augen. Die Erinnerung scheint zu frisch und zu schmerzhaft. Ihm ist anzusehen, wie sehr ihn die Situation seiner Familie verstört. Vorsichtig hebe ich den Arm und schiebe meine Hand in seine. Er drückt fest zu und als er die Augen wieder öffnet, dreht er mir das Gesicht zu und schaut mich an.

»Mein Vater ist später heimgekommen. Mit loser Krawatte und zerzausten Haaren. Hat nach Alkohol und Zigaretten gerochen und mit irgendwem telefoniert, der bloß nicht bei uns anrufen soll. Wir haben uns gestritten. Er redet nicht mehr mit mir.«

»Und das macht dich fertig«, stelle ich fest.

Juli presst die Lippen zusammen und dreht das Gesicht zur Decke.

»Weiß nicht ... Schon.«

Obwohl ich weiß, dass niemand, vor allen Dingen er es niemals wollen würde, dass ich mich für ihn verantwortlich fühle, kann ich das schlechte Gewissen nicht unterdrücken.

»Es tut mir leid, dass ich nicht daheim war«, murmle ich.

Ich hätte niemals was mit Marjan anfangen dürfen, das hat mir nur Scherereien gemacht. Er war ja von Anfang an nur eine Notlösung. Ich bete zu allen höheren Mächten, dass er niemals auf Juli trifft.

»Du bist nicht meine Mama, Phil«, sagt er. »Dir muss gar nichts leidtun.«

Er hat Recht und trotzdem fühle ich mich für ihn verantwortlich. Dummer, dummer Phil. Ich räuspere mich und weil ich der Meister der Ablenkungsmanöver und Überleitungen bin, frage ich schließlich: »Weißt du, ich wollte dich die ganze Zeit schon was fragen. Stehst du eigentlich auf Jungs?«

Juli hebt erstaunt die Augenbrauen und grinst mich an.

Subtil ist irgendwie nicht mein Ding. Ich hüstle ein wenig und füge hinzu: »Ich meine, ist das hier zum Rumprobieren oder … Okay, ich geb's auf. Stehst du auf Männer? Findest du Falco anziehend?«

Hoffentlich klingt das nur in meinen Ohren eifersüchtig.

»Falco«, erwidert Juli ungläubig, dann lacht er vollends. Ablenkung geglückt, wenigstens das. »Um Himmels willen, nein! Falco ist alles, aber gewiss nicht anziehend! Gott, du bist ein Spinner!«

»Spinner? Hallo? Du hast ihm heute die Zunge in den Hals gesteckt!«, erwidere ich schnippisch, muss allerdings auch grinsen. Stimmt schon, Falco ist nicht sexy. Eher süß, wenn überhaupt.

Juli knufft mich in die Seite, setzt sich ein wenig auf. Er beugt sich über mich und schaut mir verschmitzt in die Augen. Spielerisch legt er die Lippen auf meine, nur kurz.

»Ich habe mich auch gefragt, ob ich auf Männer stehe. Willst du eine ehrliche Antwort?«

Ich nicke und versuche, ihn zu küssen, doch er zieht sich zurück und lächelt.

»Ich weiß es nicht. Aber ich stehe auf dich, das reicht mir fürs Erste.«

Dann hat er endlich Erbarmen mit mir und beugt sich herunter. Zart beißt er mir in die Unterlippe, streicht mit der Zunge darüber. Himmel, ich bin jetzt schon erregter als vorhin mit …

Ungeduldig schlinge ich die Arme um seinen Oberkörper, ziehe ihn an mich und küsse ihn. Er keucht auf, als ich mich an ihm reibe und ich denke *Danke, danke, danke, ihr höheren Mächte … Das fühlt sich so gut und richtig an!*

Juli löst den Kuss und setzt sich ein wenig auf. Er öffnet meine Hose mit zittrigen Fingern und ich sehe, wie er sich unsicher auf die Unterlippe beißt. Dieser Junge macht mich fertig. Hingerissen beobachte ich ihn, wie er mir das Kleidungsstück auszieht und mit einer Mischung aus Unsicherheit und Erregung meine Erektion durch die Boxershorts mustert.

Ich lasse ihm keine Zeit, einen Rückzieher zu machen, sondern ziehe ihn wieder zu mir, küsse ihn. Wir waren uns lange nicht mehr nah und doch passt es herrlich. Ich streiche mit der Hand über seinen Bauch, hinunter bis zu seinem Schritt. Als ich die Hand auf seine Erektion lege, ihn sachte reibe, stöhnt er leise in den Kuss.

Ungeduldig drängt er sich mir entgegen. Ich tue ihm nur zu gerne den Gefallen und lasse meine Hand in seine Unterhose gleiten. Ich umfasse und pumpe ihn und lausche gebannt seinem schneller werdenden Atem.

Seine Hand zittert, als er sie vorsichtig über meinen Bauch streichen lässt. Seit unserem letzten Zusammensein scheint ihn wohl ein wenig das Selbstbewusstsein oder der Mut verlassen zu haben, denn er ist merklich unsicher, als er mir in die Boxershorts greift und mich anfasst.

Juli scheint stumm auf meine Reaktion zu lauschen. Er ist ein wenig ungeschickt, seine Unbeholfenheit macht mich jedoch ziemlich an. So unschuldig, irgendwie. Ich keuche auf, beiße ihm in die Lippe und während wir es uns gegenseitig besorgen, zerbeiße ich seinen Hals und sauge mich in seiner hellen Haut fest.

Seine freie Hand krallt sich in meinen Arm, er keucht, stockt – und ich spüre, wie er sich über meine Hand ergießt. Nach Atem ringend presst er die Stirn gegen meinen Hals, ehe er nach unten schaut. Zittrig bearbeitet er mich und beobachtet schließlich, wie ich komme.

Eine herrliche, wundervolle Ermattung ergreift mich, als er mich loslässt und sich zutraulich an meine Seite schmiegt. Er küsst meinen Hals, haucht mir einen Kuss aufs Ohrläppchen und murmelt: »Du hast ja immer noch kein Intimpiercing.«

»Mh«, erwidere ich zufrieden. »Nein ... nicht, dass ich damit in deinem Mund hängen bleibe.«

Juli lacht auf und grinst mich an, als ich den Kopf zur Seite drehe.

»Phil, du bist ein Blödmann!«

»Mh, danke«, sage ich, lehne meine Stirn gegen seine. »Das kann ich nur zurückgeben.«

11

STURM ERNTEN

Juni 1995

Ich dachte, jetzt wird alles gut. Er lag in meinen Armen, er küsste mich, wir hielten uns gegenseitig. Es hätte einfach so schön und leicht weitergehen können. Aber das Leben ist nicht gnädig zu jenen, die nehmen wollen, ohne bereit zu sein, etwas zu investieren. Wir waren jung und wir waren dumm.

Die Abschlussfahrt nach Spanien hat mir gezeigt, dass ich noch eine ganze Menge lernen musste. Wir waren unerfahren und konnten unsere langsam aufkeimenden Gefühle nicht so behüten, wie wir es hätten tun sollen.

Liebe ist wie eine zarte Pflanze, sie braucht Zuwendung und eine vorsichtige Hand. Wir wussten es nicht. Doch die Zeit ist ein geduldiger Lehrmeister, nicht wahr?

Wenn ich an diese Woche zurückdenke, kann ich nicht anders, als mich schlecht zu fühlen und mir Vorwürfe zu machen. Wie konnte ich nach Julis offenem Geständnis so hartherzig sein? Er vertraute mir, er begab sich schutzlos in meine Hände und ich zerquetschte ihn, weil Vertrauen etwas war, das ich nicht aufbringen konnte und das mein verschlossenes Herz nicht kannte.

Ich dachte, ich hätte alles zerstört und das nur, weil ich zu feige war, mich meiner eigenen Vergangenheit zu stellen.

Der Preis dafür war viel zu hoch.

PHILIP

Es ist noch nicht einmal halb sechs Uhr am Morgen und trotzdem schon viel zu heiß. Die Sonne erhebt sich langsam hinter dem Schulgebäude, auf dem Parkplatz steht nicht ein einziges Auto. Ich kann nicht glauben, dass ich schon seit vier Uhr wach bin, mit dem Hund joggen war und jetzt hier sitze. Seit Wochen freuen wir uns alle auf die Abschlussfahrt, nun ist es soweit und ich kann es nicht wirklich realisieren.

Vielleicht liegt das aber daran, dass ich auf meinem Koffer sitze und fast einschlafe vor Müdigkeit. Es sind schon einige Leute da, doch niemand von meinen Freunden.

Jay trudelt als Erster ein und starrt mich an wie das achte Weltwunder.

»Mann, was hast du denn gemacht?«, krächzt er müde.

Er lässt sich auf dem Bordstein nieder, wo er mit fassungsloser Miene und ziemlich dunklen Augenringen sitzen bleibt.

Ich grinse schwach, zucke mit den Schultern und streiche mir mit einer Hand über das kurzgeschorene, dunkelblonde Haar.

»Gar nichts. Michelle hat mir den Sidecut abrasiert. Wurde mal Zeit, hatte keinen Bock mehr drauf.«

Jay nickt und grinst.

»Sieht gut aus. Ich hab' dieses komische Tunnel-Ding an deinem Ohr schon vollkommen vergessen.«

Mit einer Hand wedelt er in Richtung meines linken Ohres, das bislang immer von meinen Haaren bedeckt gewesen war.

»Ja, ich auch«, stimme ich zu.

Himmel, die kurzen Haare sind eine Wohltat bei der Hitze. Ich bilde mir ein, dass mit jeder Minute, die vergeht, die Temperatur um mindestens zwei Grad steigt.

Um zwanzig vor Sechs kommt Olli und mit ihr Sven, die sich sofort an Jay dranhängt und ihm den Hals abschlabbert. Olli sieht mich nur flüchtig an.

»Sieht gut aus«, kommentiert sie und platziert sich galant auf einem ihrer zwei Koffer.

Ich frage nicht, warum sie so viel Gepäck dabeihat. Frauen ...

Als nächstes trifft Falco ein und schaut ungeduldig umher. Es ist so offensichtlich, auf wen er wartet, dass ich ihm gerne den Hals umdrehen will. Als ob es irgendeinen Grund für ihn gäbe, auf Juli zu warten, wenn *ich* hier sitze. Da ist der Rotzkopf doch gleich zweite Wahl. Oder eher dritte. Vierte? Na ja. Eifersüchtig bin ich ja, wie gesagt, *nie*.

Der Abend, an dem Juli bei mir war, ist unser Geheimnis geblieben. Niemand weiß etwas davon, außer meiner Familie, schätze ich. Ich bin nicht gewillt, das zu ändern. Wir sparen uns damit eine Menge blöder Kommentare und vor allem Druck von außen. Wir gehen es langsam an, was auch immer *es* nun ist.

Kurz vor Sechs fährt ein schwarzer, auf Hochglanz polierter Mercedes über den Parkplatz. Ich könnte schwören, dass sämtliche Augen auf den schicken Wagen gerichtet sind, zumindest die der Kerle. Als er anhält und Juli aussteigt, muss ich lächeln wie ein verliebter Trottel. Aus dem Kofferraum holt er eine große Reisetasche und einen schwarzen Rucksack und kommt vollbepackt auf uns zu. Er grinst, doch er schaut dabei nur mich an. Kein Wunder, dass mein Herz schon wieder wie verrückt pocht.

»Hey Leute!«, grüßt er fröhlich und viel zu wach für diese unmenschliche Uhrzeit.

Sven und Olli umarmt er, gibt letzterer einen Kuss auf die Wange, umarmt Falco und gibt Jay die Hand. Als er sich mir zuwendet, will ich aufspringen, ihn in meine Arme ziehen und ihn küssen. Stattdessen grinse ich nur breit und zwinkere ihm zu.

Er erwidert es mit einem Verschwörer-Lächeln und will sich vor mir auf den Boden setzen, um zu reden. Schließlich haben wir uns seit zwei Tagen nicht gesehen, wie *furchtbar*! Da scharwenzelt Falco allerdings schon um ihn herum und versucht, ihm etwas mit den Händen zu zeigen.

Juli wendet sich unwillig von mir ab und guckt ihn unverständig an. Falco rollt mit den Augen und formt etwas, das wie ein Sitz aussieht, zeigt zwei, er und Juli ... Doch der versteht nicht. Ich schon und in mir kocht Wut hoch. Der kleine Drecksack kotzt mich an! Er kann es nicht lassen, sich an Juli ranzuschmeißen, obwohl der nicht einen Funken Interesse zeigt!

»Juli?«, unterbreche ich das wirre Händegefuchtel und habe sofort seine Aufmerksamkeit.

Unbewusst streicht er sich durch die Haare, zerzaust sich die Frisur und lächelt.

»Sitzen wir nebeneinander? Im Bus, meine ich«, frage ich, einen möglichst unbeteiligten Ton in der Stimme. Aus dem Lächeln wird ein Grinsen, wobei sich wieder dieses süße Grübchen in seiner Wange bildet.

»Klar, gern«, erwidert er.

Ich spüre herrliche Genugtuung, als ich sehe, wie Falco alles aus dem Gesicht fällt. Er sieht mich so wütend an, dass man meinen könnte, er wüsste um meine Schadenfreude.

Jay, der das Ganze beobachtet, grinst Juli an und knufft ihm in die Seite.

»Was meinst du, sollten wir uns auch die Haare abrasieren lassen?«

Gelungenes Ablenkungsmanöver à la Jay. Sehr zu empfehlen in brenzligen Situationen.

»Ich glaube nicht, dass euch das stehen würde«, schnaubt Olli.

»Hey, was soll das heißen!«, empört sich Jay und streicht mit der Hand über seine sorgsam frisierten blonden Haare. Nein, der mit kurzen Haaren geht gar nicht.

»Dafür bist du nicht männlich genug«, wirft Olli ihm erbarmungslos vor die Füße und bricht dabei wahrscheinlich seinen männlichen Stolz. Mit Juli ist sie gnädiger. »Und Julians Gesicht ist nicht kantig genug für so was. Lasst das lieber.«

»Da seht ihr's«, lache ich und stehe auf. Von weitem sehe

ich unseren Reisebus kommen. »Ich bin eben der einzige richtige Mann von uns.«

»Ein wahrer Pirat, der in fremde Meere sticht«, witzelt Jay geschmacklos. Ich kann es mir nicht verkneifen und erwidere dümmlich: »Immerhin nicht ins Rote Meer.«

Juli stöhnt auf, schüttelt den Kopf. »Oh Gott, ihr seid blöd!«

»Immer wieder gerne.«

Ich fange seinen Blick ein und glaube, ich könnte für eine Ewigkeit darin versinken. Er grinst amüsiert, mit diesem herrlichen Grübchen in der Wange und streckt mir die Zunge raus. *Badumm,* mein Herz poltert und stolpert. Juli wendet sich ab und schaut zum Parkplatz, als wüsste er nicht, was in mir vorgeht.

Der Reisebus fährt gemächlich vor, wendet und hält vor unserer Gruppe. Der Hilbrich, unser Klassenlehrer, und unsere Geschichtslehrerin Frau Führer (nein, wir machen *nie* Witze über ihren sehr passenden Namen …) versuchen, uns dazu zu bringen, eine geordnete Reihe zu bilden. Zwecklos. Sobald der Bus steht und der Fahrer aussteigt, werfen wir unser Gepäck vor die Ladeklappe und liefern uns ein Gerangel vor der offenen Bustür.

Unser Klassenlehrer versucht, Ordnung ins Chaos zu bringen, und ruft: »Bildet bitte eine Schlange, ihr könnt nicht alle gleichzeitig einsteigen!«

Natürlich reagiert niemand darauf. Ich versetze Juli einen Schubs, zische ihm zu, dass er uns gute Plätze suchen soll, und halte die anderen davon ab, sich in den Bus hinein zu drängeln.

Irgendwann reicht es dem Hilbrich. Er schiebt sich in die Tür und ruft erneut: »Entweder, ihr steigt langsam und gesittet ein, oder ihr könnt euren Abschluss zuhause feiern!«

Eigentlich ist klar, dass er seine Drohung nicht wahrmachen kann. Trotzdem erhebt sich ein kollektives Seufzen und wir tun wie befohlen. Von Juli ist nichts zu sehen, ich glaube, er hat es schon in den Bus geschafft. Der stressige

Part ist für mich also gegessen und ich finde mich zwischen Jay und Alex in einer widerwillig gebildeten Schlange wieder.

Als Jay mich ansieht, verdrehe ich die Augen. Er fragt: »Wie viel Geld hast du dabei?«

»Ich hab' 150 Mark umtauschen lassen. Diese spanische Währung ist ziemlich komisch. Ich komme mir vor, als würde ich ein Vermögen mit mir herumschleppen, weil es über zwölftausend Peseta sind. Und du?«

»Habe 175 bekommen. Irgendwie bezweifle ich, dass viel davon übrigbleiben wird.«

Im Gegensatz zur Parallelklasse, die mit dem Bus nach Holland fährt, wo sie ein Hotel mit allem Drum und Dran bezieht, werden wir in Bungalows an der Costa Brava untergebracht. Selbstverpflegung, fünf Tage lang. Ich bin mir noch nicht sicher, ob das gut geht. Für den Notfall habe ich ein bisschen Fertigfutter eingepackt, Jay und die anderen sicher ebenfalls.

»Ich hoffe, wir vergiften uns nicht gegenseitig«, erwidere ich. »Meine Kochkünste könnte man getrost als Auftragskillerfähigkeiten bezeichnen.«

Alex wendet sich zu uns um und grinst amüsiert.

»Na super! Ich kann genauso wenig kochen. Mit wem zieht ihr in einen Bungalow?«

Jay zuckt mit den Schultern. »Na ja, auf jeden Fall noch mit Falco und Juli. Und du?«

»Das trifft sich gut, kann ich zu euch kommen? Daniel, dieser untreue Vaterlandsverräter, macht plötzlich einen auf gut Freund mit Marius' Clique und der andere Bungalow ist schon vollbesetzt.«

»Klar, kein Ding«, sagt Jay und wieder haben wir einen Menschen glücklich gemacht. Wir sind schon ziemlich toll, wir zwei. Da eine gute Tat am Tag reicht, darf ich nun restlos fies zu Falco sein.

Stumm beobachte ich, wie unser Klassenlehrer mit sauertöpfischer Miene überwacht, dass einer nach dem anderen den Bus betritt. Irgendwie ist es ein komisches Gefühl zu wissen, dass wir nach dieser Woche keine Schule mehr haben. Dann sehe ich all diese Leute wahrscheinlich nie wieder. Früher habe ich mir das immer gewünscht, manchmal nerven die Streitereien ziemlich. Besagter Marius ist auf jeden Fall ein Arsch, den ich nicht vermissen werde, doch jetzt ... Na ja.

Ich stoße Jay meinen Ellenbogen in die Seite. »Wird bestimmt 'ne geile Woche.«

»Muss!«, erwidert er. »Aber Mann, sag' mal ... Juli und du, ihr habt euch vertragen, was? Sieht zumindest danach aus.«

Mit unverhohlener Neugier mustert er mich. Ich winke nur fahrig ab.

»Joa, sind halt befreundet.«

Befreundet, genau. Wenn man befreundet ist, besorgt man es sich gegenseitig und kuschelt und fummelt und flüstert sich verdorbene oder kitschige Sachen ins Ohr ...

»Falco sah aus, als würde er dir vor lauter Wut an den Hals gehen wollen«, grinst Jay. »Ich nerv' dich nicht, keine Sorge. Wenn du allerdings mal wem davon erzählen willst, ich hab' immer ein offenes Ohr für dich.«

»Ja, um deine Neugier zu stillen«, stichle ich und fange mir von ihm einen Schlag gegen den Oberarm ein.

»Das steht nur an zweiter Stelle!«, erwidert er ernst. »Und an erster Stelle steht, dass ich ein unglaublich toller bester Freund bin, so schaut's aus!«

Ich verdrehe die Augen, eine bessere Antwort gibt es darauf nicht.

Als ich endlich in den Bus einsteigen darf, bemerke ich zufrieden, dass es wenigstens eine funktionierende Klimaanlage gibt. Weiter hinten im Bus sehe ich Juli, direkt neben dem Platz vor der Bustoilette. Er unterhält sich mit Vanessa. Was zum Henker?

Jay gibt ein erstauntes »Wow, ich glaub, ich halluziniere!« von sich. Ich nicke verdattert.

Seit wann reden die wieder miteinander? Seit seinem Geburtstag haben die beiden es tunlichst vermieden, sich auch nur anzusehen.

Ich bewege mich langsam durch den schmalen Gang und stelle genervt fest, dass Falco den Doppelsitz direkt auf der anderen Gangseite besetzt. Sven sitzt eine Reihe vor uns und strahlt Jay eklig verliebt an. Ich höre ihn leise seufzen, er klopft mir auf die Schulter und setzt sich neben sie.

»… klar, ist okay. Nein, ich hab' zwei dabei«, höre ich Juli sagen, als ich nahe genug bin.

Er lächelt Vanessa schief an und diese nickt, ebenfalls mit dem Versuch eines Lächelns auf den Lippen.

Ihr Blick fällt auf mich, sie senkt ihn hastig wieder und murmelt: »Okay, danke.« Dann geht sie weiter nach hinten zu Melina und einigen anderen ihrer Freundinnen.

Er schaut ihr für einen Moment nach, dreht sich um, um sich auf seinen Platz zu setzen und bemerkt mich. Ein schelmischer Ausdruck schleicht sich auf sein Gesicht, er deutet auf den Doppelsitz.

»Nach Ihnen, Herr Koring!«

Ich muss trotz Verwirrung grinsen und schiebe mich auf den Fensterplatz. Juli hebt seinen Rucksack vom Sitz und schiebt ihn unter diesen. Als er sich neben mich setzt und kurz die Augen schließt, frage ich: »Was hast du denn mit Vanessa geredet? Ich dachte … na ja, du weißt schon …«, *dass ihr euch hasst und niemals mehr ein Wort miteinander wechselt!*

»Ach«, winkt er ab. Er zupft an den Ärmeln seiner Kapuzenjacke herum und schaut mich nachdenklich an. »Ich hab' mich entschuldigt, wegen damals. Und sie sich ebenfalls. Weil uns peinlich war, was passiert ist, haben wir über Reiseführer geredet. Ich habe gesagt, ich leihe ihr einen, ich habe zwei dabei.«

Verwirrt hebe ich eine Augenbraue. Klingt ja nach einem tollen Gespräch.

»Wie kamst du plötzlich drauf, dich zu entschuldigen? Ich meine, ihr habt ewig kein Wort miteinander gewechselt.«

»Wir haben nur noch diese Woche. Ich wollte das nicht einfach im Raum stehen lassen, wäre ja blöd.«

»Ja, vielleicht.«

Aus meiner Armeetasche hole ich ein kleines Kissen heraus, Juli hat ebenfalls eines dabei. Als sich der Bus in Bewegung setzt, meldet sich der Hilbrich über Lautsprecher.

»Willkommen auf unserer Abschlussfahrt nach Spanien!«, rauscht es durch die Boxen über unseren Köpfen. »Wir werden ungefähr zwölf Stunden unterwegs sein und zwischendurch drei Mal Rast machen. Wir haben eine Toilette an Bord, für alle, die es nicht gesehen haben. Macht bitte nicht zu viel Dreck und verhaltet euch ruhig, versucht vielleicht ein bisschen zu schlafen. Wir werden gegen sechs oder sieben Uhr am Abend in Santa Susanna ankommen, je nach Verkehrslage. Vor Ort könnt ihr einteilen, wer mit wem in welchen Bungalow einzieht. Der restliche Abend steht euch zur freien Verfügung.« Er macht eine kurze Pause, die Lautsprecher rauschen. »Und wehe, ich erwische jemanden, wie er Alkohol im Bus trinkt. Den werde ich postwendend wieder zurückschicken!«

Es klickt, Ruhe kehrt ein. Ich könnte wetten, Alex verzieht gerade enttäuscht das Gesicht und überlegt, wie er sich seinen Sekt trotzdem zu Gemüte führen kann, unbemerkt versteht sich. Ich bin gespannt, wie er die Flasche öffnen will, ohne dass es jemand hört. Juli neben mir lacht, wahrscheinlich denkt er genau dasselbe.

»Armer Alex«, murmelt er.

Er rutscht tiefer in den Sitz, zieht die Beine an, stützt die Knie gegen die Rückseite von Jays Sitz und umfasst sein Kissen locker mit den Armen. Ich beobachte ihn dabei und als er mich wieder ansieht, grinst er spitzbübisch.

»An die Frisur muss ich mich aber auch erst einmal gewöhnen, okay?«

»Pff, du warst doch dabei, als Michelle mir die Haare abrasiert hat. Mecker' nicht!«

Ich schaue an Juli vorbei und sehe, dass Falco anscheinend schmollt und lieber aus dem Fenster starrt, als mit irgendwem Konversation zu betreiben. Vor ihm kugelt sich gerade Alex mit Kopfhörer auf den Ohren und einem Discman in der Hand im Sitz zusammen, um zu schlafen. Hinter Falco sitzt Olli und liest ein Buch. Niemand beachtet uns. Vorsichtig berühre ich Julis Bein. Er grinst ein wenig breiter und seine Hand schleicht sich in meine.

»Ich freue mich«, murmelt er, so leise, dass ich ihn über die wenigen Gespräche der anderen und die furchtbare Radiomusik aus den Lautsprechern hinweg kaum verstehe.

Ich drücke seine Hand und rücke näher an ihn, sodass meine Schulter seine berührt. Er dreht mir das Gesicht zu, beißt sich auf die Unterlippe.

»Ich würde mich noch mehr freuen, wenn wir alleine wären und ich dich küssen könnte«, erwidere ich ebenso ruhig.

Er hebt herausfordernd eine Augenbraue. »Kannst du doch! Niemand außer dir selbst hält dich davon ab.«

Ich verdrehe die Augen, beuge mich vor und gebe ihm einen leichten Kuss auf die Lippen. Für einen Moment fühlt es sich an, als käme er mir entgegen und wollte ihn vertiefen, doch das will ich nicht riskieren, und ziehe mich zurück.

»Wir müssen ja nicht in der letzten Woche mit der Klasse noch einen Skandal heraufbeschwören«, erkläre ich ihm und versuche, entschuldigend auszusehen.

Es ist erstaunlich, dass Juli weniger Probleme mit dieser Sache zwischen uns hat, als ich. Sicher, es ist blöd von mir. Aber ich möchte nicht, dass alle von uns wissen, bevor uns klar ist, was das hier ist. Außerdem fällt es mir schwer, ihm das nötige Vertrauen entgegenzubringen, um unsere *was-auch-immer-das-ist* ernst werden zu lassen.

Ich kann einfach nicht. Nicht, nachdem ich in meiner ersten und einzigen Beziehung so schlechte Erfahrungen gemacht habe. Nachdem Juli etwas mit Vanessa hatte und mit Falco rumgemacht hat, bin ich mir nicht sicher, wie ich ihn dahingehend einschätzen soll.

Juli streckt mir die Zunge raus. »Du bist doch ein laufender Skandal, oder nicht?«

Meine empörte Miene quittiert er mit einem befreiten Lachen. Ich kann ihm gar nicht böse sein.

»Nur manchmal.«

Er nickt und gähnt ausgiebig. »Gut. Da wir das geklärt haben, hole ich jetzt Schlaf nach, okay?«

»Nicht gut geschlafen?«

»Mh, nein«, murmelt er, sein Kopf rutscht auf meine Schulter, das Kissen hält er locker im Arm. »Gar nicht.«

Es dauert keine fünf Minuten, da schläft er tief und fest.

FALCO

Das Fenster spiegelt. Auch wenn es so aussieht, als würde ich rausgucken, beobachte ich, was im Bus vor sich geht. Ich sehe, wie Phil mir einen Blick zuwirft. Er und Juli rücken näher aneinander und küssen sich.

Ich habe das Gefühl, mein Frühstück kommt gleich wieder hoch. Allerdings kann ich auch nicht wegschauen und spüre, wie meine Augen brennen. Ich blinzle heftig und starre dieses durchsichtige, blasse Bild vertrauter Zweisamkeit so intensiv an, dass es sich mir wahrscheinlich unwiderruflich auf der Netzhaut einbrennt.

Sie küssen sich tatsächlich.

Ich sehe nur vage, wie Juli sich gegen ihn lehnt. Hält er seine Hand? Warum? Sie haben ewig kein Wort miteinander gewechselt und ich dachte schon, das wäre meine Chance. Ich dachte, jetzt gehört er mir, als er mich vor ein paar Tagen geküsst hat. Warum hat er das getan? Wollte er Phil eifersüchtig machen? Egal, was passiert ist ... Es hat sie zusammengeführt.

Ich realisiere kaum, wie mir die Tränen über die Wangen laufen. Mühsam unterdrücke ich ein trockenes Aufschluchzen, wische mir über die Augen und bin froh, dass niemand neben mir sitzt, der mich sehen könnte.

Eigentlich war es mir klar. Ich wusste es schon, als er damals Phil mit ins Badezimmer genommen hat. Es tut trotzdem weh. Ich will das nicht! Er wird Juli doch nie und nimmer glücklich machen können, so wie er durch die Gegend hurt! Außerdem … außerdem, passe ich doch viel besser zu Juli, oder nicht? Ich bin sein bester Freund, wir haben viele gemeinsame Interessen und er fühlt sich wohl bei mir. Ich kenne sein Geheimnis, bedeutet das nichts? Oder heißt das nur, Phil weiß es ebenfalls, wusste es vielleicht sogar vor mir?

Ich wünschte, ich wäre nicht hier, sondern daheim und könnte mich vor der ganzen Welt verkriechen. Der Schmerz und die Übelkeit wandeln sich zu einem dumpfen, undefinierbaren Klumpen in meiner Brust und meinem Bauch.

Als das Spiegelbild in der Fensterscheibe mir zeigt, dass meine Augen nicht mehr gerötet sind, drehe ich möglichst unauffällig den Kopf nach rechts zu den beiden. Julis Kopf ruht auf Phils Schulter, der wiederum lehnt sich mit der Wange gegen seine schwarzen Haare, anscheinend schlafen beide. Sie halten Händchen. Ich kann es nicht glauben.

Möglichst unauffällig beobachte ich sie weiter und unterdrücke den Schmerz in meiner Brust. Als wir die erste Rast machen, weckt Jay die beiden auf und grinst sie vergnügt an, vor allem, als Juli rot wird.

Die restliche Fahrt wird die reine Qual für mich werden.

Immer, wenn sie glauben, niemand sieht hin, küssen sie sich, sie kuscheln und fassen sich sogar an. Mein Schmerz wandelt sich in Wut und in Abscheu. Wie kann man so was nur machen? Was fällt ihnen ein? Phils Hand verirrt sich dauernd unter Julis Oberteil und streicht um seinen Hosenbund. Ich will mir gar nicht vorstellen, wie das weitergehen soll, wenn wir in Santa Susanna ankommen.

Ich kann nicht einfach zulassen, dass das weitergeht. Phil wird ihm wehtun, ganz sicher. Er ist gar nicht der Typ für Beziehungen! Irgendwie muss ich Juli begreiflich machen, dass es für ihn besser wäre, mit mir zusammen zu sein. Oder bin ich etwa abstoßend? Nicht gutaussehend genug? Könnte er mich nicht lieben?

Um nicht wieder zu weinen, schließe ich die Augen und tue so, als würde ich schlafen. In Wirklichkeit überlege ich, wie ich die beiden auseinanderbringen kann. Es würde ja reichen, wenn Phil mal wieder einen seiner eifersüchtigen Anfälle hat. Niemand nimmt so was dauerhaft hin. Schon in Jays Garten, als er die Bierflasche zertrümmert und diese peinliche Szene abgezogen hat … Gemessen an den Blicken, die er mir zuwirft, scheint er sehr schnell eifersüchtig zu werden.

Sind sie ein richtiges Pärchen, oder könnte ich Juli vielleicht noch mal dazu bringen, mich zu küssen? Vielleicht, wenn er was getrunken hat?

Durch meine zugegebenermaßen ziemlich fiesen Gedanken dringt das leise Gemurmel von ihnen, zugleich wird ein Gespräch zwischen Sven und Jay deutlicher.

»Was hast du denn?«, fragt Sven.

Jay schnaubt genervt: »Es ist heiß. Ich will nicht dauernd kuscheln, vor allen Dingen nicht, wenn es so warm ist.«

Sie schweigt für einen Moment, ehe sie unverständig erklärt: »Wir haben eine Klimaanlage, hier ist es doch angenehm.«

»Ja, ist es auch!« Jay wird zunehmend lauter. Ich habe keine Ahnung, warum er genervt ist. »So lange du mir nicht am Arsch klebst, okay?«

Kurz ist es still. Niemand scheint sich an dem Streit zu stören und ich höre Juli und Phil weiter tuscheln.

Schließlich fragt Sven leise: »Liebst du mich nicht mehr?« Ich kann ihrer Stimme anhören, dass sie gleich weint. Sie tut mir leid.

»Das ist doch …! Ehrlich, das wird mir zu blöd, okay? Ich will nur nicht erdrückt werden, das ist alles.« Es raschelt, er scheint aufzustehen. Verwirrt öffne ich die Augen, das helle Licht der Sonne draußen blendet mich. »Ich setz' mich woanders hin.«

»A-aber Jay …«

»Lass mich wenigstens mal ein paar Stunden in Ruhe, okay? Meine Güte!« Mit diesen Worten schnappt er sich seinen Rucksack und kommt auf mich zu. »Hey. Darf ich mich zu dir setzen?«

Erstaunt mustere ich sein sturmumwölktes Gesicht und nicke. Jay lässt sich mit einem genervten Stöhnen neben mich fallen und ich sehe, dass Sven ihm hinterherschaut, Tränen in den Augen. Sie scheint sich im Sitz zusammenzurollen und stumm vor sich hin zu weinen.

Solche Streitereien sind zwischen den beiden eher unüblich. Normalerweise kleben sie zusammen, dass es schon nervig ist. So was wie jetzt hab ich noch nicht erlebt.

Jay entschuldigt sich grummelnd bei mir und für den Rest der Fahrt versperrt er mir die Sicht auf Phil und Juli. Er sagt nichts über die zwei. Ob er weiß, was zwischen ihnen läuft? Egal. Ich widme mich meinen Plänen.

PHILIP

Die Sonne steht schon tief am Horizont, als wir in Santa Susanna ankommen. Schwüle Luft schlägt mir entgegen, als ich gerädert aus dem Bus steige. Juli torkelt mir hinterher. Nach mehr als zwölf Stunden nur selten unterbrochenem Herumsitzen spürt er, wie auch wir anderen, seine Beine kaum noch.

Die Luft riecht anders als zuhause, dicker, zäh. Ich atme tief durch, versuche es zumindest. Diese Schwere ist ungewohnt für meinen Körper.

Die erschöpften Stimmen unserer Lehrer geben Anweisungen, denen wir kopflos Folge leisten. Schlaf oder Kaffee, eines von beidem wäre jetzt dringend nötig.

Mechanisch und viel langsamer, als bei unserer Abfahrt, holen wir unsere Koffer. Der Busfahrer, der uns auf dieser Fahrt begleitet, hilft uns und schließt die Klappe der Ladefläche, als das letzte Gepäckstück draußen ist.

»Gute Nacht«, wünscht er den Lehrern. »Bis morgen!«

Mir fällt beim besten Willen nicht mehr ein, was für morgen auf dem Plan steht.

»Hätte nicht gedacht, dass Busfahren so anstrengend

ist«, murmelt Juli, der seine Reisetasche schultert und sich neben mich stellt.

Aus der Menge tritt nun Jay heraus, der abgekämpft aussieht. Der Streit mit Sven scheint ihm zuzusetzen.

Wortlos begeben wir uns durch das Eingangstor in den großen Bungalowpark. Neben ein paar Fetzen Spanisch und Englisch schlägt uns vor allem unsere eigene Sprache entgegen. Der Kies knirscht unter unseren Füßen und wir folgen dem Lehrer wie eine Horde Schafe.

»Viele Deutsche hier«, stellt Olli nur fest.

Je weiter wir in den Bungalowpark gehen, desto salziger schmeckt die Luft.

Juli atmet tief durch und murmelt: »Ich möchte ans Meer.«

»Aber nicht mehr heute Abend, oder?«, frage ich ebenso leise zurück.

Er schüttelt den Kopf. »Vielleicht morgen früh. Ich war noch nie am Meer.«

An der Rezeption besorgt der Hilbrich unsere Schlüssel. Ein leicht untersetzter spanischer Herr zeigt uns unsere Bungalows, die alle in Reih und Glied stehen. Unsicher mustere ich die kleinen Holzhüttchen. Irgendwie kann ich mir nicht vorstellen, wie wir da reinpassen sollen.

Wir sind jetzt nah am Meer, ich kann es sogar rauschen hören.

»Habt ihr euch schon eingeteilt? Oder gibt es Unstimmigkeiten?«

Unserem Klassenlehrer schwirrt nur ein unverständliches Genuschel entgegen, alles in allem klingt es jedoch zustimmend. Er nickt, schaut sich um und fixiert Jay, der am Rand unserer Gruppe steht.

»Jason, du nimmst mit deiner Gruppe den ersten Bungalow. Hier sind die Schlüssel.«

Jay zuckt zusammen, als wäre er in Gedanken komplett woanders gewesen. Wortlos nimmt er die Schlüssel entgegen, dreht sich um, findet Juli, mich und die anderen beiden und nickt auffordernd.

»Kommt ihr?« Kurz sieht er Sven an und zögert, bevor er sie anspricht. »Gute Nacht.«

Damit wendet er sich ab. Wir folgen ihm, die Stimmung ist gedrückt. Im Gehen lege ich ihm eine Hand auf die Schulter.

»Morgen ist es sicher besser, keine Sorge.«

Jay zuckt mit den Schultern und nickt.

»Ja, vielleicht. Was soll's.«

Wir betreten eine winzige Terrasse, auf der ein großer Holztisch mit zwei Bänken steht. Vor einer gläsernen Schiebetüre bleiben wir stehen. Juli hinter mir atmet flach. Ich drehe mich um, mustere ihn. Mit seinem langen Ärmel streift er sich über die Stirn, die Lippen sind zu einer gequälten Grimasse verzogen.

»Gute Güte, wie können hier Menschen leben? Ich kriege kaum Luft.«

Alex hinter ihm lacht befangen. Sein sorgenvoller Blick streift Jay.

»Man gewöhnt sich daran. Ich war schon mal hier unten. Das Leitungswasser ist das Schlimmste. Nach der Woche musst du entweder in Öl baden oder kannst dir die Haut in Fetzen abziehen.«

Juli verzieht das Gesicht.

»Was, warum? Ist das Wasser nicht okay?«

»Zu stark mit Chlor versetzt. Wir müssen gleich erst mal in einen Supermarkt und Trinkwasser besorgen.«

Na wundervoll. Nun ist es an mir, das Gesicht gequält zu verziehen. Ich hatte gehofft, mich für eine Stunde oder zwei ins Bett werfen zu können.

Neben mir schnauft Jay genervt. Er rüttelt hart an dem Türgriff, zerrt an dem Schlüssel und nach einem heftigen Ziehen ertönt endlich das erlösende Klicken. Die Tür rattert ohrenbetäubend, als er sie öffnet, einen schweren Vorhang beiseiteschiebt und eintritt.

Ich folge ihm und Juli tritt hinter mir durch die Tür. Gewohnheitsmäßig suche ich einen Lichtschalter an der Wand rechts von mir, finde aber keinen. Da die Holzläden der Fenster geschlossen sind, fällt kein Licht von draußen in die Hütte, alles ist finster.

»Jay, findest du einen …«

Ein leises Klicken ertönt und der Raum ist in angenehmes Licht getaucht. Links von mir steht Alex, der sich hinter uns in die Hütte geschoben hat, an einem kleinen Sicherungskasten und lächelt mich an. Sein Blick wandert zu Jay, der mitten im Raum steht, sich umsieht und anerkennend nickt.

»Sieht doch ganz gut aus!«

Alex grinst ihn schräg an und macht sich erst einmal daran, die Fenster zu öffnen.

»Ja, mit der Holzverkleidung sieht es gut aus. Aber die Matratzen, die sind nicht unbedingt der Wahnsinn.«

Juli stellt seine Reisetasche einfach auf dem Boden ab und schaut sich um. Wahllos öffnet er eine Tür direkt rechts neben dem Eingang und als er das Licht einschaltet, stöhnt er auf.

»Oh nein!«

Ich will ihm folgen, da steht plötzlich Falco hinter ihm und schaut ihm über die Schulter. Ätzbalg! Muss der sich schon wieder so nah an Juli heranschieben?

»Was ist?«, frage ich und versuche, möglichst gelassen zu klingen.

Ich trete auf die beiden zu und nehme das Bad in Augenschein. An und für sich sieht es gut aus. Die Wände sind, wie anscheinend ganze die Hütte, mit Holz verkleidet. Ein großer Spiegel, eine Badewanne mit Duschwand, ein akzeptables Waschbecken. Juli seufzt und tritt in das Bad ein. Er wirft einen Blick in die Badewanne und hebt schließlich mit spitzen Fingern die Klobrille an. Danach wäscht er sich erst einmal die Hände.

»Fällt dir nichts auf?«, fragt er und verzieht die Nase, als er das Wasser wieder abschaltet. »Wäh, das riecht ja wirklich total nach Chlor! … Na ja. Schau dich mal um. Hier gibt es gar nichts!«

Ich mustere ihn verwirrt.

»Was meinst du? Was sollte es denn hier geben?«

Juli verdreht die Augen, bedeutet uns, ihm Platz zu machen und verlässt das Bad wieder. Im Wohnraum, der eine Küchenzeile und zugleich einen Essbereich mit Tisch und Eckbank beinhaltet, öffnet er alle Schränke der Reihe nach und mustert ihren Inhalt. Ich beobachte es mit hochgezogenen Augenbrauen und bleibe in der Tür zum Bad stehen.

Falco, der sich ebenfalls nicht von der Stelle bewegt hat, schaue ich fragend an. Doch er erwidert es nur regungslos, ehe er sich abwendet. Anscheinend hat er mir das von heute Morgen noch nicht verziehen. Nicht, dass mich das sonderlich kümmert.

Alex und Jay verschwinden im hinteren Teil des Bungalows eine Treppe hinauf. Schritte ertönen über unseren Köpfen und zugleich ausgelassenes Gelächter der beiden. Ich verstehe nicht, wie die alle so verdammt munter sein können. Meine Lebensgeister sind noch nicht wirklich wieder da. Deshalb kapiere ich nicht, was abgeht, als die beiden wieder hinuntergepoltert kommen.

Alex ruft hastig: »Ich penn' oben!«

Jay stimmt lachend ein: »Ich auch!«

So, wie die zwei uns angrinsen, bekomme ich das Gefühl, übers Ohr gehauen worden zu sein. Ich will gerade ansetzen zu fragen, was oben so toll ist, da meldet sich Juli zu Wort.

»Hat jemand von euch zufällig Klopapier dabei? Spülmittel? Spülschwämme?«

Jay bleibt neben dem Kühlschrank stehen und blinkt Juli verständnislos an.

»Klopapier? Äh ...«

»Ich habe eine Rolle dabei!«, sagt Alex und wirft sich auf die geräumige Eckbank an der Wand.

»Aber kein Spüli oder ähnlichen Kram. Fünf Minuten von hier entfernt gibt es einen kleinen gammeligen Supermarkt, da kriegen wir so was. No worries.«

»Wir haben kein Klopapier?«, frage ich.

Na, das fängt ja prima an. Also dürfen wir uns erst mal

unseren Hausrat zusammenkaufen, ehe wir essen oder schlafen können.

»Nö. Aber wenn man genauer drüber nachdenkt ist das irgendwie logisch. Warum sollten die hier alles zur Verfügung haben? Es heißt ja nicht umsonst Selbstverpflegung. Was habt ihr zu essen dabei?«

Alex streckt die Beine aus, reckt sich und streicht sich angeschlagen mit den Händen durch die kurzen Haare. Seine gute Laune scheint unverwüstlich zu sein.

Juli ist der erste, der sich anstecken lässt. Er grinst Alex an und greift sich seine Reisetasche, die er auf den großen Esstisch drauf stellt. Daraus zieht er ein paar Tütensuppen hervor, ein Tetrapak passierte Tomaten, zwei Pfund Nudeln, Milchbrötchen, Toastbrot und Nutella.

Alex strahlt das große Nutellaglas an, seufzt in gespielter Rührung und meint: »Ich liebe dich, Mann.«

Langsam erhebt er sich wieder und endlich kommt auch in Falco, Jay und mich Bewegung. Wir alle packen unsere mitgebrachten Lebensmittel aus und am Ende ist der Tisch reichlich gefüllt. Alex hat sogar so weit mitgedacht, Salz und Pfeffer, Müllbeutel und Kaffee samt Filter mitzunehmen. Zu guter Letzt stellt Jay vorsichtig seine Wasserpfeife dazu, die er aus dem letzten Türkeiurlaub mitgebracht hat. Ein kurioses Vergnügen der ganz besonderen Art. Langsam glaube ich, dass das hier gut werden muss.

»Das sieht klasse aus«, kommentiere ich befriedigt.

Jay nickt zustimmend. »Da fehlt nur noch eine Kleinigkeit.«

»Das da wäre?«

»Na, Alkohol!«

»Wir sollten eine Einkaufsliste machen«, befindet Alex. »Kommt, wir räumen den Kram weg, machen einen Zettel und gehen erst mal alles besorgen, was wir brauchen. Langsam werde ich wieder wach.«

Wie selbstverständlich nimmt Alex das Ruder in die Hand und ich bin froh, dass er in unseren Bungalow eingezogen ist.

Mit Falco ist nichts anzufangen, weil er nur missgelaunt in der Gegend rumsteht und Jay versucht etwas zu verzweifelt, glücklich rüberzukommen. Ich glaube ihm gerne, dass er jetzt Bock hat zu trinken. Na ja, und Juli? Der kämpft offensichtlich mit der Hitze. Er sieht blass und ein wenig schlapp aus und zupft dauernd seiner langärmeligen Kapuzenjacke herum. Ich möchte bei dieser Hitze nicht mit ihm tauschen.

Als wir alles eingeräumt haben und schließlich eine viel zu lange Einkaufsliste vorbereitet haben, klopft es von außen gegen die fadenscheinige Glastür und Olli tritt durch den dicken Vorhang ein. Von draußen strömt wieder der Geruch von salziger Luft herein. Ich bin mir nicht sicher, ob ich wissen will, wie sich die Luft morgen Mittag anfühlt.

Hinter Olli folgt Vanessa, die ein wenig deplatziert und verschüchtert hinter ihr stehen bleibt. Die Kleidung von heute Morgen, Jeans und T-Shirt, hat sie gegen ein knappes, luftiges Strandkleid in einem beinahe durchsichtigen Weiß getauscht. Ich schaue Juli nicht an, um zu gucken, ob er ihre makellosen Beine anstarrt. Nicht hingucken …!

Gott, ich bin schon erbärmlich. Warum muss sie aber auch immer halbnackt herumlaufen? Kurz muss ich an Julis Geburtstag denken, als sie mit diesem schwarzen Minikleidchen aufgetreten ist und wie er ihr auf die Oberschenkel geschaut hat.

»Habt ihr Taschentücher?«, fragt Olli unvermittelt.

»Warum?«, frage ich zögerlich, würge den aufkeimenden Kloß von Unsicherheit herunter.

Vanessa tritt neben sie. Es ist ein Wunder, dass die beiden mittlerweile gut miteinander klarkommen, wenn man bedenkt, was auf der Geburtstagsfeier abging. Sie fügt hinzu: »Sven. Sie weint sich die Augen aus dem Kopf.«

Alex hustet gekünstelt, springt auf, geht zu Vanessa zu und legt ihr voller Elan einen Arm um die Mitte.

»Nein, haben wir nicht. Wir wollten allerdings gerade einkaufen gehen, kommt ihr mit?«

Olli sieht ihn abschätzig an. »Wisst ihr, wo es hier einen

Supermarkt gibt? Wir brauchen noch einige andere Sachen.«

Okay, ich kann doch nicht *nicht* hingucken. Unsicher wende ich mich Juli zu, der wiederum Olli schief angrinst.

»Geht uns genauso, aber keine Sorge. Alex war schon einmal hier, der kennt sich aus.«

Er schaut ihre Beine nicht an. Erleichterung.

»Gut«, meint sie, wirft Vanessa einen Blick zu.

Die gibt Alex eine leichte Ohrfeige, windet sich aus seinem Griff und kichert dabei wie ein kleines Mädchen. Er grinst sie nur breit an und lässt sich davon nicht einschüchtern. Riech' ich richtig oder ist die Luft erfüllt von zu vielen Hormonen? Das kann ja noch was werden.

»Kommst du mit?«, fragt Olli, mit hochgezogenen Augenbrauen. »Ich hole eben noch mein Portemonnaie.«

»Ja, sicher!«, kichert Vanessa. Svens Kummer ist für sie vollkommen vergessen.

Falco ist der einzige, der nicht mitkommen will und insgeheim bin ich froh drüber. Wir nehmen unsere Koffer und Reisetaschen und bringen sie in unser kleines Zimmer, während die Mädels ihre Sachen holen. Die Betten sind ein Witz.

»Wie soll ich denn da reinpassen?«, stöhne ich entnervt und werfe meinen Koffer auf das Einzelbett, das metallisch quietscht. Die Matratze ist alles andere als weich und ich bin froh, dass ich eigenes Bettzeug mitgenommen habe. Lecker ist das hier nicht gerade.

Juli belegt das untere Bett des Etagenbettes während Falco unglücklich die schmale, instabil aussehende Leiter mustert. Tja, Pech gehabt. Ich frage mich nur, warum Jay und Alex unbedingt oben schlafen wollten.

»Wenn du hierbleibst, lüftest du dann das Zimmer?«

Juli sieht ihn fragend an und steckt sein Portemonnaie in die Hosentasche seiner Jeans. Falco lächelt klebrig-süß und nickt. Irgendwie ist mir nicht ganz wohl bei diesem Lächeln.

Zusammen treten wir wieder hinaus und beschließen, in das obere Zimmer zu gehen und Jay und Alex zu holen. Außerdem bin ich viel zu neugierig, wie es da aussieht.

Die Frage beantwortet sich mit einem einzigen Blick, als wir in Jays und Alex' Zimmer ankommen. Es ist viel geräumiger als bei uns unten und außerdem steht hier ein großes Doppelbett.

Himmel, wenn ich mit Juli hier schlafen könnte! Wir könnten ... Ach fuck.

»Jay, du bist ein Penner!«, grunze ich und versetze ihm einen Schlag gegen den Oberarm, als er neben mir steht und mich schadenfroh angrinst. Allein sein Gesichtsausdruck reicht mir, um zu wissen, was er jetzt sagen würde, wären wir alleine: *Du willst doch nur hier hoch, um mit Juli versautes Zeugs zu treiben!*

Wie Recht er hat. Ich verdrehe die Augen und erwidere sein Grinsen. Egal. Hauptsache, er vergisst seinen Kummer mit Sven für eine Weile.

Gemeinsam machen wir uns auf den Weg hinunter und aus dem Bungalow hinaus. Viele unserer Klassenkameraden wuseln draußen geschäftig herum, reden und lachen. Als Olli und Vanessa zurückkommen, heftet sich Alex sofort wieder an letztere und quatscht sie fröhlich zu. Belustigt beobachte ich das Ganze, während wir uns in Bewegung setzen.

Ich lasse mich mit Jay ein wenig nach hinten fallen und frage amüsiert: »Steht der auf Vanessa?«

Er lacht. »Offensichtlich. Ich weiß nur nicht, ob er nur mit ihr ins Bett will oder verknallt ist. Ersteres wäre wesentlich angenehmer für ihn. Ich glaube, das sage ich ihm mal.«

»Mh«, mache ich nichtssagend.

Olli und Juli unterhalten sich vor uns leise über das Meer und Urlaub, belangloses Zeugs. Immerhin sieht er nicht mehr so blass aus wie zuvor.

»Was war denn los im Bus?«

Jay seufzt. »Das Übliche. Gott, Phil, ich wünschte, sie würde nicht so an mir kleben. Ich ertrage das nicht, wenn sie mich verliebt anschaut.«

»Das schlechte Gewissen?«

»Frag nicht ...«

»Warum sagst du es ihr nicht einfach?«

Ich mustere ihn kurz und anschließend die Umgebung. Die vielen Bungalows scheinen größtenteils von anderen Schulklassen besetzt zu sein, die Terrassen sind voll von jungen Leuten, die Deutsch reden und feuchtfröhlich feiern. Irgendein Kerl aus einem Bungalow rechts von uns johlt uns, beziehungsweis den Mädels, zu, erhebt sich wankend und kommt auf uns zu.

Jay prustet bei dem Anblick, doch Olli sieht alles andere als begeistert aus, als er auf sie zusteuert. Juli neben ihr mustert den Kerl erstaunt, hebt die Augenbrauen und scheint einen Moment zu überlegen.

Als der Kerl: »Ey, Süße …!«, grölt er, legt ihr einen Arm um die Taille und zieht sie an sich.

Er schaut den Typen mit einem abwertenden Ausdruck im Gesicht an und behauptet: »Das ist mein Mädchen, also verpiss' dich, kapiert?«

Der Kerl hält inne und sieht so enttäuscht aus, dass ich mir das Lachen fast nicht verkneifen kann. Er mustert Juli. Trotz seiner schlanken Statur wirkt dieser, als wäre er durchaus in der Lage, dem Kerl ordentlich eine zu verpassen. Wortlos verzieht der Typ sich wieder.

Alex wirkt verblüfft und vergisst Vanessa für einen Moment.

»Ihr seid zusammen? Seit wann denn das?«

Juli grinst, setzt sich in Bewegung und drückt die amüsierte Olli an sich. Sie legt ihm ebenfalls einen Arm um den Rücken und ich sehe, wie sie ihm vertraulich eine Hand auf die Brust legt.

»Seit gerade eben.« Juli lacht.

Olli fügt hinzu: »Genau. Aber Darling, sobald wir außer Sichtweite dieses betrunkenen Ungetüms sind, muss ich dich leider wieder verlassen.«

»Oh, du brichst mir das Herz!«, stößt er theatralisch hervor und sogar ich muss lachen.

»Ach«, winkt Alex ab und schüttelt den Kopf. »Langweilig.«

Jay schaut mich an und grinst. *Wenn der wüsste*, scheint er damit bedeuten zu wollen. Laut sagt er: »Die werden sicher nicht nur wegen deiner Sensationsgeilheit zusammenkommen.«

»Nicht?«, erwidert Alex mit anzüglichem Unterton in der Stimme. »Ihr würdet aber gut zusammenpassen.«

Erstaunlicherweise ist es Vanessa, die ihm zustimmt. Sie mustert die zwei mit einem kleinen, wehmütigen Lächeln auf den Lippen und sagt: »Das stimmt.«

Pah, finde ich gar nicht. Olli ist kalt wie ein Fisch. Ich würde mich wundern, wenn es einen Kerl gibt, an dem sie was findet.

»Quatsch«, erwidert Juli lachend.

Er dreht sich noch mal kurz nach dem Bungalow des Kerls um und als er feststellt, dass sie außer Sichtweite sind, lässt er sie los.

»Danke. Das war sehr geistesgegenwärtig von dir.«

Er winkt ab. »Wenn die anderen nicht mitdenken ... Irgendwer muss dich doch beschützen, wenn du halbnackt rumläufst.«

»Es ist warm, da darf man das, Julian«, erwidert sie spitz und zupft an seinem Ärmel. Juli zuckt erschrocken zurück und schaut sie erstaunt an, doch Olli lässt sich nichts anmerken. »Du solltest die Jacke ausziehen, nicht, dass du einen Hitzschlag bekommst.«

»Ach ... Mir, mir ist nicht warm. Geht schon.«

Für den Rest des Fußweges bleibt er stumm.

Wir verlassen den Strandbereich des Bungalowparks. Ich glaube, ich habe eine Tonne Sand in den Schuhen. Überraschenderweise ist das gar nicht mal unangenehm. Langsam breitet sich ein gewisses Urlaubsfeeling aus. Alex führt uns zu einem kleinen Supermarkt, der vollgestopft ist mit allem möglichen Zeug.

»Also, was brauchen wir?«, fragt Jay, sich neugierig umschauend. Wahrscheinlich sucht er die Getränkeabteilung.

»Spülmittel, Müllbeutel, Klopapier, Spülschwämme ... und Wasser. Das gibt es hier in großen Kanistern. Ich hol den Putzkram«, antwortet Alex und macht sich schon auf den Weg, um den Hausrat zu besorgen. Vanessa folgt ihm. Mit Olli zusammen suche ich die Wasserkanister und Juli schaut nach, ob er Wurst, Käse und Butter finden kann.

Interessiert mustere ich im Vorbeigehen die vielen spanischen Produkte. Von den meisten weiß ich nicht einmal, was sie darstellen sollen, aber interessant sind sie allemal.

Mich überkommt eine kribbelige Vorfreude. Auf Barcelona morgen, auf den Strand, das Meer, auf den Besuch einer Sektkellerei und sogar auf den unvermeidlichen Museumsbesuch freue ich mich.

Olli stupst mich an, als sie die Wasserkanister findet.

»Wie viele brauchen wir?«, fragt sie und streicht sich dabei das Kleid glatt.

Ich mustere sie prüfend, den Ausschnitt, die nackten Beine, das glatte schwarze Haar. Himmel, ich wünschte, sie würde nicht so herumlaufen. Ich könnte beinahe geneigt sein, Alex Recht zu geben. Sie passt optisch tatsächlich zu Juli ... Und sie sieht aus wie ein Männertraum, vermute ich.

Andererseits sollte ich mir nicht so viele Gedanken machen. Die beiden sind eben nur Freunde und außerdem ist sie ein kalter Fisch. Da müsste ich mir wohl wegen Falco schon mehr Gedanken machen.

Egal. Juli mag mich. Nicht Ollis nackte Beine und nicht Falco. Der Knoten im Magen geht davon trotzdem nicht weg.

»Erst einmal zwei für jeden Bungalow? Wir können ja morgen noch mehr holen.«

Ich greife beherzt zu und ziehe zwei 5-Liter-Kanister hervor, Olli tut es mir nach.

»Wenn wir damit kochen und uns die Zähne putzen müssen, werden wir wohl noch oft herkommen«, stellt sie fest, je einen der schweren Kanister in jeder Hand.

Plötzlich tritt Juli um das Regal herum, Butter, Wurst und Käse in der Hand. Er lächelt uns an, doch als er Olli sieht, verdreht er die Augen.

»Phil, du Gentleman …! Das geht doch nicht. Komm, gib mir die Kanister, ich nehme sie.«

Olli, die nun einmal ist, wie sie ist, stellt das schwere Gepäck wortlos ab und nimmt mit einem kleinen Lächeln im Gesicht seine Waren an sich.

»Danke, sehr nett von dir.«

»Kein Ding. Wo sind die anderen?«

Wir lauschen kurz in die Stille des Ladens hinein, die nur durchbrochen wird vom Rauschen der Klimaanlage und schließlich von Jays Stimme.

»Ich hab keine Ahnung, was das ist!«

»*Etiqueta Negra*? Mh.«

Damit wäre wohl geklärt, wo die andern sind und wir folgen den Stimmen. Den Rest unserer Truppe finden wir nachdenklich vor dem Regal mit den Spirituosen. Alex hat tatsächlich alles an Haushalts-Kram gefunden und trägt Vanessas Anteil daran gleich mit. Scheint wirklich so, als wäre ich der einzige Nicht-Gentleman hier. Aber wenn Frauen Emanzipation fordern, können sie ihren Krempel ruhig selbst schleppen.

»Hey ihr«, grüßt Jay uns. »Habt ihr alles? Hat jemand von euch eine Vokabelliste für spanische Getränke?«

»Ja und nein«, erwidere ich grinsend. »Wie viel Prozent hat dieses einem rassistischen Begriff ähnliche Gebräu?«

»37.«

»Dann ist doch egal, was es ist«, meine ich lapidar.

»Was holen wir zum Mischen, wenn wir nicht wissen, was es ist?«

Gute Frage.

Jay schüttelt seufzend den Kopf und zieht nun ein anderes dunkles Getränk hervor.

»*Ron negro*?«

»Ah, das ist dunkler Rum«, wirft Juli ein. »Dazu Cola. Schmeckt gut.«

»Gut, den nehmen wir! Und Tequila?«

Einstimmiges Nicken. Jay nimmt zwei Flaschen Rum

und einen Tequila und ordnet Vanessa an, zwei Flaschen Cola zu besorgen.

An der winzigen, sehr altmodischen Kasse begrüßt uns eine Spanierin, die kaum Englisch spricht. Sie scheint die ausländischen Jugendlichen jedoch schon gewohnt zu sein.

Sie tippt unsere Ware umständlich ein und fragt nicht einmal nach einem Perso. Gibt es hier so was wie eine Altersbegrenzung für Alkohol überhaupt? Sie nennt uns schließlich eine Summe, die keiner von uns versteht.

»Cuatro-was?«, fragt Alex.

Jay besinnt sich auf seine Englisch-Schottischen Wurzeln.

»What did you say? I don't speak your language … äh … no hablo español …«

Die Kassiererin sieht uns nur an und lächelt, einen fragenden Ausdruck im Gesicht. Juli muss sich ein Grinsen verbeißen.

»Parlez-vous français?«

Wieder Unverständnis. Ich glaube, gleich fängt Olli noch an, Russisch mit ihr zu sprechen, da reibt Vanessa Daumen und Mittelfinger aneinander und zuckt mit den Schultern.

Die Kassiererin nickt nun, zieht einen Block hervor und schreibt uns tatsächlich die gewünschte Summe auf. Na, geht doch.

»Heilige …!«, stößt Jay hervor, als er den Preis sieht. »Viertausend? Oh Gott, diese spanische Währung macht mich fertig. Ich bezahle erst mal alles, okay? Wir teilen das im Bungalow auf.«

Vollbepackt verlassen wir den Laden, von unserer Müdigkeit ist nichts mehr zu spüren.

»Viertausend Peseten sind eigentlich nicht so viel«, meint Jay. »Aber alleine das Wort *Viertausend* verursacht bei mir fast 'nen Herzstillstand. Das ist ja beinahe noch schlimmer als *Wir müssen reden* oder *positiver Schwangerschaftstest!*«

Vanessa verzieht amüsiert die Lippen.

»Wenn Sven schwanger wäre, hättest du ein ganz schönes Problem, oder nicht? Dann doch lieber Viertausend Mark zahlen.«

»Ich würde Zigaretten holen gehen«, erklärt Jay leichthin und er lacht nicht einmal. Irgendwie kaufe ich ihm ab, dass er sich einfach aus dem Staub machen würde.

»Wenn du dir eine neue Identität zulegst, lieber Jason, nenne dich bitte *Arschloch von Feiglingshausen*«, wirft Olli angewidert ein, doch Jay lacht nur.

»Gut, mach ich!«

»Was machen wir morgen noch gleich?«, unterbricht Juli das Geplänkel.

Alex erleuchtet ihn.

»Morgen fahren wir nach Barcelona, da gucken wir uns irgendwas an. Und dürfen dann die Stadt erkunden. Übermorgen sind wir im Dalí Museum. Den Tag danach wieder in Barcelona, aber da besuchen wir die Sektkellerei. Am Donnerstag haben wir frei. Freitags geht es zurück.«

Das Programm lässt uns also noch genug Zeit, um den Schulabschluss gebührend auf unsere Art zu feiern. Die anderen scheinen das ebenso zu sehen. Zufrieden geht es zurück in die Bungalowanlage und der Rest des Abends verläuft ruhig. Ab morgen wird niemand mehr geschont.

12

ALLES GEBEN

PHILIP

Als ich am nächsten Morgen aufwache, scheint die Sonne diffus durch die Ritzen der geschlossenen Fensterläden. Es ist still im Bungalow, so still, dass ich mich frage, ob ich zu früh wachgeworden bin. Oder habe ich verschlafen und niemand hat es für nötig gehalten, mich zu wecken?

Ich fühle mich gerädert und verschwitzt. Die Nacht war entsetzlich schwül.

Müde strecke ich mich, das dünne Betttuch, das ich als Decke nutze, verrutscht. Ich habe von Juli geträumt, doch was genau, das weiß ich nicht mehr. Irgendwie war es komisch. Langsam drehe ich den Kopf zum Nachttisch und schaue auf den Wecker. Es ist halb sechs. Viel zu früh für meinen Geschmack.

Ich will mich gerade auf die Seite drehen und weiterschlafen, da sehe ich, dass Julis Bett leer ist. Der Schreck sitzt. Ich richte mich mit einem Ruck auf, starre auf die verlassene Koje und schaue automatisch nach oben, doch Falco liegt noch da und schläft.

Wo ist Juli hingegangen? Mit Rückenschmerzen von der unbequemen Matratze stehe ich auf und ziehe mir Hose und T-Shirt über. Leise schleiche ich mich aus unserem Zimmer in den Wohn-Ess-Bereich, doch immer noch kein Juli zu sehen. Ob er ans Meer gegangen ist? Da wollte er ja gestern schon hin.

Ich suche meine Chucks zusammen, schlüpfe hinein und verlasse den Bungalow. Die Luft riecht nach Sommer und

Salz. Ich genieße die Wärme auf meinem Gesicht, atme tief durch und mache ich mich auf den Weg in Richtung Strand.

Tatsächlich ist das Meer nicht weit weg. Schon von weitem sehe ich jemanden im Sand sitzen. Das kann nur Juli sein.

Je näher ich komme, desto mehr nehme ich von dem strahlend blauen, glitzernden Wasser wahr, dem er das Gesicht zugewandt hat. Das Bild ist beeindruckend. Ich bleibe hinter ihm stehen, ehe ich, vollkommen gefangen von der Szene, murmele: »Wow, das sieht unglaublich aus.«

Juli zuckt nicht zusammen, sondern dreht sich ohne Hast herum und schaut mich an.

»Oh ... Hey. Ja«, ist alles, was er sagt, ehe er sich wieder dem Spiel der Wellen zuwendet. »Ich glaube, ich habe noch nie etwas so Schönes gesehen.«

Ich grinse und schaue auf ihn hinab. Er trägt schwarze Badeshorts, die ich noch nie an ihm gesehen habe und dazu ein graues Sweatshirt. Seine Augen glänzen vor Verzückung, seine Haare sind vollkommen zerzaust. Ich glaube ebenfalls, ich habe noch nie so etwas Schönes gesehen.

»Warum gehst du nicht schwimmen?«

Ich schaue wieder aufs Meer, fahre mir mit einer Hand durch die kurzen Haare. Das tiefblaue Wasser lädt förmlich dazu ein, hineinzuspringen. Ob ich vielleicht einfach eine Runde schwimmen gehen sollte? Schön wäre es bestimmt.

Juli hebt die Hand und wackelt mit dem Arm, sodass das Shirt nach unten rutscht und einen Teil seiner Narben freigibt.

»Deswegen. Ich will nicht riskieren, dass das jemand sieht.«

»Es ist niemand hier, Juli. Nur du und ich.«

Einem plötzlichen Impuls folgend ziehe ich mir das Oberteil aus und lasse es in den warmen Sand fallen. Meine Hose fällt als nächstes. Juli schaut mich zweifelnd an, doch als ich ihm meine Hand anbiete, ergreift er sie ohne zu zögern, und lässt sich von mir auf die Füße ziehen.

Nah vor mir bleibt er stehen und lächelt mich an. Ich könnte mal wieder in seinen Augen versinken, doch stattdessen schaue ich mich kurz um. Wir sind weit und breit die Einzigen hier.

Juli lächelt, nähert sich noch mehr und legt die Lippen auf meine. Es ist wie jedes Mal: Als würde sich alles in mir plötzlich einmal auf den Kopf stellen und mit einem heftigen Knall wieder auf die Füße aufkommen. Seine Lippen sind weich und er schmeckt nach Sommer. Vorsichtig erwidere ich den Kuss, spüre, wie er sich näher an mich drückt. Sanft legt er die Arme in meinen Nacken.

»Guten Morgen, Phil«, sagt er, als er den Kuss löst.

»Gehst du jetzt mit mir schwimmen oder nicht?«, frage ich und küsse ihn wieder, küsse seinen Hals und hinauf bis zu seinem Ohr.

Er seufzt leise, murmelt aber: »Mh. Aber ich gehe nicht ganz rein, okay?«

»Nicht? Ich hatte gehofft, wir könnten mal nackt schwimmen gehen.«

Da lacht er und schiebt mich von sich.

»Weg mit dir, du Unhold! Es ist gar nicht mehr so früh, was, wenn jemand uns sieht!«

Ich winke ab, löse mich von ihm und schaue aufs Meer.

»Na gut, wie du willst. Ich lasse mir das allerdings nicht entgehen!«

Noch mal atme ich tief durch, genieße die salzige Luft in meiner Lunge und laufe los. Mit Julis Lachen in den Ohren stürze ich mich kopfüber in das kühle, tiefblaue Meer.

Ich schwimme, tauche unter und als ich den Kopf wieder aus dem Wasser strecke, sehe ich Juli bis zu den Knien im Wasser stehen. Er beobachtet mich, grinst und tritt mit dem Fuß ins Wasser, sodass mir eine Ladung voll ins Gesicht spritzt. Ein Teil verirrt sich in meinen Mund und lässt mich laut aufprusten.

»Ey, ersäuf' mich nicht!«, rufe ich empört aus. Irks, ist das salzig!

Er lacht nur, spritzt erneut mir Wasser entgegen und als er sich bückt, um mit den Händen zu schöpfen, bekommt er von mir eine Ladung ab.

Er öffnet entrüstet den Mund, die Haare und das Oberteil sind tropfnass und er starrt mich an. Langsam hebt sich sein rechter Mundwinkel, Angriffslust schleicht sich in seine braunen Augen.

»Das wäre echt nicht nötig gewesen, du Penner!«

»Wenn du mir was zu sagen hast, komm her«, trällere ich vergnügt.

»Na warte, du asozialer Blödarsch«, droht er und will samt Oberteil ins Wasser gehen, da ertönt hinter ihm eine wohlbekannte Stimme.

»Guten Morgen, ihr beiden. Julian, du willst doch nicht wirklich mit Sweatshirt ins Wasser gehen, oder?«

Juli zuckt sichtlich zusammen und fährt hastig herum. Dann erstarrt er. Ich komme wieder aus dem Wasser und bleibe neben Juli stehen, der sichtbar rot wird.

Olli, natürlich. Wer würde einen schon zu einer so unchristlichen Uhrzeit stören, außer sie?

»Äh … Nein, ich … ähm …«, stammelt Juli und weiß gar nicht, wo er zuerst hingucken soll.

Weiß ich im Übrigen genauso wenig. Sie trägt einen knappen, schwarzen Bikini, der wenig Raum für Spekulationen lässt. Ihre Haare sind ausnahmsweise mal nicht glatt, sondern wellen sich sanft über den vollen Brüsten, was mich fast mehr wundert als die Tatsache, dass sie halbnackt herumläuft.

Ich versetze Juli einen möglichst unauffälligen Schlag in den Rücken und behaupte: »Er hat eine Sonnenallergie. Stimmt's?«, frage mit einem Unterton in der Stimme, der ihn noch mehr erröten lässt.

»Äh … Ja …«

Er blinzelt und schaut schnell weg.

Olli kommt mit wiegenden Hüften auf uns zu, sie mustert uns knapp, ehe sie mit den Schultern zuckt.

»Das ist ja ungünstig«, meint sie nur, geht an mir vorbei und lässt das Wasser ihre nackten Zehen umspielen. »Das Meer sieht herrlich aus«, höre ich sie leise sagen.

Ich werfe Juli einen missbilligenden Blick zu, den dieser

halb empört, halb beschämt erwidert. Er hebt die Schultern, schüttelt den Kopf und deutet auf Olli, als wolle er mir klarmachen, dass sie ihm ja förmlich keine andere Wahl lässt, als sie anzustarren. Eigentlich hat er Recht und im Grunde weiß ich das. Ganz uneigentlich wünsche ich mir trotzdem, das würde ihn kalt lassen. Er seufzt und beißt sich auf die Unterlippe.

»Ich glaube, ich gehe zurück in den Bungalow.«

Dahin ist sie, die Chance mit ihm zu schwimmen. Nur widerwillig lasse ich ihn gehen und drehe mich zu Olli um, die nun bis zur Hüfte im Wasser steht.

»Übrigens, Olga«, schnaube ich grantig. »Du bist fast nackt. Schämst du dich nicht?«

Mit Kartoffelsack oder Ganzkörpertauchanzug wäre sie mir wesentlich lieber. Sie dreht sich zu mir um, mustert mich und lächelt.

»Du doch auch«, erwidert sie ungerührt und deutet auf meine nassen Boxershorts.

»Das ist aber etwas anderes!«, behaupte ich griesgrämig.

Sie schüttelt nur den Kopf, stößt sich vom Boden ab und schwimmt in das offene Blau hinaus.

Was soll's? Dann eben morgen früh … oder heute Abend. Juli wäre bestimmt gerne im Meer geschwommen.

Ich drehe mich um, nehme mein T-Shirt und meine Hose vom Boden und will schon wortlos gehen, doch aus einem Impuls heraus drehe ich mich nach Olli um und rufe: »Ich verzieh' mich! Pass auf, dass du nicht vergewaltigt wirst, okay?«

»Sicher«, ruft sie mir gedämpft zu.

Ich verschwinde. Sie wird schon klarkommen.

Auf dem Weg zurück, sehe ich schon mehr Menschen. In unserer Reihe erwachen die meisten meiner Mitschüler langsam zum Leben und bereiten sich Frühstück zu. Ich hebe die Hand und grüße Vanessa und Sven auf ihrer Terrasse. Letztere sieht fertig aus und hält lustlos ein Glas Wasser in der Hand.

Bei uns ist von draußen niemand zu sehen, dafür steht aber die Schiebetür offen und drinnen höre ich Alex' Stimme und sein Lachen.

»Möchtest du 'nen Kaffee, Juli? Gott, Jay schnarcht wie eine Motorsäge, wusstest du das?«

Als ich den Bungalow betrete, sehe ich Juli am Tisch sitzen und Alex an der Anrichte herumwerkeln. Aus dem Bad ertönt das Rauschen der Dusche, von oben aus dem Schlafzimmer dröhnt Jays laute Stimme.

»Glaub' dem kein Wort! Er muss mich mit sich selbst verwechseln, der Arsch!«

Allerdings klingt er dabei ziemlich belustigt. Kurz darauf kommt er herunter, grüßt mich grinsend und schaut neidisch drein, als er sieht, dass ich nass bin.

»Warst du schwimmen? Oh Mann, ich würde auch gern, aber …«, er deutet auf sein top gestyltes Haar, »das würde meine Frisur versauen. Was gibt's zum Frühstück, Zimmermädchen?«

Frech zwickt Jay Alex in den Hintern und grinst, als dieser erschrocken aufjapst.

»Ich zimmermädchen dich gleich! Hol dir dein Futter selbst!«

Er nimmt einen Topf mit kochendem Wasser von der Herdplatte und brüht Kaffee auf. Ich helfe ihm und decke den Tisch mit Brot und Aufstrich.

»Wie lang ist Falco schon im Bad?«, frage ich Juli, der mir das Glas Nutella aus der Hand nimmt.

Er macht ein unwissendes Gesicht und Jay, der neben ihm sitzt, antwortet für ihn: »Zehn, zwanzig Minuten vielleicht? Keine Sorge, wir müssen erst in einer Dreiviertelstunde fertig sein. Hast noch genug Zeit, dein güldenes Haar zu richten.«

»Wenn jeder so lang im Bad bräuchte wie du, wären wir verloren«, behaupte ich trocken und nehme von Alex einen Stapel Teller entgegen. Er stellt die Kaffeekanne auf den Tisch und holt noch Messer.

Durch die Badezimmertür ruft er: »Hey Falco, der Tisch ist gedeckt!«

Es kommt keine Erwiderung. Nur das Wasser wird ausgeschaltet, wahrscheinlich trocknet er sich gerade ab. Alex kümmert sich nicht weiter drum und schiebt sich zu Jay auf die Eckbank, während ich auf dem Stuhl am Kopfende des Tisches Platz nehme.

»Hat der irgendwas?«, fragt Alex, als er sich eine Scheibe Toast nimmt.

»Keine Ahnung«, erwidere ich.

Wir bedienen uns selbst mit Essen und Kaffee. Jay schmiert sich ein Milchbrötchen mit Nutella und wechselt das Thema: »Mann, ich kann es kaum erwarten an den Strand zu kommen! Hoffentlich laufen viele heiße Weiber herum!«

Alex prustet und stupst ihm seinen Ellenbogen in die Seite.

»Und was ist mit Sven?«

»Ach, gucken ist nicht verboten.«

Ja und für Jay sind andere Sachen ebenfalls nicht verboten.

»Ich glaube, du wirst einiges zu sehen haben«, werfe ich ein und beiße von meinem Brot ab. Kauend erläutere ich: »Olli ist uns eben entgegengekommen – halbnackt. Der Bikini war eher ein paar Stückchen Stoff mit Schnüren dran.«

»Was?«, erwidert Alex und zieht einen Flunsch. »Warum war ich nicht am Strand?! Ohne Scheiß mal, eigentlich ist die nicht mein Typ, aber sie ist heiß!«

»Olli?!«, pruste ich in meinen Kaffee. »Ist das dein Ernst? Diese Eisprinzessin?«

»Du hast keine Ahnung von Frauen, Phil. Die ist richtig geil.«

Ich verdrehe nur die Augen.

»Na ja«, erwidere ich spitz. »Juli scheint deine Meinung zu teilen, so wie er geglotzt hat.«

Jay sieht mich an und hebt erstaunt die Augenbrauen, doch Alex erklärt mitfühlend: »Ich versteh dich, Mann. An deiner Stelle hätte ich wahrscheinlich sofort 'nen Ständer bekommen.« Er lacht lauthals.

Jay schüttelt grinsend den Kopf.

»Ich dachte, du stehst auf Vanessa?«

»Ja, schon.«

Alex beugt sich weit nach links und schaut an meinem Rücken vorbei durch den schmalen Spalt, den der Vorhang von der Terrasse freilässt, um zu sehen, ob uns gerade jemand hören könnte.

»Ziemlich sogar«, setzt er fort, als er sich wieder normal hinsetzt. »Aber das ändert nichts daran, dass Olli richtig geile Titten und 'nen hammer Arsch hat. Würde ich Vani jedoch nicht auf die Nase binden wollen. Findest du Olli etwa nicht heiß? Stehst du insgeheim doch auf Männer, oder was?«

Jay wirft ihm einen schrägen Blick zu.

»Ich bin mit Sven zusammen. Du willst nicht ernsthaft, dass ich sage, ihre beste Freundin wäre geil?«

»Ähm, doch?« Er grinst herausfordernd. »Eigentlich will ich sogar, dass du ganz direkt zugibst, dass sie eine bessere Wichsvorlage ist, als deine Freundin!«

Julis Augen weiten sich und er sieht Alex erschrocken an, als würde er damit rechnen, dass Jay ihm gleich die Nase bricht. Damit rechne ich auch, doch plötzlich lacht Jay schallend los und lässt sich dummerweise dazu hinreißen zu sagen: »Meine Güte, ja! Ich geb's ja zu, okay? Olli ist richtig, richtig geil. Und ja, ich würde sie gern mal ficken. Zufrieden?«

Alex will etwas erwidern, da ertönt ein Geräusch von der Terrasse her, ein Gemisch aus Schluchzen und Wimmern. Mit einem Mal bemerken wir alle, was unter dem Geräusch des Föhns aus dem Bad vollkommen untergegangen ist: Durch den schmalen Spalt, welchen der Vorhang auf die Terrasse freigibt, sehen wir rotes Haar, ein erschrockenes Gesicht und wir erstarren alle förmlich zu Eis. Schritte entfernen sich polternd vom Holz und Jay springt erschrocken auf.

»Scheiße!«, flucht er, schiebt sich an mir vorbei und läuft durch die offene Tür hinaus und Sven hinterher.

Betreten schweigend bleiben wir anderen zurück. Alex legt sein Toastbrot, in welches er gerade hatte beißen wollen, beklommen wieder auf den Tisch.

»Verdammt«, murmelt er, einen schuldbewussten Ausdruck im Gesicht. »Das wollte ich nicht.«

Juli fängt sich als Erster wieder. »Ach, das wird bestimmt wieder. Irgendwie. Die beiden streiten sich doch nie lange und … mh.«

In die betretene Stille hinein klingt die sich öffnende Badezimmertüre furchtbar laut. Falco kommt heraus, er wirkt erstaunt, als habe er nur teilweise mitbekommen, was hier gerade abging. Kurz schaut er zur Bungalowtür hinaus. Als er sich wieder umdreht, sucht sein Blick Juli.

»Lange Geschichte«, seufzt dieser und deutet auf den Platz neben sich, auf dem unberührt ein Gedeck wartet. »Setz' dich.«

Ich mustere Falco dabei, wie er sich an den Tisch setzt und muss mir ein Lachen verkneifen, als ich das verhältnismäßig enganliegende weiße T-Shirt sehe, das er trägt. Seine Haare sind ein wenig gestylt, als hätte er versucht, verwegen auszusehen und er trägt eine sehr körperbetonte Jeans. Wenn er sich mit den Klamotten outen will, hat er auf jeden Fall Erfolg. Seine sexuelle Gesinnung schreit sich mir förmlich entgegen.

Ob er glaubt, Juli damit anmachen zu können?

Gereizt erhebe ich mich vom Tisch. Der Stuhl gibt ein ätzendes Geräusch von sich, als er über den Holzboden kratzt.

»Ich gehe duschen«, sage ich zu niemand bestimmtem.

Ohne mich umzudrehen gehe ich ins Schlafzimmer, hole mir Klamotten und verschwinde im Bad.

JULIAN

Irgendwie überleben wir diesen Katastrophentag. Nach einem hysterischen Anfall von Sven und einem gewaltigen Streit zwischen Sven und Jay steht der Ausflug nach Barcelona an. Die Stadt ist groß, laut, exotisch und zugleich schön.

Wir ergattern Souvenirs für Zuhause und heitern Jay während des Stadtbummels recht gut auf. Irgendwann setze ich mich mit Phil ab und wir essen romantisch in einem kleinen Restaurant zu Mittag. Es bleibt allerdings bei dem bisschen Zweisamkeit. Den Abend verbringen wir mit der Clique, Alex und Vanessa am Strand. Wir trinken, lachen und blödeln herum. Jay schafft es sogar, sich mit Sven zu versöhnen, auch wenn mir schleierhaft ist, wie er das hinbekommen hat.

Nur Olli wirkt fehl am Platz und versteht nicht, warum ihre beste Freundin sie plötzlich keines Blickes mehr würdigt. Ich kann sie einfach nicht traurig sehen und sauge mir eine Notlüge aus den Fingern, um sie ein bisschen zu trösten. Obwohl sie immer unbeteiligt aussieht, ist sie eigentlich ganz schön sensibel und das Verhalten ihrer besten Freundin verletzt sie.

Der nächste Tag, so sagen wir uns, soll auf jeden Fall besser werden.

Der obligatorische Museumsbesuch ist schnell hinter uns gebracht. Jetzt stehen wir in der brütenden Nachmittagshitze unweit des Bungalowparks und suchen mit Hilfe meines Reiseführers den nächsten Großmarkt, um Essen für den Abend einzukaufen.

Außerdem natürlich noch mehr zu trinken, denn wir haben heute endlich Zeit zu feiern und haben mit der ganzen Klasse beschlossen, zu grillen und zu trinken. Ich hoffe, heute bleibt es friedlich und es gibt keinen Streit.

In der Hitze zerfließe ich mit meinem langärmeligen Shirt fast. Olli wirft mir mitleidige Blicke zu. Heute trägt sie ein bordeauxrotes Kleid, das herrlich luftig aussieht. Ich beneide sie.

»Ich glaube, ich bin zu dumm, um diese scheiß-Karte zu lesen!«, flucht Alex und wischt sich ungeduldig mit dem Handrücken über die schweißnasse Stirn.

Jay neben ihm sieht noch gequälter aus, denn an seinem Arm hängt Sven, die ihn eifersüchtig bewacht.

»Gehen wir mal die Straße hier entlang, irgendwo kommen wir schon an!«, stöhnt er.

Phil neben mir gibt ein zustimmendes Grunzen von sich.

»Himmel, ist das heiß!« Sorgenvoll schaut er mich an.

Ich versuche mich an einem schiefen Grinsen und erkläre leise: »Mir geht's gut, keine Sorge.«

Er hebt eine Augenbraue, als wolle er mir damit sagen, dass er mir nicht glaubt, doch er sagt nichts. Mann, was würde ich dafür geben, jetzt irgendwo mit ihm alleine zu sein. Dann könnte ich ein luftiges T-Shirt tragen.

Seufzend richte ich mein Augenmerk wieder auf den flimmernden Asphalt vor uns. Weit und breit ist keine Menschenseele zu sehen. Die machen es wahrscheinlich alle richtig und halten Siesta.

Schweigend gehen wir die Straße entlang. Normalerweise ist Jay der Spaßmacher, doch dank des Streits mit Sven und ihrem eifersüchtigen Verhalten, ist er ziemlich mies drauf. Das drückt uns allen auf die Stimmung.

Ich freue mich darauf, wenn wir endlich wieder zurück bei den Bungalows sind, um die Party heute Abend vorzubereiten, und ich ein bisschen Abstand nehmen kann von dem Beziehungsdrama. Die beiden strahlen eine richtig tödliche Stimmung aus.

Als wir an eine Kreuzung kommen, stößt Alex ein triumphierendes »Yes!«, aus und deutet nach rechts, wo – Gott sei Dank! – endlich der lang gesuchte Supermarkt zum Vorschein kommt. Wir atmen alle erleichtert auf und unsere Schritte werden schneller. Hoffentlich ist es da drin ein bisschen kühler.

Im Gehen spüre ich plötzlich eine Hand an meinem linken Arm. Erstaunt schaue ich zur Seite. Falco sieht mich an, ein Lächeln im Gesicht. Er nickt mir zu und hebt fragend die Augenbrauen.

»Mh?«, mache ich.

Seit wir in Spanien angekommen sind, benimmt er sich merkwürdig. Außerdem trägt er für seine Verhältnisse total andere Klamotten, enge T-Shirts und Jeans, die ich noch nie an ihm gesehen habe. Er ist der Einzige, der es schafft, in dieser brütenden Hitze halbwegs gut auszusehen und nicht völlig verschwitzt zu sein. Das wundert mich allerdings nicht wirklich, er ist schließlich Italiener und diese Temperaturen gewohnt.

Falco grinst, hebt die Hand und seine Finger berühren meine Schläfe. Er streicht einen Schweißtropfen aus meinem Haar, hebt die Augenbrauen und scheint mich damit fragen zu wollen, ob mir nicht zu heiß ist. Ich verdrehe die Augen.

»Ich beneide dich, dass du die Hitze so locker erträgst und dabei noch gut aussiehst. Ich glaube, meine Frisur hat sich in Luft aufgelöst. Oder in Schweiß.«

Er macht große Augen und mustert das Haar in meinem Nacken, dann grinst er.

Verwirrt greife ich mir in den Nacken und will schon fragen, was so witzig ist, da läuft Olli neben mir und zupft an einer Haarsträhne.

»Deine Haare wellen sich«, stellt sie belustigt fest und entlockt mir damit ein Stöhnen.

»Na super!«, murre ich.

Wir betreten den Parkplatz des Supermarktes und bewegen uns zielstrebig auf die Eingangstür zu.

»Glättest du dir die Haare, du eitler Pfau?«, fragt Olli und kichert mädchenhaft, was ich bei ihr noch nie gehört habe.

Ich schaue sie erstaunt an und muss lächeln wie ein Vollidiot. Sie sieht süß aus, wenn sie unbeschwert lacht.

»Du hast mein grausames Geheimnis gelüftet«, gestehe ich. »Ich habe leichte Locken, aber das sieht fürchterlich aus. Wenn ich dich allerdings angucke, scheint es dir genauso zu gehen.«

Olli hebt herausfordernd eine Augenbraue, den herzförmigen Mund zu einem amüsierten Lächeln verzogen.

»Ich verrate dich nicht, wenn du mich nicht verrätst.«

»Du hast mein Ehrenwort!«, versichere ich ihr.

Neben mir sehe ich Falco stumm lachen.

»Hey, mach dich nicht lustig, du Pastakopf! Du hast hier fast einen Heimvorteil, okay?«

Er streckt mir die Zunge raus. Wir kommen schließlich alle vor den Einkaufswagen zum Stehen, Alex dreht sich um.

»Hat jemand 'ne Mark? Oder ein Peseto-Ding?«

Phil, der in ein Gespräch mit Jay vertieft war, hebt den Kopf und mustert mich und die anderen beiden kurz.

»Ja, ich hab' was.«

Er fischt sein Portemonnaie heraus und hält Alex eine Auswahl von kleinen Münzen hin. Dieser probiert einige aus, ehe es endlich klickt und die Sicherheitskette sich löst.

»Was wollen wir heute Abend eigentlich zu Essen machen?«, frage ich in die Runde, als wir den Supermarkt betreten.

Drinnen ist es tatsächlich ein wenig kühler als draußen, welch eine Erleichterung!

»Fleisch!«, ruft Alex und hebt entschlossen eine Faust. »Der Hilbrich hat einen Grill und Kohle aus Deutschland mitgenommen. Ich will ein fettes Steak!«

Dafür erntet er allgemeines Gelächter. Olli klinkt sich ein.

»Wir wollten Salate machen, oder, Sven?«

Diese beachtet sie überhaupt nicht. Mit einem übertriebenen Lächeln im Gesicht wendet sie sich Vanessa zu, als wäre Olli Luft, und fragt: »Hilfst du mir, einen Tortellini-Salat zu machen? Ich habe da ein tolles Rezept von meiner Mutter!«

Für einen kurzen Moment herrscht betretenes Schweigen. Ich beobachte Olli aus dem Augenwinkel und sehe, wie sie zusammenzuckt, als habe Sven sie geohrfeigt.

Vanessa erwidert befangen: »Ähm ... Ja, warum nicht?«

Alex versucht, die bedrückte Stimmung durch Witze aufzulockern. Die anderen gehen voraus und auch Falco schaut sich die Auslagen an. Ich lasse mich ein wenig zurückfallen und schiebe meine Hand in ihre.

»Es geht schon, danke«, behauptet sie. Kurz lehnt sie ihren Kopf gegen meine Schulter.

»Sie wird sich schon wieder einkriegen«, versuche ich, sie zu trösten, doch sie seufzt nur und löst sich von mir.

»Ja ... Vielleicht. Möchtest du mit mir einen Salat machen?«

Sie hebt den Kopf und schaut mich an. Olli sieht furchtbar traurig aus und wie so oft spüre ich bei dem Anblick diesen schweren Klumpen in der Brust, der mir fast die Luft zum Atmen nimmt.

Falco ist mein bester Freund und Phil ist ... nun ja. Doch Olli ist für mich eine besondere Freundin. Wenn ich sie ansehe, habe ich das Gefühl, dass es ihr manchmal genauso schlecht geht wie mir. Wenn ich mit ihr reden würde, ihr erzählen, wie es manchmal in mir aussieht, verstünde sie es vielleicht als einzige. Ich glaube, sie kennt diesen Schmerz.

Vielleicht habe ich deshalb den starken Drang, sie zu beschützen. Ich möchte sie umarmen, trösten und sagen, dass alles gut wird, doch ich bin mir sicher, dass sie das nicht wollen würde. Also versuche ich, sie aufmunternd anzusehen und nicke.

»Klar! Ich wollte schon immer kochen lernen!«

Sie schüttelt den Kopf, lacht leise und schaut mich wieder mit diesem Juli-du-Esel-Lächeln an, das ich mittlerweile schon von ihr gewohnt bin. Sie will etwas erwidern, da dröhnt Phils Stimme vom anderen Ende des Ganges zu uns.

»Hey, wo bleibt ihr denn?«

Sie zuckt zusammen und dreht sich ihm zu.

»Wir kommen schon!«

Sie setzt sich wieder in Bewegung, ihre schwarzen Flip Flops machen dabei witzige Geräusche auf dem gefliesten Boden.

Der Einkauf wird teurer als erwartet. Dafür haben wir wohl ausreichend Nahrungsmittel für die restlichen zwei Tage und genug Alkohol, um die ganze Klasse abzufüllen. Wir beeilen uns, zurück zu den Bungalows zu kommen, damit das Fleisch in der Hitze nicht verdirbt.

Für den Rückweg nehmen wir eine andere Route und bemerken da zum ersten Mal, dass es in der Nähe des Bungalowparks einen Marktplatz voller bunter Stände gibt.

Olli sieht sich erstaunt um, ihre dunklen Augen strahlen.

»Oh, wie toll!« Sie dreht sich zu Sven um. Für den Moment hat sie wieder vollkommen vergessen, dass diese kein Wort mit ihr wechselt. Aufgeregt fragt sie: »Wollen wir uns den Markt ansehen?«

Sven sagt erwartungsgemäß gar nichts. Als ich wieder diesen enttäuschten Ausdruck in Ollis Gesicht sehe, werde ich wütend. Mit der schweren Tüte voller Bier- und Sektflaschen in meiner Hand beeile ich mich, auf Sven zuzugehen.

»Hey«, murre ich und klinge dabei unfreundlicher als beabsichtigt.

Sie dreht sich mir erstaunt zu, ihr Gesicht nimmt einen genervten Ausdruck an.

Als ich ihr die Tüte in die Hand drücke und sie anfahre: »Hier, nimm das, wenn du sonst zu nichts zu gebrauchen bist, als rumzuzicken. Ich geh mir mit Olli den Markt anschauen. Bis später!«, wird sie feuerrot im Gesicht.

Für einen Moment sieht sie so aus, als wolle sie die Tüte wütend zu Boden werfen, doch sie besinnt sich eines Besseren und erwidert hochnäsig: »Viel Spaß.«

Dabei klingt sie so abwertend, als hätte ich gerade gesagt, ich wolle mich mit einer Prostituierten vergnügen. Ich kann mich nur mit Mühe beherrschen, sie nicht anzuschnauzen, und bleibe einfach stehen. Phil, der hinter mir gelaufen ist, geht langsam an mir vorbei und sieht mich fragend an.

»Wir brauchen nicht lang«, verspreche ich und wende mich Olli zu.

Sie hat den Blick zu Boden gerichtet, die schwarzen Haare fallen ihr wie ein Schleier vor das Gesicht. Ich warte, bis die anderen ein Stück weit weg sind, und nehme sie in den Arm.

»Gott, ich hätte ihr gerne eine reingehauen«, knurre ich mit zusammengebissenen Zähnen und streiche ihr übers Haar. Sie zittert und ich höre, wie sie schluchzt. »Hör nicht hin. Sie ist nur neidisch, weil sie nicht so hübsch ist wie du!«, seufze ich.

Die vorbeigehenden Leute mustern uns neugierig, aber ich störe mich nicht daran. Ich warte, bis Olli sich beruhigt und von mir löst. Sie wischt sich die Tränen von den Wangen und hebt den Kopf.

»Ist mein Make-up verschmiert?«, fragt sie und muss lachen, als ich grinse.

Ich schüttle den Kopf. »Wer ist hier eitel?«

Sie erwidert nur: »Blödmann!«, darauf.

Olli atmet noch ein, zwei Mal tief durch, strafft die Schultern und lächelt mich tapfer an.

»Und du willst wirklich ein bisschen über den Markt bummeln?« Sie zögert und seufzt: »Das ist lieb von dir. Dann kannst du mir wenigstens mal in Ruhe erläutern, was zum Teufel in Jay gefahren ist, als er gesagt hat, ich sei hübscher als Sven.«

Schuldbewusst beiße ich mir auf die Lippe. Vielleicht war diese Notlüge doch keine eine gute Idee. Gemeinsam setzen wir uns in Bewegung und schlendern über den Markt, auf dem hauptsächlich Schmuck, Kleidung und andere Accessoires angeboten werden.

»Na ja, hübsch ist nicht unbedingt das Wort, das er benutzt hat«, gebe ich zu und hebe entschuldigend die Hände, als sie mich fragend ansieht. »Ich hatte Angst, jemand hört, dass ich dir erzähle, was da abging … Sag Jay nicht, dass ich dir das erzählt habe, okay? Der köpft mich sonst!«

Olli zieht die Augenbrauen zusammen.

»Okay, langsam machst du mir Angst. Was hat er denn gesagt, dass Sven wütend auf mich ist? Jay hat seitdem kein Wort mehr mit mir gewechselt!«

Links von uns ist ein Stand, an dem Schmuck verkauft wird, der ihre Aufmerksamkeit fesselt. Für einen Moment abgelenkt, steuert sie entzückt darauf zu und mustert die Auslagen. Ich folge ihr und betrachte die Ketten, Ohrringe und Armbänder desinteressiert. Mein Mund fühlt sich staubtrocken an. Ich weiß nicht, ob ich es ihr erzählen soll. Würde ich damit Jay hintergehen? Wäre er sauer auf mich? Wie würde sich das auf unsere Gruppe auswirken? Aber jetzt habe ich schon angefangen und einen Rückzieher zu machen wäre Olli gegenüber ziemlich unfair.

Sie schaut mich fragend an und fordert mich damit dazu auf, weiterzusprechen. Dann schaut sie sich wieder den

Schmuck an, als rechne sie damit, dass ich ihr dabei erzähle, was los war. Ich seufze.

»Alex meinte, du wärst ... ähm ... ziemlich heiß und eine ... na ja, geilere Wichsvorlage als Sven«, erkläre ich zögerlich.

Bei dem Wort Wichsvorlage zuckt sie zusammen, dreht sich zu mir um und schaut mich empört an.

»Eine was?«

Ich hebe abwehrend die Hände. »Seine Worte, nicht meine!«

Sie schüttelt angewidert den Kopf.

Leise fahre ich fort: »Er hat Jay aufgefordert zuzugeben, dass er das genauso sieht ... Und das hat er gemacht. Er meinte, er würde dich gerne mal ... ficken ... Und Sven stand genau in dem Moment auf unserer Terrasse und hat es mitbekommen.«

»Das kann ich nicht glauben. Warum sagt er so was?«

Wir schweigen beklommen. Als sie merkt, dass ich darauf keine Antwort weiß, dreht sie sich wieder um und mustert krampfhaft die glitzernden Auslagen des Standes. Die Verkäuferin schaut uns schon merkwürdig an.

Ich beobachte Olli, die eine silberne Kette in die Hand nimmt und mit den Fingern über den kristallenen, herzförmigen Anhänger streicht. Sie mustert das Preisschild, als wolle sie sich ablenken, seufzt und legt das Schmuckstück wieder zurück.

»Manchmal hasse ich Männer«, murmelt sie.

Ich weiß nicht, was ich dazu sagen soll, deshalb schaue ich über ihre Schulter auf die Kette und frage mit möglichst unbeteiligter Stimme: »Gefällt sie dir?«

Sie zögert. »Zu teuer. Komm, gehen wir.«

Ich schiebe mich an ihr vorbei und nehme das Stück in die Hand. Der Anhänger sieht schön aus und leuchtet im Licht in den verschiedensten Farben.

Ich mustere den Verschluss und sehe die Prägung, 925er Silber. Dann werfe ich einen Blick auf das Preisschild. Ach, was soll's.

Ich winke der Verkäuferin und deute auf die Kette.

»I'd like to buy this necklace«, sage ich und entgegen aller Erwartungen versteht sie mich und nickt.

Sie nimmt mir den Schmuck ab, während Olli hinter mir protestierend ausruft: »Julian! Bist du bescheuert? Lass das!«

Ich höre gar nicht hin, sondern ziehe mein Portemonnaie hervor und gebe der Verkäuferin die Summe. Sie reicht mir die Kette in einer kleinen Schmuckbox. Mein Vater hat mir sowieso viel zu viel Geld mitgegeben, ich weiß gar nicht, was ich damit anfangen soll.

Als ich meine Börse wieder verstaue und mich umdrehe, sehe ich Olli zum allerersten Mal völlig errötet und sprachlos. Sie schaut mich vorwurfsvoll an, zugleich sehe ich ihr jedoch an, dass sie gerührt ist.

»Tausch das um!«, fordert sie.

Ich muss lachen. Sie sieht süß aus, wenn sie sich geniert. Sie war so traurig den ganzen Tag, obwohl sie gar nichts dafür kann, was passiert ist. Ich möchte ihr eine Freude machen.

Nun ist es an mir, den Kopf zu schütteln. Ich nehme ihr Handgelenk und ziehe sie ein wenig zur Seite, nehme den Schmuck aus der Box, öffne den Verschluss und lege ihr die Kette um den Hals. Olli zögert kurz, umfasst aber schließlich ihr langes Haar und hebt es an, sodass ich den Verschluss zumachen kann.

Als sie es wieder sinken lässt, legt sie die Hand auf den Anhänger und schaut mich an, die Augenbrauen zusammengezogen, ein ehrliches, süßes Lächeln auf den Lippen.

»Du bist ein Esel«, sagt sie, als wäre es eine Offenbarung.

Ich grinse nur. Weil ich nicht damit rechne, reißt es mich fast zu Boden, als sie mir um den Hals fällt und mich fest umarmt.

»Danke!«, murmelt sie.

Sie hält sich für einen Moment an mir fest, löst sich nur langsam wieder und gibt mir einen weichen Kuss auf die Wange.

»Sei nicht so nett, du Doofkopf«, maßregelt sie mich liebevoll. Zum ersten Mal heute höre ich sie lachen und sie strahlt mich an, herrlich sonnig und glücklich.

»Ich bin froh, dass du bei mir bist.«

Sie umfasst meine Hand und zieht mich weiter mit sich über den Markt. Ihre schlechte Laune ist wie weggeblasen und nach einer kurzen Zeit des Schweigens wirft sie mir einen Blick zu, der Belustigung wie auch Ekel ausdrückt.

»Wichsvorlage«, wiederholt sie nachdenklich. »Das ist so obszön, dass ich nicht weiß, was ich dazu sagen soll! Ich hoffe, diese beiden Dummköpfe sind die einzigen, die so etwas von mir denken! Kein Wunder, dass Sven mich behandelt, als hätte ich ihren Freund verführt.«

»Mach dir nichts draus, die sind eben total bescheuert.« Ich schaue auf meine Armbanduhr und stelle mit Entsetzen fest, dass schon fast sechs Uhr ist. »Oh, wenn wir noch Nudelsalat machen wollen, sollten wir langsam mal zurückgehen.«

Olli nickt. »Ja, gehen wir.« Sie zögert und fragt leise: »Julian?«

»Mh?«

»Du ... Du denkst aber nicht so von mir, oder?«

Unsicher schaut sie auf. Ich muss lachen. Wenn sie wüsste ...

»Nein! Nein, um Himmels Willen. Du bist ein tolles Mädchen und um ehrlich zu sein finde ich es ziemlich widerlich, wie die zwei von dir geredet haben.«

Olli atmet erleichtert auf. Wir entfernen uns von dem Markt, schlendern gemütlich in Richtung der Bungalowanlage, doch sie scheint noch etwas anderes auf dem Herzen zu haben. Ich mustere sie von der Seite, traue mich jedoch nicht, zu fragen was los ist. Also warte ich ab, bis sie spricht ... und das tut sie tatsächlich.

»Ich ... liebe jemanden«, sagt sie leise, ihr Gesicht nimmt dabei einen bitteren Zug an. Ich hebe erstaunt die Augenbrauen, bin mir allerdings im selben Moment sicher, dass sie nicht mich meint. Nein, zwischen uns ist nur Freundschaft. »Ich weiß, dass er nicht so von mir denkt. Er ... hat Gefühle für jemand anderen und ich ... Ich fühle mich hilflos.« Sie schaut auf. »Weißt du, wen ich meine?«

Verwirrt schüttle ich den Kopf. Jay? Alex? Falco?! Keine Ahnung!

Sie lächelt traurig, ihre Hand schleicht sich wieder in meine.

»Ich liebe Phil schon, seit ich ihn zum ersten Mal gesehen habe. Aber ... ihr beide ...?«

Abrupt bleibe ich stehen, meine Hand schließt sich fest um ihre. Entsetzt sehe ich sie an, mein Herz scheint für einen Moment auszusetzen. Schließlich werde ich so rot wie wahrscheinlich noch nie zuvor in meinem Leben.

»Woher ...«

»Es ist offensichtlich«, entgegnet sie. »Es ist ja schon ziemlich dumm von mir, einen Mann zu lieben, der schwul ist, oder?« Sie lächelt bemüht fröhlich. »Aber ich hoffe, du wirst glücklich! ... Liebst du ihn? Und seid ihr zusammen?«

Ich weiß nicht, was ich antworten soll, beiße mir auf die Unterlippe und zögere. Sie liebt Phil? Obwohl sie anscheinend schon länger ahnt, dass etwas zwischen mir und ihm ist, ist sie so herzlich zu mir. Oh Gott, das muss entsetzlich wehtun, uns zusammen zu sehen.

»Wir ... Er will nicht, dass es jemand weiß. Ich weiß nicht, was das zwischen uns ist. Aber ich ... mag ihn sehr, sehr gerne.«

Zögernd lege ich mir eine Hand in den Nacken, lasse sie wieder sinken und lächle schief. Olli sieht mich an, einen traurigen Ausdruck in den Augen, als habe sie Mitleid mit mir. Sie seufzt.

»Meine Chancen bei Phil waren sowieso nicht wirklich vorhanden. Ich hoffe, ihr werdet glücklich.«

Sie nähert sich mir wieder, ihre Hand legt sich auf meine Brust und sie gibt mir einen vorsichtigen Kuss auf die Lippen, eine hauchzarte Berührung, die nach Sommer schmeckt. Als sie sich wieder löst, atmet sie tief durch, lacht leise und dreht sich einmal um die eigene Achse. Ich bin vollkommen durcheinander.

»Komm! Gehen wir zurück, da wartet eine Party auf uns!

Der Tag ist so schön, die Sonne und das Meer, oh das Meer!« Sie nimmt meine Hand und schenkt mir ein liebevolles Lächeln. »Ich bin froh, dass du mein Freund bist!« Ihre dunklen Augen strahlen dabei mit dem Anhänger an ihrem Hals um die Wette.

Gemeinsam machen wir uns auf den Rückweg. Uns schlägt schon von weitem Musik und der Geruch von gebratenem Fleisch entgegen. Als wir bei dem Bungalow ankommen, welchen ich mit den anderen Jungs bewohne, wartet schon Phil mit einem Becher in der Hand auf uns. Er grinst, als er uns sieht und prostet mir zu.

»Na, wart ihr schön shoppen, Mädels?«

»Sei nicht so frech!«, maßregelt ihn Olli.

Sie betritt die Terrasse, nimmt Phil, dessen Blick einen Moment zu lange auf mir ruht, galant den Becher aus der Hand und ignoriert seine Proteste.

»Selbst schuld«, wirft sie ihm vor, als sie durch die Schiebetür in den Wohnraum eintreten will. »Du solltest nicht dümmlich verliebt in die Luft starren, Philip, sondern auf deinen Becher aufpassen, wenn du ihn behalten willst.«

Damit verschwindet sie in die Küche.

Er schaut ihr mit großen Augen hinterher, ehe er mich dusselig ansieht.

»Was zum ... Häh?«

Ich kann mir ein lautes Lachen nicht verkneifen.

»Das musst du nicht verstehen! Komm, holen wir uns was zu trinken, okay?«

Er schmunzelt und nickt.

»Wir haben mehr als genug!«

* * *

Die schlechte Musik dröhnt in meinen Ohren. Sie ist so laut, dass ich mich selbst kaum denken hören kann. Das Licht ist diffus und es ist unglaublich warm. Irgendwer stößt mich versehentlich von hinten an. Es ist Alex, der Vanessa in sein und Jays Zimmer führt. Hoffentlich gibt das keinen Ärger.

Einige Klassenkameraden sitzen auf unserer Eckbank, eng zusammengekuschelt. Andere stehen herum und nippen an ihren Getränken. Ich verschwende keinen Gedanken an morgen oder daran, dass wir das alles auch aufräumen müssen. Irgendein fremder Kerl flirtet mit Melina und auf der Terrasse streitet sich Jay mit Sven.

Mit den Fingern berühre ich leicht die Ablage, sie klebt. Leiser Schmerz begrüßt mich, als ich eine Glasscherbe berühre, doch ich lächle nur. Die Luft macht betrunken und ich helfe nach, als ich mir noch einen Rum mit Cola mische. Auf der Suche nach Phil taumle ich nach draußen.

»Warum kannst du nicht endlich mal mit mir reden? Hab' ich etwas falsch gemacht? Jay, bitte …«

»Nein! Oh Sven, lass es doch bitte einmal bleiben. Ich will nur ein bisschen Ruhe!«

Ihre Stimmen dringen nur schwer bis zu mir hindurch und dummerweise muss ich lächeln. Was soll's?

Der Kies unter meinen nackten Füßen knirscht, langsam bewege ich mich weiter. Ich sehe Olli auf der Stufe vor ihrem Bungalow sitzen, die schwarzen Haare lockig von der Luftfeuchtigkeit, die Lippen und die Wangen rot. Sie ist wunderschön.

Ich will es ihr sagen, will ihre Lippen berühren und vergesse für einen Moment vollkommen, dass ich Phil suche. Sie hebt den Kopf, als bemerke sie mein intensives Starren. Dann lächelt sie, als wüsste sie, dass ich sie manchmal liebe, wenn die Nächte kalt sind und ihre Augen so traurig wie mein Herz.

Gerade als ich auf sie zugehen will, um sie zu umarmen und zu trösten, weil ich weiß, wie sich der Schmerz anfühlt, legt sich eine Hand auf meine Schulter. Ich drehe mich erstaunt um, sehe braune Augen und Piercings glänzen. Phil schaut mich an, er grinst und sagt irgendwas, doch ich starre nur auf seine Lippen und will ihn küssen, ihn halten und ihn lieben. Verrückte, verrückte Gedanken. Ich bin schrecklich betrunken.

Er schüttelt nachsichtig den Kopf. Endlich packt er meine Hand und zieht mich mit sich fort, der Plastikbecher, den ich bis eben gehalten habe, rutscht mir aus der Hand und landet im Kies.

Taumelnd folge ich ihm, langsam füllt sich meine Brust, mein Mund und mein Kopf mit Wärme, mit Worten und Gefühlen. Hinaus auf den dunklen Strand führt er mich, redet unverständliche Worte und kurz vorm Meer hält er abrupt. Ich stolpere ihm gegen den Rücken, atme hastig unter der Last meiner Worte, presse mich an ihn.

»Ich liebe dich«, murmle ich heiser und glaube wirklich, ich wüsste, was das heißt. Im Moment glaube ich es. Im Moment ist das richtig.

Phil erstarrt. Vorsichtig löst er meine Finger, meine Arme um seine Brust und dreht sich erstaunt um. Mit großen Augen erwidert er meinen Blick.

»Du ...«

»*Ichliebedich*«, stoße ich noch mal viel zu schnell hervor.

Ich falle ihm um den Hals, drücke mich an ihn und die Lippen auf seine. Im ersten Moment ist er zu erstaunt. Er braucht ein wenig, um meine Umarmung zu erwidern, um zu verstehen, was ich da gesagt habe, doch schließlich seufzt er, zieht mich an sich und küsst mich stürmisch.

Die Welt dreht sich, als er mich in den Sand hinunterdrückt. Der Himmel wankt, als ich hinaufstarre und dann nur noch Phil sehe in der Dunkelheit, vom Mond und von Sternen erhellt.

»Juli«, murmelt er mit lustvoller Stimme.

Seine Hände fassen grob nach meinen Beinen, er spreizt sie und wieder dreht sich für einen Moment alles. Er liegt schwer auf mir, seine Hände umfassen meine Hüften, pressen mich an ihn. Die Lippen, Zähne auf meinem Hals. Sich hart an mir reibend murmelt er Dinge, die ich nicht verstehe, doch ich höre ein leises Stöhnen in der schweren Luft und weiß im selben Moment, es ist von mir.

Ohne wirklich darüber nachzudenken, schiebe ich die Hände unter sein T-Shirt und zerre es ihm über den Kopf.

Es geht alles furchtbar schnell. Ich fühle mich, als wäre ich nicht ich, obwohl es meine Finger sind, die Phil den nackten Rücken zerkratzen. Sein erregtes Seufzen macht mich an. Ich lasse zu, dass er mir seinerseits das Shirt auszieht und achtlos in den Sand fallen lässt. Als er mich wieder küsst, schieben sich seine Hände meine Seiten hinab bis zu meinem Po und dann lässt er seine Lippen wandern. Meinen Hals hinab, über die Brust bis runter zum Hosenbund.

»Juli, oh Gott, Juli«, seufzt er immer wieder, öffnet meine Hose, zieht sie aus.

Seine Lippen, die Zunge streichen spielerisch durch die Shorts über meine Erektion. Meine Stimme ist ein hilfloses Ächzen im Dunklen, als er mir das letzte Kleidungsstück auszieht.

Ich bin zu trunken von Liebe, spüre den Sand nicht unter meinem nackten Rücken, spüre nicht, wie er sich wieder auf mich legt. Er hebt mein Becken an, indem er die Hände in meinen Po krallt und presst sich an mich wie ein Ertrinkender, meinen Namen wie eine Beschwörung murmelnd. Ich mache Anstalten ihm die Jeans ebenfalls auszuziehen, doch meine Griffe sind zu unkoordiniert.

Phil lacht atemlos, löst sich für einen Augenblick von mir und übernimmt es für mich. Er macht keine halben Sachen, seine Boxershorts landen direkt daneben.

Als er sich wieder zwischen meine Beine legt, ist da so viel Nähe. Ich spüre ihn und bin so erregt, dass ich nicht weiß, wo mir der Kopf steht. Meine Hände verselbstständigen sich, streichen ihm über den Rücken und unkoordiniert nach vorne, seinen Bauch hinab. Als ich seine Erektion umfasse und ihn lustvoll zu reiben beginne, stöhnt er auf.

Seine Hände streifen meine Seiten hinab, umfassen wieder meinen nackten Po. Er löst den Kuss nicht. Vielleicht bemerke ich deshalb erst gar nicht, dass seine Finger weiterwandern, zwischen meine …

Ich zucke zusammen, als er mich *da* berührt, so intim. Schreck oder Lust, ich weiß es nicht. In diesem Moment gibt es keinen Unterschied für mich, ich handle rein instinktiv. Haltlos aufstöhnend dränge ich mich ihm entgegen und vergesse die Welt um mich herum.

Phil verbeißt sich in meiner Unterlippe und mir entweicht ein kleines Wimmern. Seine Finger halten nicht inne, streicheln, kitzeln mich mit hauchzarten Berührungen.

»Ich will dich, oh Gott, Juli, ich will dich *jetzt* ...«

Die Berührung findet meine Mitte, wird fester, lässt mich erschrocken zusammenzucken.

»Phil ...«

Er keucht gegen meinen Hals, zittert, bebt vor Ungeduld. Der Druck wird fester und ohne es recht zu merken, verkrampfe ich mich.

»Phil!«

Er hebt den Kopf und presst seinen Mund auf meine wunden Lippen, dringt mit einem Finger unversehens in mich ein.

Ich wimmere auf, mit einem Mal erschrocken und verängstigt. Das Gefühl ist merkwürdig, meine Stimme dünn, als ich: »Phil ... bitte ...«, hervorstoße.

Der Sand knirscht unter mir, er küsst meinen Hals, küsst meine Lippen und zieht sich langsam zurück.

»Tut mir leid, entschuldige.«

Ich höre das gar nicht wirklich. Seine Arme schieben sich in meine Kniekehlen, er hebt meinen Unterleib an und presst seine Erektion gegen meinen Po, reibt sich an mir.

»Ich würde dich gerne ...«

Er bringt den Satz nicht zu Ende. Stattdessen lässt er mich los, seine Hand schiebt sich zwischen uns und er umfasst meine immer noch beachtliche Erektion. Der Schreck ist genauso schnell vergessen, wie er da war. Phil bearbeitet mich so stürmisch, dass ich vergesse, wo wir sind. Es dauert nicht lange, bis er mich zum Höhepunkt bringt. Ich stöhne hemmungslos dabei und brauche einige ewige Augenblicke, um mich danach wieder zu fangen.

»Phil ...«, murmle ich, obwohl ich gar nicht weiß, was ich sagen soll.

Ich will ihn ebenfalls anfassen, doch er schiebt meine ungeschickte Hand von sich und atmet ein paar Mal zittrig durch. Als er mich ansieht, wirkt er verzweifelt.

»Tut mir leid«, wispert er wieder und wieder.

Ich weiß nicht, was er meint, höre ihn kaum. Der Himmel dreht sich, ich schließe die Augen, den Atem schwer und süß vom Alkohol.

»Phil ... Phil, ich liebe dich ...«

Er lacht leise, küsst meine Lippen und ich öffne die Augen wieder. Seine Augen wirken unglücklich.

»Du bist total betrunken.«

»Ich liebe dich, oh Phil ...«

Müde hebe ich die Arme, lege sie in seinen Nacken und höre ihn seufzen. Ein heißer Schmerz trifft mich in der Brust, sein Herz berührt meines.

»Ich ...« Er zögert, der Schmerz und die Sehnsucht werden größer. Sein Herz greift nach meinem, umfasst es, drückt zu. »Ich *liebe* dich, Juli. Aber ... « Langsam schüttelt er den Kopf, der Griff löst sich und sein Lächeln ist merkwürdig. Plötzlich erinnert er mich an Olli. »Komm«, flüstert er und nimmt meine Hand.

Phil hilft mir auf die Beine und führt mich, nackt wie ich bin, zum Meer. Ich sehe leuchtende, diffuse Punkte weiter draußen im Wasser, spüre das erfrischende Nass an meinen Beinen, dann rutsche ich aus und falle ins knietiefe Meer. Phil lacht. Er ist neben mir im Wasser, zieht mich wieder hoch und weiter hinein und hält erst, als wir noch gerade so stehen können. Seine Lippen legen sich auf meine, doch nur flüchtig.

»Vertraust du mir?«

Seine Stimme wirkt fern, obwohl er direkt vor mir steht. Ich spüre das Wasser an meinem Körper. Sein Griff ist wahrscheinlich das Einzige, das mich daran hindert, wieder auszurutschen und unterzugehen.

»Ja«, antworte ich.

Wieder und wieder will ich ihm sagen, wie ich empfinde, doch er spricht schon weiter.

»Ich hoffe, dass ich das irgendwann auch verdiene.«

Ich verstehe das nicht, doch sein Mund verschließt wieder meinen und hält die Fragen fest. Plötzlich spüre ich seinen Fuß an meinem und mit einem Tritt nimmt er mir den Halt. Das salzige Nass schließt sich über meinem Kopf zusammen und ertränkt die Worte auf meiner Zunge.

Der heisere Aufschrei erstirbt in einem Schwall von Luftblasen. Für einen Moment bin ich blind, Oben und Unten verlieren völlig ihren Sinn. In meinem benebelten Kopf können die Gedanken nicht Fuß fassen, die sich hinausdrängen wollen: *Phil?* und *Ich kriege keine Luft, ich werde sterben.*

Ich will panisch um mich schlagen, mich wehren, aber mein Körper gehorcht nicht. Er hat mich verraten? Hintergangen?

Phil!

Als hätte er meinen gedanklichen Aufschrei gehört, greifen seine Hände unter meine Achseln und zerren mich an die Oberfläche. Phil schleift mich unnachgiebig zum Strand. Ich kann mich dabei kaum auf den Beinen halten, pruste und huste und verstehe nicht.

»Spinnst du?«, krächze ich.

Mit einem Mal spüre ich einen Windzug auf meiner nassen Haut und meinem Haar und fröstle unwillkürlich, obwohl es nicht kalt ist. Ich spüre den Sand unter den Füßen, den Knien, als ich mich hustend zu Boden fallen lasse und fühle mich elend.

»Komm, zieh dich an«, erwidert Phil und lacht.

Er hilft mir in meine Klamotten, welche die Nässe meiner Haut fast augenblicklich aufnehmen und zieht sich anschließend selbst wieder an. Er stützt mich, als ich wankend aufstehe.

»Fühlst du dich nüchterner?«

In seiner Stimme schwingt Belustigung mit, obwohl ich an all dem nichts Witziges finden kann. Mir ist schlecht.

»Nass«, murre ich. »Ich bin nicht betrunken.«

»Oh doch!«

Phils Lachen dröhnt über Strand.

Schritte knirschen im Sand. Eine Gestalt taucht aus dem Dunkel auf und ich stolpere fast über einen herumliegenden Stock, als ich Olli mit ihren Locken und ihrem roten Kleid erkenne. Phil hält mich fest und seufzt. Er bleibt stehen und gibt mir ein, zwei leichte Ohrfeigen.

»Oh Juli, komm schon! So betrunken kannst du doch gar nicht sein.«

»Bin ich auch nicht«, behaupte ich.

Meine sich drehende Welt fixiert sich auf Olli, deren Gesicht Besorgnis zeigt, als sie nahe genug ist.

»Phil? Was ist los?«

»Er ist total besoffen, glaube ich«, antwortet er seufzend.

»Ich bin nicht besoffen!«

Als Olli vor mir steht und die Hände auf meine Wangen legt, will ich sie umfassen, taumle und reiße sie beinahe mit mir zu Boden. Sie quietscht erschrocken, legt die Arme um mich und hält mich fest, ihre warme Wange an meinem triefenden Haar.

»Oh je, warum bist du nass?!«

»Ich dachte, das Wasser könnte ihn nüchterner machen«, höre ich Phil sagen. »Und was machst du hier?«

»Dich suchen. Jay braucht dich, vermute ich.«

»Was ist passiert?«

Ich atme tief und langsam durch, die schweren Lider geschlossen und rieche Ollis Haar, den leichten Duft nach Vanille, der immer an ihr haftet. Seufzend drücke ich die Nase in ihre weichen Locken und lege die Arme fest um sie.

»Mh, du riechst gut.«

»Julian!«

Sie klingt erschrocken. Ich höre Phil zischend ausatmen.

»Besoffen, sag ich ja. Kannst du auf ihn aufpassen?«

»Äh, ja, kann ich. Jay ist bei den Bungalows.«

»Okay, danke.«

Der Sand knirscht, seine Schritte entfernen sich und ich bin alleine mit ihr. Ich drücke meine Wange gegen ihr Haar und muss lachen, als sie sich ein wenig versteift.

»Sorry.«

»Komm, setz' dich mal hin.«

Sie will mir helfen, mich vorsichtig niederzulassen, doch ich habe keine Kontrolle über mich und falle in den Sand.

»Mist«, murmelt Olli, setzt sich neben mich und hilft mir, mich aufzusetzen.

Unkoordiniert greife ich nach ihr, lege meine Hände auf ihre Hüften. Ich denke gar nicht darüber nach, was ich hier tue. Sie wehrt sich nicht, als ich sie an mich ziehe und ihren Körper umfasse, das Kinn auf ihre Schulter lege und mit der Nase über ihren Hals streiche.

»Du riechst gut«, sage ich erneut.

Mit einem Mal fühle mich ganz leicht. Leichte Gedanken, leichter Körper, leichte Gefühle. Ich muss wieder lachen und weiß nicht warum. Ich rücke noch näher und küsse ihren Hals, was ihr erneut einen Laut des Schrecks entlockt.

»Julian, du bist betrunken!«

Sie will meine Hände von sich schieben, da hebe ich den Kopf und schaue sie versonnen an. Mit einem warmen Gefühl in der Brust mustere ich ihre dunklen Augen, ihre kleine Nase und diese wundervollen Lippen.

»Manchmal liebe ich dich ein bisschen«, murmle ich und küsse sie.

Nichts als der leise Schmerz in meiner Unterlippe erinnert an die Szene eben am Strand. Mein Kopf ist zu leicht und gleichzeitig zu schwer, um zu realisieren, was ich hier tue. Olli legt mir wieder ihre Hände auf die Wangen und drückt mich von sich. Sie muss lächeln, nachsichtig und liebevoll.

»Du bist wirklich betrunken.«

»Mh … Nein …«

Ich höre nicht, wie schwer meine Stimme ist. Anstatt mir irgendwelche Gedanken zu machen, lege ich wieder die Lippen auf ihre und küsse sie leicht, meine Hände liegen auf ihrer Hüfte, streichen unsicher darüber.

»Du bist schön, weißt du das?«

Sie lacht und schüttelt den Kopf. Als ich sie wieder küsse, erwidert sie meine Berührung vorsichtig. Meine Hand fällt von ihrer Hüfte, bleibt auf ihrem Oberschenkel liegen. Die Welt dreht sich, der Himmel kommt näher. Schwer lasse ich meinen Kopf wieder auf ihre Schulter sinken, die Nase an ihrem warmen Hals und die Hand auf ihrem Bein.

Hinter uns ertönen Schritte und ein Kichern dringt durch die Schwüle. Olli zuckt zusammen und wendet sich um, wobei sie mich unnachgiebig festhält.

»Oh!«, höre ich jemanden sagen.

Ein Mädchen lacht und die Stimme entschuldigt sich.

»Hey, das ist nicht, wonach ...«

Schwer hebe ich den Kopf, schaue auf und sehe nicht weit von uns entfernt Alex, der Vanessa an der Hand hält.

»Tut mir leid, wir wollten nicht stören! Macht nur weiter!« Er grinst.

Ich will die Hand heben, doch sie verfängt sich in Ollis Haar. Stattdessen lehne ich die Stirn wieder auf ihre Schulter und murmele: »Halt die Klappe.«

Er lacht und geht mit Vanessa an der Hand weiter. Weg sind sie, in Richtung Meer.

Olli seufzt.

»Mist. Du verrückter, betrunkener Kerl. Wie siehst du überhaupt aus?«

»Nicht gut ...?«

Sie lacht, sodass mir ganz warm wird und der Boden sich noch ein wenig mehr bewegt. Mir ist schwindelig.

»Olli?«

»Was denn?«

»Ich will in mein Bett.«

FALCO

Juli ist so betrunken, dass es mich kaum wundert, dass sie mich nicht sehen. Phil scheint nüchterner zu sein, aber er hat für nichts anderes Augen, als für ihn. Ich kann es ihm nicht verübeln, mir geht es genauso.

Als Phil ihn auszieht, ihn berührt, mischt sich Wut in meinen angeschwipsten Gemütszustand, doch ebenso Erregung. Es ist gut, dass Juli betrunken ist. Das wird einiges erleichtern. Ich muss nur den richtigen Moment abwarten.

Ich verstecke mich, soweit es geht, in der Dunkelheit und erschrecke, als Olli plötzlich auftaucht. Sie sieht mich nicht, zu meinem Glück. Ich sehe nur von weitem, was sich abspielt. Als Juli sie küsst, wird mein Magen ganz leicht. Wenn Phil davon wüsste, würde das vielleicht schon reichen.

Aber nein, ich habe zu lange an meinem Plan gefeilt, um jetzt einen Rückzieher zu machen. Ich gehe ein wenig um die beiden herum, sodass es aussieht, als käme ich von den Bungalows. Olli zuckt zusammen, als sie mich näherkommen hört und hebt den Kopf. Als sie mich sieht, seufzt sie erleichtert.

»Falco, dem Himmel sei Dank! Kannst du mir helfen? Ich kann ihn nicht alleine in sein Bett tragen.«

Ich lächle sie ehrlich glücklich an, weil das genau der Ort ist, an dem ich ihn haben will. Das schlechte Gewissen hält sich in Grenzen, weil ich weiß, dass es notwendig ist. Er wird es mir bestimmt irgendwann danken. Ich liebe Juli, ich will nur das Beste für ihn.

Also knie ich mich neben ihm in den Sand und lege mir seinen rechten Arm um den Nacken. Olli tut auf der anderen Seite dasselbe und gemeinsam hieven wir ihn hoch. Juli stöhnt auf.

»Mir's schwindelig«, nuschelt er.

»Kein Wunder, du hast wirklich zu viel getrunken!«

Gemeinsam bewegen wir uns über die Anlage in Richtung unserer Bungalows. Juli hängt wie ein Sack Kartoffeln zwischen uns, weshalb wir nur langsam vorankommen.

Wir kommen der Musik näher. Als wir beinahe da sind, sehen wir Sven weinend mit Melina auf einer nahegelegenen Mauer sitzen.

Ich tausche einen Blick mit Olli und bedrückt schleppen wir Juli weiter. Er taumelt ziemlich, stolpert dank uns jedoch nicht. Phil und Jay sind nirgendwo zu sehen.

Die Party scheint sich von unserem Bungalow in einen anderen verlagert zu haben, warum auch immer. Es ist aber zu unserem Vorteil, denn so können wir Juli über die Terrasse in den hell erleuchteten Vorraum tragen. Olli keucht vor Anstrengung, als wir endlich im Schlafzimmer ankommen und ihn auf sein Bett legen. Er ächzt leise und murmelt irgendwas Unverständliches.

»Jay und Sven haben sich heftig gestritten«, erklärt Olli atemlos.

Ich sehe sie besorgt an. Um was es wohl diesmal ging? Es scheint etwas Ernstes gewesen zu sein. Olli dreht sich um und schaut in den Wohnbereich des Bungalows, ehe sie wieder in den Raum hineintritt. Sie schließt die Tür hinter sich.

»Komm, wir ziehen ihm die nassen Klamotten aus. Ich passe auf, dass niemand hineinkommt.«

Ohne eine Zustimmung von mir abzuwarten, dreht sie mir den Rücken zu und scheint davon auszugehen, dass ich ihren Anweisungen folge. Ich wende mich zögerlich Juli zu. Weiß sie von seinen Armen? Andererseits ist es auch egal. Sie hat Recht, er kann nicht in den feuchten Sachen bleiben. Ich setze mich neben ihn auf die Bettkante. Er hat einen Arm über die Augen gelegt und atmet schwer und abgehackt. Ob er sich übergeben muss?

Ich stupse ihn an. Kaum eine Reaktion. So sanft wie möglich umfasse ich sein Handgelenk und ziehe seinen Arm weg. Dann greife ich nach dem Saum seines Shirts und ziehe es hoch.

»'s machsu da?«, fragt er mit schleppender Stimme.

»Er hilft dir aus deinen nassen Sachen«, erklärt Olli seufzend.

Juli stöhnt auf. Vorsichtig schiebe ich sein Sweatshirt hoch und ziehe es ihm über den Kopf. Er versucht, mir zu helfen, indem er sich leicht aufrichtet, wirklich hilfreich ist das jedoch nicht. Danach atmet er nur umso heftiger, die Augen fest zusammengepresst.

»Mir's schwindlig …«

Ich mustere seinen Oberkörper. Leicht berühre ich die Haut an seinem Bauch, streiche darüber und hinab zu seiner Hose. Er scheint das nicht zu merken. Ich öffne den Knopf seiner Hose und will sie hinunterziehen, doch mit seiner Kooperationsbereitschaft ist es plötzlich vorbei.

»Lass das … schlecht …«

Von der Tür her seufzt Olli. Sie kommt auf uns zu und setzt sich neben mich auf die Bettkante. Im Gegensatz zu mir geht sie rabiat vor. Falls ihr die Narben auf seinen Armen unbekannt waren, lässt sie sich das nicht anmerken.

»Wir müssen dich aus den nassen Sachen rauskriegen«, erklärt sie gnadenlos und zerrt am Bund seiner Hose.

Ich helfe ihr, indem ich die Hände unter Julis unteren Rücken schiebe und ihn leicht anhebe. Sie zieht ihm die Hose über die Beine und die sandigen Füße.

»Dieser verrückte Kerl!«, schnaubt sie dabei, will nach seiner Boxershorts greifen, zögert jedoch plötzlich. »Ich … Falco, machst du das bitte?«

Unsicher erhebt sie sich wieder. Aus einem herumstehenden Koffer holt sie eine sauber zusammengelegte Unterhose. Es ist offensichtlich Phils, doch das ist im Moment nicht wichtig. Sie legt sie neben mich und geht wieder zurück zur Tür, um Wache zu halten. Am liebsten wäre mir, sie wäre gar nicht hier, dann könnte ich die Situation um einiges mehr genießen.

Meine Finger verfangen sich im feuchten Bund seiner Boxershorts, Juli stöhnt unwillig auf. Langsam ziehe ich sie herunter, beobachte haargenau jedes kleine freigelegte Stückchen Haut und spüre die Hitze in meinen Wangen, als ich sie ihm schließlich von den Beinen streife und auf den Boden fallen lasse.

Die von Phil wird Juli viel zu groß sein, doch ich nehme sie trotzdem und ziehe sie ihm an. Gerade, als ich von ihm ablasse und er erneut ächzt, poltern Schritte durch den Bungalow und die Tür wird aufgestoßen.

Olli fährt den Neuankömmling erschrocken an: »Gott, kannst du nicht etwas weniger heftig hier einfallen?!«

»Ja, ja, wie … Hey, was machst du da?!«

Phil klingt gar nicht amüsiert. Ich nehme die Finger endlich von Juli, drehe mich zu ihm um und sehe, wie er mich wütend mustert, die Arme vor der Brust verschränkt.

Olli fährt ihn an: »Wir haben ihm nur die feuchten Klamotten ausgezogen, beruhige dich und führ' dich nicht auf wie ein Elefant im Porzellanladen!«

Er zögert. Ich versuche mich an einem unschuldigen Blick und kann beobachten, wie er die Zähne fest aufeinanderbeißt.

»Ich wollte nur schauen, ob alles okay ist«, erklärt er unfreundlich. »Das ist das reinste Höllentheater da draußen.«

»Was ist passiert?«, fragt Olli und kommt ebenfalls wieder auf das Bett zu.

Sie schiebt sich an Phil und mir vorbei, beugt sich über Juli, zerrt sein Betttuch unter ihm hervor und deckt ihn sorgfältig zu. Er stöhnt und greift unkoordiniert nach ihrem Handgelenk. Kurz sehe ich, wie sie missglückt lächelt, ehe sie sanft seine Finger von ihrem Arm löst und ihm das feuchte Haar aus der Stirn streicht.

»Ist dir schlecht?«

Juli schüttelt nur den Kopf, die Augen geschlossen. Endlich scheint er einzudösen.

Langsam erhebt sich Olli und sucht Phils Blick. Er sieht furchtbar abgekämpft aus.

»Jay hat Sven gebeichtet, dass er ihr fremdgegangen ist. Da ist sie erst ausgerastet, auf ihn losgegangen und heult jetzt irgendwo herum.«

Sie öffnet den Mund, schließt ihn wieder und schüttelt den Kopf.

»Was für ein *wundervoller* Abend«, murmelt sie sarkastisch.

»Ganz meine Meinung«, erwidert Phil. »Ich gehe wieder zu Jay. Passt ihr ein bisschen auf Juli auf? Nicht, dass er kotzen muss und an seinem Erbrochenen erstickt. Ich würde ja selbst bleiben, aber …«

»Nein, ist okay«, unterbricht Olli ihn und nickt sachte. »Geh' ruhig.«

»Danke.«

Damit verschwindet er so schnell, wie er gekommen ist. Olli atmet tief durch und lehnt sich gegen den Wandschrank.

»Gott, was für ein Tag!«

Ich nicke zustimmend, mustere sie kurz, ziehe meinen kleinen Notizblock samt Stift aus der Hosentasche und schreibe ihr: *Du kannst ruhig gehen, ich passe schon auf ihn auf.*

Olli liest zögerlich.

»Na ja, vielleicht sollte ich mal nach Sven schauen. Sie mag sauer auf mich sein, aber ich bin immer noch ihre beste Freundin.« Sie lächelt schief. »Gute Nacht«, wünscht sie mir noch. Schließlich ist sie weg und ich bin alleine mit ihm.

Ich schaue ihr nach und als ich höre, wie sie den Bungalow verlässt, beeile ich mich, gehe ihr hinterher und schließe die Eingangstür. Ich verriegle sie und ziehe den Vorhang vor. Phil und Alex haben Schlüssel, die werden schon noch reinkommen.

Trotzdem bin ich nervös, als ich zurück in unser Schlafzimmer gehe. Juli schläft tatsächlich, deshalb schließe ich leise die Zimmertür hinter mir, gehe auf das Fenster zu und verfahre ebenso mit den Holzläden, damit niemand reinschauen kann.

Juli ist total weggetreten, womit ich meinen Plan abändern kann. Was soll ich tun? Ich muss ihn nicht dazu kriegen, dass er mich küsst. Es reicht, wenn Phil später denkt, dass wir etwas miteinander gehabt haben.

Langsam entkleide ich mich. T-Shirt, Turnschuhe, Socken und Hose verteile ich wild auf dem Boden. Nur in Unterhose gehe ich auf das Bett zu und ziehe Julis Betttuch herunter. Er gibt nicht einmal ein Geräusch von sich, sondern schläft einen tiefen, alkoholschweren Schlaf. Das ist zu perfekt, um wahr zu sein!

Vorsichtig verhake ich meine Finger wieder im Bund seiner Shorts und ziehe sie hinunter. Trocken und ein wenig größer als seine eigene lässt diese sich leicht ausziehen und wieder spüre ich Erregung, als ich sie ihm ganz abstreife und seinen nackten Körper betrachte. Schließlich steige auch ich aus meinem letzten Kleidungsstück, schalte das Deckenlicht aus und lege mich zu ihm unter das Betttuch.

Ich bin gespannt, was Phil dazu zu sagen hat, wenn er uns so findet. Erregt drücke ich mich an Julis warmen Körper und berühre seine Haut.

PHILIP

Jay ist ein Häufchen Elend, wie er da im Sand sitzt, das Gesicht in den Händen vergraben. Er heult nicht, aber wahrscheinlich fehlt nicht viel dafür.

»Oh Gott, ich hab's versaut«, murmelt er heiser.

Unsicher lege ich ihm einen Arm um die Schultern und spüre einen Stich des schlechten Gewissens, weil ich mich insgeheim frage, wie lange wir hier wohl noch sitzen werden. Mir gefällt es gar nicht, dass Juli mit Falco alleine ist. Doch natürlich kann und werde ich Jay nicht hängen lassen.

Ich ziehe ein Päckchen Zigaretten aus meiner Hosentasche und biete es ihm an. Wie so oft nimmt er sich dankend eine, doch er kann sich nicht dazu zwingen, zu lächeln. Ich bediene mich ebenfalls und reiche ihm das Feuerzeug. Einträchtig rauchend hocken wir im Sand und irgendwo hinter uns geht die Party weiter.

Ob der Hilbrich und die Führer sich zusammen in ihrem Bungalow eingesperrt haben, um bloß nicht sehen zu müssen, was wir hier veranstalten? Sie können uns ja eh nicht davon abhalten, warum also noch zuschauen?

Jay reibt sich mit der freien Hand über die Augen, er sieht unsäglich müde aus.

Ich mustere ihn mitleidig und frage: »Warum hast du es ihr plötzlich doch gesagt?«

Er zieht noch ein paar Mal an seiner Zigarette, ehe er mir antwortet: »Sie hat plötzlich irgendwas von Hochzeit geredet. Ohne Scheiß, ich dachte, ich mach mir gleich ins Hemd vor Angst. Ich bin verdammte sechzehn! Ich will gar niemanden heiraten! Ich will Freiheit und Spaß und ... Ach, keine Ahnung. Da ist es mir rausgerutscht. Ich weiß, es klingt total dumm, aber ich will mich nicht dafür schlecht fühlen müssen, dass ich Olli oder wen auch immer gerne mal ... na ja ...« Müde schaut Jay mich an. »Was denkst du? Wenn Juli sich jetzt an dich klammern würde, könntest du denken, das mit euch hält für immer?«

Ich zucke zusammen und erwidere seinen Blick mit großen Augen.

»Wir ... wir sind doch nicht mal zusammen ...«, protestiere ich lahm. Jay wischt meinen Einwand einfach beiseite. »Egal! Würdest du oder nicht? Könntest du ihm treu sein? Oder er dir? Ich verstehe nicht, wie man sich überhaupt in unserem Alter festlegen kann!«

Jay hat mich genau an meinem wunden Punkt getroffen. Ich beobachte, wie die Zigarette in meiner Hand verglimmt, dann zünde ich mir eine neue an.

»Ich weiß es nicht.« Zögernd ziehe ich an meiner Kippe und gestehe ihm, was ich mir selbst nicht eingestehen wollte: »Genau davor hab' ich Angst. Ich will nicht, dass das so endet wie mit Flo. Ich hänge mich da jetzt schon zu viel rein, verstehst du? Ich hab keinen Bock auf Herzschmerz und Juli ... Schau ihn dir doch mal an! Ich meine, was will der mit mir? Mal ein bisschen rumprobieren und schließlich merken, dass er doch lieber eine weiche, schöne Frau haben will wie Olli oder Vanessa oder was weiß ich?«

Ich atme tief durch und fühle mich plötzlich so sehr mit Jay verbunden wie noch nie zuvor in meinem Leben. »Ich könnte Sven sein, die jetzt irgendwo hockt und sich die Augen ausheult«, erkenne ich und das macht die ganze scheiß-Situation auch nicht besser.

Vorsichtig fragt er: »Und du ... *Liebst* du ihn?«

Mir entweicht ein gequältes Ächzen und es ist an mir, das Gesicht in meinen Händen zu vergraben. Ich reibe mir mit den Fingern über die Augen, bis ich Sterne sehe, hebe den Kopf wieder und schaue in den Himmel.

»Ich bin total dumm, oder?«

Er schüttelt den Kopf, sagt allerdings nichts. Nach einer kleinen Ewigkeit fragt er: »Was können wir da schon machen?«

Damit erhebt er sich und streckt die steif gewordenen Glieder. Er hält mir seine Hand entgegen und ich ergreife sie. Ächzend zieht er mich auf die Beine und schenkt mir ein schiefes Grinsen.

»Sollen wir pennen gehen? Ich schlaf' sonst gleich hier ein«, meint er und gähnt zum Nachdruck. »Morgen können wir weiter grübeln. Im Moment bringt uns das nicht viel.«

Ich nicke und zusammen machen wir uns auf den Weg zu unserem Bungalow. Verwirrt stelle ich fest, dass die Tür abgeschlossen und das Licht ausgeschaltet ist.

»Schlafen die schon?«, fragt Jay erstaunt. Gemeinsam machen wir uns daran, diese beknackte Tür zu öffnen. Ehrlich, dieses scheiß-Schloss sollte dringend ausgewechselt werden! Die Schiebetür lässt sich mit einem lauten Rattern öffnen. Es ist total still.

»Ob Alex da ist?« Jay schaut mich fragend an.

»Weiß nicht. Er hat notfalls ja einen Schlüssel.«

Jay nickt und klopft mir aufmunternd auf die Schulter. »Ich geh pennen. Gute Nacht.«

Damit macht er sich auf den Weg die Treppen hinauf und überlässt es mir, die Tür wieder abzuschließen. Ich tue das mit einigen Problemen, höre dabei Jays Schritte über mir und wünschte, er hätte mir wenigstens dabei geholfen, der Penner.

Genervt ziehe ich den schweren Vorhang wieder zu und setze mich auf die Eckbank, um meine Schuhe auszuziehen. Ich frage mich, ob Juli das *Ich liebe dich* ernst gemeint hat, oder ob er nur betrunken war. Wahrscheinlich weiß er gar nicht, was das überhaupt bedeutet!

Als ich meinen zweiten Schuh endlich in die Ecke kicken kann, lehne ich mich kurz zurück, mustere unbeteiligt das Chaos im Wohnraum und spüre Wut auf ihn. Warum zum Teufel hat er sich so abgeschossen? Warum muss er mir ausgerechnet in diesem Zustand sagen, dass er mich liebt? Ich bezweifle, dass er das ernst gemeint hat und noch mehr, dass er sich morgen noch daran erinnert!

Ich seufze schwer. Oben verklingen Jays Schritte, wahrscheinlich liegt er nun im Bett. Ich sollte es ihm gleichtun.

Leise erhebe ich mich und gehe in unseren Schlafraum. Es wird kurz dunkel, als ich das Licht hinter mir lösche und die Tür zuziehe, ehe ich die Lampe im Zimmer einschalte. Als ich auf mein Bett zu gehen will, fällt mein Blick auf das Etagenbett und mein Herz setzt für einen ewig langen Moment vollkommen aus.

Juli liegt nicht alleine in seiner Koje. Mir wird mit einem Mal furchtbar schlecht. Unbewusst gehe ich ein, zwei Schritte näher heran. Auf dem Boden liegen Falcos Klamotten. Seine Jeans, sein Shirt, seine … Unterhose.

Entsetzt starre ich auf seine Kleidungsstücke, dann wieder auf Falcos Haarschopf auf Julis nackter Brust, sein friedlich Gesicht und der vernarbte Arm, der um Falcos Schulter liegt. Da, am Fußende des Bettes liegen die Boxershorts, die ihm Olli vorhin angezogen habt.

Nein, das glaube ich nicht!

Mir ist nach schreien zu Mute, doch kein Laut dringt aus meinem Mund. Langsam bewege ich mich auf das Bett zu, greife mit zittrigen Fingern nach dem Laken und ziehe es ein Stück weit hinunter, gerade so weit, um zu sehen, dass beide vollkommen nackt sind.

Scheiße, Scheiße, Scheiße!

Ich ziehe meine Hand zurück, als hätte ich mich verbrannt und so lautlos, wie ich hereingekommen bin, bewege ich mich rückwärts wieder zur Tür, hastig nach Luft schnappend. Nein, nein, nein! Als ich aus dem Zimmer hinaus bin, werfe ich die Tür zu und es ist mir scheißegal, ob irgendwer hört, wie ich die Treppe zu Jay hinaufpoltere.

Dieser schreckt auf, murmelt in die Dunkelheit »Was is' los?« und schaltet seine Nachttischlampe an. Als er mich, meinen Gesichtsausdruck sieht, sitzt er plötzlich senkrecht im Bett und schaut mich besorgt an. »Phil?! Was ist passiert?«

Ich registriere erst, dass das trockene Schluchzen von mir ist, als Jay entsetzt aufspringt und auf mich zukommt, um mich in seine Arme zu ziehen.

»Hey, hey, was ist los?«

»Juli … und Falco …«

Ich breche ab, meine Stimme klingt zu brüchig. Nicht heulen, bloß nicht heulen!

»Juli … *was*?« Verwirrt drückt er mich wieder von sich, doch während er mich ansieht, scheint es ihm zu dämmern. Es sieht so schockiert aus, wie ich mich fühle. »Zum Teufel noch mal, was soll denn der Scheiß jetzt?«

Er scheint sich an mir vorbei schieben und hinuntergehen zu wollen, aber ich halte ihn fest und versuche, nicht die Fassung zu verlieren. Ich wusste es doch, ich wusste es!

»Kann ich hier schlafen?«, frage ich und versuche, zu lächeln, doch wieder entweicht mir nur ein heiseres Schluchzen. Meine Augen brennen vor Tränen, aber ich halte sie mühsam zurück.

»Natürlich. Oh verdammt, Phil, komm. Gott, ich glaub's nicht.«

Er zieht mich zu dem Doppelbett und muss mich praktisch dazu zwingen, mir das verschwitzte T-Shirt auszuziehen und aus meiner Hose zu steigen. Jay ist es, der mich nun auf die Matratze drückt und mich festhält, als ich im Dunkeln den Halt verliere. Ich habe es doch gewusst, ich hätte mich *niemals* auf Juli einlassen sollen!

13

ZERSPLITTERN

JULIAN

Das Erste, das mich begrüßt, als ich aufwache, ist eine erdrückende Wärme. Es ist heiß und ich schwitze entsetzlich. Das Nächste, das sich in meine Wahrnehmung drängt, ist starke Übelkeit. Irgendwo ächzt es kläglich. Es dauert ein bisschen, bis ich merke, dass ich das bin. Oh Gott, ich habe gestern übertrieben.

Ich atme tief durch und versuche mir einzureden, dass mir gar nicht schlecht ist. Die Holzplatte über mir, auf welcher Falcos Matratze liegt, ist beschmiert mit Worten, die ich vorletzte Nacht noch gelesen habe. Heute erkenne ich das gar nicht mehr. Ich will meine Augen wieder zumachen und weiterschlafen, doch da wird mir erst richtig übel. Besser, ich verziehe mich vorsichtshalber ins Bad.

Als ich mich aufsetze und das dünne Betttuch hinunterrutscht, bemerke ich, dass ich nackt bin. Verwirrt sehe ich auf meinen bloßen Bauch, spüre das Tuch an meinen unbekleideten Beinen. Nicht mal Boxershorts habe ich an. Was zum Teufel?

Ich schaue zu Phils Bett herüber. Es ist leer und scheint gänzlich unberührt. Auf dem Boden liegen Shorts von ihm, die ich mir kurzerhand angle und anziehe. Die Übelkeit bei diesen Bewegungen nimmt ein überwältigendes Maß an.

Durch den Druck auf meinen Ohren höre ich mein schweres Atmen nur dumpf. Unsicher stehe ich auf, wanke, schaue auf Falcos Bett. Ebenfalls leer. Wo sind die nur alle? Wie bin ich überhaupt in mein Bett gekommen? Ich war doch mit Phil am Strand und wir haben rumgemacht. Dann kam Olli … *Oh mein Gott.* Olli! Ich habe … Oh Gott!

Mein Keuchen hallt laut im leeren Raum. Die Welt wankt und meine Beine fühlen sich an wie Stelzen. Ich stürze so schnell ins Badezimmer, wie nur irgend möglich. Ein lächerlich rationaler Teil in mir schließt sogar noch ab, ehe ich vor der Toilette auf die Knie falle und meinen Mageninhalt in die Kloschüssel abgebe.

Als nur noch bittere Galle hervorkommt, betätige ich mit zittrigen Fingern den Abzug und komme wankend auf die Füße. Was zum Henker war gestern los mit mir? Zum Glück ist das Waschbecken direkt neben der Toilette. Bloß nicht zu viel bewegen, sonst wird mir wieder schlecht. Ich schalte das Wasser an, wasche mir das Gesicht und werfe einen kurzen Blick in den Spiegel. Ach du Schande!

Mir starrt ein total verquollenes, blasses Gesicht entgegen, dunkle Ringe unter den müden Augen, vollkommen zerzauste Haare. Ich sehe scheußlich aus. Ich weiß genau, dass es letzten Abend einen Moment gab, an dem ich dachte, jetzt ist es genug. Anschließend kam Alex, mit einer Flasche Sekt in der Hand und hat verlangt, dass wir sie zu zweit leeren.

Mir dreht sich erneut der Magen um bei dem Gedanken, dass ich Sekt aus der Flasche getrunken habe, in großen, hastigen Zügen. Ich stöhne gequält auf, schalte das Wasser erneut an und spritze mir die nächste eiskalte Ladung ins Gesicht.

Der Sekt hat mir den Rest gegeben! So was trinke ich *nie* wieder! Ekelhaft.

Ich weiß nicht, wie lange ich vor dem Becken stehe, aber die Übelkeit wird langsam weniger. Vorsichtig richte ich mich auf, werfe dem verkaterten Juli im Spiegel einen angewiderten Blick zu und ziehe Phils zu große Boxer höher. Ob er gesehen hat, dass ich Olli …? Oh Mann, was war los mit mir? Wie peinlich!

Natürlich finde ich sie hübsch, fand ich schon, als ich sie zum ersten Mal gesehen habe. Unter normalen Umständen wäre ich allerdings niemals auf die Idee gekommen, sie zu küssen, geschweige denn, sie anzufassen. Bah, ich bin nicht besser als Alex und Jay. Da bleibt mir nur noch übrig zu hoffen, dass Phil es nicht gesehen hat und sie mir nicht böse ist.

Kurz lausche ich, ob vom Wohnbereich des Bungalows irgendwelche Geräusche ertönen, aber es ist völlig still. Vielleicht ist das besser so, dann hat wenigstens niemand mitbekommen, dass ich mich übergeben musste.

Ich schaue mich suchend um und finde im Fach unter dem Waschbecken ein langärmeliges, graues Sweatshirt von mir, das ich mir gestern Mittag bereitgelegt habe. Langsam ziehe ich es mir über und wage erst danach, das Bad wieder zu verlassen.

Die Tür macht ein ohrenbetäubendes Geräusch, als ich sie aufschließe. Trotzdem scheine ich damit niemanden aufzuschrecken. Ob Jay und Alex noch schlafen? Wo zum Teufel sind Falco und Phil? Zögerlich trete ich in den Wohnbereich. Der Geruch von Alkohol liegt in der Luft, der Boden klebt und auf der Ablage liegt eine zerbrochene Bierflasche. Na prima.

Es braucht einen Augenblick, bis ich merke, dass die Schiebetür zum Bungalow offensteht und nur der Vorhang vorgezogen ist. Ich schiebe ihn ein Stück zur Seite, schaue auf die Terrasse und sehe Falco mit einem Buch da sitzen. Er registriert die Bewegung, blickt auf und als er mich sieht, grinst er. Sein Gesichtsausdruck lässt sich nicht anders als mit spöttisch beschreiben.

»Hi«, grüße ich rau und ziehe ich den Vorhang noch ein Stück zur Seite. Außer ihm ist weit und breit niemand zu sehen. »Wie viel Uhr haben wir?«

Ich mustere ihn. Amüsiert hebt er beide Hände und zeigt mir sechs Finger, wedelt vage mit der rechten Hand. Sechs Uhr irgendwas. Das Buch klappt er nun zu und legt es beiseite.

»Was grinst du so?«, frage ich unwillig und lehne mich haltsuchend gegen den Türrahmen. Himmel, ist mir schwindelig! »Wenn ich mich gestern danebenbenommen hab, will ich es nicht wissen. Weißt du, wo Phil ist?«

Er zuckt mit den Schultern und bedeutet mir, mich zu ihm zu setzen. Aus seiner Hosentasche zieht er den zerknitterten kleinen Notizblock hervor, den er immer mit sich herumträgt. Gemächlich schreibt er mir etwas auf und schiebt ihn mir zu, als ich mich auf die Bank ihm gegenüber setze.

Scheint heute Nacht nicht heimgekommen zu sein. Vielleicht hat er irgendwo ein kleines Abenteuer gefunden, wer weiß? Du kennst ihn ja.

Mit einem Stich in der Brust lese ich die knappen Worte. Nein, das glaube ich nicht. Warum sollte er so was machen? Wir sind zwar nicht richtig zusammen, aber … nein. Unsinn. Vielleicht ist er am Strand.

»Ach, glaube ich nicht«, erwidere ich. Mit einer Hand reibe ich mir über die geschwollenen Augenlider. Sicher kommt Phil bald zurück. Oder er schläft bei Jay. Es wird sich schon aufklären. »Wie bin ich gestern in mein Bett gekommen?«, frage ich, um mich abzulenken.

Falcos Grinsen wird noch um einiges breiter. Er zieht sich wieder den Block heran und schreibt beinahe genüsslich. Als er mir den Block erneut zuschiebt, ertönen im selben Moment unweit von uns Schritte. Es ist Olli, die plötzlich vor der Terrasse steht und mich mitleidig mustert.

»Guten Morgen. Wie geht es dir?«

Ich winke ab, behaupte »Wunderprima, wirklich!« und lese Falcos Mitteilung.

Olli und ich haben dich ins Bett getragen. Du warst ganz schön betrunken und kuschelbedürftig, was? Wenn du Kopfschmerzen hast, ich habe Tabletten dabei.

Kuschelbedürftig? Er hat doch nicht etwa gesehen, dass ich sie geküsst habe? Mit einem Mal spüre ich, wie mir Hitze in die Wangen steigt. Peinlich berührt schiebe ich ihm seinen Block zu und murre: »Wenn du dich weiterhin als meinen Freund bezeichnen willst, hör auf so dreckig zu grinsen, okay? Alex hat mich abgefüllt.«

Olli, die uns bis eben nur wortlos gemustert hat, seufzt und schiebt sich neben mich auf die Holzbank.

»Das erklärt einiges. Ist Jay in Ordnung?«

Jay? Was will sie denn jetzt mit dem?

Falco macht ein unwissendes Gesicht. Ich bin mir nicht sicher, ob ich es wagen kann, sie anzusprechen, wer weiß, vielleicht findet sie mich widerlich, abstoßend, keine Ahnung. Aber da rutscht mir die Frage schon heraus: »Was ist mit ihm?«

Olli sieht nicht böse aus, immerhin. Ein kurzer Blick zu ihrem Hals genügt, um zu sehen, dass sie die Kette noch trägt. Vielleicht nimmt sie mir den Kuss ja nicht krumm.

»Das weißt du nicht mehr? Er hat sich gestern mit Sven gestritten und ihr gestanden, dass er ihr fremdgegangen ist. Sie hat die ganze Nacht geweint und er sah ebenfalls ziemlich fertig aus, als ich ihn das letzte Mal gesehen habe.«

Ich mustere Olli nachdenklich. Daran erinnere ich mich *wirklich* nicht. Also ist Phil doch bestimmt bei seinem besten Freund und tröstet ihn. Schlafen die zu dritt da oben in dem Doppelbett?

»Die Arme«, erwidere ich geistreich und spüre einen kleinen Stich irgendwo im Magen.

Ich war zwar tierisch genervt von dieser *Jay-und-Sven-forever-in-Love*-Scheiße, aber dass so was passiert, wollte ich nicht. Was wird aus unserer Truppe, wenn die beiden sich verkracht haben?

»Mh«, macht Olli zustimmend, atmet tief durch und steht auf. »Ich gehe wieder zurück. Sven braucht ihre Freunde jetzt.« Sie will sich schon abwenden und gehen, da hält sie noch mal inne und wirft mir einen liebevoll-belustigten Blick zu. »Und du, Julian, solltest duschen. Du riechst wie eine laufende Flasche Whisky.«

Ich öffne vor Empörung den Mund, aber sie lacht nur und verschwindet um die Ecke. Falco vor mir lacht ebenfalls lautlos. Von dem ist kein Rückhalt zu erwarten.

»Tse«, meine ich nur und strecke ihm die Zunge raus. »Ich gehe ja schon!«

Wacklig erhebe ich mich, winke Falco zu und gehe wieder in den Bungalow. Bevor ich jedoch ins Bad gehe, hole ich mir eine Wasserflasche aus dem Kühlschrank und trinke durstig. Jay und Phil schlafen bestimmt noch, also sollte ich mich beeilen, ins Bad zu kommen. Nachher werde ich ja feststellen, ob er mich mit Olli gesehen hat oder nicht.

Ich putze mir die Zähne, schlüpfe aus meinen Klamotten und genieße eine eiskalte Dusche. Um den Gestank von gestern loszuwerden, brauche ich mindestens die halbe Flasche des Duschgels, doch wenigstens fühle ich mich danach menschlicher.

Niemand beschwert sich, weil ich zu lange brauche. Von Jay und Phil kommt kein Lebenszeichen. Egal, gehe ich sie eben gleich wecken. Ich föhne mir die Haare auf kältester Stufe, damit ich nicht gleich wieder schwitze. Dann glätte ich langsam und bedächtig Haarsträhne für Haarsträhne meines gar nicht mehr so schwarzen Haares.

Die Sonneneinstrahlung hat mir nicht nur einen feuerroten Nacken, rote Wangen und eine ebenso gerötete Nase voller Sommersprossen eingebracht, sondern auch meine Haarfarbe ausgebleicht. Ich schaue einen Julian im Spiegel an, den ich so noch nie gesehen habe. Wo kommen die ganzen kleinen Punkte auf meiner Nase plötzlich her? Ob Braun besser aussieht, als Schwarz will ich lieber nicht beurteilen.

Seufzend ziehe ich das Glätteisen aus der Steckdose und schiebe es unter den Schrank, damit es abkühlen kann, ohne dass jemand drauftritt. Kurz zupfe ich noch die Ärmel meines Sweatshirts zurecht, wuschle meine Haare zurecht und fixiere sie mit Haarspray. Vielleicht hält es ja wenigstens ein oder zwei Stunden.

Als ich das Bad schließlich verlasse, sehe ich menschlicher aus, als ich mich fühle. Aber gut, wer trinken kann, der kann auch den Kater danach ertragen. Ich schaue kurz hinaus auf die Terrasse, wo immer noch nur Falco sitzt, liest und Toast mit Nutella frühstückt. Gut, gehe ich eben die anderen wecken. Sie schlafen bestimmt noch. Wo sollten sie auch sonst sein?

Ich gehe die Treppen hinauf in ein warmes, staubiges Dunkel. Die Läden sind noch geschlossen, nur diffuses Licht strömt hindurch. Vom Bett her ertönt ein leises Schnarchen.

Das ist allerdings weder Phil noch Jay, sondern Alex. *Nur Alex.* Ich ziehe die Augenbrauen zusammen. Wo zum Henker sind die beiden?

Ich durchstreife den Raum und ziehe die Vorhänge beiseite, öffne das Fenster und schlage unbarmherzig die Holzläden auf.

»Aufstehen!«, dröhne ich mit lauterer, sicherer Stimme, als ich es in dieser Situation für möglich gehalten hätte.

Viel zu helles Licht und warme Luft strömen hinein. Alex gibt ein gequältes Wimmern von sich und zieht sich das dünne Betttuch über den Kopf.

»Geh' weg«, nuschelt er durch den Stoff.

Ich bin schlecht gelaunt und dementsprechend unbarmherzig greife ich nach einem Zipfel seiner Decke und zerre sie von ihm herunter. Er stöhnt und ächzt und öffnet nur langsam die Augen.

»Mann, Juli, geh' weg«, ächzt er. »Un' mach die Lädn zu, Scheiße …«

»Es ist gleich sieben«, erkläre ich ihm mit hochgezogenen Augenbrauen. »Und ich dachte, du könntest mir sagen, wo Phil und Jay sind.«

Alex, nur in ziemlich lächerliche Unterhose mit Bärenmuster gekleidet, rollt dem Fenster den Rücken zu und versteckt das Gesicht in seinem Kissen.

»Weißnich … Die sin' schon vor 'ner Weile gegangn … Mann, bitte, ich hab' Kopfweh!«

Schon vor einer Weile? Aber wohin? Und warum?

»Hat Phil hier oben geschlafen?«

»Mh …«

Alex scheint wieder einzudösen. Da hat er allerdings die Rechnung ohne mich gemacht. Ich stoße ein genervtes Grollen aus, beuge mich übers Bett und greife nach seinem Bein. Ich zwicke ihn in den Rücken, den Oberschenkel, den Arm, was ich halt gerade erwische. Er schnauft und tritt nach mir, verfehlt mich jedoch. Schließlich dreht er sich auf den Rücken und blinzelt mich unglücklich an.

»Du bist echt der beschissenste Freund, den es gibt«, quengelt er. »Gib mir wenigstens 'ne Kopfschmerztablette, du Penner.«

»Nur, um dich dran zu erinnern«, schnaufe ich, »*du* hast *mich* abgefüllt! *Du* bist hier der Penner, okay? Mein Mitleid hält sich echt in Grenzen! Noch mal zu Phil. Warum hat er hier gepennt?«

Verschlafen-dümmlich blinzelt er mich an, dann grinst er anzüglich.

»Weiß nich'. Ich dacht', Olli wär' vielleicht bei dir und er wollt' euch nich' stören, deswegen hab' ich nix gesagt. Ich war'n bissel spät zurück, die ham schon gepennt.«

Verdattert schaue ich ihn an, sein Grinsen wird breiter. Schließlich spüre ich, wie mir das Blut in die Wangen schießt.

»Du hast uns gesehen?«

Er ist vielleicht übermüdet und verkatert, das jedoch hält ihn nicht davon ab, mir zuzuzwinkern.

»Am Strand, ja. Warum habt ihr gesagt, zwischen euch wär' nix?«

Weil zwischen uns nichts ist, du Idiot, sondern ...

Ich atme tief durch. Ruhe bewahren. Alex ist kein übler Kerl, vielleicht kann ich ihn bequatschen, niemandem was zu erzählen.

»Äh ...« ist jedoch alles, was zunächst aus meinem Mund herauskommt. Rhetorik ist mein Fachgebiet, kaum zu übersehen, was? »Also ... Ich ... Zwischen uns ist eigentlich nichts.«

Alex runzelt die Stirn und verschränkt die Arme hinter dem Kopf. Sein Gesicht verrät Neugier, ich habe seine Aufmerksamkeit. Immerhin etwas. Ich setze mich auf die Bettkante und lasse meinen schweren Kopf hängen.

»Du bist zu einem blöden Zeitpunkt gekommen. Ich war betrunken und hab sie einfach geküsst. Sie will mich nicht, glaube ich. Deshalb wäre ich dir echt dankbar, wenn du niemandem was erzählst.«

Alex setzt sich auf und mustert mich mitfühlend.

»Mann, was ein Scheiß«, sagt er betroffen. Das Bett wackelt und quietscht, als er näher an mich heranrückt und mir den Rücken tätschelt. »Hat sie dir 'nen Korb gegeben?«

»Ja. Mir ist das echt peinlich und ich hab' Angst, dass unsere Freundschaft darunter leidet.« Ich werfe Alex einen Blick in der besten Bambi-Manier zu. »Es wäre echt cool, wenn du es für dich behältst.«

Verständnisvoll nickt er.

»Tut bestimmt genug weh, abgewiesen zu werden. Phil würde sich sicher lustig machen, he? Lass den Kopf nicht hängen, Kumpel, vielleicht kannst du sie ja noch erobern.« Er gähnt und schiebt sich zum Rande des Bettes, um aufzustehen. »Ihr gebt ein schickes Paar ab. Wenn es einen Typen gibt, der sie rumkriegen kann, dann ja wohl du.«

Er lacht und zwinkert mir erneut zu, schelmisch und ganz er selbst. Tut gut zu wissen, dass man doch noch andere Freunde außerhalb dieser irren Gruppe hat. Ich bin mir nicht sicher, wie es um unsere Clique steht, jetzt, da Sven und Jay sich verkracht haben.

Ich lächle reichlich demoliert.

»Danke, Mann. Und sag mal, was ist da zwischen dir und Vanessa?«

Ich sehe Alex von der Seite grinsen. Er wendet sich ab und öffnet die Schiebetüre des Kleiderschrankes. Ich muss lachen, als ich sehe, dass er seine Klamotten nicht eingeräumt, sondern einfach seinen Koffer hineingestellt hat.

»Wir haben uns gestern echt gut unterhalten und sie hat mir einen Gute-Nacht-Kuss gegeben. Ganz unschuldig.« Er beißt sich auf die Unterlippe. Nachdenklich wühlt er in seinen Klamotten herum. »Ich hab kein Problem damit, dass ihr beide was miteinander hattet. Ich weiß aber nicht, wie ich *ihr* das sagen soll. Sie bemüht sich darum, mir zu zeigen, dass sie keine leichtfertige Schlampe ist und ich will ihr auch nicht das Gefühl geben, so wie *du* zu sein. Nicht böse gemeint, okay? Ich bin nur ziemlich hilflos, weil sie mir nicht glaubt, dass ich es ernst meine.«

Nachdenklich mustere ich seinen Rücken und runzle die Stirn. Ich fühle mich keineswegs beleidigt wegen dem, was er sagt, schön zu hören ist es trotzdem nicht. Also stehe ich auf und mache mich auf den Weg hinunter, um woanders nach Jay und Phil zu suchen. Auf halbem Weg halte ich jedoch inne.

»Ich rede mal mit Olli, ja? Und bitte sie, mit Vanessa zu sprechen. Wenn dir das hilft.«

Alex, mit kurzer Hose, Unterhose und T-Shirt bewaffnet, schaut mich einen kurzen Augenblick erstaunt an, ehe er breit grinst.

»Ja, das wär' cool. Danke, Mann!«

»Kein Ding.«

Ich hebe die Hand, winke kurz zum Abschied und gehe die knarzenden Holztreppen wieder hinunter. Über das Gespräch mit Alex ist mir ein wenig entglitten, warum ich überhaupt heraufgekommen bin. *Phil.* Also hat Falco nicht Recht, das ist immerhin etwas. Ich verstehe trotzdem nicht, warum er nicht einfach in unser Zimmer gekommen ist. Ob er mich vielleicht nicht wecken wollte? Wer weiß, wie spät er heimgekommen ist.

In dem Moment, als ich die letzte Stufe hinuntergehe, wird die Bungalowtür aufgeschoben und hereinkommen Jay und Phil, in Badeshorts und klatschnass. Beide sehen schlecht gelaunt aus, vor allem, als ich das Wort an sie richte.

»Hey, da seid ihr ja! Ich hab euch gesucht. Wart ihr am Meer?«

Ich kann mir die dumme Frage nicht verkneifen. Sie stolpert mir über die Lippen, um zu überspielen, wie merkwürdig die Stimmung ist, aber es bringt nichts. Die einzige Antwort, die ich bekomme, ist ein eisiger Blick von Jay.

»Ich hole Klamotten«, sagt er zu Phil, der sich ins Bad begibt.

Mir schenkt er keine weitere Beachtung. Stattdessen kommt er auf mich zu, rempelt mich hart an, als er an mir vorbeigeht, und trampelt die Treppen hinauf. Was zum Teufel ist denn mit dem los?

»Geht's noch?«, schnauze ich ihm hinterher.

Die einzige Erwiderung, die er für mich übrighat, ist ein sehr unfreundliches: »Halt's Maul, Wichser.«

Woah, so habe ich ihn noch nie reden gehört. Ich starre ihm mit offenem Mund hinterher.

Eine halbe Ewigkeit bleibe ich da stehen, dann rumpelt Jay wieder herunter. Der nächste Stoß, den er mir versetzt, ist gezielt und mit der Hand, wobei er mich anblafft.

»Was glotzt du so dämlich, he?«

Ich falle gegen die Wand und schaue ihm wieder nur hinterher, unfähig irgendwas zu sagen. Ich bin im falschen Film. Vielleicht schlafe ich noch und träume das. Jay würde so nicht einmal mit seinem schlimmsten Feind reden.

Und Phil? Jay scheint Klamotten für ihn zu haben, denn er geht wieder an mir vorbei und folgt ihm ins Bad. Der Schlüssel wird hörbar herumgedreht, es ist totenstill im Bungalow.

Falco, der die Szene von der Terrasse aus bestimmt mitbekommen hat, macht keine Anstalten, nachzusehen, was hier los ist. Oben ertönen ein paar zögerliche Schritte und im nächsten Moment steht Alex ein paar Stufen über mir und sieht mich ebenso schockiert an.

»Oh Gott, was war denn das gerade? Juli, alles okay?«

Ich schaue nicht hoch, will ihn nicht sehen. Sein Mitleid kann er sich schenken. Keine Ahnung, warum Jay sich so widerlich verhält, aber ich ertrage es nicht, wenn Alex jetzt mitfühlend mit mir redet. Deshalb zucke ich mit den Schultern, beiße die Zähne zusammen und gehe wortlos durch den Wohnraum auf die Terrasse. Falco schaut mich genauso mitleidig an. Der kann mir auch gestohlen bleiben, wirklich. Schnell verlasse ich unseren Bungalow und stapfe durch den Sand zwei Holzhüttchen weiter.

Phil muss mich mit Olli gesehen haben, anders kann ich mir dieses Verhalten nicht erklären. Wo war er, als das passiert ist? Kann ich tatsächlich so grenzbescheuert gewesen sein, sie zu küssen, während er danebensteht? Gott, bin ich dämlich!

Ich versuche, mir nichts von der Panik anmerken zu lassen, die mich befällt, als ich an der Tür zum Mädelsbungalow klopfe. Es dauert ein bisschen, bis Olli den schweren Vorhang von innen zur Seite schiebt und mich erstaunt ansieht. Sie öffnet die gläserne Schiebetüre und mustert mich besorgt.

»Ist was passiert? Du siehst aus, als hättest du einen Geist gesehen.«

Ruhig atmen. Nicht hysterisch werden.

»Können wir vielleicht reden? Wenn du Zeit hast?«

Meine Stimme klingt brüchig. Selbst ich kann hören, dass ich nicht weit davon entfernt bin, einen Nervenzusammenbruch zu erleiden.

Sie tritt aus dem Bungalow und schließt die Tür wieder.

»Sicher. Sollen wir woanders hingehen?«

Ich schaue mich um und sehe hier und da ein paar Klassenkameraden. Besser wär's. Unsicher lächelt sie mich an, als wir uns in Bewegung setzen. Wir bringen Distanz zwischen uns und unsere Bungalowgruppe.

»Gestern ... Das tut mir leid, echt. Ich weiß nicht, was mit mir los war«, fange ich vorsichtig an.

Ihre Hand findet einen Weg in meine, sanft drückt sie zu.

»Ist nicht schlimm. Aber was ist denn passiert?«

Ich versuche, die aufkommende Angst zu unterdrücken und ziehe meine Hand vorsichtig aus ihrer. Heute ist mir die Berührung unangenehm.

»Hat ... hat Phil uns gestern gesehen? Er und Jay waren vorhin am Meer und als sie zurückgekommen sind ... Er redet nicht mit mir und Jay wirft mir Beleidigungen an den Kopf. Ich dachte ... vielleicht hat er ...«

Olli überlegt einen Augenblick und schüttelt den Kopf.

»Nein. Er war schon weg, als du zu Boden gefallen bist. Ansonsten hätte ich ihn gebeten, mir zu helfen, doch von ihm war keine Spur zu sehen.«

Ich will sie an den Schultern packen und schütteln und sie bitten, mir zu sagen, was zum Teufel ich falsch gemacht habe. Doch das würde nichts bringen.

»Bist du dir da *ganz* sicher?«, hake ich stattdessen nach.

»Ja, todsicher«, versichert sie mir. »Ich bin zu euch gestoßen, als ihr auf dem Weg zurück zu den Bungalows wart. Ich habe ihm gesagt, dass Jay ihn sucht und er hat dich mir überlassen. Du warst nass und ... na ja, total betrunken. Eine Weile später kam Falco und hat mir geholfen, dich ins Bett zu bringen. Das war alles.« Sie überlegt und schaut sich dabei um, nicht wirklich etwas suchend, nur nachdenklich. »Phil ist ins Zimmer geplatzt, als wir dich umgezogen haben. Er hat geguckt, ob du noch lebst, und ist wieder zu Jay gegangen. Daraufhin habe ich Sven gesucht. Mehr war da nicht.«

Ich knabbere nachdenklich an meiner Unterlippe.

»Dann verstehe ich Phil und Jay aber nicht. Und warum war ich *nass*?«

Olli lächelt schmal.

»Phil meinte, er hat dich im Meer abgekühlt, weil du betrunken warst.«

Das weiß ich gar nicht mehr. Ich kann mich genauso wenig daran erinnern, dass Falco und Olli mich ins Bett gebracht haben und mir die Klamotten gewechselt haben. Oh! Hat sie mich nackt gesehen?! Ich hatte nichts an, als ich aufgewacht bin! Und meine Arme!

»Du hast mich aber nicht ausgezogen, oder?«

Sie bemerkt meine Befangenheit nicht, sondern geht ein paar Schritte über den Kies und setzt sich auf eine kleine Steinmauer. Ich tue es ihr nach, halte allerdings ein wenig Abstand zu ihr.

»Nein, das war Falco. Ich habe dir nur Boxershorts rausgesucht, aber ich glaube, es war Phils. Tut mir leid.«

»Ich hatte gar keine Boxer an«, unterbreche ich sie.

Olli, die das Meer aus der Ferne betrachtet hat, dreht mir nun ihr Gesicht zu. Erst jetzt sehe ich, dass diese Nacht nicht spurlos an ihr vorbeigegangen ist. Sie hat dunkle Ringe unter den Augen, die sich auch mit Make-up nicht wirklich kaschieren lassen.

»Doch. Falco hat sie dir angezogen«, erwidert sie stirnrunzelnd. »Ich weiß es, ich habe dich zugedeckt.«

Also hat sie meine Arme eventuell gesehen. Falls ja, verliert sie jedenfalls kein Wort darüber.

»Das verstehe ich nicht«, murmle ich.

Hab ich die Boxer im Schlaf ausgezogen? Vielleicht sollte ich mal mit Falco reden, er war schließlich die ganze Nacht da.

Olli seufzt.

»Mach dir keine Gedanken, das klärt sich bestimmt auf. Ich versichere dir, Phil hat uns nicht gesehen.«

Ich atme tief durch und wiederhole, was ich wahrscheinlich unendlich oft sagen könnte: »Es tut mir leid. Ich weiß nicht, was los war. Ich hoffe, ich war nicht … *aufdringlich* … und ich hoffe, dass du mich nicht total ekelhaft findest.«

Sie lächelt mich aufmunternd an.

»Nein, keine Sorge.« Kurz hält sie inne, ihr Gesichtsausdruck verändert sich. Erschrocken schaut sie mich an. »Alex hat uns gesehen. Ich habe mit Vanessa gesprochen, sie behält es für sich. Aber vielleicht hat er Phil etwas gesagt?«

Ich schüttle den Kopf.

»Nein, ich hab schon mit ihm geredet. Er glaubt, ich bin unglücklich in dich verliebt und dass du mich hast abblitzen lassen.« Ich seufze und stehe mühsam auf. Immerhin fühle ich mich nicht mehr so panisch. »Danke für deine Hilfe gestern. Ich rede mal mit Falco. Wir sollten sowieso zurückgehen. Wann wollte der Hilbrich, dass wir alle fertig sind? Acht Uhr?«

»Ja.«

Auch sie erhebt sich, streicht sich ein paar nicht vorhandene Schmutzpartikel von ihrem weißen Oversize-Shirt und den knappen Hotpants. Sie hat echt für jeden Tag irgendwas Schickes zum Anziehen, unglaublich.

Verstohlen zupfe ich an meinen langen Ärmeln herum, als wir zurück zu den Bungalows gehen. Niemand sagt ein Wort, auch nicht, als ich den Weg zu meiner Unterkunft einschlage und sie den zu der ihren. Falco sitzt immer noch auf der Terrasse und liest.

Ich weiß nicht, wie ich das Gespräch anfangen soll, also

setze ich mich erst mal ihm gegenüber auf die Bank. Erfreut registriert er mich und klappt das Buch zu. Wenigstens einer, der sich benimmt wie immer.

»Danke für gestern«, murmle ich, doch er winkt nur ab.

Sein Notizblock liegt immer noch auf der hölzernen Tischplatte. Er zieht ihn und seinen kleinen Kugelschreiber heran und schreibt mir etwas auf.

Du hast dich auch schon um mich gekümmert, als es mir ähnlich ging, schon vergessen? Das macht man so, wenn man befreundet ist. Warum ist Jay so böse zu dir gewesen?

»Ich … ich weiß es nicht. Eigentlich hatte ich gehofft, du kannst mir sagen, was los war. Ich erinnere mich nicht an gestern. Ist etwas passiert?«

Unsicher schiebe ich ihm seinen Block wieder zu. Falco mustert mich erstaunt. Er schüttelt den Kopf, die Augenbrauen zusammengezogen.

Nein. Ich hab mich schlafengelegt, als du im Bett warst. Phil ist halt nicht aufgetaucht. Ich habe keine Ahnung, warum.

Enttäuscht lese ich seine Antwort. Falco erhebt sich, tippt auf seine Armbanduhr, deutet auf den Platz vor den Bungalows und nimmt das Buch in die Hand. Es wird wohl Zeit, uns zum Bus zu bewegen.

»Ist bald acht?«

Er nickt. Gut, dann packe ich mir noch eine Wasserflasche ein. Wer weiß, wann wir wieder zurückkommen und wie lange es wohl dauern wird, bis ich endlich eine Chance habe, mit Phil zu reden.

※ ※ ※

Phil würdigt mich keines Blickes. Im Bus sitze ich neben Olli, die sich nur schwer entscheiden kann, für wen sie da sein soll: für mich oder Sven. Aber ihre beste Freundin hat noch Vanessa und Melina. Ich habe nur Olli, weil Falco von nichts weiß und deswegen nicht versteht, was los ist.

Die Fahrt nach Barcelona dauert wieder zu lange und ohne Beschäftigung wird es recht schnell öde. Ich hoffe, die

Sektkellerei bietet wenigstens für kurze Zeit ein wenig Ablenkung. Phil und Jay setzen sich von der Gruppe ab und trotten weit hinter uns anderen her.

Es ist kühl in den Kellern des Unternehmens, die Luft ist erfüllt vom schweren Gär-Geruch. Ich höre der Frau, die unsere Gruppe führt, kaum zu. Es fällt mir schwer, den Ausflug zu genießen.

Die anschließende Sektprobe gefällt den anderen am besten. Mir steht nicht der Sinn nach Alkohol, vor allem nicht nach Sekt! Sven, die versucht, betont fröhlich zu wirken, nimmt mein Glas gerne, kichert zu laut und zu schrill und scheint nach Jays Aufmerksamkeit zu heischen. Ich verstehe nicht, warum sie das tut. Es fruchtet ebenso wenig wie meine Versuche, an Phil heranzukommen.

Der Bus bringt uns als Nächstes in die Innenstadt von Barcelona, wo wir wieder die Möglichkeit haben, die Stadt zu erkunden. Ich habe keine Lust darauf. Phil und Jay sind die Ersten, die sich verziehen, obwohl wir eigentlich nur in Fünfergruppen unterwegs sein dürfen. Also wieder keine Chance, mit ihm zu reden. Himmel, was ist nur passiert?

Habe ich was Falsches gesagt, als wir am Strand waren? Habe ich ihn irgendwie verletzt oder abgestoßen? Ekelt er sich vor mir, weil ich betrunken war? Ich weiß es einfach nicht!

Lustlos schließe ich mich Vanessa, Alex, Sven und Olli an. Falco folgt mir und so laufen wir wortlos durch die heiße und laute Innenstadt von Barcelona.

Sven versucht zu krampfhaft, fröhlich zu erscheinen, als dass sie damit irgendwen hätte täuschen können. Wir bummeln durch die Läden, hauptsächlich wegen der Mädchen und Alex überredet uns schließlich, bei McDonald's zu essen. In der Filiale ist es nicht weniger heiß und stickig als draußen unter der erbarmungslosen Mittagssonne. Der starke Geruch von Bratfett lässt in mir wieder Übelkeit aufsteigen. Alle anderen lassen sich Burger und Pommes schmecken. Nur Olli nippt nur an einem kalten Wasser, damit sie nicht »dick wird«, wie sie sagt.

Ich spiele lustlos mit einer Pommes herum, die mir Falco in den Mund stecken wollte. Sein vorwurfsvoller Blick war deutlich, ich solle doch bitte was essen. Mir ist allerdings nicht danach. Ich will nur noch zurückfahren und mit Phil sprechen.

Es dauert gefühlte zehn Stunden, bis wir schließlich den ganzen Weg wieder zurückgebummelt und am Treffpunkt angekommen sind. Kein Jay, kein Phil. Ich sehe bestimmt genauso enttäuscht aus wie Sven.

Warum will sie überhaupt seine Aufmerksamkeit? Sollte sie nicht wütend auf ihn sein? Es sieht mal wieder so aus, als hätte Sven etwas falsch gemacht und warte darauf, dass sie sich bei Jay entschuldigen könne.

Wir warten, bis langsam alle wieder eintrudeln. Neben unserer schweigsamen Gruppe stehen andere Klassenkameraden und planen die nächste Party für heute Abend.

Nein, danke, davon hab ich genug.

Jay und Phil kommen als letzte, als der Bus schon eingetroffen ist. Der Hilbrich tadelt sie seufzend, aber nachsichtig. Die Rückfahrt wird genauso beschissen wie die Hinfahrt. Ich verstehe die Welt einfach nicht mehr. Wenn Phil mich nicht mit Olli gesehen hat und gestern sonst nichts mehr passiert ist, warum ist er wütend auf mich?

Zu meiner Verwunderung unterhalten er und Jay sich mit den Klassenprollos unter Marius' Anführung und besprechen anscheinend gut gelaunt die Party heute Abend.

»Eine andere Schulklasse ... der war echt cool ... heiße Tussen ...«

Ich seufze. Alleine diesem Typen zuzuhören ist eine Qual. Also versuche ich, die Welt auszublenden, bis wir wieder in Santa Susanna ankommen.

Sven sitzt mit Melina in dem Sitz vor Ollis und meinem, kichert zu laut, redet zu laut und trinkt aus einer Plastikflasche, die sie in ihrer Tasche mit herumgeschleppt hat. Wodka mit Orangensaft, soweit ich das beurteilen kann und sicher Billigfusel, weil man ihn ziemlich stark riecht. Niemand sagt etwas deswegen. Nicht einmal die Lehrer, falls sie das mitbekommen haben sollten.

Bis wir endlich wieder zurück sind, ist mir kotzübel von dem Geruch und Sven ist betrunken. Das gefällt mir gar nicht.

Olli und ich tauschen einen beunruhigten Blick, als sie vor uns aus dem Bus wankt. Sie ist noch nüchtern genug, um gute Laune vorzutäuschen, allerdings zu betrunken, um wirklich normal zu erscheinen. Nach der Sache gestern wäre sie wohl ohnehin merkwürdig. Als Phil mit Jay im Gepäck an ihr vorbeigeht, lacht sie laut und klingt dabei hysterisch.

»Ja, wer braucht schon Männer!«, ruft sie schrill.

Melina, die neben ihr steht, schämt sich offensichtlich für sie.

Ich will Phil folgen, aber Falco steht plötzlich vor mir, strahlt mich an, als wäre alles in bester Ordnung und hält mir seinen Notizblock vor die Nase.

Wollen wir zusammen kochen?

Ich winke ungeduldig ab.

»Nein, danke. Keinen Hunger.«

Olli bedeutet mir, mich in Bewegung zu setzen, und nickt auffordernd.

Falco lasse ich einfach stehen und fange an zu laufen. Die beiden sind noch nicht außer Sichtweite, wenngleich auch schon auf dem Gelände des Bungalowparks. Die Luft ist salzig und bringt keine wirkliche Erfrischung. Es ist wie jeden Tag drückend heiß.

Der Kies knirscht unter meinen Chucks, als ich die beiden schließlich einhole, doch sie schauen sich nicht nach mir um. Also kratze ich allen Mut zusammen, den ich aufbringen kann, greife nach Phils Handgelenk und bitte: »Hey, jetzt warte mal …«

Für einen Augenblick sehe ich sein Gesicht, als er sich zu mir umdreht. Er wirkt kühl und voller Abscheu. Keine Sekunde später holt er aus und gibt mir eine Ohrfeige, die sich gewaschen hat. Ich taumle zurück, lege mir eine Hand auf die lädierte Wange und sehe ihn fassungslos an. Was zum Teufel war denn das?

»Geht's noch?!«, stoße ich hervor und bemerke ungläubig, wie Phil das Gesicht verzieht und seine eigentlich liebevollen Gesichtszüge abwertend und höhnisch werden.

»Verpiss dich. Ich hab' echt keinen Bock auf 'ne Konversation mit solchem Abschaum wie dir.«

Sein eiskalter Blick ist verletzender als die Worte, die ich gar nicht richtig wahrnehme. Was habe ich denn gemacht? Warum benimmt er sich so?

»Kannst du mir mal verraten, was los ist?«, bitte ich gedämpft.

Ich versuche, mir nicht anmerken zu lassen, wie sehr sein Verhalten mich trifft. Noch klappt es, allerdings sicher nicht mehr lange.

»Was los ist?«, erwidert er fassungslos. »Ist das eine ernstgemeinte Frage? Ich hab' keinen Bock auf die Gesellschaft einer verlogenen Hure, okay?«

Phil spuckt mir vor die Füße, wendet sich ab und geht. Jay neben ihm sagt kein Wort, doch er sieht mich ebenso erbarmungslos an, bevor er Phil folgt.

Ich bleibe zurück. Mein Atem geht flach, meine Augen brennen ebenso sehr, wie meine Wange. Nicht heulen. Nicht heulen. *Nicht heulen*! Ich bewege mich keinen Zentimeter von der Stelle. Erst, als Olli mit einem Mal neben mir steht und nach meinem Arm greift, entweicht mir ein heiseres Schluchzen.

»Julian ...«

»Lass mich«, stoße ich hervor.

Ich entreiße ihr meinen Arm und setze mich in Bewegung. Einfach weg. Zum Strand vielleicht. Irgendwohin, wo mich keiner finden kann. Olli folgt mir wortlos. Am Strand lasse ich mich in den Sand fallen und vergrabe das Gesicht in meinen Händen. Sie setzt sich neben mich. Ich spüre ihre Hand auf meinem Rücken, sie streichelt mich vorsichtig. Ich wehre mich nicht, als sie einen Arm um meine Schultern legt und ihren Kopf gegen meinen lehnt, mich stumm tröstet.

Hure. Phil hat mich geschlagen. *Verlogen. Hure.* So viel Hass und Abscheu in seinen Augen. *Verlogene Hure?* Ich verstehe es nicht.

Olli fragt zum Glück nicht nach. Nach einer gefühlten Ewigkeit weicht der Schmerz einem Gefühl, dass ich gut kenne, viel zu gut. Ganz taub und leer breitet es sich in mir aus. Ich klinge emotionslos, als ich erzähle, was passiert ist. Sie versteht es ebenso wenig.

»Hast du mit Falco geredet?«, fragt sie.

Ich habe ihre Stimme noch nie so zart und sanft gehört. Sie hält mich fest und tröstet mich, obwohl gerade sie jeden Grund dazu hätte, sich über diesen Streit zu freuen. Sie liebt Phil doch, oder nicht? Warum ist sie bei mir? Warum ist sie nett zu mir, wenn ich das gar nicht verdiene?

»Ja. Er hat gesagt, es war nichts. Er ist ins Bett gegangen, nachdem du fort warst.«

Die Sonne sinkt langsam und stetig. Der Sand kühlt sich ab, die Menschen am Strand werden weniger. Olli lässt sich Zeit. Sie scheint nachzudenken. Schließlich atmet sie entschlossen durch und steht auf. Sand klebt an ihren Beinen, doch sie ignoriert es und hält mir ihre Hand hin.

»Komm, wir versuchen es noch mal. Wenn er sich immer noch weigert, binden wir Jason an einem Stuhl fest und bedrohen ihn. Es kann doch nicht sein, dass die beiden solchen Radau veranstalten ohne zu sagen, was los ist.«

Eigentlich will ich nicht. Ich spüre noch Phils Hand auf meiner Wange, spüre den Schmerz, während seine Worte in meinem Kopf rumoren, unruhig und drängend. *Hure, Hure, Hure.* Vielleicht hat sie ja Recht.

Der Himmel verdunkelt sich langsam und je näher wir unseren Bungalows kommen, desto lauter hören wir Musik und lachende Menschen. Schon von Weitem sehen wir unsere Klassenkameraden trinkend und lachend vor den Hütten sitzen. Es sind viele Menschen. Zu viele. Beim Näherkommen entpuppen sich einige als Unbekannte. Eventuell die andere Abschlussklasse, von der Marius gesprochen hat.

Niemand beachtet uns, als wir ankommen. Sven sitzt mit Melina und den anderen Mädels auf dem Boden und trinkt.

»Das wird ein böses Ende nehmen«, murmelt Olli besorgt.

Sie wirft mir ein Lächeln zu, das wohl aufmunternd wirken soll, seine Wirkung jedoch vollkommen verfehlt. Mir ist schlecht.

Wir stapfen weiter an den kleinen Grüppchen vorbei, bis ich plötzlich unter den Stimmen eine als Phils erkenne. Ich bleibe stehen, schaue mich um.

»... deinen süßen Arsch ein bisschen näher her bewegen...«

Jemand lacht, Phil ebenso.

»... gefällt dir, was?«

»... Oh ja ...«

Mir wird kalt. Hektisch schaue ich mich um. Olli, die wohl nicht gehört hat, was ich gerade aufgeschnappt habe, folgt mir verdutzt.

»Julian?«

Ich bedeute ihr, still zu sein, laufe hastig weiter und spähe nach links und rechts. Zwischen zwei Bungalows sitzen nah beieinander zwei Gestalten am Boden. Selbst mit schwindendem Licht der Sonne erkenne ich Phil und sehe sein süffisantes Grinsen. Neben ihm sitzt ein fremder Kerl.

Olli hinter mir schaut in die gleiche Richtung.

»Oh nein! Was soll das?«

Sie bemerken uns nicht. Phil beißt sich auf die Unterlippe und mustert den Typen so intensiv, als wolle er ihn mit seinen Blicken ausziehen. Nein. *Nein*!

Ich will hingehen, will ihn anschreien und eigentlich will ich eine riesige Szene veranstalten. Das geht doch nicht! *Warum macht er so was?* Doch ein harter Griff schließt sich um meinen Oberarm und ich werde unsanft herumgerissen.

Ich sehe mich mit Jays wütendem Gesicht konfrontiert.

»Das kannst du schön vergessen!«, knurrt er und entgegen all meiner Proteste zerrt er mich fort und ich verliere die beiden aus den Augen.

Olli folgt uns und bedenkt ihn mit empörten Vorwürfen.

»Jason, was soll das? Jetzt mach endlich deinen Mund auf, du sturer Bock!«

»Halt die Klappe!«, schnauzt er sie an und zerrt mich mit sich und verpasst mir einen Stoß gegen die Schulter. »Misch dich nicht ein, wenn du keine Ahnung hast!«

Dann klär' uns doch mal auf, verdammt noch mal!«

War das tatsächlich ich, der da gerade so hysterisch geschrien hat?

Angewidert und ungläubig sieht er mich an.

»Willst du mich verarschen, du Schlampe? Als wüsstest du nicht ganz genau, was los ist!«, blafft er zurück.

Für einen Moment sieht es so aus, als wolle er auf mich losgehen, doch da mischt sich Olli ein. Sie schließt ihre Hand fest um seinen Unterarm, die braunen Augen dunkel vor Wut.

»Sei still!«, fährt sie ihn an.

Im Moment macht sie sogar mir ein wenig Angst.

»Erkläre uns, was los ist. Keine Beleidigungen, keine Andeutungen. Sag es oder wir haben ein ernstes Problem miteinander!«

Jay starrt sie einen Augenblick lang entgeistert an, schnauft wütend und entreißt ihr seinen Arm.

»Du verteidigst ihn noch, ja? Dann sag ich dir mal was: Dein toller Kumpel hier ist eine dreckige Schlampe!«

Olli ist schneller als ich. Ehe ich Einwände erheben, protestieren kann, hat sie ihm eine Ohrfeige verpasst, die durch die angehende Nacht schallt.

»Keine Beleidigungen!«

Genau eine solche murmelt er jedoch, als er sich die malträtierte Wange reibt.

»Gut. Du willst wissen, was der da gemacht hat?« Er deutet nur abwertend mit einem Rucken seines Kinns in meine Richtung. »Er hat es mit Falco getrieben! Seit Wochen verdreht er Phil den Kopf und macht ihm Hoffnungen und gestern hat er es *mit Falco getrieben* ...«

»Was?«

Es ist *tatsächlich* meine Stimme, die da quer über den Bungalowpark röhrt, ganz allein meine. Angesichts der Lautstärke drehen sich ein paar Leute nach uns um, aber wir sind nicht interessant genug. Olli hingegen sieht mich verwirrt an. Sie ist sich nicht mehr sicher, was nun Wahrheit ist und was nicht. Ich weiß es ja wohl!

»Wie zum Teufel kommst du bitte auf die Idee, dass ich etwas mit Falco …? Ich kann es nicht einmal aussprechen, so lächerlich ist das!«, stauche ich ihn zusammen.

Er gibt nicht klein bei, sondern faucht zurück: »Phil hat dich *gesehen*, du verlogenes Stück Dreck! Nackt mit ihm unter eine Decke gekuschelt!«

Olli neben ihm gibt ein erschrockenes Japsen von sich und starrt mich an, als wären mir Hörner gewachsen.

Ich stehe alleine da. Mir ist unbegreiflich, was er mir da an den Kopf wirft.

»Jay, ich schwöre dir, ich habe mit gar niemandem irgendwas gemacht! Ich war total betrunken und Olli und Falco haben mich ins Bett gebracht.«

»Ach ja? Und als Olli weg war, hast du es dir von ihm besorgen lassen? Feiner Schachzug von dir, nachdem du Phil so lange hingehalten hast!«

Verzweiflung kommt in mir auf, raubt mir beinahe die Luft zum Atmen. Ich schüttle den Kopf, öffne den Mund. Kein Wort dringt über meine Lippen. Falco? Warum sollte ich mit ihm ins Bett gehen? Ich verstehe es nicht! Ich war doch ganz alleine!

»Ich weiß, dass er was von dir will, Schlampe«, knurrt Jay.

Er verschränkt die Arme vor der Brust. Mein Herz rutscht mir in die Hose.

»Du … was?«

»Ja, ich weiß Bescheid, verstehst du?«, triumphiert er. »Hast dir beide gleichzeitig warm gehalten, he? Sollen wir mal zu Falco gehen und ihn fragen, ob er von Phil weiß? Wie kannst du überhaupt guten Gewissens in den Spiegel schauen, du verlogenes Stück!«

»Nein!«, unterbreche ich ihn. Ohne es zu wollen, stolpere ich auf ihn zu, greife nach seinen Schultern. »Du irrst dich!«

Er reißt sich von mir los und zischt: »*Fass mich nicht an!*«

Ich glaube nicht, was hier passiert.

»Jay, bitte! Hör mir doch zu! Ich wusste nicht, dass Falco ... Ich ... Er hat es mir nie gesagt! Bitte, Jay, nur eine Minute!«

Er zögert. Er zögert wirklich! Seine Miene wird nicht einen Deut netter, aber er knurrt: »Die Zeit läuft.«

Ich werfe einen kurzen Blick zu Olli, die stumm neben uns steht. Sieht sie enttäuscht aus? Oh bitte, glaub' du mir doch wenigstens!

»Ich habe Phil nicht angelogen«, erkläre ich, heiser vor Verzweiflung. »Seit wir ... Seit das angefangen hat, habe ich mit gar niemandem etwas gehabt! Ich wusste nicht, dass Falco mich *mag*. Ich war alleine im Bett heute Morgen. Wie hätte ich denn mit ihm ... Ich konnte mich ja nicht einmal selbst umziehen, so betrunken war ich! Falco und Olli haben mir geholfen und ...«

Falco hat ...

Falco hat mich angezogen und Olli ist gegangen. Für einen Moment wird mir schwindelig, ich taumle ein wenig zurück und starre Jay an, ohne ihn wirklich zu sehen.

Falco! Wie heftig er mich geküsst hat, damals in Jays Garten. Er hat mich geküsst, als ich bei ihm übernachtet habe, als ich ihm von Phil erzählt habe, nur ohne seinen Namen zu erwähnen. Er war wütend, als ich neben Phil im Bus saß und hat kein Wort mehr mit ihm gewechselt. Falco, der in mich *verliebt* ist? Er hat gesagt, Phil ist nicht nach Hause gekommen. Doch wenn Phil uns angeblich nackt in einem Bett vorgefunden hat, muss er ja da gewesen sein! Ich war tatsächlich nackt, als ich aufgewacht bin, obwohl Olli dabei war, als Falco mich angezogen hat.

Oh Gott ...

Jay und Olli schauen mich gleichermaßen verwirrt an. Er will es wahrscheinlich gar nicht, doch sogar er wirkt besorgt.

»Juli?«

»Wo ist Falco?«, frage ich tonlos.

Mein Herz pocht wie verrückt, ich kriege kaum Luft. *Falco* ... Ich glaube es nicht!

Jay zieht verständnislos die Brauen hoch, dreht sich um und schaut suchend den Platz ab.

»Also ich hab ihn zuletzt bei Alex gesehen. Guck, da hinten. Warte mal, Juli!«

Er will nach mir greifen, aber ich bin schneller an ihm vorbeigestürmt, als er reagieren kann. Mit lauten Rufen folgen er und Olli mir. Es kümmert mich nicht. Der Verrat bohrt sich schmerzhaft in meine Brust. Ich kann es nicht glauben.

Das alles ist so unwirklich. Ich stehe vollkommen neben mir, als ich bei ihm bin. Sein Gesicht erhellt sich für einen Moment, er springt auf. Ich beobachte, wie sich meine Hand zur Faust ballt, sich wie in Zeitlupe hebt und ihm einen Schlag gegen das Kinn versetzt. Die Leute um uns herum schreien auf, Falco starrt mich erschrocken an, hält sich das Gesicht.

»Du!«, zischt meine Stimme aus meinem Mund und klingt dabei fremd.

Ich kann nicht glauben, dass ich das tue. Jay will mich wieder am Arm packen, doch ich weiche aus und stattdessen greife ich mir Falco und zerre ihn von den Menschen weg in eine dunklere Ecke. Nur Olli und Jay folgen uns.

»Julian, was ist los?«, versucht Olli, zu mir hindurch zu dringen, ohne wirklichen Erfolg.

Ich greife Falco am Kragen. Gott, ich kann es einfach nicht glauben.

»Was hast du getan?«, flüstere ich heiser. Der Schmerz schnürt mir den Hals zu. »Was hast du getan, verdammt?«

Ich glaube es erst, als ich sehe, wie er das Gesicht senkt. Schuldbewusst schaut er weg. Er hat ein schlechtes Gewissen. Oh Gott, bitte, nein!

»Juli, mach den Mund auf, okay?«, bittet Jay eindringlich und legt mir seine Hand auf die Schulter, die mich fast niederdrückt.

Ich will lachen, doch alles, was aus meiner Kehle herauskommt, ist ein Schluchzen.

»Verstehst du es nicht?«, murmle ich brüchig und versuche, nicht die Fassung zu verlieren. Falco steht da, starrt zu Boden und regt sich nicht. »Du wusstest es, oder? Du wusstest von mir und Phil. Warum hast du das gemacht? Was hast du davon?«

Jay will den Mund aufmachen, etwas sagen, da fällt sein Blick auf Falco und er hält wie erstarrt inne. Die Erkenntnis scheint ihn zu lähmen. Plötzlich wallt heißer Zorn in ihm auf.

»Du hast dich zu ihm ins Bett gelegt!«, mutmaßt er. »Du hast ihn ausgezogen und dich einfach ...«

Von Olli ertönt nur ein leises Japsen, Falco regt sich nicht. Damit gesteht er es ein. Ich war heute Morgen nackt im Bett und er hat mich ausgezogen. Sich nachts dazugelegt, damit Phil uns sieht und genau das denkt, was er schließlich auch gedacht hat.

Er schaut auf und sieht mich trotzig, ein wenig bittend an. Er macht einen Schritt auf mich zu und will nach mir greifen. Ich weiche zurück, als hätte er eine ansteckende Krankheit.

»*Fass mich nicht an!*«, zische ich. Der Schmerz überwältigt mich. Meine Stimme überschlägt sich, als ich ihn anschreie: »*Ich habe dir vertraut!* Oh Gott, war es dir so zuwider, dass ich glücklich war? Ich dachte, wir wären Freunde, verdammt! *Freunde!* Und du? Du hast den einzigen Menschen, den ich jemals wirklich geliebt habe, von mir gestoßen! Nur weil du ...« Ich hole zittrig Luft, balle die Fäuste und versuche, nicht auf ihn loszugehen. »Weil du eifersüchtig warst? Ich dachte, wir wären Freunde!«

Falcos Trotz ist wie fortgewischt. Seine Miene drückt Verzweiflung aus, er stolpert auf mich zu, greift nach meinen Schultern. Seine Lippen bewegen sich, kein Wort dringt aus seinem Mund.

»Ich will dich *nie wiedersehen*«, sage ich eisig. Unsanft packe ich seine Hände, nehme sie von mir und schubse ihn weg. »Nie, nie wieder.«

Wortlos drehe ich mich um und gehe. Olli und Jay folgen mir unversehens. Letzterer holt mich zuerst ein und greift vorsichtig nach meinem Handgelenk.

»Es tut mir leid, Juli«, sagt er. Ich schaue ihn an, fühle mich zittrig, schummerig und sehe die Hektik in seinen Augen. »Gott, Juli, wir müssen Phil aufhalten! Ich hab gesagt, er solle sich ablenken und amüsieren. Ich … Es tut mir leid.«

Mir dreht sich alles für einen Moment. Ich atme tief durch, presse die Augen zusammen.

Jays Stimme dringt wie durch tausend Wattebausche zu mir hindurch: »Hey, was hast du? Ist alles okay?«

Ich nicke und würde wahrscheinlich hinfallen, wenn er mich nicht festhalten würde.

»Ich … ich muss zu Phil …«

»Ja, wir klären das auf!«

»Nein. Ich gehe alleine.«

»Aber …«

»*Nein*. Bitte. Ich muss alleine mit ihm reden. Es wäre allerdings schön, wenn ihr nicht weit weg wärt.«

Jay nickt zögerlich und lässt mich los. Ich taumle an Menschen vorbei durch die Nacht. Ich höre Sven, laut und betrunken, höre besorgte Stimmen und Musik.

Als ich wieder an der Stelle ankomme, wo Phil mit dem fremden Typen stand, ist niemand mehr da. Unsicher bewege ich mich weiter durch die Menge, die Beine weich wie Pudding. Ich kann nicht glauben, dass Falco das gemacht hat, dass er vorsätzlich eine Szene arrangiert hat, damit Phil sich von mir abwendet. Wie konnte ich mich nur so in ihm täuschen?

Unbewusst steuere ich unseren Bungalow an. Es brennt kein Licht, doch als ich vor der Terrasse stehe, sehe ich die beiden auf dem Boden sitzen, Phil mit dem Rücken zur Wand, der Typ auf seinem Schoß, seine Zunge in *Phils Mund*.

Phil beißt ihm in die Unterlippe, der Typ stöhnt und reibt sich an ihm. Mir entweicht ein komischer Laut, eine Mischung aus Aufschluchzen und Schluckauf.

»Phil?«, sage ich und klinge erbärmlich dabei.

Mir ist schlecht.

Der Kerl zuckt zurück und sieht mich an, kichert wie ertappt los, die Hände in Phils Haaren vergraben.

Dieser jedoch wirft mir nur einen kurzen Blick zu und knurrt: »Was?«

»K-können wir miteinander reden …? Bitte?«

»Oh Gott, verschwinde einfach, okay?!«, schnauzt er.

Der Kerl auf seinem Schoß schiebt sich nun von ihm und steht wankend auf und so ist auch Phil gezwungen, sich zu erheben. Ich kann sehen, dass er erregt ist. Er hätte den Typen mit auf sein Zimmer genommen. Kann ich ihm das überhaupt zum Vorwurf machen? Nach dem, was er denkt, dass ich es ihm angetan hätte?

Der fremde Kerl räuspert sich. »Soll ich gehen?«

»Nein, bleib. *Er* geht.«

»Phil, bitte, ich will doch nur …«, setze ich an zu sprechen, doch er unterbricht mich wütend.

»Ich will aber nicht mit *dir* reden!«

»Bitte, es ist wirklich wichtig.«

»Verschwinde!«, blafft er mich an. Er macht einen großen Schritt auf mich zu und bleibt nah vor mir stehen, einen so hasserfüllten Ausdruck im Gesicht, dass mir schlecht wird. »Ich will dich nicht mehr sehen, du dreckige Hure! Ich wünschte, ich hätte dich nie kennengelernt! Verschwinde und schlitz' dir von mir aus deine Pulsadern auf oder stürz' dich ins Meer! Mir ist *scheißegal*, was mit dir passiert!«

Für einen ewigen Moment starren wir uns in die Augen. Dann wendet er sich ab, greift den erschrockenen Fremden am Handgelenk und zerrt ihn von der Terrasse in die Dunkelheit. Ich bleibe alleine zurück.

Auf tauben Beinen stolpere ich in den dunklen Bungalow. Ich höre nur seine Stimme, immer, immer wieder: *Schlitz dir die Pulsadern auf!*, als ich die Badezimmertür öffne, mich hineinschiebe und hinter mir abschließe. *Hure, Hure, Hure.* Meine Beine geben nach, ich falle auf die Knie. Irgendwas tropft auf den Boden. Ich merke erst jetzt, dass ich heule, dass mir die Tränen über die Wangen laufen.

Stürz' dich ins Meer!

Ich bin ihm egal. Ich habe den einzigen Menschen verloren, der sich jemals um mich gesorgt hat. Der mich gehalten hat, wenn es mir schlecht ging. Es ist ihm egal, was mit mir passiert.

Dreckige Hure. Dreckig, schmutzig. Ich bin schmutzig! Ich schluchze auf. Es tut weh. *Schmutzig.* Ich hatte solche Angst, er würde das von mir denken, was ich selbst immer gedacht habe. Ich bin dreckig, schmutzig, verdorben. Nicht liebenswert. Nicht würdig, geliebt zu werden.

Ich habe Phil verloren und meinen besten Freund, weil ich nicht gemerkt habe, dass er in mir nur eine Bettgeschichte gesehen hat oder sehen wollte. Ich habe es nicht gemerkt.

Ohne es wirklich zu begreifen, stoße ich einen heiseren, schmerzerfüllten Schrei aus. Er erstickt in dem kleinen Raum, meine Faust kracht gegen die Wand, auf den Boden. Ich breche zusammen und niemand ist da, um mich zu halten. Phil interessiert es gar nicht. Wenn ich jetzt und hier sterben würde … Wenn ich …

Ich schreie und schreie, heiße Tränen im Gesicht. Schlage um mich, die vielen Kosmetika fliegen durch das Zimmer. Mit einem leisen Geräusch, fällt ein Rasierer vor mir auf den Boden.

Ich starre ihn an, er verschwimmt vor meinen Augen. Meine Hand greift automatisch danach. Ich weiß, wie ich ihn aufbrechen muss. Ich weiß es, ich habe es schon oft gemacht. Die Plastikhülle zerbricht und mit einem hellen Pling fällt die Klinge zu Boden. Ich nehme sie, spüre das Metall in meiner Hand, kühl und vielversprechend.

Dreckige Hure.
Schlitz dir die Pulsadern auf.

Ich spüre es nicht. Ein kleiner, feiner Strich, mehr ein Streicheln. Noch einer. Blut läuft mir über den Arm, tropft zu Boden. Noch mal. Eine warme Berührung. Ich sehe dieses helle Rot. So unschuldig und rein, wie ich es niemals sein werde. Ertrinke darin, lasse Phil darin ertrinken. Blut, Blut, Blut auf meinem Arm, auf dem Boden, in meiner Brust. Blut für Phil, Blut für das Kind in mir, das zu früh gestorben ist. Wärme für ein kaltes Herz, das dachte, es könne lieben und geliebt werden.

Alles umhüllende Schwärze, taub und stumm, für einen wahnsinnigen Jungen, der sich doch nur nach Nähe gesehnt hat.

PHILIP

»Wer war das?«, fragt Adrian erstaunt.

Selbst in meinem zornigen Zustand merke ich, dass er es lieber sähe, wenn ich ihn nicht festhalten würde, dass ich ihm Angst mache. Also lasse ich ihn los, als wir ein ganzes Stück vom Bungalow entfernt zum Stehen kommen.

»Niemand«, antworte ich knapp und setze mich angepisst auf eine kleine steinerne Mauer.

Am liebsten würde ich schreien und toben. Muss dieser verdammte Scheißkerl ausgerechnet in so einem Moment auftauchen? Das war's mit der Ablenkung. Jetzt habe ich Adrian sicher total abgestoßen.

»Also, er sah nicht unbedingt aus wie Niemand.«, antwortet meine bedeutungslose Fast-Bettgeschichte zögerlich.

Ich hebe den Blick und mustere ihn missmutig. Das blonde, kurze Haar und die hellen Augen, seinen etwas weicheren Körper. Eigentlich ist er gar nicht mein Typ.

»Tut mir leid wegen der Szene. Der Kerl nervt mich schon den ganzen Tag«, antworte ich einfach.

Er sieht nicht zufrieden aus, runzelt die sonnengebräunte Stirn und schürzt die Lippen.

»Oh. Will der was von dir? Er ist aber nicht dein …«

»Nein, Unsinn«, unterbreche ich ihn genervt. »Ich hab' keinen Freund.«

»Mh.«

Er bleibt vor mir stehen und mustert mich. Soll ich es noch mal versuchen? Selbst wenn, ich bezweifle, dass ich jetzt noch mit ihm ins Bett gehen könnte. Gott, was hab ich zu Juli gesagt? Ich will es nicht, aber ich habe ein schlechtes Gewissen. Das war vielleicht ein bisschen zu heftig.

Durch die vielen fremden Stimmen höre ich, wie jemand meinen Namen ruft. Eigentlich sind es sogar mehrere, eine weibliche Stimme und Jay.

»Phil! Gott, wo steckt dieser blöde Kerl?«

Verwirrt erhebe ich mich von der Mauer und trete auf den Gehweg. Von weitem sehe ich ihn und Olli auf mich zukommen, die Falco mit sich zerren.

»Hier. Ich bin hier«, rufe ich.

Kurz werfe ich Adrian einen Blick zu. Ihm ist anzusehen, dass es ihm reicht. Der Fick ist versaut.

Jay stößt einen erleichterten Seufzer hervor und beeilt sich, auf mich zuzukommen. Falco in seinem Griff wehrt sich, doch er hat keine Chance gegen Jay, der Gewichte stemmt und um einiges stärker und muskulöser ist, als die Drecksratte da.

»Wo ist Juli?!«

Stirnrunzelnd beobachte ich, wie diese komische Dreiergruppe vor mir zum Stehen kommt. Jay sieht völlig durch den Wind aus.

»Keine Ahnung. Ist mir auch egal.«

»Aber er war bei dir?«

»Woher weißt du das?!«

Adrian räuspert sich. Kurz berührt seine Hand meine Schulter.

»Okay, ich glaube, ich sollte langsam mal gehen.«

Fuck.

Ich murre: »Ja. Sorry.«

»Nicht schlimm. Man sieht sich.«

Damit verschwindet er wieder zu seinen Leuten, die mit unserer Klasse feiern.

Jay beobachtet den Abgang, was Falco wohl als seine Chance ansieht, abzuhauen. Allerdings hält Jay ihn energisch fest und zerrt ihn vor sich. Er sieht aus wie ein ertappter Dieb.

»Was ist passiert?«, frage ich verständnislos.

Was eine komische Szene! Was will Jay mit diesem verlogenen, hinterhältigen Drecksstück?

»Du hast nicht mit ihm geredet, oder?«, erkundigt sich mein bester Freund besorgt.

Ich schüttle den Kopf. Warum sollte ich?

»Scheiße, Phil! Das Ganze war ein totales Missverständnis!«

Er ringt nach Worten, sein Blick streift Falco und er schüttelt wortlos den Kopf. Olli ist es, die die Fakten auf den Tisch legt.

»Falco ist in Julian verliebt. Er wusste von euch. Also hat er sich ein Schauspiel ausgedacht, Julian ausgezogen, als er geschlafen hat und sich dazu gelegt. Damit du denkst, er betrügt dich.«

Stille senkt sich über uns. Ich starre Olli an, ihr Gesicht ist ernst. Fassungs- und verständnislos wende ich mich Jay zu.

»Was?«

Der öffnet den Mund und schließt ihn wieder, die Stirn sorgenvoll gerunzelt. Er schubst Falco einen Schritt auf mich zu und fordert ihn auf: »Los, sag es ihm. Du hast das inszeniert, um Phil und Juli auseinanderzubringen!«

Ich glaube nicht, was hier abläuft. Immer noch mehr verwirrt als schockiert sehe ich nun Falco an, der trotzig zu Boden schaut. Es dauert eine Weile, ehe er den Kopf hebt, mich feindselig mustert. Ich schüttle den Kopf ungläubig.

»Was redet ihr da?«

»Ich hab' mir Juli vorgeknöpft«, erklärt Jay. Er tritt an Falco heran und legt ihm eine Hand auf die Schulter, vielleicht um ihn am Weglaufen zu hindern, wer weiß. »Er wusste von nichts und hat mir beteuert, dass er keine Ahnung hat, wovon ich rede. Dann scheint ihm der Verdacht gekommen zu sein, dass *er* hier schuld ist. Wir haben ihn gesucht. Er leugnet es nicht.«

Was? Gut, wir waren in den letzten Wochen nicht gerade die besten Freunde, aber so was traue ich ihm nicht zu. Irgendwie trifft mich das mehr, als ich es mir eingestehen will.

Meine Stimme klingt verletzt, als ich ihn frage: »Das hast du nicht wirklich getan, oder?«

Falco hebt den Kopf, atmet tief durch und fuchtelt zu meiner Verwirrung mit den Händen vor meiner Nase herum. Ich merke erst nach einigen Augenblicken, dass es Gebärdensprache ist. Ich bin mir nicht sicher, ob es da Beleidigungen gibt, doch wenn ja, so wirft er mir wahrscheinlich gerade das komplette Repertoire an den Kopf.

»Zur Hölle, hör auf mit dem Scheiß, ich verstehe das nicht!«, fahre ich ihn an.

Er leugnet es nicht. Er leugnet es nicht!

Sein hasserfüllter Blick bleibt auf mir liegen. Jays Worte rumoren in meinem Kopf. Das Einzige, das ich bewusst denken kann, ist: *Was habe ich zu Juli gesagt? Oh Gott, was habe ich gesagt?!*

»Phil?« Jay klingt besorgt. »Was ist denn mit Juli passiert?«

Ich schüttle den Kopf. Was habe ich getan?

»Wir müssen ihn suchen«, ist alles, was ich herausbringe.

Ich wende mich ab und verschwinde in Richtung der Bungalows. Ist er noch da? Oder am Strand? Im Meer? Würde er sich wirklich etwas antun, weil ich gesagt habe, er soll es? Andererseits hat er mir vertraut und ich habe ihm die schlimmsten Dinge an den Kopf geworfen!

Meine Beine fühlen sich regelrecht taub an, als ich an unserem Bungalow ankomme. Da brennt kein Licht im Wohnraum. Von außen kann ich jedoch sehen, dass das Bad erhellt ist.

Ich kann einfach nicht glauben, dass Falco das wirklich inszeniert hat, dass er überhaupt zu so was in der Lage ist! Andererseits war er ziemlich verdächtig in den letzten Tagen und hat sich komisch verhalten. Ob er auf einen Augenblick gewartet hat, Juli und mich auseinanderzubringen?

Ich trete ein und schalte das Licht an. Aus dem Bad ertönt nicht ein einziger Laut. Alex ist bestimmt nicht da drin. Ich hebe die Hand und klopfe gegen die Tür.

»Juli?«

Keine Antwort.

»Juli, bist du da drin?«

Ich klopfe noch einmal. Keine Antwort. Angst steigt in mir auf. Was macht er? Warum antwortet er nicht?

Ich schlage mit der flachen Hand gegen die Holztür, rüttle am Türknauf. Abgeschlossen. Verdammt!

Mein Herz pocht mir bis zum Hals, als ich mich auf die Knie fallen lasse und das Schloss mustere. Es ist eines dieser Teile, die in öffentlichen Toiletten verwendet werden, ein Drehverschluss, außen hat er einen Schlitz. Mit einer Mark müsste ich es aufdrehen können. Oder einem Messer, einer Gabel. Ich hämmere noch mal gegen die Tür, meine Stimme nun offensichtlich verängstigt.

»Juli, mach auf, verdammt!«

Stille. Plötzlich knallt etwas von innen gegen die Tür und Julis Stimme dringt schwach durch das Holz.

»Verschwinde!«

»Ich trete die Tür ein, wenn du nicht aufmachst!«, drohe ich panisch, hämmere gegen das Holz.

Keine Antwort. Gut, mir bleibt wohl nichts anderes übrig. Ich springe auf und reiße die Besteckschublade auf, schnappe mir ein Messer. Das müsste gehen.

Meine Hände zittern so sehr, dass es mir zunächst nicht gelingen will, die Tür zu öffnen. Zwei Mal fällt mir das Messer aus der Hand, ehe schließlich ein lautes, metallenes Klicken ertönt und vom Inneren des Bades her ein erschrockenes Aufjapsen zu hören ist.

Im Bruchteil einer Sekunde stehe ich auf den Beinen, reiße die Tür auf und erschrecke beinahe zu Tode.

Auf dem Boden sitzt Juli, umgeben von einem Chaos aus Duschutensilien, Handtüchern und anderen Sachen. Das graue Oberteil, das er anhatte, liegt vor ihm auf dem Boden, fahrig wischt er damit über Blutstropfen auf dem Boden, die unmissverständlich von ihm stammen. Mir stockt der Atem, Übelkeit wallt in mir auf, als ich seinen Arm sehe, die frischen Schnitte und die Blutspuren.

Ich muss mich dazu zwingen, einzutreten und hinter mir abzuschließen. Wenn das jemand sieht!

»Juli?«

»Geh weg!«, schluchzt er.

Er wischt noch immer auf dem Boden herum, doch das Blut scheint teilweise schon geronnen. Anstatt es zu beseitigen, verschmiert er es nur. Bei den hektischen Bewegungen reißen einige der gerade so verschlossenen Schnitte an seinem Unterarm wieder auf und beginnen von Neuem zu bluten. Scheiße, Scheiße, Scheiße! Ich sollte den Hilbrich holen, sollte ... Aber dann stecken sie ihn vielleicht in eine Klapse und ich sehe ihn nie wieder ...

»Juli«, krächze ich heiser.

Mit einem Gefühl der Machtlosigkeit mache ich einen Schritt auf ihn zu und knie mich neben ihn. Seine schwarzen, zerzausten Haarsträhnen fallen ihm übers Gesicht. Ich sehe verschmiertes, getrocknetes Blut an seinem Kinn und tränennasse Haut.

»Geh weg, bitte.«

Als ich nach ihm fassen will, zuckt er vor mir zurück, schaut mich nicht an. Ich soll gehen? Das meint er nicht ernst, oder?

Nein!

Ich erhebe mich, nehme mir eines der umliegenden Handtücher und befeuchte es. Nie im Leben werde ich jetzt gehen. Juli steht doch geistig drei Meter neben sich. Ich *darf* ihn nicht alleine lassen, zumal ich daran schuld bin.

Meine eigene Rationalität überrascht mich. Ich denke: *Säubere den Arm. Schau nach, ob jemand Pflaster dabei hat. Kümmere dich um die Wunden. Wisch den Boden.* Ich funktioniere nur.

Juli wehrt sich nicht, als ich mich neben ihn setze und vorsichtig seinen Arm ergreife. Er schaut mich nicht an und sagt kein Wort, während ich das halb geronnene, sowie frisches Blut abtupfe. Langsam wird ersichtlicher, wie schlimm er sich verletzt hat und ich bin erleichtert darüber, dass die Schnitte zwar teilweise sehr lang sind, jedoch nicht sonderlich tief.

Im Schrank ist ein Verbandskasten, in dem ich sterile Kompressen und Mullbinden finde, die ich benutze. Juli lässt alles wortlos mit sich machen. Ich bin nicht sicher, ob ich wissen will, was gerade in ihm vorgeht.

Nachdem ich ihn verarztet habe, räume ich die gröbste Unordnung auf und feuchte den Rest des blutigen Handtuchs an. Damit wische ich den Boden, wobei mir ein schmales, blutiges Metallstück auffällt. Unsicher hebe ich es auf. Eine Rasierklinge. Wortlos werfe ich sie in den kleinen Kosmetikmülleimer neben der Toilette, dann finde ich in einer Ecke die anderen Überreste eines Rasierers. Himmel, warum?

Ich kann das nicht verstehen. Wie kann man sich so was nur antun? Es geht mir nicht in den Kopf. Ich versuche, in mich hineinzuhorchen. Macht es mir Angst, dass Juli das getan hat? Macht *er* mir Angst? Nein, das nicht. Hauptsächlich fühle ich mich einfach nur schuldig, weil ich diese widerlichen Dinge zu ihm gesagt habe.

Als das Badezimmer wieder human aussieht, setze ich mich vor ihm auf den Boden, der mit dem Rücken an der Wand sitzt, den Kopf gegen den Rand der Badewanne gelehnt und lethargisch ins Nirgendwo starrt. Frische Tränen laufen über seine Wangen.

»Es tut mir leid, Juli«, sage ich rau.

Ich sehe, dass er schneller atmet. Ein paar Mal blinzelt er, die Wimpern sind tränenverhangen, ehe er sich ein wenig aufrichtet. Er lässt den Blick schweifen, als würde er gerade erst wieder im Hier und Jetzt ankommen.

Leise sagt er: »Danke.« Dabei sieht er mich nicht an.

»Juli, es tut mir leid, was ich gesagt habe«, versuche ich es erneut.

Unsicher lege ich eine Hand auf seine Wange und drehe sein Gesicht sanft zu mir. Seine Augen sind rot vom Weinen und da ist immer noch das verschmierte, getrocknete Blut an seinem Kinn.

»Ich war sauer. Was ich gesagt habe, war total dumm und ich habe es nicht so gemeint! Jay und Olli haben mir erzählt, was passiert ist«, versichere ich ihm. »Ich will dich nie, niemals verlieren und ganz sicher will ich nicht, dass du ... du ...«

»Ist schon gut«, unterbricht er mich leise. Er hebt die Hand, legt sie auf meine und löst sie von seiner Wange. Meinen Arm drückt er weg und reibt sich über die Augen. »Danke für deine Hilfe. Es geht schon.«

Unsicher mustere ich ihn. Langsam festigt sich seine Miene, er sieht nicht mehr traurig oder verzweifelt aus. Nur ... leer.

»Können wir darüber reden?«, frage ich, denn es gibt eine Menge zu besprechen.

Dieses Missverständnis zuallererst und dann darüber, was er am Strand zu mir gesagt hat. Ich strecke eine Hand nach ihm aus, will ihn berühren, ihn an mich ziehen und umarmen, aber wer weiß, ob er das überhaupt zulässt?

»Ich möchte alleine sein, Phil.«

»Wie meinst du das?«

Er sieht mich so emotionslos an, dass mir kalt wird. Ich halte in der Bewegung inne, ziehe den Arm zurück. Nein, er will sicher nicht angefasst werden.

»Ich meine, ich will, dass du gehst. Ich will das nicht mehr.«

»Juli, ich verstehe nicht ...«

»Ich will das mit *dir* nicht mehr«, unterbricht er mich fest.

Kabumm. Irgendwo zerbricht etwas, ich weiß nicht, was. Doch es tut weh.

»Das mit ... Juli! Ich ... ich weiß, was heute passiert ist, war total blöd, aber deswegen sollten wir nicht gleich alles wegwerfen!«

Ich glaube das nicht. Das meint er nicht ernst.

»Du hattest Recht«, sagt er. Sein Blick hält mich gefangen, er sieht fremd aus. »Ich bin eine dreckige Hure. Ich mache mit jedem rum, weil es mir Spaß macht. Das mit dir hat mir nichts bedeutet.«

Was?

Spätestens jetzt wird mir wirklich schlecht. Das meint er nicht so! Warum wäre er sonst so vertrauensvoll gewesen, herzlich und liebevoll? Er lügt. Warum?

»Wieso sagst du so was?«, frage ich heiser. »Du ... hast gesagt du *liebst* mich. Am Strand ...«

»Ich war total betrunken, du hattest Recht. Das war nicht ernst gemeint.«

Wie vom Blitz getroffen springe ich auf. Ich schaue ihn nicht an, ich kann es einfach nicht. Das zwischen uns war doch ... das war doch anders, oder nicht? Ich hatte Angst davor, dass es zu ernst wird und nun merke ich, dass ich insgeheim gehofft habe, dass er ähnliche Gefühle hegt wie ich. Auch, wenn ich nicht daran glauben wollte und Angst hatte, er könnte mich verletzen.

»Es tut mir leid, Phil.«

Das ist mein Stichwort. Ich bin entlassen. Aus dem Badezimmer, aus seinem Herzen, aus seinem Leben. Vielleicht war ich nie drin. Vielleicht habe ich zu viel hineininterpretiert.

Wortlos wende ich mich ab und versuche, mir nichts anmerken zu lassen. Alles in mir schreit danach, zusammenzubrechen, zu weinen, zu bitten und zu betteln. Nein. Ich schließe die Tür auf und gehe.

Juli geht an mir vorbei in unser Zimmer. Er schaut mich nicht einmal an. Ich dummer Idiot kann einfach nicht ruhig bleiben, laufe ihm hinterher, schreie ihn an, bitte, das nicht zu tun. Aber ich sage nicht *Ich liebe dich*, sage nicht diese drei Worte, die vielleicht etwas bewirkt hätten.

Er schaut mich nicht an. Stattdessen zieht er ein sauberes Oberteil an und packt seine Reisetasche und seinen Rucksack.

»Wohin gehst du?«

Keine Antwort. Das Betttuch landet ebenso unordentlich in der Reisetasche, wie seine restlichen Sachen. Juli schultert sein Gepäck, kommt auf mich zu, schiebt mich sanft beiseite und geht ins Bad. Ich Idiot folge ihm wie ein dummer kleiner Hund.

»Juli, was machst du da?«

Auch im Bad sammelt er seine Besitztümer ein, packt sie weg und stopft die blutigen Handtücher sowie das Oberteil in eine Plastiktüte und anschließend in seine Reisetasche.

»Ich frage, ob ich irgendwo anders schlafen kann«, erläutert er ruhig.

Für einen Moment schauen wir uns an. Von draußen ertönen Stimmen, die sich als die von Jay und Olli identifizieren lassen. Ich will noch etwas sagen, ihn bitten, nicht zu gehen, doch er kommt mir zuvor.

»Es tut mir leid, Phil.«

Kurz darauf stehen die anderen im Bungalow, besorgt, ängstlich und teilweise erleichtert.

»Oh Gott, da bist du ja!«, stöhnt Jay. »Wir dachten schon, du wärst weg!«

Olli mustert Juli eindringlich, die Stirn gefurcht. Weiß sie von den Narben? Ahnt sie, was er getan hat?

Hinter Olli kommt Falco in den Bungalow gestürmt. Er sieht Juli und will auf ihn zugehen, doch ich greife fest nach seinem Arm, halte ihn zurück. Egal was er tut, das macht es jetzt nur schlimmer.

»Lass es«, sage ich nur, nicht wütend, nicht sauer, gar nichts. »Lass ihn lieber in Ruhe. Er wollte gerade gehen.«

»Gehen? Wohin?«, fragt Jay dümmlich. »Zurück nach Deutschland?«

Juli verzieht die Lippen zu etwas, das wohl ein Lächeln sein soll. Es funktioniert nicht.

»Ich wollte Olli fragen, ob ich bei ihnen schlafen kann. Auf der Bank oder so. Ich störe auch niemanden, versprochen.«

Bittend schaut er sie an, und noch ehe Jay irgendwas einwenden kann, nickt sie.

»Natürlich.«

Damit geht er. Schaut mich nicht einmal an, dreht sich nicht um und geht. Ich habe ihn verloren.

JULIAN

»Was ist passiert?«, fragt mich Olli vorsichtig, als wir zu ihrem Bungalow gehen.

»Nichts«, murmle ich unbestimmt. »Wir haben geredet. Es beendet.«

»Es ... *was?*«, hakt sie nach, offensichtlich schockiert. »Warum? Es war doch nur ein Missverständnis, Julian!«

Ich schüttle den Kopf. Sie sieht ungläubig aus.

»Ich hab mich geirrt«, seufze ich. »Das Ganze war ... total falsch. Er hat mir deutlich gesagt, was er von mir hält. Es ist besser so.«

»Das tut mir leid«, erwidert Olli nach einigem Zögern.

Ihre Hand schiebt sich sanft in meine, als wüsste sie, dass dieser Arm total im Eimer ist. Sie berührt sonst nichts, nur meine Finger. Manchmal weiß ich nicht, wie viel sie weiß oder ahnt. Vielleicht macht mir das ein bisschen Angst, irgendwo ist es aber auch tröstlich.

Ich sollte kreuzunglücklich sein, aber ich bin so leer, dass ich gar nichts fühle. Es ist besser so. Phil braucht jemanden, der ihn verdient hat. Und ich? Ich bin doch gar nicht in der Lage, zu lieben oder geliebt zu werden. Ich mache alles kaputt.

Wenn ich nachher im Dunkeln liege, werde ich heulen wie ein Baby, weil ich zum allerersten Mal jemanden wirklich gemocht, wahrscheinlich sogar geliebt habe und nicht wollte, dass es endet. Aber ich will ihm nicht wehtun. Vielleicht bin ich für so was einfach nicht gemacht.

Als Olli und ich ihren Bungalow betreten, empfängt uns ein Chaos von verschiedenen Geräuschen. In der Küche sitzt Vanessa am Tisch. Sie sieht müde und erschöpft aus. Vor ihr steht eine Tasse Kaffee, doch der dampft nicht einmal mehr.

Sie schaut auf, blinzelt und seufzt. Von oben ertönen würgende Geräusche, Schluchzen und aufgeregte Mädchenstimmen.

»Hey, ihr«, grüßt Vanessa und hebt kraftlos eine Hand. Olli winkt schwach zurück.

»Was ist hier los?«

»Sven hat zu viel getrunken und kotzt sich die Seele aus dem Leib. Und dabei heult sie, wegen Jay«, erklärt Vanessa.

Sie nimmt einen Schluck aus ihrer Tasse und verzieht angewidert das Gesicht. »Melli und Katha kümmern sich um sie.«

Olli schließt die Augen und atmet tief durch. Die Arme ist ganz schön auf Trab wegen mir und Sven.

»Kann Julian bei uns schlafen?«, fragt sie schließlich aus dem Zusammenhang gerissen und verwirrt Vanessa damit offensichtlich.

Sie schaut fragend auf mich und mein Gepäck.

»Hab' mich mit den anderen gestritten«, murmle ich. »Nur diese Nacht, bitte. Morgen fahren wir ja sowieso wieder heim.«

Vanessa mustert mich unschlüssig. Ob sie sich fragt, was Alex wohl dazu sagt, wenn ausgerechnet *ich* bei ihnen schlafe?

»Ich penn' auch hier auf der Eckbank!«, werfe ich ein und bete, dass sie mich nicht rauswirft. Ich will nicht zu Phil und Falco. Ich will die beiden erst einmal nicht mehr sehen. Nicht nach allem, was passiert ist.

»Das würde ich an deiner Stelle nicht tun.« Sie deutet mit einer Hand neben sich auf das Polster. »Sven hat da hingekotzt.«

»Dann schläft er in meinem Bett«, wirft Olli bestimmend ein.

Vanessa und sie tauschen einen dieser typischen Frauen-Blicke, der wahrscheinlich unfassbar viel bedeutet, der für mich als Mann jedoch vollkommen kryptisch bleibt. Vanessa nickt langsam.

»Gut, wie du meinst.«

Ich darf das Badezimmer zuerst benutzen. Obwohl Phil mich sorgsam verarztet hat, ertrage ich das Gefühl des Verbandes nicht, weiche ihn beim Duschen ein und entferne ihn. Die Schnitte sind nicht schlimm und wenn ich ein schwarzes Oberteil anhabe, sieht niemand, dass es an manchen Stellen wieder angefangen hat, zu bluten.

Ich putze mir die Zähne, tupfe hier und da ein bisschen an der verletzten Haut herum und warte, bis die Wunden sich wieder halbwegs schließen.

Als Olli sich bettfertig macht, setze ich mich noch einmal kurz zu Vanessa an den Tisch. Ich bin müde und total fertig.

Alles, was heute passiert ist, verschwimmt zu einem diffusen Klumpen. Also tue ich das Naheliegendste: Ich lenke mich ab.

»Alex hat heute Morgen mit mir geredet«, beginne ich, als ich ihr gegenüber auf einem der altmodischen Holzstühle sitze, mit denen alle Bungalows ausgestattet zu sein scheinen. Vanessa streicht sich eine Haarsträhne hinters Ohr und ich sehe sie erröten. Fragend schaut sie mich an. Es wird wohl nichts ausmachen, wenn ich mit ihr spreche, statt es Olli zu überlassen.

»Er hat mir gesagt, dass er sehr viel für dich empfindet, aber dass du Angst hast, er denkt, du wärst leichtfertig. Wegen der Sache zwischen uns damals.«

Jetzt senkt sie das Gesicht, die Wangen rot. Unsicher beißt sie sich auf die Unterlippe.

»Du ... Ich war ziemlich verliebt in dich«, gesteht sie schließlich und sieht mich an. »Das ändert allerdings nichts daran, dass ich mich wie eine Schlampe benommen habe, oder?«

»Das hast du nicht, Vanessa«, unterbreche ich sie, unsicher, wie ich dieses Gespräch führen soll. Ich seufze. »Ich war das Arschloch. Alex weiß das. Er denkt nicht, dass du eine Schlampe bist. Und er ist nicht wie ich. Er meint es ernst.«

Sie sieht mich an, die Finger fest um die Kaffeetasse geschlungen. Dann, als die Badezimmertür hinter mir aufgeschlossen wird und Olli in die Küche tritt, lächelt Vanessa mich an und wirkt mit einem Mal erleichtert.

»Du lügst mich nicht an, oder?«, fragt sie leise.

Ich schüttle den Kopf und lächle.

»Nein, ganz sicher nicht.«

Damit stehe ich auf und schaue Olli an, die nur noch ein übergroßes T-Shirt und ihren Slip trägt. Ohne Schminke und ihre tollen Klamotten sieht sie jünger aus, als sie ist. Sie mustert mich und atmet tief durch.

»Wollen wir schlafen gehen?«

Ich nicke.

»Ja. Gute Nacht!«, wünsche ich Vanessa noch.

Schließlich folge ich Olli in deren Dreierzimmer, das um Welten ordentlicher ist, als das von Falco, Phil und mir.

Unsicher bleibe ich in der Tür stehen und beobachte sie dabei, wie sie die Läden des Fensters schließt. Sie beugt sich geschäftig über ihr Bett und zieht aus der Ecke eine Wasserflasche und was-weiß-ich noch alles hervor. Ich gucke nicht wirklich hin, sondern spüre, wie es mir eng im Hals wird, als ich ihr hochgerutschtes T-Shirt mustere.

Muss sie eigentlich immer halb nackt herumlaufen? Nicht, dass mir ihre bloßen Beine, ihr Po nicht gefallen würden, aber jetzt bin ich nervös. Vielleicht will ich doch lieber auf der von Sven vollgekotzten Eckbank schlafen.

Als Letztes fliegt ein kleines Plüschtier zu Boden, Olli richtet sich wieder auf.

»Sollen wir uns meine Decke teilen oder willst du deine eigene holen?«, fragt sie mich müde.

»Weiß nicht«, antworte ich und mustere dieses komische alte Stofftier zu meinen Füßen. Ich beuge mich hinunter, hebe es auf und muss zum ersten Mal gefühlt seit sehr, sehr langer Zeit grinsen. »Was ist *das*?«

»Eine Massenvernichtungswaffe, was sonst?«, antwortet sie ironisch und streckt mir die Zunge raus.

Sie schiebt sich auf ihr Bett und drückt sich dabei eng an die Wand. Lachend schalte ich das Licht aus. Massenvernichtungswaffe, ja, so sieht das Ding aus. Gut getarnt, versteht sich. Den alten, sehr abgenutzten Teddybären in der Hand, tue ich es ihr gleich und lege mich zögerlich ins Bett.

Den Bären gebe ich ihr und spotte leise: »Da. Damit du ruhig schlafen kannst.«

»Sei still«, weist sie mich zurecht.

Sie zerrt an ihrem Betttuch und schiebt mir großzügig einen Teil zu. Trotz aller Versuche, soweit wie möglich außen zu liegen, berührt mich ihr nackter Oberschenkel am Bein. Ich glaube, das wird eine schlaflose Nacht.

Olli dreht sich geschätzte zwanzig Mal unruhig hin und her, dann seufzt sie synchron zu einem lauten Würgen über uns. Es ertönt ein unüberhörbares Plätschern von Erbrochenem, Olli ächzt angewidert.

»Es tut mir wirklich leid, Julian, aber es ist eng hier.«
»Okay, ich schlafe auf der Eckbank.«
»Nein!«, unterbricht sie mich schnell.

Ihre Hand berührt meinen Arm, sie rutscht näher, ihr Haar kitzelt meinen Hals. *Eckbank, Eckbank, Eckbank*! Oh Gott.

»Darf ich?«
»Mh.«

Sie rückt noch näher und legt ihren Kopf auf meine Brust. Ich drücke den Arm vor, lege ihn um sie. Unsicher rückt sie sich in eine bequemere Position und schiebt ein Bein über meine Mitte. Das macht mich nicht nervös, nein, so was würde mich *nie* ...

Wieder ertönt ein lautes Kotzgeräusch, Sven wimmert und wirft mit irgendwelchen lauten, zusammenhanglosen Worten um sich. Wie schön, immerhin kann man da nicht auf erotische Gedanken kommen. Nicht, dass ich in Stimmung wäre oder überhaupt mit Olli schlafen wollen würde, so als rein platonischer Freund. Aber manchmal ist mein Körper ein hinterhältiger Verräter. Die Nähe macht mich so nervös, dass ich froh um Svens Geräuschkulisse bin.

Phil hatte Recht. Ich bin eine Hure.

Wer weiß, vielleicht stellt er ja fest, dass er seine komische Festivalbekanntschaft-Affäre liebt und die beiden werden total glücklich miteinander.

Ich sterbe irgendwann alleine und verbittert, weil ich es nicht auf die Reihe kriege, wie ein normaler Mensch zu sein. Was, wenn Phil eines Tages diesen Typen zu unseren gemeinsamen Nachmittagen im Park mitbringt? Wenn sie sich küssen und glücklich sind? Es tut weh, daran zu denken. So sehr, dass ich meine Unsicherheit überwinde und das Gesicht an Ollis Haar drücke, die Nase darin vergrabe.

Nicht heulen. Das wird schon wieder. Wie immer.

Ihre Hand legt sich sanft auf meinen Bauch, federleicht.

Streicht weiter, berührt meinen linken Arm, als wüsste sie, dass sich Schnitte unter meinem Ärmel befinden.

»Schlaf, Julian. Es wird alles gut«, murmelt sie in die Dunkelheit.

Ich will ihr gerne glauben.

Über uns weint Sven und schreit: »*Aber ich liebe ihn!*«

Olli drückt das Gesicht an meine Brust, als würde es ihr wehtun. Ich fühle mich, als könnte ich Svens Schmerz spüren.

»Ich will ihn nicht verlieren!«

Es steht nicht in unserer Macht, ihr zu helfen oder etwas an der Situation zu ändern. Wenigstens sind wir nicht alleine in dieser dunklen, schmerzerfüllten Nacht.

* * *

Es wird langsam hell draußen und bisher habe ich nur wenig Schlaf gefunden. Das schmale Bett ist nicht dafür ausgelegt, zwei Personen zu beherbergen und obwohl Olli nah bei mir liegt, habe ich die Eisenstange des Bettgestells im Rücken. Ich atme tief durch und spüre die Schwere meines Körpers, spüre den pochenden Arm und weiß nicht so recht, was eigentlich gestern vorgefallen ist. Die Bilder stürmen unaufhaltsam auf mich ein, doch ich bin zu erschöpft, zu geschockt, um wirklich wahrzunehmen, was ich sehe. Es ist still um mich herum, die Welt schläft und meine Gedanken rasen.

Seufzend reibe ich mir über die Augen. Ich greife nach Ollis Arm, welchen sie vertrauensvoll um meine Brust gelegt hat und schiebe ihn zurück. Leise hebe ich die Beine aus dem Bett, setze mich auf und will aufstehen, da legt sich mir von hinten eine Hand auf den Rücken. Das Bettgestell quietscht metallisch, als Olli sich aufrichtet.

»Wohin gehst du?«, fragt sie.

Ich wende ihr das Gesicht zu, mustere ihr verrutschtes, großes T-Shirt, die zerzausten Haare und muss lächeln.

»Zum Strand. Ich kann nicht schlafen. Leg dich ruhig wieder hin.«

Ich drehe mich um und erhebe mich schwerfällig. Meine

Jeans liegt noch am Boden. Ich hebe sie auf, schlüpfe möglichst leise hinein. Olli schweigt. Einige Augenblicke später quietscht das Bett erneut, als sie ebenfalls aufsteht. Das große T-Shirt, das sie trägt, reicht ihr bis knapp über den Po, der ausgeleierte Kragen ist über ihre Schulter gerutscht. Sie gähnt und wirft einen Blick auf Vanessa, die in dem Einzelbett gegenüber friedlich schläft und auf Katha in dem Bett über uns. Keine von beiden wacht von unserem Gerumpel auf.

Olli streicht sich durch das wirre schwarze Haar, schlüpft in ihre Flip Flops, die neben ihrem Bett stehen und schließt sich mir an.

»Ich komme mit, wenn das okay ist.«

Ich lächle nur schief, was sie wohl als Zustimmung auffasst und gemeinsam verlassen wir das Schlafzimmer. Sie schließt leise die Zimmertür und macht sich daran, den Bungalow aufzuschließen. Ich beobachte sie stumm dabei und spüre keine Gefühlsregung mehr, nur dumpfe Leere in meiner Brust, die sich nicht wieder auffüllen lässt.

Schweigend verlassen wir die Hütte und ich fühle mit einiger Genugtuung den Kies schmerzhaft unter meinen nackten Füßen, als wir über den Platz zum Strand gehen. Olli sagt kein Wort, doch im Gehen greift sie nach meiner Hand und drückt sie fest. Ich lasse sie nicht los.

Das Meer glitzert magisch in der Dämmerung, der Himmel am Horizont ist in ein sanftes Violett getaucht. Wahrscheinlich dauert es noch eine Weile, bis die Sonne das Wasser erhellt und zum Strahlen bringt. Stumm bewege ich mich auf den Strand zu und erst, als das Wasser meine Füße umspielt, setze ich mich hin. Es ist mir egal, wenn meine Jeans in den heranströmenden Wellen nass wird.

Olli kniet sich hinter mir in den feuchten Sand und legt mir die Arme um den Körper. Ihr Kinn berührt meine Schulter. Sie seufzt leise, als wolle sie etwas sagen, tut es allerdings nicht. So sitzen wir eine Weile und beobachten das Wasser. Eine größere Welle schwappt heran und umspült uns, meine Hose wird durchtränkt.

Sie lacht leise an meinem Ohr, reißt mich aus meinen Träumen und entgegen jedweder Erwartungen, jemals wieder etwas zu spüren, bereitet mir das Geräusch eine Gänsehaut.

»Wollen wir schwimmen gehen?«

Sie löst sich von mir, setzt sich neben mich in den Sand und beobachtet das Wasser. Mein Blick fällt auf sie, auf ihr Profil und die nackte Schulter, die das T-Shirt freigibt, ihre bloßen Schenkel und den schwarzen Slip. Obwohl ich bislang eher unempfänglich dafür war, starre ich plötzlich auf ihre helle Haut und spüre das Blut in meine Wangen steigen, weil sie bis auf dieses Oberteil und den Slip nichts trägt.

»Du hast doch gar keine Badesachen dabei«, höre ich mich selbst sagen und wundere mich über den rauen Ton in meiner Stimme. Hat sie es auch gehört?

Langsam dreht sie mir ihr Gesicht zu und schaut mir stumm in die Augen. Sie lächelt und erhebt sich. Sand fällt von ihren Knien, sie macht ein paar Schritte hinein ins heranschwappende Wasser.

»Das ist kein Hindernis«, behauptet sie.

Dann greift sie unter ihr T-Shirt und streift es sich langsam über den Kopf.

Mit einem Mal wird mein Mund trocken, als ich sie dabei beobachte. Sie dreht sich nur wenig um, als sie das T-Shirt nach hinten, neben mir in den Sand wirft. Sie zögert.

Als ihre Finger sich im Bund ihres Höschens verhaken, spüre ich zum ersten Mal ein Ziehen im Unterleib, schließe für einen Moment die Augen und muss doch wieder hinschauen. Sie zieht es hinunter, steigt hinaus und was tue ich? Ich starre ihren nackten Hintern an, spüre, wie es in meiner Hose eng wird und schäme mich schrecklich für diese Reaktion.

Ich wünschte, sie wäre nicht mitgekommen.

Olli macht wieder einige zögerliche Schritte ins Wasser hinein und steht schließlich so tief darin, dass es ihr bis über die Brüste reicht. Langsam dreht sie sich zu mir um, ihre Wangen sind gerötet, ihre Augen blicken fragend.

»Ich ...«

Räuspernd unterbreche ich mich und hoffe, sie sieht meinen roten Kopf nicht. Ich kann nicht zu ihr ins Wasser kommen! Sie würde meine Arme sehen und vor allem, dass sie mich nicht kalt lässt. Sicher denkt sie, dass ich nicht besser als Alex und Jay bin!

Als hätte sie meine stummen Einwände vernommen, lächelt sie.

»Du musst keine Angst haben. Ich verstehe das.«

Ich weiß nicht, was sie meint, doch sie bedeutet mir, ihr zu folgen, und dreht sich dem Horizont zu. Ich zögere nur kurz. Stehe auf, stolpere dabei fast über meine eigenen Füße und ziehe die nasse Jeans mit flatterndem Herzen aus. Es ist mir unendlich peinlich, dass ich eine Erektion habe, nur weil sie nackt im Wasser steht, aber sie sieht es zum Glück nicht. Ich denke nicht weiter drüber nach und ziehe mir das Sweatshirt über den Kopf, als wäre nichts dabei.

Ich weiß, dass sie nichts sagen wird. Zuletzt schaue ich mich um, der Strand ist menschenleer. Hastig lasse ich meine Boxershorts fallen und beeile ich mich, ins Wasser zu gehen.

Die Wellen umspülen meinen erhitzten Körper sanft, das Salzwasser brennt höllisch in meinen frischen Wunden. Ich ziehe zischend die Luft ein, halte jedoch nicht inne und bewege mich auf Olli zu, bis ich ebenfalls bis zur Brust im Wasser stehe. Nah hinter ihr bleibe ich stehen, spüre den trügerischen, sandigen Grund zwischen den nackten Zehen und schaue sie atemlos an.

Olli senkt den Kopf und schweigt. Schließlich dreht sie sich langsam zu mir um, schaut mich an und beißt sich unbewusst auf ihre Unterlippe. Sie verzieht die Augenbrauen, macht einen Schritt auf mich zu und liegt plötzlich in meinen Armen. Sie presst ihren nackten, nassen Körper an mich. Jetzt muss sie einfach merken, was sie mit mir macht!

Ich finde keine Gelegenheit, peinlich berührt zu sein, weil ihre Brüste sich gegen meine Haut drücken und meine Hände ihre Hüften berühren. Mein Herz pocht laut und rauschend in meinen Ohren. Zögerlich hebt Olli den Kopf und schaut mich an, ein schmerzvolles kleines Lächeln im Gesicht.

»Kannst *du* mich nicht lieben?«

Mein Mund öffnet sich, ich will irgendwas sagen, aber ihre traurigen Augen schnüren mir förmlich die Brust zusammen. Ich drücke ihren Körper fester an meinen, sehe das Aufflackern von Erkenntnis in ihren Augen. Als ich den Kopf senke und sie sanft küsse, wehrt sie sich nicht. Ihre Hand berührt meinen Arm, streicht über die verkrusteten Wunden. Sie legt die Arme in meinen Nacken und drückt sich so heftig an mich, dass ich beinahe im sandigen Grund ausrutsche.

Ich spüre ihre weichen Lippen auf meinen und seufze in den Kuss. Unvorsichtig taumeln wir aus dem Wasser hinaus. Als es gerade noch knöcheltief ist, falle ich doch, mit ihr in meinen Armen, rücklings in die heranschwappenden Wellen. Sie lacht und liegt mit einem angenehmen Gewicht auf mir.

Olli hebt das Gesicht und lächelt mich zaghaft an, ihre Hände streichen über meine Wangen. Ich erwidere das Lächeln, ziehe sie zu mir hinab und küsse sie wieder. Meine Hände streichen über ihren Körper, berühren ihren nackten Po, ihre Oberschenkel. Vorsichtig drehe ich uns, sodass ich auf ihr liege und habe die Möglichkeit, ihre weichen Rundungen vollkommen zu betrachten. Ich küsse ihren Hals und berühre ihre schweren Brüste, die aufgerichteten Spitzen und streiche weiter hinab, über ihren Bauch und berühre ihre Schenkel, die sich bereitwillig öffnen.

Das alles geschieht, wie durch einen Schleier. Als wäre das nicht ich, der sie berührt. Zugleich sind die Eindrücke auf körperlicher Ebene so intensiv, dass ich nicht aufhören kann.

Ich will versuchen, sie zu lieben.

Mein Glied pocht vor Erregung. Ich presse das Gesicht an ihren Hals, küsse sie erneut und streiche mit der Hand ihre Innenschenkel entlang und ganz leicht, zögerlich, berühre ich ihre warme Mitte.

Sie zuckt leicht, die Arme in meinem Nacken versteifen sich für einen Moment, doch sie atmet zittrig aus und scheint aufgeregt darauf zu warten, dass ich sie weiter streichle.

Sanft reibe ich sie und als ich zwei Finger in sie gleiten lasse, spüre ich, wie feucht sie ist. Sie keucht leise auf, oder war ich das? Ihr Griff um mich verstärkt sich. Mit ungeduldiger Erregung hebt sie mein Gesicht, küsst mich fordernd und schiebt meinen Arm von sich.

Ich zögere, als sie ihre Schenkel um mich schlingt, atme flach und zittrig in den Kuss.

»Olli, ich ...«

»Psst«, murmelt sie, legt mir kurz einen Finger auf die Lippen. Ihre Hand streicht über meine Wange, sie küsst sanft meine Lippen. »Komm!«

Mehr Einladung brauche ich nicht. Ihre Hand schiebt sich vorwitzig zwischen uns, umfasst mein Glied und führt mich. Ich gleite ohne Schwierigkeiten in sie. Ihr Seufzen erfüllt meine Brust, als ich ganz in ihr bin.

Ich schaue ihr ins Gesicht, mustere ihren verschleierten Blick und dann küsst sie mich wieder leidenschaftlich. Ihre Hände finden einen Weg zu meinem Po, sie presst mich an sich und langsam nehme ich ihren Rhythmus auf. Ich will ihr nicht wehtun, beobachte ihr gerötetes Gesicht, die halb geschlossenen Augen, als ich in sie stoße, wieder und wieder.

Ich höre mich keuchen, höre ihr leises Stöhnen. Sie murmelt meinen Namen wie ein verzweifeltes Gebet. Ihre Lippen finden den Weg zu meinen, ihre Hände zwingen mich, ein schnelleres Tempo aufzunehmen. Ollis Schenkel schließen sich fest um mich, pressen mich an sie und obwohl ich das nicht will, werde ich heftiger, schneller. Ich denke gar nichts mehr und fühle noch weniger.

Unsanft hebe ich ihr Becken an und höre ihr lustvolles Aufstöhnen über den leeren Strand hallen. Die Erregung überwältigt mich und mit einem heiseren Keuchen ergieße ich mich in ihr, presse mein Gesicht dabei an ihren Hals. Mein Herz pocht heftig, schmerzhaft, so sehnsüchtig und greift nach ihrem. Aber ich finde es nicht und trotzdem spüre ich Zärtlichkeit für sie in mir aufwallen.

Sie regt sich nicht. Eine kleine Ewigkeit vergeht, ehe sie die

Arme hebt und um meine Schultern legt. Eine Welle rauscht heran und umspült sanft, liebevoll kosend ihren nackten Körper. Ich spüre das Wasser nur wie durch einen Schleier.

»Julian, Julian«, murmelt sie leise und mit heiserer Stimme.

Ich hebe den Kopf und schaue sie an. Es erschreckt mich nicht, die Tränen in ihren braunen Augen zu sehen. Sie hebt den Kopf, küsst mich mit zitternden Lippen und presst sich fest an mich, weinend, schluchzend.

Ich will ihr sagen, dass es mir leidtut, nicht der sein zu können, den sie will. Die Erregung ist wie fortgeblasen, aber ich bereue es nicht. Ich halte sie nur fest und streiche ihr mit den Fingern über das nasse Haar.

Vielleicht liege ich ja falsch. Vielleicht bin ich genau das, was sie gerade braucht. Jemand, der sie tröstet und für sie da ist, wie sie für mich. Vielleicht hätten wir Liebende sein können, wenn es Phil nicht gäbe. Trotzdem glaube ich, dass es in Ordnung ist, dass es ausreicht. Es muss gerade nicht mehr sein als diese körperliche Nähe und die Freundschaft. Vielleicht vergeht der Schmerz und wir können dem Sonnenaufgang entgegenlachen.

Vielleicht, irgendwann.

14

DAVONLAUFEN

Juni, 1995, Nachtrag

Ich sehe noch alles so vor meinen Augen, als wäre es gerade erst geschehen. Das Chaos, die Tränen, sein leerer Blick, das Blut. Was in Spanien passiert ist, hat jeden von uns verändert und neue Seiten ans Licht gebracht. Jay zum Beispiel ist ebenso untreu wie treu. Sven liebt Jay wirklich, von ganzem Herzen, nicht nur in ihrer Kleinmädchen-Art. Falco kann unglaublich bösartig sein. Olli ist warmherziger, als ich es je für möglich gehalten hätte.

Juli ist ein Kartenhaus.

Und ich bin sein Sturm.

Die Frage dabei lautet jedoch: Bin ich dazu in der Lage, auch die Hand zu sein, die ihn wieder aufbaut? Kann ich das?

Damals waren das meine größten Zweifel und Ängste. Ich konnte einiges mit einer coolen Geste wegwischen, aber der Streit mit Juli hat mich bis ins Innerste aufgewühlt und diese Szene im Bad hat mich noch in meinen dunkelsten Träumen verfolgt.

Obwohl ich dachte, dass ich nicht gut für ihn bin und er sicherlich auch nicht für mich, konnte ich die Gefühle nicht einfach abschalten. Alles, was ich an Emotionen über die Jahre habe missen lassen, brach aus mir hervor, zerstörte mein eigenes Bild von mir und raubte mir den Atem. Es war schwierig, weiterzumachen, als wäre nie etwas gewesen. Doch das taten wir. Es dauert seine Zeit, bis man lernt, dass das niemals der richtige Weg ist.

Juli und ich taten so, als wären wir uns nie nah gewesen, ja, als wären wir niemals befreundet gewesen. Wir grüßten uns, duldeten uns gegenseitig, mehr nicht. Unter der Oberfläche brodelte es.

Mit Falco verfuhr Juli gnädiger. Wenn es etwas gibt, das ich in die-

ser Zeit über ihn gelernt habe, dann, dass er unglaublich nachtragend ist – doch nur sich selbst gegenüber. Heute vermute ich, dass er sich selbst nicht verzeihen konnte, was in Spanien zwischen mir und ihm passiert ist. Damals wusste ich es nicht und grollte ihm und vor allem Falco, der weiterhin mit ihm reden konnte und sein Freund sein durfte. Ich verstand nicht, warum er ihm verzieh. Heute kenne ich ihn besser.

Der Juni ging und sowohl Spanien, wie auch unsere Abschlussfeier, verblassten so schnell, wie sie gekommen waren. Unsere letzten gemeinsamen Sommerferien waren kurz, weil alle bis auf ich in den Urlaub fuhren und wir danach unterschiedliche Wege gingen.

Trotz der Risse in unserer sonst unerschütterlichen Freundschaft wollten wir uns gebührend verabschieden und so verabredeten wir uns alle bei Olli, mit viel Alkohol und viel Wehmut.

Ich hatte Angst, es würde ein Abschied für immer sein.

JULIAN

Es pocht und wummert in meinem Kopf. *Eins, zwei drei …* Atmen. Es geht nicht weg. Ich drehe die Musik lauter, drehe das Wummern und Pochen auf. Vielleicht sind die Stimmen in meinem Kopf verankert. Vielleicht gehen sie deshalb nicht weg. Wabernd, schleichend, wartend.

Schreiend.

Müde reibe ich mir über die Augen und trete von der Anlage weg, gehe auf meinen Schreibtisch zu, wo ein verrücktes Wirrwarr von Zetteln liegt. Notizen, Worte, Sätze, Kritzeleien. Obendrauf liegt ein zerfleddertes Päckchen Zigaretten. Ich nehme mir eine, zünde sie an und atme tief ein.

Es ist entsetzlich warm in meinem Zimmer.

Eigentlich will ich nur schlafen.

Eine schlaflose Nacht rächt sich nicht so sehr wie zwei, und zwei Nächte sind es jetzt schon, in denen meine Eltern Krieg führen. Mein Vater verschwindet nicht wie sonst. Der Feigling stellt sich plötzlich seiner Verantwortung und ich kann einfach nicht schlafen.

Ruhelos gehe ich durchs Zimmer, puste Rauchschwaden in die bewegungslose Luft und drehe die Musik weiter auf. Meine Wände vibrieren.

Vor zwei Tagen ist mein Vater nachts heim gekommen, leicht angetrunken, der teure Anzug zerknittert, das Hemd halb offen. Statt weinend im Bett zu liegen hat meine Mutter auf ihn gewartet. Sie hat ihn angeschrien und mit Vorwürfen überhäuft. Sie scheint wohl Recht zu haben mit ihren Anschuldigungen, denn er widerspricht ihr nie direkt, brüllt Vorwürfe zurück, die durch das große, leere Haus hallen und sich in meinen Ohren festsetzen.

Ich wollte dich nie heiraten. Du hast mir ein Kind aufgedrängt. Die Pille absichtlich nicht genommen. Du bist verrückt.

Pochend, wabernd, zerstörend.

Du hast eine Affäre, du betrügst mich, du bist ein Arschloch, ein Schwein. Ich liebe dich doch. Ich hasse dich, ich liebe dich, ich hasse dich.

Ich will hier weg.

Unter meinem Bett zerre ich einen Schuhkarton hervor, meine Notfallkiste, mit allem, was man braucht, wenn der Stress übermächtig wird. Eine Dose Bier, eine Flasche Whisky, mehr Zigaretten, eine Packung unbenutzter Rasierklingen. Die Asche meiner Kippe fällt zu Boden. Ich werfe den Stummel hinterher, trete ihn aus. Mir ist im Moment alles egal.

Ich nehme nur das Bier und das Zigarettenpäckchen, die restlichen Sachen schiebe ich wieder weg. Das Bier ist ungekühlt ziemlich widerlich, aber die Zigarette verbrennt meine Geschmacksnerven und jeden Ekel. Die Musik dröhnt, dass meine Tür zu wackeln scheint.

Nein, sie wackelt tatsächlich.

Einen Augenblick später steht mein Vater im Zimmer. Seine blonden Haare sind zerzaust, das Gesicht übernächtigt, seine Kleidung nachlässig. Er brüllt irgendwas durch die krachende Musik, sieht mich entgeistert an. Ich stehe da, ein Bier in der linken Hand, eine Zigarette in der rechten, regungs- und teilnahmslos. Er stürmt durch mein unordentliches Zimmer auf die Anlage zu, dreht die Lautstärke herunter. Die plötzliche Stille dröhnt lauter in meinen Ohren, als die Musik zuvor.

»Bist du vollkommen übergeschnappt?! Dreh' die Musik nicht so auf!«, schnauzt er mich an.

Er sieht abgekämpft und fertig aus. Bald wird er resignieren, das kann ich ihm ansehen. Die übliche Zermürbungstechnik wirkt immer, bravo, Mama.

Mein Vater starrt mich an, sein Blick fällt auf die Zigarette. Hat er noch Kraft, um mich zurechtzuweisen? Na? Klappt das noch?

»Mach die Zigarette aus, du darfst im Haus nicht rauchen«, bemerkt er müde.

Nicht sehr beeindruckend. Ich erwidere es, indem ich die Zigarette zum Mund hebe. Meine Hand zittert, als ich einen tiefen Zug nehme. Ich hoffe, er sieht es nicht. Ich puste den Rauch in seine Richtung, sage gar nichts, hebe nur eine Augenbraue. Dad sieht geschockt aus.

»Mach die Zigarette aus«, befiehlt er noch einmal, kommt einen Schritt auf mich zu.

Es ist sowieso zu spät, irgendwas retten zu wollen. Also nehme ich einen tiefen Schluck meines warmen Bieres, stoße unelegant und provokativ ein Rülpsen aus und ziehe noch einmal an meiner Zigarette. Die nächste Rauchschwade trifft sein Gesicht. Er zuckt nicht einmal mit der Wimper.

»Ich kann dir gerne eine abgeben«, biete ich ihm an. Meine Finger kribbeln dabei, mein Herz pocht vor Nervosität. Normalerweise würde ich mich so was nie trauen. Im Moment allerdings bin ich lebensmüde genug, um die Konsequenzen nicht zu fürchten. »Du siehst aus, als bräuchtest du 'ne Kippe.«

»Du hast dich verändert«, entgegnet mein Vater traurig.

Ich antworte kühl: »Du dich leider überhaupt nicht.«

Abwertend schnaube ich, als er sich nicht regt, gehe an ihm vorbei, stelle mein ekelhaftes Bier ab und schnappe mir die gepackte Umhängetasche vom Boden.

»Ich bin weg. Keine Ahnung, wann ich wiederkomme. Viel Spaß noch beim Streiten.«

Mit diesen Worten verschwinde ich durch die Tür und lasse meinen sprachlosen Vater alleine im Zimmer stehen. Soll er doch machen, was er will. Sollen sie sich eben die Köpfe einschlagen! Mir ist das egal. Ich rechne schon lange mit einer Trennung. Vielleicht schaffen sie es ja dieses Mal wirklich. Ich will jedoch nicht dabei sein.

Heute ist Freitag und somit ist es genau zwei Wochen her, dass wir aus Spanien zurückgekommen sind. Der heutige Tag, unsere Abschiedsfeier, war lange geplant und die ganze Zeit habe ich mit dem Gedanken gespielt, nicht hinzugehen. Aber ich kann nicht absagen. Außerdem schulde ich Falco noch eine Antwort.

Meine Kopfschmerzen und die Worte verstecken sich in einer dunklen Kammer meiner Gedanken, als ich an die frische Luft und in die Sonne trete. Langsam spaziere ich durch die Straßen zu Ollis Haus. Ich habe Angst davor, die anderen zu treffen. Ich fürchte mich davor, Phil wiederzusehen. Letzte Woche haben wir uns im Park getroffen und es war, um es milde zu sagen, absolut schrecklich. Alle waren befangen und merkwürdig.

Sven und Jay haben sich wohl vertragen, doch irgendwie ist es komisch. Sie sieht unglücklich aus, obwohl sie eigentlich nicht der Typ dafür ist, Trübsal zu blasen. Wenn sie wieder zusammen sind, scheint sie nicht glücklich damit zu sein. Ich habe ein wenig mit Falco gesprochen, doch kein Wort mit Phil.

Wenigstens zwischen Olli und mir ist alles wie vorher. Oder nein, nicht ganz. Im Moment ist sie die engste Freundin, die ich habe und unsere Freundschaft ist durch Spanien noch zusammengewachsen. Immerhin etwas.

Was dort passiert ist, war von vorne bis hinten totaler Scheiß und ich kann es nicht rückgängig machen. Ich traue mich nicht, wieder mit Phil zu reden, ich will ihm und mir nicht wehtun.

Falco stand zwei oder drei Tage nach unserer Rückkehr unverhofft vor meiner Tür und hat mich so gezwungen, mich mit ihm auseinanderzusetzen. Ich bin ihm nicht böse, nicht mehr. Auch, wenn ich es wohl sein sollte. Ich erinnere mich an all die schöne Zeit und kann ihn nicht in den Wind schießen, obwohl ich mir seiner Gefühle zu mir unsicher bin.

Hat Jay Recht? *Liebt* er mich? Warum? Oder hatte er einfach Angst, mich als seinen besten Freund zu verlieren? Bisher hatte ich nicht den Mut, ihn zu fragen. Vielleicht, wenn zu den paar Schluck Bier noch etwas mehr dazu kommt.

Ich bin so müde, dass jedes vorbeifliegende Blatt, jeder Schatten Gestalt anzunehmen scheint. Mir ist schwindelig, doch das könnte auch an dem Mangel an Essen liegen, ich weiß es nicht. Ich schätze, das Erste, das ich bei Olli trinken werde, ist ein Kaffee.

Obwohl ich noch nie bei ihr war, finde ich den Weg auf Anhieb und stehe schließlich vor einem recht unspektakulären Haus, das auf den ersten Blick nur einen Lebensmittelmarkt mit russischen Spezialitäten beinhaltet. Genau, wie Olli es beschrieben hat. Bei näherer Betrachtung wird mir klar, dass im Obergeschoss wohl eine private Wohnung ist. Der kleine Laden ist heute geschlossen, Ollis Eltern sind die nächsten drei Tage nicht zuhause. Die perfekten Bedingungen für eine kleine Party.

Unsicher gehe ich um das Haus herum, um hinten einen kleinen vernachlässigten Garten und die Haustüre zu finden. Auf dem Klingelschild steht *Malinowski*.

Tief durchatmend hebe ich die Hand und klingle. Es wird schon. Vielleicht hilft uns diese kleine Feier, wieder mehr zusammenzuwachsen. Es wäre schön, wenn alles sein könnte wie vorher, als wir einfach nur befreundet waren und Spaß miteinander hatten. Ich hoffe, dass wieder alles gut werden kann.

Es dauert nicht lange, bis Olli mir öffnet. Seit dem, was in Spanien zwischen uns geschehen ist, nehme ich sie anders wahr als zuvor. Nicht mehr fremd und kühl, doch auch nicht mehr sexuell und darüber bin ich unfassbar glücklich. Sie sieht hübsch aus. Die Haare sind wieder glatt, die Lippen leicht geschminkt und sie trägt ein knappes, beiges Kleid.

»Hey«, grüßt sie und lächelt mich warm an.

Ich hebe die Hand, grinse ziemlich schief und sicherlich furchtbar gruselig.

»Hi. Bin ich zu spät?«

»Nur eine Viertelstunde. Komm rein, die anderen warten schon ungeduldig.«

Na ja, das kann ich ihr irgendwie nicht ganz glauben. Vor allen Dingen was Phil angeht, dürfte das eine glatte Lüge sein. Ich folge ihr eine enge Treppe hinauf in den ersten Stock. Die Wand ist mit grässlicher, kitschiger Deko verziert und eine Reihe von Bilderrahmen zeigt mir, dass Olli nicht immer so stilsicher war wie jetzt.

Ich muss schmunzeln, als ich ein Foto von ihr als Kind sehe, in einem merkwürdig glänzenden, bauschigen lila Kleid, mit blonden Locken und sehr unzufrieden dreinblickend. Manchmal bin ich doch froh, dass meine Eltern keine Kinderfotos von mir an ihren Wänden haben.

Du hast mir ein Kind aufgedrängt. Die Pille absichtlich nicht genommen.

Das kann er mir wohl nicht verzeihen. Scheinbar ist es egal, dass das nicht meine Schuld gewesen ist.

»Der Laden deiner Eltern sieht interessant aus«, sage ich, nur um nicht zu schweigen.

Nicht viel nachdenken über Zuhause. Das ist immer besser. Mit jeder Stufe, die wir hinter uns bringen, wird die Musik lauter. Olli führt mich noch eine weitere, gewundene Treppe hinauf und durch einen mit Teppich ausgelegten Flur zum Ende des kleinen Ganges.

Nichts an der Tür verrät, dass sich ihr Reich dahinter verbirgt, doch als sie sie öffnet und ich einen Blick in das Zimmer werfe, trägt es unverkennbar ihre Handschrift. Der Raum ist größer als erwartet. An der Wand rechts von mir steht ein großes, schwarzes Metallbett und davor liegt ein ebenso großer Hochflorteppich, rund und cremefarben. Das scheint bei Mädchen wohl total gut anzukommen, hatte Michelle nicht ebenfalls so ein Ding? Auf dem Boden sitzen die anderen ziemlich schweigsam, jeder ein Bier in der Hand.

»Hey!« Jay grinst, die anderen tun es ihm mehr oder weniger beschwingt nach.

Nur Phil nicht.

»Hi«, grüße ich zurück und versuche, zu lächeln, aber es klappt nicht wirklich.

Neugierig schaue ich mich in dem Raum um, als mich Olli zum Teppich schubst und mir eine Flasche Bier in die Hand drückt.

»Gut, also sind wir endlich vollzählig!«, stellt Jay zufrieden fest. Abwartend schaut er in die Runde, einen fröhlichen Ausdruck im Gesicht. Irgendwie kann ich mich des Eindrucks nicht erwehren, dass er auf Drogen ist. »Wir haben uns heute hier versammelt, um ein letztes Mal richtig gemeinsam zu feiern, bevor der Ernst des Lebens anfängt! Ich bitte die Anwesenden mir zu erläutern, wie ihre Pläne für die Zukunft aussehen!«

»Mann, was laberst du da?«, seufzt Phil augenrollend, doch Jay unterbricht ihn mit erhobener Hand und ernstem Gesichtsausdruck.

»Nein, im Ernst. Wie sieht's aus? Phil, hast du 'ne Bestätigung von der Friedrich-Dessauer-Schule bekommen?«

Ah, das muss wohl die weiterführende Schule mit Fachbereich Bau und Technik sein, bei der die beiden sich bewerben wollten.

»Ja«, antwortet Phil. Er klingt nicht ganz glücklich drüber. »Bin angenommen.«

Jay strahlt ihn an wie einen Korb voll Schokolade. »Ich auch! Perfekt. Olli?«

Unsere Blicke wandern neugierig zu ihr. Von allen ist sie die Einzige, die ihre Pläne für die kommende Zeit bisher nicht offenbart hat. Jay hatte wohl doch etwas im Sinn, als er seine pathetische Ansprache begonnen hat.

»Ich fange eine schulische Ausbildung an. Fremdsprachensekretärin. Theodor-Heuss-Schule.«

»Ernsthaft?«, hake ich erstaunt nach.

Langsam aber sicher breitet sich ein freudiges Kribbeln in mir aus. Unsere Schulen sind direkt nebeneinander und auch die von den anderen beiden ist nur durch einen fünfminütigen Fußweg von uns getrennt!

»Ja. Die Bestätigung kam heute.«

Sie lächelt ihr kleines, geheimnisvolles Lächeln, als wäre das überhaupt nichts Besonderes. Ich hatte schon Angst, sie fängt eine Ausbildung an und zieht weg, so wie …

»Sven?« Jay schaut seine blasse, nicht mehr ganz so quirlige wieder-Freundin an. »Hast du die Wohnung bekommen?«

Sie nickt, lächelt jedoch nicht. Soweit ich weiß, fängt sie eine Ausbildung zur Fotografin an und ihre Lehrstelle ist weiter weg von hier.

»Eine Stunde Autofahrt entfernt von hier, aber nahe am Fotostudio«, ergänzt sie leise.

Man sieht Jay an, dass es ihn mitnimmt. Allerdings scheint er zu beschließen, dass das im Moment nicht wichtig ist.

»Glückwunsch«, sagt er leise. Als Nächstes schaut er mich an. »Und du? Bist du angenommen?«

Ich nicke, hebe den Daumen und grinse gestellt. Der Brief kam vor zwei Tagen. So wie Jay und Phil sich am selben beruflichen Gymnasium mit Fachrichtung Bau beworben haben, haben Falco und ich uns an der Schule mit Fachrichtung Gesundheit beworben. Alles technisch-mathematische ist einfach nicht mein Ding.

Falco strahlt mich an, zeigt den erhobenen Daumen.

»Ebenfalls angenommen«, deutet Jay. »Dann wären wir ja alle versorgt. Ehrlich mal, ich werde es vermissen, euch jeden Tag zu sehen.«

Sein Blick schweift zu Sven, unausgesprochen liegt *Dich am allermeisten* in der Luft. Ich weiß nicht, wie es den anderen geht. Ich für meinen Teil finde das nicht allzu authentisch, nach allem, was passiert ist.

»Gut«, unterbricht Olli Jays Lamentieren. »Bevor wir wegen Jasons gefühlsduseligem Geschwätz in einen komatösen Schlaf fallen, schaut lieber mal her. Das haben Sven und ich von dem eingesammelten Geld gekauft.«

Sie steht schwungvoll auf, ein Hauch Vanille weht zu mir herüber. Leichten Schrittes geht sie auf eine Kommode neben ihrem Bett zu, auf der etwas unter einem Tuch verdeckt ist. Vorsichtig hebt sie den leichten Stoff an. Zum Vorschein kommen einige Flaschen unterschiedlicher Spirituosen. Phil pfeift durch die Zähne, ich schaue ihn nicht an.

»Ich hab' ebenfalls was mitgebracht«, wirft er ein.

Mit einem leisen Geräusch landet ein kleines Tütchen in der Mitte des Teppichs.

Jay lacht. »Gras, wie geil! Das wird klasse!«

Unsicher schaue ich auf das Tütchen. Ich will Phil nicht angucken und tue es doch, nur kurz. Er bemerkt es, mustert mich kühl. Kein Wort fällt zwischen uns. Ich bin selbst schuld. Ich wollte es nicht anders. *Es ist besser so.*

»Bedient euch am besten selbst«, sagt Olli.

Das Buffet ist somit freigegeben.

★ ★ ★

Ein paar Kurze und zwei Stunden später mache ich mir endlich einen Kaffee. Olli zeigt mir in der Küche, wo alles steht. Für sich selbst holt sie eine Tüte Gummibärchen. Das ist das erste Mal, dass ich sie etwas essen sehe, außer Salat und kaltes Wasser.

»Huch, was ist denn mit dir los?«, witzle ich.

Vor Müdigkeit fühle ich mich regelrecht benebelt.

Sie hebt fragend die Augenbrauen, während hinter mir mit einigem Rattern ein alter Wasserkocher zum Leben erwacht.

»Die Süßigkeiten«, sage ich, wedele unbestimmt auf ihre Hand. »Ich hab' dich noch nie so was essen sehen.«

Für einen Moment verzieht sie das Gesicht und setzt sich an den kleinen Küchentisch.

»Darf ich nicht?«

»Na, doch, klar. Ist nur ungewohnt. Warum trinkst du nichts?«

»Habe keine Lust. Es macht keinen Spaß.« Sie schiebt sich bedächtig ein Gummibärchen zwischen die Lippen, kaut und wirft einen zweifelnden Blick auf die Tüte. »Irgendwie hatte ich mehr erwartet.«

Ich grinse sie an. Hinter mir klickt der Wasserkocher und so langsam, als bewege ich mich durch zähen Gummi, drehe ich mich um und nehme die Kanne. Das heiße Wasser wird vom Instantkaffeepulver in Ollis Lieblingstasse sofort dunkel gefärbt. *Always good coffee* steht darauf. Ich bezweifle das, aber im Moment tut es jeder, egal wie billig und bitter. Hauptsache stark.

»Warum bist du so müde?«, fragt sie in ihrem üblichen, desinteressierten Ton.

Sie knabbert weiter an den Gummibärchen, obwohl sie die eigentlich nicht lecker findet. Vielleicht bekommt sie ihre Regel, da sind Frauen im Allgemeinen ja eher komisch.

Mit der Tasse in der Hand gehe ich auf den Tisch zu und setze mich ihr gegenüber auf einen der Stühle.

»Lang nicht geschlafen. Hast du überhaupt schon irgendwas getrunken? Ist doch langweilig.«

»Ich möchte gerade einfach nicht. Die Stimmung ist total komisch.« Sie mustert die Tüte Gummibärchen, schüttelt den Kopf und schiebt sie mir zu. »Wir können gleich mal runtergehen, in den Laden. Ich hätte gerne Fruchtkaramellen.«

»Können wir«, stimme ich ihr zu.

Die Musik aus Ollis Zimmer dringt hinunter zu uns, auch das Lachen von Jay und Phil. Rauch zieht durch das Haus, der Geruch von Gras und dem fruchtig-exotischen Wasserpfeifentabak liegt in der Luft.

»Wir sind schon zwei Partyhelden«, stelle ich fest.

Olli lacht, entwendet mir meinen Kaffee und nippt daran, ehe sie mir die Tasse wieder hinstellt.

»Stimmt. Aber die Stimmung ist *wirklich* komisch, findest du nicht? Hast du dich mit Falco vertragen?«

»Na ja. Es geht.« Unsicher reibe ich mir die Wange und gähne. »Wir haben mal geredet. Wirklich verstehen, wie er *so was* tun konnte, tue ich nicht. Ich vermute, manchmal hat man einen Tunnelblick und da kann es schon mal zu Katastrophen kommen, oder?«

Olli sieht nicht überzeugt aus, hebt eine Augenbraue und fragt: »Liebt er dich?«

»Gott, sag nicht dieses Wort«, stöhne ich. Langsam lehne ich mich zurück, die dampfende Kaffeetasse in der Hand. »Ich hab' keine Ahnung. Ich glaube, er ist ein bisschen besitzergreifend, sicher. Aber *das* kann ich mir nicht vorstellen. Ich wüsste nicht einmal, dass er auf Männer steht. Ich hoffe, dass er mich als seinen besten Freund will. Ich will das alles nicht aufs Spiel setzen, weil er vielleicht … Na ja. Du weißt schon.«

Wir schweigen eine halbe Ewigkeit lang. Die Küchenuhr tickt laut und einlullend. Als ich das nächste Mal den Mund aufmache, klingt meine Stimme so müde, wie ich mich fühle: »Er hat mich eingeladen, mit seiner Familie nach Italien zu fahren, ein oder zwei Wochen. Ich weiß nicht, was ich antworten soll, aber ich will weg von Zuhause.«

»Dann solltest du vielleicht gehen und die Sache ein für alle Mal klären. Und …«

Sie unterbricht sich, als jemand die Treppe heruntergepoltert kommt. Plötzlich steht Falco grinsend in der Tür. Er winkt auffordernd und schaut mich an, als wäre nie etwas passiert. Wenn nur wieder alles in Ordnung sein könnte.

Olli zögert kurz, ehe sie den Stuhl zurückschiebt und aufsteht.

»Geht schon mal hoch. Ich hole mir Fruchtkaramellen.«

Sie geht, ohne sich noch mal zu mir umzudrehen. Ich bin unsicher, doch schließlich seufze ich, lasse meinen Kaffee Kaffee sein und stehe auf, um Falco nach oben zu folgen. Er scheint gut drauf zu sein, vermutlich hat er schon einiges intus. Ich habe ein ungutes Kribbeln im Bauch, keine Ahnung, warum.

Als ich hinter ihm die Stufen hinaufsteige, sage ich leise: »Ich komme mit nach Italien.«

Falco dreht sich zu mir um, schaut mich mit großen Augen an. Ein strahlendes Lächeln breitet sich auf seinem Gesicht aus und er wäre mir wohl in die Arme gesprungen, wenn wir nicht auf dieser engen Treppe stehen würden. Er streckt seinen Daumen in die Höhe und seine gute Laune lässt ihn förmlich über den Boden schweben.

Olli hat Recht. Ich kann im Urlaub in Ruhe mit Falco reden und komme von Zuhause weg. Ich will dort wirklich nicht mehr hin, solange da der dritte Weltkrieg geführt wird.

Im Flur schweben Rauchschwaden durch die warme Luft und wirbeln umher, als Falco und ich hindurch laufen. Im Zimmer mischt er mir zunächst ein Glas mit Cola und Rum, dann setzen wir uns zu Sven an die große, lilafarbene Shisha. Sie reicht uns den Schlauch.

In Ollis Kissenecke liegen Jay und Phil, lachend, tuschelnd, kiffend. Ich weiß nicht, was ich davon halten soll. Lieber nicht beachten. Das alles fühlt sich falsch an.

Ich lasse mich in eine Konversation mit Sven verwickeln, höre mir an, wie ihr Vorstellungsgespräch war und wie sehr sie sich auf die Ausbildung freut. Ich sehe aber auch den traurigen Zug um ihren Mund, dieses unechte Lächeln. Falco lehnt dabei an mir, lauscht stumm und bläst mir ab und zu kühlen, süßen Rauch ins Haar.

Ich bin müde. Meine Hand zittert, als ich das Glas hebe und es leere. Falco füllt es mir erneut, seine Hand streift meine. Mag er mich wirklich *so*?

Irgendwann unterbricht sich Svens ewig andauernder Redeschwall: »Wo ist Olli?«

»Wollte runter in den Laden. Fruchtkaramellen holen«, erwidere ich.

»Ich schaue mal, wo sie bleibt«, beschließt sie, steht auf und geht.

Falco schaut ihr besorgt hinterher, bevor er mich ansieht. Er zuckt mit den Schultern und reicht mir den Schlauch der Shisha.

Von der Kissenecke her ertönt plötzlich Phils lautes Lachen und ein leises Würgen. Aufgeschreckt schaue ich zu ihnen und sehe, wie Jay taumelnd aufspringt, eine Hand vor den Mund presst und an uns vorbei stürmt. Phil lacht, abgehoben und fern, kommt unsicher auf die Füße und folgt Jay ins Bad, wohl um ihm beim Kotzen die Hand zu halten.

Ich bin alleine mit Falco. Er legt kurz seinen dunklen Haarschopf gegen meine Schulter, hebt dann den Kopf, grinst und zieht einen Notizblock aus seiner Tasche, den ich missmutig mustere. Eigentlich hätte ich schon lange anfangen sollen, Gebärdensprache zu lernen. Allerdings war ich viel zu sehr mit mir selbst und Phil beschäftigt. War Falco deshalb so eifersüchtig, verletzt und wütend? Vielleicht verstehe ich ihn doch ein bisschen.

Ich freue mich, dass du mitkommst! Ich hab meine Familie in Italien schon seit zwei Jahren nicht mehr gesehen. Kann es kaum erwarten, dass wir fahren!

Ich grinse ein wenig bei seiner euphorischen Nachricht.

»Wie sind die so? Und wann geht's los?«

Falco strahlt mich an.

Absolut spitze! Meine Tante ist ein wenig streng, aber mein Cousin und ich waren jahrelang die besten Freunde. Wir sind früher in jeden Sommerferien runtergefahren. Weil ich letztes Jahr krank war, ist der letzte Besuch ausgefallen und wir waren vor zwei Jahren zuletzt in Italien. Mein Vater kommt übrigens nicht mit, der hat keinen Urlaub bekommen. Wir fahren in zwei oder drei Tagen. Geht das?

»Perfekt«, erwidere ich.

Je früher ich von hier wegkomme, desto besser. Müde lehne ich mich mit dem Rücken gegen Ollis Bett und schließe die Augen. Hinter meinen Lidern tanzen Schatten, drehen, wirbeln mir im Kopf. Das Pochen lauert, allerdings keine Schreie und keine Stimmen. Sie sind im Alkohol ertrunken.

Es ist still im Zimmer, bis auf die Musik. Plötzlich legt sich eine Hand auf meine, umschließt meine Finger. Als ich meine Augen noch einmal öffne, sehe ich Falcos Gesicht nah vor mir. Unsicher und bittend sieht er mich nun an. Er hält mir seinen Block hin.

Quer über die Seite steht: *Es tut mir so leid, Juli.* Krakelig und schief.

Ich erwidere sein Lächeln geisterhaft, winke ab.

»Egal. Wir reden wann anders drüber, okay? Ich hab' seit zwei Tagen nicht mehr geschlafen.«

Da drückt Falco sich an mich. Seine Arme liegen um meinen Körper, sein Gesicht presst er an meine Brust, er hält sich an mir fest. Vorsichtig lege ich die Arme um ihn und vergrabe mein müdes Gesicht in seinen dunklen Haaren. So könnte ich einschlafen.

Schritte tönen vom Flur her, laut und polternd, allerdings nicht eilig. Der Boden knarzt, als jemand ins Zimmer eintritt und innehält. Ich öffne die Augen nicht.

»Tut mir leid«, sagt jemand kühl. »Ich wollte nicht stören.«

Damit geht Phil wieder. Es ist mir egal. Es interessiert mich nicht. Ich kann die Scherben sowieso nicht wieder zusammensetzen. Kein Sekundenkleber kann uns noch zusammenhalten.

PHILIP

Drei Tage nach unserem desaströsen Abschiedsfest stehen wir vor Falcos Haus und beobachten ihn, seine Mutter und Juli beim Beladen des Autos. Wir sind aber nicht mehr Sven, Jay, Olli und ich, sondern nur Olli und ich. Jay ist im Urlaub und Sven ist jetzt offiziell kein Teil mehr von uns.

Nachdem ich Falco und Juli eng umschlungen im Zimmer gesehen habe, ist alles den Bach runtergegangen. Ich bin am Morgen im Bad aufgewacht. Im Bett lagen Juli, Jay und in dessen Armen Olli. Keiner von ihnen trug noch sonderlich viele Kleidungsstücke. Sven, die die Nacht auf der Couch im Wohnzimmer verbracht hat, ist vollkommen aus der Haut gefahren, als sie das gesehen hat. Jetzt ist es vorbei, endgültig.

Ich weiß nicht, was ich davon halten soll. Oder was da abging. Ich habe mich im Bad verkrochen und stundenlang die Wand zugrunde gestarrt. Keine Ahnung, was sie im Bett getan haben.

Jetzt ist es zu spät, Juli aufhalten zu wollen. Ich kann nur erahnen, was noch zwischen Falco und ihm lief. Die Situation war kaum misszuverstehen und nun geht er mit ihm weg. Dauer unbekannt.

Es tut einfach weh.

Sofia, Falcos Mutter, kommt mit einem offensichtlich schweren Koffer aus dem Haus. Sie kann ihn kaum heben, also helfe ich ihr mechanisch. Sie bedankt sich, lächelt mich lieb an und so trage ich wahrscheinlich Falcos Habseligkeiten zum roten Kombi, werfe das Gepäck in den Kofferraum und knalle die Heckklappe so heftig zu, dass das ganze Auto einen Ruck macht. Besser, ich gestehe mir nicht einmal selbst ein, dass ich mir gerade vorgestellt habe, im Zwischenraum wäre Falcos Kopf eingeklemmt gewesen.

Sofia gibt einen erschrockenen Aufschrei von sich, als sie den Knall hört. Sie ruft mir von der Haustür her zu: »Hat die Heckklappe wieder geklemmt? Dieses blöde Auto!«

»Ja«, lüge ich.

Blödes Auto, genau. Blödes Italien. Blöder Falco.

Ich schlurfe zurück zu Olli, die auf dem Gehweg steht und das Geschehen beobachtet. Sie mustert mich knapp und wendet den Blick wieder Juli und Falco zu, die gerade zusammen aus der Haustüre rauskommen, beide noch einen Rucksack in den Händen.

»Du siehst fertig aus«, unterbricht sie meine Gedanken.

Ich presse die Lippen zusammen, unterdrücke ein lautes Aufseufzen.

»Ich bin fertig.«

»Er kommt auch wieder zurück.« Sie schaut mich an, den Mund mitleidig verzogen. »Es wird euch guttun. Ich weiß es.«

»Da weißt du aber mehr als ich.«

Als Sofia schließlich aus dem Haus heraustritt und die Tür hinter sich abschließt, eine kleine Tasche in der Armbeuge, ist jedes Wort gesagt. Kein *Bleib bitte hier* oder *Geh nicht* kommt über meine Lippen. Juli umarmt Olli lang, dann schaut er mich kurz an, hebt die Hand zum Abschiedsgruß. Falco winkt nur freudig und steigt ins Auto. Seine Mutter wünscht uns schöne Ferien. Anschließend begibt sich Juli auf die Rückbank des roten Kombis.

Als Sofia das Auto unter einigem Geratter startet, schaut Juli uns an. Sein Blick könnte vieles bedeuten, doch er verliert sich im Nichts, als sie losfahren. Ich sehe seine erhobene Hand, ein fast nicht bemerkbares Winken.

Er ist weg.

ENDE BAND EINS
DIE GESCHICHTE VON JULI UND PHIL IST NOCH NICHT ZU ENDE …
BALD GEHT ES WEITER.

Elena Losian
Wie ein Kartenhaus im Sturm
Band 2

ISBN: 978-3-95949-141-9

eBook 4,99 EUR
Print 16,90 EUR

Überzeugungen können sich ändern. Eines ist jedoch gewiss: Verliebt sein ist nicht cool, sondern verdammt anstrengend. Nach dem Desaster bei der Schulabschlussfahrt scheint die aufkeimende Beziehung zwischen Julian und Phil nicht mehr zu retten. Phils Frustrationslevel ist enorm, als Julian in den Sommerurlaub nach Italien verschwindet. Er ist sich sicher, dass die räumliche Entfernung ihren aufkeimenden Gefühlen den Rest geben wird.
Doch Julian findet unerwartet einen neuen Freund, der ihm hilft, die Gefühle und die Geschehnisse in puncto Phil noch einmal zu überdenken. So kommen die Dinge wieder ins Rollen.
Kann es für die beiden noch Hoffnung geben?